Casados com Paris

Casados com Paris

ROMANCE

PAULA McLAIN

A HISTÓRIA DE AMOR E TRAIÇÃO DO JOVEM CASAL HEMINGWAY NOS LOUCOS ANOS 1920

Tradução
Celina Portocarrero

Título original: The Paris Wife

Editora Nova Fronteira Participações S.A.
Rua Nova Jerusalém, 345 – Bonsucesso – 21042-235
Rio de Janeiro – RJ – Brasil
Tel.: (21) 3882-8200 – Fax: (21)3882-8212/8313

Texto revisto pelo novo Acordo Ortográfico

CIP-Brasil. Catalogação na fonte
Sindicato Nacional dos Editores de Livros, RJ

M429c McLain, Paula
Casados com Paris / Paula McLain; tradução Celina Portocarrero. – Rio de Janeiro: Nova Fronteira, 2011.
23 cm

Tradução de: The Paris wife
ISBN 978-85-209-2699-4

1. Hemingway, Ernest, 1899-1961 – Casamento – Ficção. 2. Mowrer, Hadley Hemingway, 1891 – Ficção. 3. Ficção americana. I. Portocarrero, Celina II. Título.

CDD: 813
CDU: 821.111(73)-3

O importante não é o que a França nos dá, e sim o que não tira de nós.

— Gertrude Stein

Não há uma única coisa que não seja verdade. Tudo é verdade.

— Ernest Hemingway

PRÓLOGO

Embora tenha muitas vezes buscado, precisei afinal admitir que não poderia haver cura para Paris. Em parte por causa da guerra. O mundo tinha acabado uma vez e poderia acabar de novo a qualquer momento. A guerra havia chegado e nos transformado ao acontecer, quando todos afirmavam o contrário. Ninguém soube quantos morreram, mas ao ouvir os números — nove milhões ou quatorze milhões — pensamos, *Impossível*. Paris estava cheia de fantasmas, e os vivos estavam feridos. Muitos voltavam para Rouen ou Oak Park, Illinois, baleados e trazendo consigo fragmentos do que os havia atingido, cheios de um vazio que nunca conseguiriam eliminar. Transportaram corpos em macas, pisando em outros corpos para fazê-lo; estiveram eles próprios em macas, em trens vagarosos cheios de moscas e da voz flutuante de alguém dizendo que queria ser lembrado pela sua garota na terra natal.

Não havia mais terra natal, não no sentido essencial, e isso também era parte de Paris. Porque não conseguíamos parar de beber ou falar ou beber ou beijar as pessoas erradas não importando o que isso arruinasse. Alguns de nós tínhamos visto os rostos dos mortos e tentado não nos lembrar de coisa alguma em especial. Ernest era um desses. Ele dizia com frequência que tinha morrido na guerra, só por alguns instantes; que sua alma tinha deixado seu corpo como um lenço de seda, deslizando e levitando sobre seu peito. Tinha voltado sem ser chamada, e eu muitas vezes me perguntei se, para ele, escrever era uma forma de saber que sua alma estava mesmo ali, de volta em seu lugar. De dizer para ele mesmo, se não para qualquer outro, que tinha visto o que vira e sentido aquelas coisas terríveis e ainda assim havia vivido. Que tinha morrido mas não estava mais morto.

Uma das melhores coisas de Paris era voltar depois de ter ido embora. Em 1923, nós nos mudamos para Toronto por um ano, para ter nosso filho, Bumby, e, quando voltamos, tudo estava igual, mas de certa forma melhor. A cidade estava imunda e linda, cheia de ratos e castanheiras em flor e poesia. Com o bebê, nossas necessidades pareciam dobradas, mas tínhamos menos para gastar. Pound nos ajudou a encontrar um apartamento no segundo andar de um prédio revestido de estuque branco numa ruazinha estreita e curva perto do Jardin de Luxembourg. O prédio não tinha água quente, nem banheira, nem luz elétrica — mas não foi o pior lugar em que vivemos. Nem de longe. Do outro lado do pátio, uma serraria zumbia sem parar das sete da manhã às cinco da tarde, e havia sempre o cheiro de madeira recém-cortada; a serragem se infiltrava pelos caixilhos das janelas e esquadrias das portas, grudava em nossas roupas e nos fazia tossir. Dentro, havia o martelar constante da Corona de Ernest no quartinho de cima. Ele trabalhava em contos — sempre havia contos ou crônicas a escrever — mas também num novo romance sobre as festas em Pamplona, que começara no verão.

Eu não lia as páginas nessa época, mas acreditava no que ele sentia a respeito delas e acreditava no ritmo de cada dia. Todas as manhãs, ele acordava cedo, vestia-se, subia para o quartinho e começava a escrever. Se as coisas não corressem bem ali, ele pegava os blocos e diversos lápis bem-apontados e andava até a Closerie des Lilas, para tomar um café com creme em sua mesa de mármore preferida, enquanto Bumby e eu comíamos sozinhos e depois nos vestíamos para dar uma volta ou visitar amigos. No final da tarde, eu voltava para casa e, se o dia tivesse corrido bem, Ernest estaria à mesa de jantar com ar satisfeito e um bom Sauternes gelado, ou um brandy com soda, e pronto para falar sobre qualquer assunto. Ou sairíamos juntos, deixando Bumby com nossa senhoria, Madame Chautard, e encontraríamos uma bandeja de ostras grandes e boa conversa no Select, no Dôme ou no Deux Magots.

Havia gente interessante por toda parte, naquela época. Os cafés de Montparnasse eram frequentados por pintores franceses, bailarinos russos e escritores americanos. Numa noite qualquer, era possível ver Picasso andando de Saint-Germain para seu apartamento na Rue des Grands Augustins, sempre exatamente pelo mesmo caminho e sempre olhando em silêncio para todos e tudo. Quase todos podiam se sentir como um pintor ao andar pelas ruas de Paris naquela época, porque a luz fazia brotar o artista em cada um, pelas sombras ao longo dos prédios, pelas pontes que pareciam querer partir os corações e pelas mulheres esculturalmente belas em vestidos Chanel justos e pretos, fumando e jogando a cabeça para trás para rir. Podíamos entrar em qualquer café e sentir seu maravilhoso caos, pedir Pernod ou rum St. James até ficarmos lindamente embotados e felizes por estarmos juntos.

— Escute — disse Don Stewart uma noite, quando estávamos todos muito alegres e bêbados como peixes no Select. — O que você e Hem têm é perfeito. Não, não... — explicou, com a fala engrolada e o rosto contorcido de emoção. — É sagrado. Era isso o que eu queria dizer.

— Exagero seu, Don. Você também está bem, você sabe disso.

Apertei seu ombro com firmeza, com medo que ele começasse a chorar. Ele era um humorista, e todos sabem que os escritores cômicos são, por dentro, os tipos mais sérios do mundo. Ele também ainda não estava casado, mas havia perspectivas no horizonte, e era muito importante para ele constatar que podia haver graça e alegria na vida conjugal.

Ninguém acreditava em casamento, naquela época. Casar-se era dizer que você acreditava no futuro e também no passado — que história, tradição e esperança eram capazes de se unir para nos manter firmes e fortes. Mas a guerra viera e roubara todos os bons rapazes e também nossa fé. Hoje era tudo o que havia para nos jogarmos dentro sem pensar em amanhã, quanto mais em para sempre. Para não nos deixar pensar, havia o álcool, um oceano inteiro, todos os vícios corriqueiros e muita corda para se enforcar. Mas alguns de nós, muito poucos no final, apostamos no casamento contra todas as probabilidades. E embora eu não me sentisse exatamente sagrada, percebia que o que tínhamos era raro e verdadeiro... e que estávamos seguros no casamento que tínhamos construído e construíamos todos os dias.

Esta não é uma história de detetive — nem de longe. Não quero dizer, *Cuidado com a garota que vai chegar e estragar tudo,* mas ela vai chegar de qualquer maneira, cheia de determinação, num encantador casaco de pele de esquilo e belos sapatos, o cabelo macio e castanho encaracolado tão perto de sua cabeça bem-resolvida que ela parecerá uma linda lontra na minha cozinha. O sorriso fácil. A conversa rápida e inteligente... enquanto no quarto, desarrumado, de barba por fazer e jogado na cama como um rei déspota, Ernest lerá seu livro e não prestará atenção nela. Não no começo. E o chá ferverá na chaleira, e eu contarei uma história sobre uma garota que ela e eu conhecemos há cem anos em St. Louis, e rápida e naturalmente nos sentiremos amigas enquanto do outro lado do pátio, na serraria, um cão começará a latir e continuará a latir, e não parará por nada.

UM

A primeira coisa que ele faz é me encarar com aqueles olhos maravilhosamente castanhos e dizer:

— É possível que eu esteja bêbado demais para julgar, mas talvez você tenha algo muito especial.

É outubro de 1920 e o jazz está por toda parte. Não conheço nenhum jazz, por isso toco Rachmaninoff. Posso sentir um rubor me colorindo o rosto, por conta da cidra forte que minha querida Kate Smith me empurrou garganta abaixo, então vou relaxar. Estou chegando lá, segundo a segundo. Começa nos dedos, quentes e soltos, e se move pelos nervos, girando pelo meu corpo. Não fico bêbada há mais de um ano — desde que minha mãe ficou muito doente — e tinha me esquecido de como aquilo chega, com sua perfeita luva de fumaça envolvendo confortável e lindamente o meu cérebro. Não quero pensar e também não quero sentir, a menos que seja tão simples quanto o joelho deste lindo garoto a centímetros do meu.

O joelho é quase suficiente por si só, mas traz consigo o pacote completo de um homem, alto e magro, com um grande volume de cabelo bem escuro e uma covinha do lado esquerdo do rosto na qual você poderia mergulhar. Seus amigos o chamam de Hemingstein, Oinbones, Bird, Nesto, Wemedge, qualquer coisa que consigam inventar na hora. Ele chama Kate de Stut ou de Butstein (nem sempre lisonjeiro!), outro sujeito de Little Fever e outro ainda de Horney ou Great Horned Article. Parece conhecer todo mundo e todo mundo parece conhecer as mesmas piadas e histórias. Trocam frases de efeito para cá e para lá em código, brilhantes, rápidos e divertidos. Não consigo acompanhar, mas na verdade não me importo. Estar junto destes estrangeiros felizes é como uma poderosa transfusão de alegria.

Quando Kate sai de perto da cozinha, ele me aponta com seu queixo perfeito e diz:

— Como vamos chamar nossa nova amiga?

— Hash — responde Kate.

— Hashedad é melhor — diz ele. — Hasovitch.

— E você é Bird? — pergunto.

— Wem — responde Kate.

— Eu sou o sujeito que acha que alguém deveria estar dançando.

Ele sorri com tudo a que tem direito e quase no mesmo instante Kenley, o irmão de Kate, já chutou para o lado o tapete da sala e está manejando a vitrola. Lá fomos nós, abrindo caminho dançando por entre pilhas de discos. Ele não é um dançarino nato, mas seus braços e pernas são flexíveis e percebo que ele fica à vontade no próprio corpo. Também não está nem um pouco sem jeito de avançar para cima de mim. Bem depressa nossas mãos estão úmidas e entrelaçadas, nossos rostos próximos o bastante para que eu sinta seu calor. E é quando ele, afinal, me diz que seu nome é Ernest.

— Mas tenho pensado em desistir dele. Ernest é tão insosso, e Hemingway? Quem quer um Hemingway?

Provavelmente todas as garotas daqui até a Michigan Avenue, penso, olhando meus pés para não enrubescer. Quando olho outra vez para cima, ele tem os olhos castanhos presos em mim.

— Então? O que você acha? Devo me livrar dele?

— Talvez ainda não.

Começa uma música lenta e, sem pedir licença, ele me agarra pela cintura e me puxa para o seu corpo, o que significa que ficamos ainda mais perto. Seu peito é sólido e seus braços também. Devagar, pouso neles as mãos enquanto ele me conduz pela sala, passando por Kenley, que manobra feliz a vitrola, passando por Kate, que nos lança um longo e curioso olhar. Fecho os olhos e me encosto em Ernest, cheirando a bourbon e sabonete, cigarro e algodão úmido — e tudo naquele momento é tão intenso e agradável que faço algo absolutamente inusitado e apenas me deixo levar.

DOIS

Há uma música daquele tempo, de Nora Bayes, chamada "Make Believe", que talvez tenha sido o mais cadenciado e convincente tratado sobre autoengano que eu já havia ouvido. Nora Bayes era linda e cantava com uma voz trêmula que dizia que ela sabia coisas sobre o amor. Quando ela aconselhava a jogar fora todas as antigas dores, preocupações e mágoas e *sorrir* — bem, a gente acreditava que ela tinha feito aquilo. Não era um conselho, mas uma prescrição. A música devia ser também uma das favoritas de Kenley. Ele a tocou três vezes na noite que cheguei a Chicago e a cada vez eu sentia que ela falava diretamente comigo: *Faça de conta que está alegre quando estiver triste. Haverá sol depois da chuva.*

Eu já tivera a minha cota de chuva. A doença e a morte da minha mãe foram pesadas para mim, mas os anos anteriores também pesaram. Eu tinha só vinte e oito anos e mesmo assim vivia como uma solteirona no segundo andar da casa de Fonnie, minha irmã mais velha, enquanto ela, o marido Roland e suas quatro queridas feras viviam no térreo. Não era por minha vontade que as coisas estavam daquele jeito. Eu tinha imaginado que me casaria ou encontraria uma carreira como minhas colegas de escola. Elas eram agora jovens mães atribuladas, professoras primárias ou secretárias, ou aspirantes a redatoras de publicidade, como Kate. O que quer que fossem, estavam vivendo suas vidas, arregaçando as mangas, cometendo seus erros. De alguma maneira, eu ficara presa ao longo do caminho — muito antes da doença da minha mãe — e não sabia bem como me libertar.

Algumas vezes, depois de tocar por uma hora um Chopin passável, eu desabava no sofá ou no carpete, sentindo deixar meu corpo qualquer energia que eu houvesse tido enquanto tocava. Era terrível me sentir tão vazia, como se eu não fosse nada. Por que eu não podia ser feliz? E, afinal, o que era a felicidade? Conseguiríamos fingi-la, como insistia Nora Bayes? Conseguiríamos fazê-la brotar como um bulbo primaveril na cozinha ou esbarrar com ela numa festa em Chicago e contraí-la como um resfriado?

Ernest Hemingway era ainda um estranho para mim, mas parecia capaz de uma felicidade completa e inteira. Não havia nele qualquer medo que eu pudesse sentir, só intensidade e animação. Seus olhos faiscavam sobre todas as coisas, sobre mim inteira, quando ele se apoiava no calcanhar e me fazia rodopiar para perto dele. Aconchegava-me depressa em seu peito, seu hálito quente em meu pescoço e meu cabelo.

— Há quanto tempo você conhece Stut? — perguntou.

— Fizemos o primário juntas em St. Louis, no Mary Institute. E você?

— Você quer todo o meu *pedigree* acadêmico? Não é muito extenso.

— Não — ri. — Fale de Kate.

— Isso daria um livro, e não tenho certeza de ser o sujeito certo para escrevê-lo.

Sua voz era leve, embora provocante, mas ele tinha parado de sorrir.

— O que quer dizer?

— Nada — respondeu ele. — A parte curta e bonita é que nossas famílias têm casas de veraneio perto de Petoskey. Isso é Michigan, para uma sulista como você.

— Engraçado que nós dois tenhamos crescido junto com Kate.

— Eu tinha dez anos e ela, dezoito. Digamos apenas que eu era feliz por crescer *perto* dela. Com um belo cenário.

— Em outras palavras, você teve uma paixonite.

— Não, aquelas são as palavras certas — disse ele, e desviou o olhar.

Ficou claro que eu tinha tocado em algum ponto nevrálgico, e não queria fazê-lo de novo. Gostava dele sorrindo, risonho e solto. Na verdade, minha reação a ele foi tão poderosa que eu já sabia que faria de tudo para mantê-lo feliz. Mudei depressa de assunto.

— Você é de Chicago?

— Oak Park. É só subir a rua.

— Para uma sulista como eu.

— Exatamente.

— Bem, você é um ótimo dançarino, Oak Park.

— Você também, St. Louis.

A canção terminou, e nos separamos para recuperar o fôlego. Movi-me para um dos lados da comprida sala de estar de Kenley enquanto Ernest era rapidamente engolido por fãs — mulheres, é claro. Elas pareciam incrivelmente jovens e seguras de si com seus cabelos curtos e faces brilhantes de ruge. Eu estava mais para uma vitoriana conservadora do que para uma garota emancipada. Meu cabelo ainda era comprido, preso na nuca, mas tinha um belo tom arruivado, e, embora meu vestido não estivesse na última moda, minha silhueta compensava, acreditava eu. Na verdade, tinha me sentido muito bem quanto à minha aparência durante todo o tempo em que Ernest e eu dançamos — ele era tão elogioso, com aqueles olhos! —, mas agora que ele estava cercado por mulheres animadas, minha confiança diminuía.

— Você me pareceu terrivelmente simpática com Nesto — disse Kate, surgindo ao meu lado.

— Talvez. Posso tomar o resto disto? — e apontei para o seu copo.

— É meio vulcânico!

Ela fez uma careta e passou-o para mim.

— O que é?

Encostei o rosto na borda do copo, que estava bem próximo. Cheirava a gasolina rançosa.

— Alguma coisa feita em casa. Little Fever me deu, na cozinha. Não estou certa de que não o tenha preparado em seu sapato.

Encostado a uma longa fileira de janelas, Ernest começou a se balançar para frente e para trás, vestindo uma capa militar azul-escura que alguém tinha desencavado. Quando se virou, a capa flutuou e faiscou dramaticamente.

— É um traje e tanto — disse eu.

— Ele é um herói de guerra, não contou?

Balancei a cabeça.

— Tenho certeza de que ainda vai contar.

Seu rosto nada dizia, mas a voz era áspera.

— Ele me disse que era encantado por você.

— É mesmo? — Lá estava o tom outra vez. — Ele com certeza já superou isso.

Eu não sabia o que tinha acontecido entre aqueles dois velhos amigos mas, fosse o que fosse, era sem dúvida complicado e estava bem escondido. Deixei passar.

— Gosto de pensar que sou do tipo de garota capaz de beber qualquer coisa — falei —, mas talvez não algo vindo de um sapato.

— Certo. Vamos caçar alguma coisa.

Ela sorriu, seus olhos verdes cintilaram para mim, e ela voltou a ser a minha Kate, sem sombra de rancor, e lá fomos nós ficar muito bêbadas e muito alegres.

Descobri-me procurando Ernest pelo resto da noite, esperando que aparecesse e animasse o ambiente, mas ele não o fez. Deve ter escapulido em algum momento. Um a um, quase todos o fizeram, de modo que por volta das três da manhã a festa estava reduzida a uns gatos pingados, sendo Little Fever a trágica figura central. Ele estava desmaiado no sofá-cama com longas meias de lã escuras esticadas sobre o rosto e o chapéu empoleirado nos pés cruzados.

— Para a cama, para a cama — disse Kate com um bocejo.

— Isso é Shakespeare?

— Não sei. É? — Ela deu um soluço e depois riu. — Estou indo agora para o meu pequeno casebre. Você vai ficar bem aqui?

— Claro. Kenley preparou um lindo quarto para mim.

Acompanhei-a até a porta e, enquanto ela enfiava o casaco, combinamos de nos encontrar para almoçar no dia seguinte.

— Você vai ter que me contar tudo sobre as coisas em casa. Não tivemos um instante para falar da sua mãe. Deve ter sido horrível para você, pobrezinha.

— Falar sobre isso só vai me fazer ficar triste de novo — disse eu. — Mas isto aqui é perfeito. Obrigada por insistir para que eu viesse.

— Tive medo de que não aceitasse.

— Eu também. Fonnie disse que era cedo demais.

— É, bem, ela diria isso. Sua irmã pode ser bem esperta sob alguns aspectos, Hash, mas em relação a você, quase nunca.

Dei-lhe um sorriso agradecido e desejei boa-noite. O apartamento de Kenley estava superlotado e cheio de hóspedes, mas ele tinha me dado um quarto grande e muito limpo com uma cama de quatro colunas e uma escrivaninha. Vesti a camisola e depois soltei os cabelos e os escovei, revendo os destaques da noite. Independente do quanto eu me divertira com Kate ou de como foi bom vê-la depois de todos esses anos, fui obrigada a admitir que o número um da minha lista de eventos memoráveis tinha sido dançar com Ernest Hemingway. Eu ainda podia sentir seus olhos castanhos e sua energia elétrica, eletrizante — mas o que teria significado sua atenção? Teria ele tomado conta de mim por eu ser uma velha amiga de Kate? Ainda se interessava por ela? Ela estava apaixonada por ele? Será que eu o veria de novo?

De repente, havia na minha cabeça tal enxame de perguntas sem resposta que tive que rir de mim mesma. Não era exatamente aquilo que eu queria ao vir para Chicago, alguma coisa nova em que pensar? Virei-me para olhar o espelho sobre a escrivaninha. Hadley Richardson ainda estava ali, com suas ondas arruivadas, seus lábios finos e seus redondos olhos claros — mas havia também algo novo, um vislumbre de potencial. Era possível que o sol estivesse a caminho. Enquanto isso, eu cantarolaria Nora Bayes e me esforçaria ao máximo para fazer de conta.

TRÊS

Na manhã seguinte, entrei na cozinha e encontrei Ernest encostado preguiçosamente à geladeira, lendo o jornal da manhã e devorando meia forma de pão.

— Você dormiu aqui? — perguntei, incapaz de disfarçar minha surpresa ao vê-lo.

— Estou hospedado aqui. Só por algum tempo, até as coisas começarem a dar certo para mim.

— O que você pretende?

— Fazer história literária, eu acho.

— Caramba! — disse eu, outra vez impressionada com a confiança e a convicção dele; ninguém finge isso. — Em que você está trabalhando agora?

Ele fez uma careta.

— Agora, estou escrevendo uma porcaria para os pneus Firestone, mas pretendo escrever histórias importantes ou um romance. Talvez um livro de poesia.

Aquilo me desconcertou.

— Pensei que poetas fossem quietos e retraídos, e com medo do sol — falei, sentando-me.

— Não este.

Ele se aproximou para me acompanhar à mesa, girando a cadeira para montá-la.

— Quem é seu escritor favorito?

— Henry James, eu acho. Leio e releio várias vezes.

— Ora, não é que você é encantadoramente quadrada?

— Sou? Quem é o seu escritor favorito?

— Ernest Hemingway. — Ele abriu um sorriso. — De qualquer maneira, há montes de escritores famosos em Chicago. Kenley conhece Sherwood Anderson. Ouviu falar dele?

— Claro. Ele escreveu *Winesburg, Ohio.*

— Esse mesmo.

— Bem, com a sua energia, você com certeza poderá fazer qualquer coisa.

Ele me olhou sério, como se tentasse descobrir se eu o estava provocando ou acalmando. Eu não estava.

— Como você gosta do seu café, Hasovitch? — perguntou, afinal.

— Quente — respondi, e ele deu um sorriso que começou nos olhos e no mesmo instante se espalhou por toda parte. Foi devastador.

Quando Kate chegou para nosso almoço, Ernest e eu ainda estávamos conversando na cozinha. Eu não tinha tirado a camisola e lá estava ela, pontual e vívida, de chapéu e casaco de lã vermelhos.

— Desculpe — disse — não vou demorar nem um minuto.

— Não se apresse, você tem direito a um pouco de preguiça — respondeu ela, mas mesmo assim pareceu impaciente comigo.

Saí para me vestir e quando voltei Kate estava sozinha.

— Para onde Nesto fugiu?

— Não faço ideia — respondeu Kate.

E então, por ter percebido claramente o desapontamento em meu rosto, perguntou:

— Eu deveria tê-lo convidado para ir conosco?

— Não seja tola. Este é o nosso dia.

No fim, passamos uma tarde adorável. De todas as garotas da minha turma no Mary Institute, Kate era a mais ousada e menos medrosa, capaz de falar com qualquer um e fazer piada do nada. Ela ainda era assim, e eu também me sentia mais ousada e anos mais jovem, andando com ela pela Michigan Avenue. Almoçamos num restaurante em frente à imensidão de mármore do Art Institute, onde dois leões reais presidiam o trânsito e um sempre mutante mar de chapéus e casacos escuros. Era um dia frio, e, depois do almoço, andamos de braços dados pela State Street, refugiando-nos em todas as lojas interessantes que encontrávamos. Ela tentou me fazer falar sobre as coisas em casa, mas eu não queria perder o bom humor. Em vez disso, fiz Kate me descrever seu verão em Michigan, as festas com nado e pescaria e as outras agitações. Todas as suas histórias pareciam envolver botes e ukuleles, luas cheias, fogueiras e bebida. Morri de inveja.

— Po rque você fica com todos os rapazes?

— Eles não são meus, estou só pegando emprestado. — Ela sorriu. — Acho que é porque tenho irmãos. De qualquer maneira, às vezes é uma chateação. Passei metade do verão tentando encorajar um e desencorajar outro, e todos os sinais se misturaram. No fim ninguém beijou ninguém. É isso, está vendo? Nada do que se invejar.

— Carl Edgar continua a pedi-la em casamento?

— Ai, infelizmente continua. Coitado do Olgar. Às vezes me pergunto o que aconteceria se eu, de fato, dissesse sim... como experiência.

— Ele cairia duro.

— Ou talvez fugisse apavorado. Alguns homens parecem só querer as garotas que não lhes dão confiança.

— E Ernest?

— O que tem ele?

Seus olhos ficaram em alerta.

— Ele gosta que as mulheres não lhe deem confiança?

— Isso eu não sei.

— Que idade ele tem, afinal? Vinte e cinco?

Ela deu um sorrisinho.

— Vinte e um. Uma criança. Sei que você tem mais juízo do que isso.

— O que você quer dizer?

— Achei que tinha visto algum interesse.

Ela me encarou com intensidade.

— Eu só estou entediada — respondi.

Mas eu nunca soube mentir muito bem.

— Que tal um novo chapéu, em vez disso? — perguntou ela, e apontou para uma coisa alta e cheia de plumas debaixo da qual eu não me via nem em um milhão de anos.

Quando conseguimos voltar ao apartamento, no fim da tarde, o lugar estava outra vez entupido de gente. Kenley e seu irmão Bill, o caçula do clã Smith, tentavam organizar um jogo de cartas. Um sujeito chamado Brummy tocava um *ragtime* ao piano enquanto Ernest e outro companheiro, Don Wright, rodeavam um ao outro, no tapete, numa espontânea luta de boxe. Estavam nus até a cintura, balançando-se e girando com os punhos erguidos, enquanto um grupo ficava em volta deles, atiçando-os. Todos riam, e tudo parecia muito engraçado, até que Ernest disparou um gancho de direita. Don conseguiu se esquivar quase de todo e a briga continuou, com bom humor, mas eu tinha visto o ar assassino no rosto de Ernest quando ele desferiu o soco, e sabia que era tudo muito sério para ele. Ele queria vencer.

Kate parecia não se abalar com o boxe e com tudo mais que acontecia no apartamento. Aparentemente, o lugar era sempre aquela loucura no fim da tarde, uma divertida Grand Central. A lei seca estava em vigência há quase um ano, e aquele "nobre experimento" estimulara o pipocar, quase da noite para o dia, de bares clandestinos em todas as cidades. Parece que havia milhares deles só em Chicago, mas quem precisava de um bar clandestino quando Kenley, como tantos outros jovens criativos, tinha armazenado bebida suficiente para marinar uma manada de elefantes? Naquela noite, havia inúmeras garrafas de vinho abertas na cozinha, então Kate e eu bebemos um pouco, e depois mais um pouco. Com o anoitecer arroxeando e acalmando o ambiente, eu me vi espremida entre Ernest e Horney, enquanto os dois conversavam na língua do P por cima da minha cabeça. Eu não conseguia parar de ter ataques de riso — e, afinal, quando eu tinha dado gargalhadas pela última vez? Era inacreditável e inebriantemente fácil, agora.

Quando Horney se levantou para se juntar a Kate na pista de dança improvisada, Ernest virou-se para mim e disse:

— Tenho pensado o dia todo em como lhe pedir uma coisa.

— É mesmo? — Eu não sabia se estava surpresa ou lisonjeada.

Ele fez que sim.

— Você gostaria de ler alguma coisa minha? Ainda não é um conto, é mais uma crônica.

Ele encolheu o queixo, nervoso, e eu quase ri de alívio. Ernest Hemingway estava nervoso e, de repente, eu não estava. Nem um pouco.

— Claro — respondi. — Mas eu não sou crítica literária. Não sei se posso ajudar.

— Está bem. Só gostaria de saber o que você acha.

— Então, tudo bem — respondi.

— Eu já volto — disse ele, e disparou pelo tapete antes de se virar. — Não sai daí, certo?

— Aonde eu iria?

— Você ficaria surpresa — disse ele, misterioso, e correu para pegar as folhas.

Na verdade, o conto não era um conto, ele tinha razão. Era uma crônica, sombriamente engraçada, chamada "Lobos e rosquinhas", ambientada num restaurante italiano na Wabash Avenue. Mas, embora o texto estivesse incompleto, a narrativa era mordaz, brilhante e hilária. Fomos para a cozinha em busca de uma luz melhor e de um pouco de sossego, e, enquanto eu lia, Ernest andava de um lado para o outro, balançando os braços e socando o ar, à espera de que eu respondesse à pergunta que ele não conseguia fazer: *É bom?*

Quando virei a última página, ele se sentou na cadeira à minha frente com um ar de expectativa.

— Você é muito talentoso — disse eu, encontrando seus olhos. — Eu talvez tenha passado tempo demais com Henry James. O que você faz é outra coisa.

— É.

— Não sei se eu entendo direito, mas posso dizer que você é um escritor. Seja lá o que for preciso para isso, você tem.

— Nossa, é bom ouvir isso. Às vezes acho que tudo o que preciso é de alguém me dizendo que não estou dando murro em ponta de faca. Que eu levo jeito para a coisa.

— Leva, sim. Até eu vejo isso.

Ele me olhou intensamente, abrindo um pequeno buraco com aqueles olhos.

— Gosto de você, sabe? Você é uma pessoa legal.

— Também gosto de você — respondi.

E surpreendi-me com o quanto eu me sentia à vontade com ele, como se fôssemos velhos amigos ou já tivéssemos feito aquilo muitas vezes, ele me entregando folhas com o coração na boca — ele não conseguia fingir que aquele trabalho não era tudo para ele —, eu lendo suas palavras, secretamente maravilhada com o que ele era capaz de fazer.

— Você me deixará levá-la para jantar? — perguntou ele.

— Agora?

— O que nos impede?

Kate, eu pensei. *Kate e Kenley e toda a cambada de bêbados na sala de estar.*

— Ninguém sequer perceberá que saímos — disse ele, notando minha hesitação.

— Está bem — respondi, mas, de qualquer maneira, esgueirei-me como uma ladra para pegar meu casaco. Eu queria ir com ele. Estava louca para ir, mas ele estava errado quanto a ninguém perceber. Quando fugirmos juntos pela porta, senti os olhos verdes de Kate me queimarem as costas e ouvi seu grito silencioso, *Hadley, tenha juízo!*

Eu estava cansada de ter juízo. Não me virei.

Foi puro prazer andar pelas ruas frias de Chicago com Ernest ao meu lado, falando sem parar, com o rosto corado, os olhos radiantes. Fomos a um restaurante grego na Jefferson Street, onde comemos carneiro assado e uma salada de pepinos com limão e azeitonas.

— Suponho que seja constrangedor, mas eu nunca comi azeitonas — falei, quando o garçom chegou com o pedido.

— Isso deveria ser ilegal. Aqui, abra.

Ele botou a azeitona na minha língua, e, quando fechei a boca em torno dela, oleosa, morna e salgada, percebi que corava, não só pela delícia, mas também pela intimidade, seu garfo em minha boca. Era a coisa mais sensual que me acontecia, há séculos.

— E então? — provocou-me.

— Adorei — respondi. — Embora seja um pouco perigoso, não?

Ele sorriu e me deu um olhar de aprovação.

— É, um pouco.

E comeu uma dúzia, uma azeitona depois da outra.

Depois do jantar andamos sob o trem elevado e fomos em direção ao Píer Municipal. O tempo todo ele falou dos seus planos, de todas as coisas que queria, dos poemas, contos e crônicas que estava louco para escrever. Eu nunca conhecera alguém tão vibrante ou vivo. Ele se movia como a luz. Parecia nunca *parar* de se mover — ou de pensar, ou de sonhar.

Quando chegamos ao píer, andamos por ele até o fim da linha do bonde.

— Você sabia que havia barracas e unidades da Cruz Vermelha aqui, durante a guerra? Trabalhei para a Cruz Vermelha na Itália, como motorista de ambulância.

— A guerra parece muito distante agora, não acha?

— Às vezes.

Uma ruga de preocupação ou dúvida surgiu em sua testa.

— O que você estava fazendo, naquela época?

— Escondendo-me, a maior parte do tempo. Eu classificava livros no porão da biblioteca pública. Disseram-me que acabaram indo para os soldados além-mar.

— É engraçado. Eu entregava aqueles livros. Barras de chocolate também. Cartas, cigarros, balas. Tínhamos uma cantina organizada, mas às vezes eu saía à noite e ia até o *front*, de bicicleta. Você pode imaginar?

— Posso. É uma bicicleta vermelha e trôpega, certo?

— O garoto também ficou trôpego depois que foi explodido para o inferno.

Parei de andar.

— Ah, Ernest, sinto muito. Eu não sabia.

— Não se preocupe. Fui herói por um ou dois dias.

Ele se debruçou na balaustrada e olhou para o lago, cinza sobre cinza, e só um vislumbre de branco.

— Sabe em que estou pensando agora?

Sacudi a cabeça.

— Bichos da seda. Passei uma noite em San Pedro Norello, um vilarejo no *front*. Horney estava lá, foi onde o conheci, e nossos catres eram armados no chão daquele prédio, certo? Era uma fábrica de bichos da seda. Eles estavam em cima das nossas cabeças, nas calhas, mastigando em prateleiras cheias de folhas de amoreiras. Aquela era a única coisa que se conseguia ouvir. Nenhum fogo de artilharia, nada. Era terrível.

— Eu nunca tinha pensado em bichos da seda dessa maneira. Talvez nunca tenha pensado neles, mas posso ouvi-los agora, como você os ouvia.

— Às vezes, quando não consigo dormir, acho que os escuto mastigar. Sou obrigado a me levantar, acender as luzes e olhar para o teto.

— Já estiveram por lá? — sorri, tentando tornar o clima mais leve.

— Ainda não.

Afastamo-nos das lojas muito iluminadas e começamos a voltar para casa — e surpreendi-me ao constatar como era raro ouvir um quase estranho compartilhar alguma coisa tão íntima a respeito de si mesmo. E ele tinha contado aquilo de um jeito lindo, também, com uma emoção genuína. Acho que fiquei meio sem fala. Quem era, afinal, aquele Ernest Hemingway?

De repente, ele parou de andar e me encarou, na calçada.

— Escute, Hash. Você não vai sair correndo de mim, vai?

— Não sou uma atleta muito boa — respondi.

— Eu gosto da sua coluna vertebral. Já disse isso?

— Já.

— Gosto mais ainda, então — disse ele.

E então me deu um sorriso de triunfo e recomeçou a andar, prendendo minha mão enluvada sob seu braço.

NA MANHÃ SEGUINTE, Kate entrou em meu quarto sem bater. Eu ainda nem estava vestida.

— Esperei até depois da meia-noite. Onde você estava?

— Desculpe-me. Ernest convidou-me para jantar. Eu não sabia bem como recusar.

— *Não* é a palavra mais fácil que existe. *Crianças* aprendem a falar dizendo *não*.

Fechei mais o roupão em torno da cintura e sentei-me na cama.

— Tudo bem, eu não quis dizer não. Foi só um jantar, Kate. Ninguém se machucou.

— Claro — disse ela, obviamente ainda tensa. — É só porque eu me sinto sua protetora e não quero vê-la envolvida em alguma coisa terrível.

— Por que terrível? Ele não parece mau sujeito.

— Ele não é propriamente mau.

Pude perceber que ela tentava escolher as palavras com cuidado.

— Ele só é jovem. Gosta de mulheres... de *todas* as mulheres, ao que parece. E eu vejo você se atirando em cima dele, confiando nele às cegas, e isso me preocupa.

— Não estou me atirando em cima de ninguém — falei, de repente zangada. — Jantei com o homem. Francamente, Kate.

— Você tem razão, tem razão — respondeu. — Estou exagerando.

Ela se sentou ao meu lado na cama e segurou minha mão:

— Esqueça o que eu disse, está bem? Você é uma garota sensata. Saberá o que fazer.

— *Nada* aconteceu.

— Eu sei. Sou horrível.

Ela afagou minha mão com as dela e eu deixei, mas minha cabeça rodava.

— Tudo isso é demais para se pensar antes do café da manhã — falei.

— Coitadinha de você.

Ela se levantou, arrumando a saia, e então, enquanto eu observava, ajeitou também a expressão, corrigindo e simplificando tudo. Era um bom truque. Eu gostaria de saber fazê-lo.

O RESTO DAQUELA MANHÃ transcorreu num torpor, enquanto eu refletia sobre as palavras de Kate e sua preocupação comigo. Seria Ernest, de fato, alguém com quem se precisaria tomar cuidado? Ele parecera tão sincero e disponível. Tinha confessado escrever poesia, pelo amor de Deus, e aquelas histórias sobre ter sido ferido no *front*... e os bichos da seda! Será tudo aquilo parte de algum plano elaborado para se aproveitar de mim? Se fosse, então Kate estava certa, eu estava acreditando em tudo, me jogando em cima dele como uma caipira boboca — uma de muitas, com certeza. Eu mal podia suportar aquela ideia.

— Talvez devêssemos fugir daqui antes que apareça alguém — disse Kate, quando acabamos o café. — Não preciso ir ao trabalho hoje. O que faremos? O céu é o limite.

— Você decide — respondi. — Não me importo.

E não me importava mesmo.

Outro tipo de garota poderia ter desconfiado que Kate estivesse enciumada, mas eu era muito simples e ingênua, naquela época. Mais do que isso, era inexperiente. Aos vinte e oito anos, tinha tido um punhado de admiradores, mas só havia me apaixonado uma vez, e a experiência fora ruim o bastante para me fazer duvidar dos homens e de mim mesma por um bom tempo.

Seu nome era Harrison Williams. Ele foi meu professor de piano quando eu tinha vinte anos e acabava de voltar para casa em St. Louis depois de um único ano em Bryn Mawr. Embora ele tivesse poucos meses a mais do que eu, parecia-me muito mais velho e mais sofisticado. Eu achava tanto atraente quanto intimidante o fato de ele ter estudado no exterior com compositores famosos e saber montes de coisas sobre arte e cultura europeias. Podia ouvi-lo falar a respeito de qualquer coisa e suponho que foi assim que começou, com admiração e inveja. Depois me peguei observando suas mãos, olhos e boca. Ele não era um óbvio Casanova, mas era atraente ao seu modo, alto e magro, de cabelos escuros e finos. O mais sedutor de tudo era sua ideia de que eu era extraordinária. Ele achava que eu conseguiria ser uma concertista e eu também achava, pelo menos durante as horas em que me sentava no banco do seu piano, fazendo exercícios de dar câimbras nos dedos.

Eu me preocupava um bocado com cabelo e roupas, naquelas tardes na casa de Harrison. Enquanto ele marcava o compasso, me corrigia e de vez em quando me elogiava, eu fazia o possível para decodificá-lo. O tamborilar da ponta dos dedos nas têmporas significaria que ele tinha ou não tinha percebido minhas meias novas?

— Você tem uma adorável postura no banco — disse-me uma tarde, e isso foi o suficiente para me lançar em espirais de fantasia sobre minha postura em rendas brancas, a postura dele de fraque e maravilhosas luvas brancas.

Toquei pessimamente naquele dia, distraída pela minha própria paixão.

Amei-o por um ano inteiro e então, certa noite, todos os meus anseios desmoronaram. Estávamos os dois na festa de um vizinho, em que me obriguei a engolir dois copos de um vinho doce demais, para conseguir ser mais corajosa perto dele. No dia anterior, tínhamos dado um passeio nos bosques nos arredores da cidade. Era outono, fresco e sem ventos, as nuvens lá em cima parecendo recortes perfeitos de si mesmas. Ele acendeu meu cigarro. Pisei em algumas folhas amarelas com a ponta dos meus sapatos de cadarço e então, em meio a um silêncio muito agradável, ele disse:

— Você é uma pessoa tão querida, Hadley. Uma das melhores que já conheci, de verdade.

Não era bem uma declaração de amor, mas eu me disse que ele se importava comigo e acreditei nisso — de qualquer maneira, pelo menos enquanto durou o vinho. Esperei que a sala saísse um pouco do eixo e depois andei até Harrison, erguendo cada pé e colocando-o de volta no chão de novo, aproximando-me. Eu usava meu vestido de renda preto. Era o meu favorito, porque nunca deixava de me fazer sentir um pouco Carmen. E talvez tenha sido o vestido, tanto quanto o vinho, que levou minha mão até a manga do casaco de Harrison. Eu nunca o tinha tocado antes, então sem dúvida foi a mais pura surpresa que o imobilizou. Ficamos ali, presos e lindos como estátuas num jardim — e por várias dúzias de batimentos cardíacos fui mulher dele. Já havia dado à luz seus filhos e garantido sua lealdade e estava bem além dos espinhosos limites da minha própria cabeça, aquele lugar em que a esperança já se autossabotara e enganara inúmeras vezes. Eu poderia ter tudo aquilo. Já era meu.

— Hadley — falou baixinho.

Olhei para cima. Os olhos de Harrison tinham o azul-claro de estrelas afogadas e diziam não — de um jeito simples e silencioso. Apenas *não*.

O que eu disse? Talvez nada. Não me lembro. A música desafinou, a luz das velas ficou borrada, minha mão caiu até a renda da saia. Um minuto antes ele era um vestido de cigana. Agora, era o de um funeral.

— Estou com uma dor de cabeça terrível — disse eu à minha mãe, tentando explicar por que precisava ir para casa naquele instante.

— Com certeza — respondeu ela, e sua expressão se abrandou. — Vamos levar nossa menina para a cama.

Uma vez em casa, deixei-a me levar para cima e me ajudar a colocar a camisola de musselina. Ela me aconchegou entre camadas de edredons e pousou uma mão refrescante sobre minha testa, me acariciando os cabelos.

— Descanse um pouco agora.

— É — disse eu, porque não conseguiria começar a explicar que *estava* descansando há 21 anos, mas que naquela noite tinha tentado fazer algo diferente.

Aquele foi meu único embate com o amor. Seria amor? Era ruim demais. Passei outros dois anos comendo o pão que o diabo amassou, fumando demais, emagrecendo e tendo pensamentos vagos de pular da sacada como uma heroína torturada de um romance russo. Com o tempo, embora mais devagar do que gostaria, descobri que Harrison não era meu príncipe fracassado e eu não era sua vítima. Ele não me induzira ao erro, de modo algum; eu *me* conduzira sozinha. Mas pensar no amor ainda me deixava desconfortável e abatida, mesmo quase uma década depois. Eu ainda era crédula, com certeza, e precisava da orientação de alguém — de Kate, por exemplo.

Perambulamos por toda a Chicago naquele dia procurando primeiro por carne enlatada de boa qualidade, e depois por luvas novas. Deixei Kate tagarelar e me distrair, e me senti grata por ela ter me alertado quanto a Ernest. Ainda que as intenções dele estivessem acima de qualquer suspeita, eu estava suscetível demais naquele momento. Tinha ido a Chicago em busca de derivativos, e conseguira, mas sonhar demais era perigoso. Não estava feliz em casa, mas me afogar em impressões idealizadas sobre Ernest Hemingway não resolveria nada para mim. Minha vida era minha vida; eu teria que encará-la, de alguma maneira, e fazê-la funcionar a meu favor.

Passei outra semana inteira em Chicago, e cada dia daquela temporada trazia uma nova emoção. Fomos a um jogo de futebol, assisti a uma matinê de *Madama Butterfly*, percorri a cidade de dia e à noite. Sempre que encontrava Ernest, o que era frequente, lutava para manter a cabeça no lugar e apenas aproveitar sua companhia, sem criar dramas em qualquer direção. Devo ter ficado um pouco mais reservada em relação a ele, mas Ernest não fez comentários e não forçou intimidade alguma até meu último dia na cidade.

A noite estava gelada — na verdade, fria demais para sair —, mas alguns de nós agarramos braçadas de cobertores de lã, despejamos rum em cantis, nos amontoamos no Ford de Kenley e rumamos para o lago Michigan. As dunas estavam íngremes e pálidas ao luar, e inventamos uma brincadeira, subindo até o alto de uma delas — bêbados, é claro — e depois rolando para baixo como troncos. Kate foi primeiro, porque adorava ser a primeira em tudo, e depois foi Kent, cantando ao rolar. Quando chegou a minha vez, engatinhei duna acima, com a areia se movendo sob meus pés e mãos. No alto, olhei em volta e tudo eram estrelas brilhantes congeladas e distâncias.

— Vamos logo, covarde! — Ernest gritou para mim.

Fechei os olhos e me deixei cair, rolando aos solavancos como um barril. Eu tinha bebido tanto que não conseguia sentir nada — nada além de um arrebatador sentimento de imensidão e liberdade. Aquilo era na verdade uma espécie de euforia, e o medo era parte imprescindível. Pela primeira vez desde menina, senti a violenta urgência do medo e gostei da sensação. Ao chegar embaixo, eu mal havia parado quando Ernest me içou, arrancando-me da escuridão, e me beijou com força. Por um instante ardente, senti sua língua em meus lábios.

— Ah — foi tudo que consegui dizer.

Eu não conseguia pensar se alguém nos tinha visto. Não conseguia pensar em coisa alguma. O rosto dele estava a centímetros do meu, mais intenso, convincente e alerta do que qualquer coisa que eu jamais vira.

— Ah — repeti, e ele me soltou.

No dia seguinte, arrumei as malas para a viagem de volta a St. Louis sentindo-me um pouco perdida. Eu tinha sido tão arrebatada pela vida naquelas duas semanas que não podia me imaginar voltando para casa. Não queria ir.

Kate estava trabalhando naquele dia e já tínhamos nos despedido. Kenley também deveria estar no trabalho, mas tivera a gentileza de se oferecer para me levar de carro até a estação na hora do almoço, economizando-me a corrida de táxi. Depois de tudo guardado e pronto, botei casaco e chapéu e fui esperá-lo na sala de estar. Mas quando um vulto surgiu no corredor para me buscar, era o de Ernest.

— Kenley não conseguiu se liberar, afinal? — perguntei.

— Não. Eu quis vir.

Balancei a cabeça como uma tola e peguei minhas coisas.

A Union Station não ficava muito longe, e passamos a maior parte do tempo em silêncio. Ele usava calças de lã e uma jaqueta de lã cinza com um boné escuro enterrado até quase as sobrancelhas. Seu rosto estava rosado de frio, e ele estava muito bonito. *Bonito* era também a palavra certa para ele. Seus traços não eram femininos mas eram perfeitos, sem marcas ou manchas e de alguma forma heroicos, como se tivesse saído de um poema grego sobre amor e batalha.

— Você pode me deixar aqui — disse eu, ao nos aproximarmos da estação.

— Seria pedir demais que você me desse um pouco do seu tempo? — perguntou ele, encontrando um lugar vago.

— Não. Acho que não.

Alguns minutos depois, estávamos juntos na plataforma. Eu segurava a passagem e meu livro de bolso. Ele carregava minha mala, passando-a de uma das mãos enluvadas para a outra — mas, assim que meu trem surgiu, com seu corpo marrom-prateado despejando fumaça e fuligem, largou-a no chão, a seus pés. De repente, ele me apertava de encontro ao peito.

Meu coração batia depressa. Perguntei-me se ele o sentia.

— Acho que nunca conheci alguém como você — disse eu.

Ele não disse uma palavra, só me beijou, e naquele beijo pude sentir todo ele irradiando calor e vida. Havia tanta coisa que eu não sabia de Ernest, e outras mais que eu não me permitiria perguntar ou sequer imaginar, mas senti que me rendia, segundo a segundo. Estávamos cercados de gente na plataforma, mas também estávamos inteiramente a sós. Quando, minutos depois, embarquei, minhas pernas tremiam.

Encontrei um lugar e olhei a multidão pela janela, examinando ternos, chapéus e casacos escuros. E lá estava ele, tentando se aproximar do trem, acenando e sorrindo para mim como um louco. Acenei de volta, e ele então ergueu uma das mãos como uma folha de bloco e a outra como um lápis, fazendo mímica.

Vou escrever para você, disseram seus lábios. Ou talvez fosse *Vou escrever* você.

Fechei os olhos sobre lágrimas quentes e repentinas, e recostei-me no assento de pelúcia enquanto o trem me levava para casa.

QUATRO

Em 1904, quando fiz 13 anos, St. Louis hospedou a Exposição de Compras de Louisiana, mais conhecida como Feira Mundial. A exposição cobria quase cinco quilômetros quadrados dentro e em torno do Forest Park e da Washington University, com cento e vinte quilômetros de ruas e estradas conectando prédios, estábulos e teatros. Muitas daquelas construções eram de gesso sobre estruturas de madeira, construídas para durar apenas alguns meses, mas com a aparência de opulentos palácios neoclássicos. Nossa joia da coroa, o Palácio de Belas-Artes, ostentava um jardim de esculturas inspirado nas Termas de Caracalla. Havia lagoas nas quais se podia remar, enormes cascatas artificiais e jardins submersos, zoológicos de animais exóticos e zoológicos humanos com pigmeus e primitivos, moças barbadas e garotos com cabeças minúsculas. Ao longo de todo o Pike, centenas de divertimentos, jogos e barracas de comida encantavam os transeuntes. Tomei ali o primeiro sorvete de casquinha da minha vida e não conseguia parar de me maravilhar com o fato de que o cilindro açucarado não fosse frio na minha mão. O sorvete de morango dentro dele também parecia diferente. Mais gostoso. Deve ter sido a melhor coisa que provei, até então.

Fonnie estava comigo no Pike naquele dia, mas não quis sorvete. Não quis algodão-doce, nem cereais ou chá gelado, nem qualquer outra novidade oferecida; ela queria ir para casa onde nossa mãe se preparava para ser a anfitriã do seu encontro semanal de sufragistas.

Eu nunca tinha entendido porque Fonnie gostava do grupo de mamãe. As mulheres sempre me pareceram muito infelizes. Ao ouvi-las, você acreditaria que o casamento era a coisa mais terrível que poderia acontecer a uma mulher. Minha mãe era sempre a que falava mais alto e a mais enfática da sala, concordando com a cabeça, firmemente, enquanto Fonnie oferecia pratos com bolinhos e sanduíches de agrião, esforçando-se muito para agradar a todas.

— Mais meia hora — disse eu, tentando negociar com Fonnie. — Você não quer ver o Palácio da Eletricidade?

— Fique, se quiser. Estou surpresa por você conseguir se divertir — e avançou, arrogante, pela multidão.

Eu *estava* me divertindo, ou tinha estado até ela me lembrar que eu deveria estar triste. Talvez fosse muito egoísmo da minha parte querer ficar e sentir o cheiro do sal na pipoca e ouvir os zurros dos estábulos. Mas era abril, e as cerejeiras à volta das lagoas floresciam. Eu podia fechar os olhos e ouvir fontes. Podia abri-los e imaginar que estava em Roma ou Versailles. Fonnie ficou menor na multidão, a saia escura apagada por cores fortes. Eu queria deixá-la ir sem me importar com o que pensaria de mim ou diria para nossa mãe, mas não consegui. Lancei um último olhar, desanimada, para minha casquinha de sorvete e deixei-a cair numa lixeira enquanto corria atrás da minha irmã, de volta para casa, onde as cortinas estavam fechadas e as lâmpadas, cobertas já há algum tempo. Estávamos de luto. Meu pai havia morrido há dois meses.

Nossa família era o suprassumo da boa família, descendente dos Peregrinos pelos dois lados e com montes de regras vitorianas mantendo tudo seguro e confiável. O pai do meu pai fundara a Biblioteca Pública de St. Louis e a Richardson Drug Company, que se tornou a maior empresa farmacêutica a oeste do Mississippi. O pai da minha mãe foi um professor que criou a Academia Hillsboro, em Illinois, e, mais tarde, uma escola secundária particular em St. Louis chamada City University. Fonnie e eu frequentamos os melhores colégios, usando saias azul-marinho de pregas perfeitas e engomadas. Sentávamos, para aulas particulares, num de nossos dois pianos de cauda Steinway e passávamos os verões em Ipswich, Massachusetts, em nossa casa de praia. E tudo era muito bom e correto até que deixou de ser.

Meu pai, James Richardson, era executivo do laboratório farmacêutico da família. Saía de manhã com seu chapéu-coco e gravata de fita preta, cheirando a creme de barbear, café e, no fundo, um vestígio de uísque. Tinha sempre uma garrafa no bolso do roupão. Todas nós sabíamos de outra guardada na gaveta da escrivaninha do seu gabinete, que ele trancava com uma chavinha de prata. Uma terceira ficava atrás dos potes de frutas em calda estocados na despensa onde nossa empregada, Martha, fingia não vê-la. Ele tentava não estar em casa com muita frequência e, quando estava, era quieto e distraído. Mas também era gentil. Minha mãe, Florence, era seu perfeito oposto — toda arestas e pontas afiadas, cheia de conselhos e julgamentos. É possível que meu pai fosse mole demais e acovardado demais perto dela, inclinado a se refugiar no gabinete ou sair em vez de enfrentá-la a respeito de qualquer assunto, mas eu não o culpava por isso.

Minha mãe sempre preferiu Fonnie, que era 22 meses mais velha do que eu. Tínhamos um irmão mais velho, Jamie, que foi para a faculdade antes que eu começasse o jardim da infância, e havia Dorothea — 11 anos mais velha, mas mesmo assim muito querida por mim —, que se casara bem jovem e vivia ali perto com o marido, Dudley. Por termos idades tão próximas, Fonnie era minha maior companhia quando eu era criança, mas não poderíamos ser mais diferentes. Ela era obediente, flexível e boa, de um jeito que minha mãe podia facilmente entender e valorizar. Eu era impulsiva, falastrona e curiosa em relação a tudo — curiosa demais para o gosto de minha mãe. Adorava me sentar à frente da entrada da garagem, cotovelos sobre os joelhos, e olhar o bonde rodar pelo centro do bulevar, imaginando coisas sobre os homens e mulheres dentro dele, para onde iriam, o que estariam pensando, e se tinham me visto ali, olhando para eles. Minha mãe me chamava de volta para casa e me mandava para o quarto dos brinquedos, mas eu ficava só espiando pela janela, sonhando e refletindo.

— O que será de você, na vida? — perguntava ela com frequência. — Você vive com a cabeça nas nuvens.

Era uma pergunta bastante legítima, suponho. Ela se preocupava comigo porque não conseguia, minimamente, me entender. E, então, uma coisa terrível aconteceu. Quando eu tinha seis anos, caí da janela em pleno devaneio.

Era um dia de primavera e eu sentia muitas saudades do colégio. Quando me entediava com o quarto dos brinquedos, o que em geral acontecia bem depressa, começava a observar Mike, nosso faz-tudo, empurrar um carrinho de mão pelo quintal. Eu era louca por Mike e o achava infinitamente mais interessante do que qualquer pessoa da minha família. Suas unhas eram quadradas e lascadas. Ele assobiava e levava no bolso um lenço azul brilhante.

— O que você está fazendo, Mike? — perguntei, gritando pela janela do quarto e esticando o pescoço sobre o parapeito para vê-lo melhor.

Ele olhou para cima no momento exato em que perdi o equilíbrio e desabei sobre as pedras lá embaixo.

Passei meses deitada na cama, de barriga para cima, enquanto médicos cogitavam se eu voltaria a andar. Recuperei-me devagar, e, enquanto não melhorei, minha mãe mandou adaptar um carrinho de bebê especialmente para mim. Ela gostava de me empurrar pela vizinhança, parando na casa de cada vizinho para que pudessem exaltar as maravilhas da minha sobrevivência.

Coitada da Hadley, minha mãe dizia. *Coitadinha.*

Ela repetiu aquilo infinitas vezes até que suas palavras ficaram gravadas na minha cabeça, substituindo qualquer outra descrição de mim, bem como qualquer outra saída possível.

Não importava que eu estivesse boa de todo, aprendendo a andar sem hesitação. Minha compleição era uma grande preocupação na casa e continuou assim. Acreditava-se que até o mais leve resfriado me prejudicaria ainda mais. Não aprendi a nadar, não corria nem brincava no parque como minhas amigas. Em vez disso, eu lia livros, enfiada na poltrona perto da janela na sala de estar, rodeada por volutas de vitrais e cortinas cor de vinho. E, depois de algum tempo, parei de lutar, mesmo dentro de mim, contra a imobilidade prescrita. Livros podiam ser uma incrível aventura. Eu ficava debaixo do cobertor, mal me mexia, e ninguém poderia imaginar como meus pensamentos corriam e meu coração voava com as histórias. Eu era capaz de mergulhar em qualquer mundo e desaparecer sem que percebessem, enquanto minha mãe latia ordens para os criados ou entretinha suas desagradáveis amigas na sala da frente.

Quando meu pai estava vivo, muitas vezes eu o vi voltando para casa enquanto as mulheres ainda estavam reunidas. Ao ouvi-las, ele parava e voltava sobre seus passos, escapulindo porta afora. *Para onde ele foi?*, perguntava-me eu. Até onde precisaria caminhar e quanto uísque seria necessário para calar a voz de minha mãe em sua cabeça? Será que se lembrava que costumava adorar sua bicicleta? Eu me lembrava. Houve um tempo em que ele a pedalava feliz por qualquer lugar em St. Louis, preferindo-a a qualquer outro meio de transporte, talvez por conta da liberdade que oferecia. Uma vez, prendeu uma caçamba na traseira e levou Fonnie e eu pelas trilhas de Forest Park, cantando "Waltzing Matilda". Ele tinha a mais linda voz de barítono, e naquele dia, enquanto fragmentos de música flutuavam até nós na caçamba, sua alegria me pareceu tão real e tão estranha que tive medo de me mexer e afugentá-la.

Era uma manhã fria de fevereiro quando um único tiro ecoou pela casa. Minha mãe ouviu-o primeiro e soube no mesmo instante o que tinha acontecido. Ela não se permitira pensar na palavra *suicídio*, que teria sido terrível demais e comum demais, porém, ainda assim, parte dela já o esperava. No andar de baixo, atrás das portas trancadas do gabinete, ela encontrou meu pai caído no tapete sobre uma piscina de sangue, o crânio despedaçado.

Por muitas semanas, o barulho da morte de meu pai ecoou pela casa. Descobrimos que ele tinha perdido dezenas de milhares de dólares na bolsa de valores, que havia pedido mais dinheiro emprestado e também o perdera. Já sabíamos que ele bebia mas não que pouco fizera além disso em suas últimas semanas, atormentado por excruciantes dores de cabeça que não o deixavam dormir.

Depois que ele se foi, minha mãe permaneceu em seu quarto, confusa, chorando e olhando para as cortinas puxadas enquanto os criados assumiam o comando. Eu nunca havia visto aquele tipo de caos na minha casa e não sabia o que fazer com ele além de tocar os noturnos de Chopin e chorar por meu pai, desejando tê-lo conhecido melhor.

A porta do gabinete de meu pai permaneceu fechada por algum tempo, mas não trancada. Os tapetes haviam sido limpos, mas não substituídos, o revólver fora esvaziado, polido e recolocado em sua escrivaninha — e aqueles detalhes eram tão terríveis que eu não conseguia deixar de ficar hipnotizada por eles. Inúmeras vezes imaginei os últimos momentos da vida dele. Como deve ter se sentido sozinho. A que ponto se sentia reduzido a nada e desesperançado, ou não teria conseguido fazer aquilo, erguer a arma e puxar o gatilho.

Meu estado de ânimo caiu tanto que minha família começou a recear que eu pudesse me fazer mal. Todos sabiam que filhos de suicidas correm um risco maior de tomar o mesmo caminho. Eu seria como ele? Eu não sabia, mas herdara suas enxaquecas. Cada uma delas era como uma terrível provação, pressão, náusea e um vago mas constante latejar na base do crânio, enquanto eu ficava deitada, absolutamente imóvel, no meu quarto sem ar. Se continuasse ali tempo suficiente, minha mãe entraria, daria tapinhas na minha mão e arrumaria as cobertas em torno de meus pés, dizendo *Você é uma boa menina, Hadley*.

Eu não podia deixar de perceber que minha mãe era mais afetuosa comigo quando eu ficava doente, de modo que não era surpresa alguma que, com frequência, eu adoecesse ou acreditasse estar doente. Perdi tantas aulas nos últimos anos do colegial que fui obrigada a repetir um ano quando todas as minhas amigas foram para a faculdade, sem mim. Foi como observar um trem que deixava a estação rumo a algum lugar longínquo e emocionante, estando sem passagem e sem recursos para comprar uma. Quando as cartas começaram a chegar de Barnard & Smith e de Mount Holyoke, senti-me, de repente, cheia de inveja da animação e da esperança das minhas amigas.

— Quero me candidatar a Bryn Mawr — disse à minha mãe.

Sua irmã Mary morava na Filadélfia e eu imaginei que ter um parente por perto iria deixá-la mais tranquila.

— Ah, Hadley! Por que você insiste em exceder seus limites? Seja realista.

Fonnie entrou no quarto e sentou-se perto de mamãe:

— E suas dores de cabeça? — perguntou.

— Ficarei perfeitamente bem.

A testa de Fonnie se vincou, cética.

— Mary pode tomar conta de mim se alguma coisa acontecer. Você sabe como ela é competente.

Coloquei ênfase especial na palavra *competente* porque minha mãe a adorava e muitas vezes se deixava convencer por ela. Naquele momento, porém, ela apenas suspirou e disse que iria pensar seriamente no assunto, o que significava que iria discuti-lo com nossa vizinha, a sra. Curran, e sua tábua Ouija.

Há muito tempo mamãe se interessava pelo ocultismo. Havia sessões em nossa casa, de vez em quando, mas muitas mais aconteciam um pouco abaixo em nossa rua, na casa da sra. Curran. De acordo com minha mãe, ela era uma estudiosa do sobrenatural e manejava a tábua com muita familiaridade e crença. Eu não fui convidada para assistir à sessão, mas, ao voltar da casa da sra. Curran, mamãe me informou que eu, afinal de contas, poderia ir para Bryn Mawr e que tudo ficaria bem.

Mais tarde, fui levada a pensar na profecia da sra. Curran, porque ela me pareceu falsa demais. Saí realmente de casa em 1911, mas toda a aventura estava fadada ao fracasso, mesmo antes de ter começado. No verão anterior à minha ida para Bryn Mawr, minha irmã mais velha, Dorothea, queimou-se gravemente. Mesmo não morando mais conosco nos anos em que cresci, Dorothea sempre fora o membro da família mais gentil e encorajador, e eu sentia que ela me compreendia de uma maneira que ninguém mais conseguia ou queria. Quando as coisas em casa ficavam muito tensas e repressivas, eu ia visitá-la e, olhando seus dois meninos lutarem à sua volta, sentia-me mais calma e renovada.

Dorothea estava no final da gravidez naquele verão. Ela passava bastante tempo sozinha em casa com os garotos, e, uma tarde, estavam os três na varanda da frente quando Dorothea viu começar um incêndio numa pilha de pneus de borracha no terreno baldio logo ao lado. Os meninos ficaram curiosos, mas Dorothea teve medo de que as labaredas pudessem se espalhar pelo seu quintal. Correu e tentou apagá-las com os pés, mas seu longo quimono de verão logo pegou fogo. As meias também, causando-lhe queimaduras graves até a cintura, antes que ela caísse no chão e rolasse, extinguindo as chamas.

Quando seu marido, Dudley, nos avisou, estávamos em nossa casa de férias na baía de Ipswick. Ficamos cheios de preocupação com Dorothea, mas Dudley nos garantiu que ela estava no hospital, sendo bem-cuidada. Não tinha febre e os médicos acreditavam que se recuperaria de todo. No dia seguinte, ela deu à luz uma menina natimorta. Dorothea e Dudley ficaram arrasados, mas os médicos ainda continuavam dizendo que ela sobreviveria. Continuaram dizendo, até que ela morreu, oito dias após o incêndio. Mamãe pegou um trem para o funeral, mas o resto de nós ficou em Ipswich, com o coração partido e sem ação.

Lembro-me de ter pensado que poderia não sobreviver à perda de Dorothea e que talvez não quisesse. Mamãe voltou de St. Louis trazendo Dudley e os meninos. Eles desceram do trem parecendo destruídos, e que conforto eu poderia oferecer? *Eles não têm mãe*, eu ficava pensando, vezes seguidas.

Uma tarde, logo depois do funeral, houve uma terrível tempestade na baía de Ipswick, e eu convenci um dos meninos de uma casa vizinha a me levar até lá, num barco a remo. Ondas batiam na proa e fustigavam os lados, nos machucando o rosto. Eu nem ao menos sabia nadar, mas ele não deu meia-volta, mesmo quando o capitão do farol nos fez sinal para atracar. As nuvens estavam baixas e medonhas, e o ar, saturado e salgado. Eu sentia como se estivesse me afogando, o tempo todo, inúmeras vezes. E mesmo quando conseguimos voltar para a costa, naquele dia, a sensação de ainda estar na baía, afundando cada vez mais, acompanhou-me pelo resto do verão e por muito tempo depois.

Em setembro, peguei o trem e fui pra Bryn Mawr como planejado, mas minhas colegas de turma pareciam estar sintonizadas em outra frequência. As meninas do meu dormitório passavam as tardes no salão, tomando chá e chocolate quente espumante, falando de festinhas e potenciais conquistas. Eu me sentia deslocada. Como garota, sabia que era bonita, com cabelos ruivos brilhantes, belos olhos e pele clara — mas naquele momento eu não parecia me importar se os rapazes reparavam ou não em mim. Parei de me preocupar com roupas e também com os trabalhos do curso. Comecei a não passar nos exames, o que era difícil e surpreendente para mim, já que, fora uma enorme quantidade de faltas, eu tinha sido boa aluna a vida toda. Agora, descobria que não tinha foco, atenção, ou mesmo interesse.

No outono seguinte, deixei que Fonnie e minha mãe me convencessem a ficar em casa. Não posso dizer que ali era melhor para mim do que na escola. Não havia lugar algum na casa aonde ir para fugir dos meus pensamentos sombrios. Eu não conseguia dormir e, quando dormia, tinha horríveis sonhos obsessivos com Dorothea e meu pai, reproduzindo os últimos terríveis momentos de suas vidas. Eu acordava com a sensação de pânico e a promessa de dias e noites mais tristes. E se eu disser que permaneci nessa espécie de coma por mais oito anos, você entenderá o quanto eu estava pronta para viver quando minha mãe começou a morrer.

Minha mãe sofria do mal de Bright há anos, mas as coisas pioraram bastante no verão de 1920. Durante as semanas mais quentes de julho e agosto, eu praticamente nunca saía do segundo andar e, quando saía, ela se atormentava.

— Elizabeth? É você? — chamava com voz fraca, ao me ouvir nas escadas.

Eu não sabia muito bem por que ela me chamava pelo nome próprio após todos esses anos, mas muitas coisas a respeito dela me desconcertavam naquela época. Ela já não lembrava a mulher difícil e de nervos de aço que sempre fora, capaz de me dissolver com uma única palavra. Estava frágil e ansiosa, me chamando enquanto eu corria pelas escadas.

— Elizabeth?

— Estou aqui, mamãe.

Entrei no quarto principal em que ela descansava no velho canapé de veludo cor-de-rosa. Botei as sacolas de compras no chão e tirei o chapéu.

— Você está com muito calor? Posso abrir a janela?

— Está calor? — Suas mãos apertavam o edredom em seu colo. — Estou gelada até os ossos.

Puxei uma cadeira para perto do canapé e peguei suas mãos, esfregando-as para trazer o sangue até a superfície, mas onde quer que eu tocasse as pontas dos meus dedos ficavam marcadas, como se sua pele tivesse se tornado massa de pão. Soltei-a e comecei a choramingar.

— O que posso fazer?

— Traga sua irmã. Preciso de Fonnie comigo agora.

Assenti e me levantei para sair, mas seus olhos se abriram ainda mais.

— Não vá, por favor, não me deixe.

Então voltei a me sentar e assim se passou aquela longa noite. Ela tomou um pouco de caldo e cochilou por algumas horas. Depois, perto da meia-noite, acalmou-se de repente.

— Eu me preocupo muito com você, Elizabeth — disse ela. — O que será de você quando eu me for?

— Sou uma mulher adulta, mamãe. Ficarei bem. Prometo.

— Não. Ela sacudiu a cabeça. — Anos atrás, a sra. Curran e eu conversamos com Dorothea sobre você.

Sua respiração estava difícil e eu não queria vê-la lutar desta forma.

— Psiu... Não importa.

— Importa, sim. Nós perguntamos diversas vezes sobre você, e ela se recusou a responder. Não tinha o que dizer.

Eu sempre tinha sido cética quanto ao oculto — a tábua, as sessões silenciosas à luz de velas e as sessões de psicografia, com lenços vermelhos nas lâmpadas —, mas senti um calafrio me percorrer. Seria possível que mamãe *tivesse* feito contato com Dorothea? E, em caso afirmativo, por que minha irmã, morta há nove anos, tinha me dado as costas? Saberia ela de algo difícil e triste em relação ao meu destino? A ideia me apavorara, mas não havia como ter certeza. Eu não podia pedir à minha mãe que falasse mais sobre a sessão; ela estava exausta e mais ansiosa do que nunca. Eu também não tinha muita certeza se queria saber. E se o futuro fosse pior do que o presente? E se ele de todo não existisse?

Passei toda aquela noite de agosto sentada na cadeira de costas retas perto do canapé. Molhava a testa e o pescoço de mamãe com um pano úmido e olhava para a noite quente de verão, o céu escuro e as árvores ainda mais escuras, tudo tão remoto quanto exposições num museu. E sabia que eu também poderia morrer naquele quarto. Era uma direção para a qual poderia girar a roda da minha vida.

Horas mais tarde, quase ao amanhecer, minha mãe morreu sem um suspiro, estertor ou respiração ofegante. Tão diferente de como meu pai tinha partido — o estampido de sua arma sacudindo as portas nos batentes —, mas não menos definitivo. Enquanto todos os outros dormiam no andar de baixo, olhei para o rosto que algumas vezes odiara e em outras me dera pena. Suas mãos estavam enroscadas de cada lado de seu corpo magro, e acariciei uma delas com a ponta dos dedos, sentindo por ela um amor imenso e complexo. Desci então para acordar Fonnie e Roland e chamar o médico. Preparei o café da manhã, tomei um banho e depois me sentei com minha irmã na sala de estar para discutir os preparativos para o funeral. O corpo de mamãe ainda estava lá em cima, à espera do médico legista, e eu podia senti-la ali, ainda me oprimindo. Ela sempre parecera sentir prazer com a placidez da minha vida, como se eu tivesse me tornado aquilo que ela achava que eu seria, o que não era muita coisa. Aquela pressão era muito antiga e poderosa, e eu sabia que poderia com muita facilidade me render a ela, me render ao nada. Ou eu poderia me empurrar, com todas as minhas forças, na direção oposta.

CINCO

— Tudo certo, moça? — perguntou o motorista do táxi.

— Vai ter que estar — respondi, e abri a porta.

Eu estava de volta a St. Louis depois de um longo dia no trem, um dia que a sensação de ter negligenciado alguma coisa em Chicago fizera parecer ainda maior. Lá estava eu, mais uma vez, de volta à casa de Fonnie e Roland na Cates Avenue. Tudo o que eu podia fazer era pagar o homem e sair do carro.

Do lado de fora, o ar era frio e revigorante. O motorista veio atrás de mim, levando as malas até a porta; nossos passos sobre as lajes faziam um ruído oco. Dentro, deixei a mala de mão debaixo da escada e subi para o meu quarto, que tinha um ar frio e desabitado. Embora fosse tarde e eu estivesse exausta, acendi as luzes e fiz um fogo na lareira para me aquecer. Sentei-me no canapé, abracei-me e me perguntei se alguma parte da minha mãe ainda estaria ali no quarto, embrulhada numa colcha e me olhando com pena: *Coitada da Hadley. Coitadinha.*

Na manhã seguinte, acordei mais tarde do que de costume, e, quando desci, Fonnie me esperava na sala de jantar.

— E então? Quero saber tudo. O que você fez? Que tipo de gente encontrou?

Contei-lhe tudo a respeito das festas e brincadeiras e das pessoas interessantes que circulavam em ondas pelo apartamento de Kenley... mas não falei sobre Ernest. O que havia para dizer? Eu não sabia bem em que pé estávamos, mesmo como amigos.

Enquanto Fonnie e eu conversávamos, Roland entrou na sala, fechando as abotoaduras e movendo-se numa nuvem de sabão e tônico capilar de pinho. Ele se sentou, e Fonnie mais que depressa afastou a cadeira da dele, para não precisar vê-lo comer. Assim eles viviam, àquela altura. Seu casamento era um desastre, sempre tinha sido, e aquilo fazia com que eu me sentisse mal pelos dois.

— Bem — disse Roland. — Chi-Town era tudo o que você tinha imaginado?

Concordei com um gesto, passando geleia na torrada.

— E você arrumou dúzias de novos fãs?

Fonnie fez um ruído de irritação quase inaudível, mas ficou calada.

— Eu não diria dúzias — respondi.

— Você deve ter feito pelo menos uma conquista. Esta carta acabou de chegar..

Ele tirou do bolso do terno um objeto de aparência amarfanhada.

— Entrega especial — disse ele. — Deve ser sério.

Sorriu e me entregou a carta.

— O que é? — perguntou Fonnie.

— Entrega especial — repeti numa espécie de transe.

O nome de Ernest estava no envelope, em rabiscos, mas suficientemente claro. Ele deve tê-lo posto no correio logo depois de me deixar no trem, pagando os dez centavos extras para ter certeza de que chegaria depressa. *Vou escrever para você. Vou escrever* você. Segurei o envelope, com algum medo de abri-lo.

— Como se chama o seu camaradinha? — perguntou Roland.

— Eu não o chamaria de meu camaradinha, mas seu nome é Ernest Hemingway.

— Hemingway? — questionava Fonnie. — Que tipo de nome é esse?

— Não faço ideia — respondi, e levei a carta para fora da sala, para abri-la.

Estava torta e amarrotada, como se tivesse passado dias no bolso dele... e eu já a adorava, não importava o que contivesse. Encontrei um canto sossegado na sala de estar, perto do piano, e descobri que as páginas ali dentro também estavam amassadas e rabiscadas com tinta preta.

Querida Hasovitch, começava. *Você no trem e eu aqui e tudo mais vazio agora que você se foi. Diga-me, você é real?*

Abaixei a carta porque quase não conseguia suportar o sentimento que se insinuara na minha cabeça. *Você é real?* Eu me perguntava exatamente a mesma coisa em relação a ele... e com mais direitos, eu achava, em especial depois dos avisos de Kate. Eu era tão sólida quanto o chão que ele pisava, talvez sólida demais. Mas e ele? Suas atenções para comigo nunca deixaram de existir durante a minha visita, mas isso não queria dizer que ele fosse confiável, só que naquela ocasião eu era alguém em quem valia a pena investir. A verdade é que eu não sabia o que pensar a respeito dele, então continuei a ler, devorando muito depressa o resto da carta, tudo o que ele tinha a dizer sobre o que estava fazendo e querendo fazer, seu trabalho, seus pensamentos. Dizia que talvez houvesse um emprego para ele numa revista mensal chamada *Co-operative Commonwealth* se ele se dispusesse a fazer tudo sozinho — como escritor, repórter, editor, a coisa toda. *Não estou louco pelas condições, mas talvez aceite*, ele escreveu.

Embora houvesse uma boa cota de tagarelice inquieta na minha cabeça em relação a ele, eu não conseguia deixar de gostar de sua voz e sua vibração e de como suas palavras no papel soavam como o Ernest que inventava razões para surgir no meu quarto em Chicago. Sua carta fazia isso, trazendo Ernest para a sala de estar que um minuto antes era escura e sem ar.

— E aí? — perguntou Fonnie, entrando na sala com um fru-fru de sua escura saia de lã. — O que ele tem a dizer?

— Nada de extraordinário — respondi, mas é claro que não era verdade.

Tudo o que dizia respeito a Ernest Hemingway era extraordinário.

— Bem, de qualquer maneira, é bom que você tenha novos amigos. Fico feliz que você tenha encontrado uma distração agradável.

Ela se sentou e começou a costurar suas rendas.

— Fica?

— É claro. Quero que você seja feliz.

Talvez fosse verdade, mas só se *feliz* significasse que eu ficaria trancada no andar de cima pelo resto da vida, a solitária tia solteirona.

— Obrigada, Fonnie — falei.

E, pedindo licença, fui para o meu quarto, onde comecei minha resposta. Não queria parecer entusiasmada demais. Não queria que minha resposta significasse mais do que era... mas descobri que gostava de escrever para ele. Fiz minha carta durar quase o dia inteiro, anotando as coisas à medida que aconteciam, querendo ter certeza de que ele seria capaz de me imaginar andando de sala em sala, estudando piano, sentando-me para uma perfeita xícara de chá de gengibre com minha amiga Alice Hunt, observando o jardineiro podar as roseiras e envolvê-las em aniagem para o inverno. *Sinto falta do lago esta noite,* escrevi. *E de montes de outras coisas. Você quer se encontrar comigo na cozinha, para um cigarro?*

Minha mãe tinha guardado um instantâneo meu de maiô, mergulhada até o joelho no rio Meramec com Alice, as duas felizes e banhadas de sol. Aquela versão de Hadley quase não era visível agora, com certeza, mas achei que Ernest gostaria do seu rosto franco e do sorriso de "tudo bem". Enfiei a foto num envelope junto com minha carta e então, antes que pudesse mudar de opinião a respeito de alguma coisa, desci a rua até a caixa de correio na esquina. Estava escuro, e, enquanto andava, olhei para as casas como se fossem tigelas brilhantes. Era um brilho meio desbotado... e por um momento pude imaginar aquela luz correndo por todos os milharais encaroçados e cocheiras adormecidas entre St. Louis e Chicago. Quando cheguei à caixa, agarrei minha carta, beijei-a num impulso, depois a empurrei pela fenda e deixei-a ir.

SEIS

Tenho tantos planos quanto ao que escrever... tanta coisa que quero ver, sentir e fazer. Diga, você se lembra de estar tocando piano, com todo o seu cabelo cintilando, e de como você se levantou, aproximou-se de mim no sofá e disse:
— Quer se juntar a mim, Begônia?

Quer se juntar a mim, Hash? Por que não vem para cá me dar um pouco dessa fortaleza que você é?

Suas cartas chegavam amassadas e sufocadas, cheias de delícias, às vezes duas ou três por dia. Tentei, a princípio, ser mais reservada, jurando escrever só uma vez por semana, mas isso caiu por terra na mesma hora. Em pouco tempo me vi num compromisso realmente sério. As cartas voavam de um lado para o outro, mas o que significavam? A voz de Kate volta e meia ecoava na minha cabeça — *Ele gosta de mulheres, de* todas *as mulheres, ao que parece* —, e eu me questionava se deveria ou não falar com ela a respeito da nossa amizade em franco progresso. Não conseguia imaginá-la sem se sentir magoada e zangada; afinal, eu estava aberta e propositalmente desconsiderando seu conselho. Mas, se eu confessasse tudo, ela poderia me dar mais conselhos, e, então, eu seria obrigada a ouvi-los e, talvez, tomar alguma atitude.

Eu estava dividida entre a vontade de saber se poderia confiar em Ernest e o desejo de poder continuar cega o bastante para deixar as coisas exatamente como estavam. Suas palavras já significavam tanto... demais. Cada uma de suas cartas era um perfeito estimulante, e escrever para ele era também estimulante; em pouco tempo descobri que conseguia ouvir o carteiro em sua bicicleta a muitas quadras de distância, mesmo que ele não tocasse a campainha. Dizia a mim mesma que Kate não sabia *tudo* a respeito de Ernest. Quem sabia tudo a respeito de alguém? Havia qualidades que surgiam em suas cartas — ternura, por exemplo, e um entusiasmo palpável — que ela talvez nunca tivesse visto em todos aqueles verões em Michigan. Era possível. Tinha que ser, porque a felicidade que brotou do interesse de Ernest por mim se alastrava por todo o resto da minha vida. De repente, eu estava mais ocupada e mais contente em casa do que jamais estivera. Duas amigas, Bertha Doan e Ruth Bradfield, tinham se mudado para os aposentos do andar de cima como pensionistas, e, pela primeira vez em quase uma década, eu não me sentia solitária em minha própria casa. Havia também rapazes interessados em mim e, mesmo que não fossem nada de extraordinário, eram uma boa diversão. Eu os deixava me levar para dançar ou ao teatro, e até mesmo que alguns me dessem um beijo de boa-noite. Nenhum deles tinha a grande cabeça quadrada de Ernest ou seus pés e mãos acolchoados; nenhum fazia suas perguntas maravilhosas ou me fazia querer dizer *Quer se juntar a mim, Begônia?*

Deixei as coisas como estavam, porém saindo com praticamente qualquer um que me convidasse, porque Ernest, por mais querido que fosse, era teórico — uma linda hipótese — e estava a centenas de quilômetros. Em St. Louis, onde eu parecia fadada a viver minha vida real, havia Dick Pierce, o irmão de uma grande amiga. Eu gostava de sua companhia e sabia que, se o encorajasse, ele se apaixonaria por mim e talvez até me pedisse em casamento, mas eu me sentia pouco ou quase nada atraída por ele. Havia também Pere Rowland, um rapazinho adoravelmente amarrotado que sabia muito sobre livros e música, mas encontros românticos não me animavam tanto quanto uma ida ao cinema na cidade ou ao salão de baile, onde todos eram felizes e livres, com um grupo de amigos empoleirados no carro de alguém. Depois, Ruth, Bertha e eu nos sentávamos de camisola com uma xícara de chá e repassávamos os acontecimentos da noite.

Eu acabava de fazer vinte e nove anos, mas me sentia de certa forma mais jovem e mais despreocupada do que em meu primeiro ano em Bryn Mawr, quando não conseguia desfrutar de qualquer alegria ou intimidade. Era como se estivesse experimentando um desabrochar há muito esperado, e eu era grata por cada minuto.

E então havia as cartas de Chicago chegando todos os dias, sempre lindamente amassadas e cheias de novidades. Ernest me contava tudo sobre seus artigos para a *Commonwealth,* suas ideias para crônicas e romances. Mas, cada vez mais, ele compartilhava também histórias sobre sua infância... os longos verões em Michigan quando o pai, Ed, que era obstetra e apreciador da vida no campo, lhe ensinara a fazer uma fogueira e cozinhar ao ar livre, a usar o machado, a pescar e preparar os peixes, a caçar esquilos, perdizes e faisões.

Sempre que penso em meu pai, escreveu, *ele está nos bosques libertando narcejas ou andando no meio de grama seca ou palha de milho, ou cortando lenha com a barba cheia de gelo.* Li aquelas frases com lágrimas nos olhos, porque tinha tão poucas lembranças boas do meu próprio pai. Quando pensava nele, a primeira imagem que me vinha era seu revólver e depois o barulho que fizera ecoando pela casa. Relembrar sua morte e o modo como eu costumava, dolorosamente, me fixar nela perturbaram-me tanto que precisei dar duas voltas no quarteirão sob um vento cortante até me acalmar o suficiente para voltar à carta de Ernest.

Mas, se eu tinha ciúmes da relação dele com o pai, sua mãe me perturbava sob outros aspectos. Quase sempre que ele a mencionava numa carta, ela era *aquela vaca*. Ele a descrevia como absolutamente dominadora em relação à família, sempre pronta para criticar e cheia de ideias inflexíveis quanto a como deve ser a vida, até os mínimos detalhes. Antes que ele soubesse ler, ela ensinara Ernest a decorar frases e estrofes de poesia "essencial" em latim e alemão. Embora ele tentasse respeitar seu espírito criativo — ela cantava ópera, pintava um pouco e escrevia poesia —, Ernest a considerava, em última instância, mãe e mulher egoísta, atenta às suas próprias necessidades a ponto de se arriscar a destruir qualquer um à sua volta, sobretudo o marido. Ela obrigava o dr. Hemingway a ceder a todas as suas exigências, e presenciar aquilo fez com que Ernest a desprezasse.

Apesar de a rejeição passional de Ernest pela mãe me dar calafrios, eu não podia deixar de compreendê-la. Descobrir como o relacionamento de nossos pais era parecido foi apavorante, mas o que me mais abalou foi perceber que, apesar de ter muitas vezes detestado a vontade indomável de minha mãe e até mesmo culpá-la pelo suicídio de meu pai, eu nunca havia externado aquele ódio. Ele fervilhara e me corroera por dentro. Nas ocasiões em que tentava vir à tona, eu pegava meu travesseiro de penas e gritava meus sentimentos para dentro dele, cortando o mal pela raiz. Ernest cuspia livremente sua raiva. Qual das reações era mais assustadora?

Em última análise, eu sentia um respeito crescente pela forma como ele conseguia expressar até mesmo as piores partes dele mesmo, e suas confidências me fascinavam. Esperava as cartas de Ernest como poucas vezes esperara por algo. Mas logo descobri que sua franqueza se aplicava da mesma maneira a tudo. No início de dezembro, não muito depois do meu aniversário, ele escreveu que tinha se sentido atraído, numa festa na noite anterior, por uma garota num vestido verde cintilante. Odiei ler aquilo. Eu não tinha nenhum vestido verde cintilante e, mesmo se tivesse, ele não o veria. Ele estava a centenas de quilômetros de distância, absorvido pelos detalhes de seus dias e noites. Éramos amigos e confidentes, sim... mas ele não me devia coisa alguma, não fizera qualquer promessa, nem mesmo uma falsa promessa. Ele podia seguir aquele vestido verde como uma sereia até o lago, se quisesse. Eu não tinha qualquer domínio sobre ele.

Ninguém, na verdade, parecia ter domínio sobre alguém. Era um sinal dos tempos. Estávamos todos, então, no limite, explodindo de juventude, possibilidades e pequenos trinados de jazz. No ano anterior, Olive Thomas tinha estrelado *The Flapper*, e a palavra, de repente, significava jazz e também se movia como jazz. Garotas em todos os lugares despiam os espartilhos, encurtavam os vestidos e escureciam lábios e olhos. Dizíamos "maná dos deuses", "não sabes da última" e "Estupendo!". Juventude, em 1921, era tudo, mas aquele era o tipo de coisa capaz de me deixar louca de preocupação. Eu tinha vinte e nove anos, sentia-me quase obsoleta, mas Ernest tinha vinte e um e era ávido de vida. Onde eu estava com a cabeça?

— Talvez eu não esteja à altura deste jogo — disse eu à minha companheira Ruth, depois de receber a carta de Ernest falando da sereia.

Bertha tinha saído, e Ruth e eu preparávamos juntas o jantar, movendo-nos com facilidade na pequena cozinha, preparando vagens e fervendo água para o espaguete como se fôssemos duas tias solteironas que faziam aquilo há décadas.

— Não sei se alguma de nós está — respondeu Ruth, medindo o sal e jogando um pouco por cima do ombro para dar sorte.

Suas mãos eram maravilhosamente fortes, e me peguei observando-as e desejando ser mais parecida com ela.

Ela se virou para me encarar e me deu um sorriso estranho:

— Porém o que mais existe? Se desistirmos agora, estamos acabadas.

— Eu poderia rastejar para debaixo da cama e só sair depois de me transformar numa velha gagá e não conseguir me lembrar de ter sentido alguma coisa por alguém.

Ela concordou com a cabeça.

— Você quer, mas não vai.

— Não vou.

Andei ao redor da pequena mesa, colocando os pratos e os talheres de prata de segunda, alisando nossos dois guardanapos.

— Farei um esforço enorme para não ir.

Eu estava desesperada para voltar a Chicago e ver a grande e velha sala da casa de Kenley — o piano, a vitrola, o tapete manchado afastado para duas pessoas dançarem. Queria olhar para um par de olhos castanhos absurdamente transparentes e saber o que aquele lindo rapaz estava pensando. Queria beijá-lo e senti-lo me beijar de volta.

No meio de janeiro, minha amiga Leticia Parker e eu concebemos um plano para me levar até lá. Eu seria sua convidada por uma semana. Ficaríamos num hotel e faríamos compras, e eu poderia ver Ernest o quanto quisesse. Só que, dois dias antes da data marcada para a viagem, Leticia me telefonou cancelando. Sua mãe estava doente, e ela, simplesmente, não poderia ficar longe por tanto tempo. Eu disse que compreendia; claro que compreendi. Minha própria mãe tinha estado doente por meses, e eu conhecia bem aquelas exigências, mas também fiquei destruída. Tudo tinha sido planejado há semanas. Ernest me encontraria no trem, e só aquele momento eu já imaginara centenas de vezes, ou mais.

— E agora? — reclamei mais tarde com Ruth, naquele dia.

— Vá você — disse ela.

— Sozinha?

— Por que não? Nós não estamos na Idade Média. Você não foi sozinha da última vez?

— Eu não estava interessada em alguém, naquela ocasião. Fonnie detestaria essa ideia.

— Mais um motivo para ir — respondeu Ruth, sorrindo.

Na noite em que fui para Chicago, Roland me levou até a estação de trem na zona norte de St. Louis em seu novo Peugeot, um cupê verde-garrafa que o deixava orgulhoso e mais masculino, eu acho, ao mesmo tempo em que levava Fonnie a níveis quase apopléticos de ansiedade. Eu gostava de Roland, mas também sentia pena dele. Sua situação era bem parecida com a do meu pai. Ele só piava quando Fonnie permitia; era patético. E ainda assim ele também podia ser encantador, de um jeito pedante e infinitamente apologético. Eu nos considerava aliados, em casa, e esperava que ele também achasse o mesmo. Embora pudesse ter me deixado sem problemas na calçada, Roland estacionou e me acompanhou até a plataforma, onde entregou minhas malas para o carregador. Depois, ao se despedir, pendeu a cabeça para um lado, um de seus tiques mais irritantes e ternos, e disse:

— Você está linda, Hadley.

— Estou?

Fiquei de repente sem graça e estiquei a saia de meu conjunto de viagem cinza-claro.

— Está. Acabei de pensar que você talvez não soubesse.

— Obrigada.

Inclinei-me para beijá-lo no rosto e depois embarquei no trem, sentindo um novo prazer com meu traje de viagem — o chapéu de lã macia e as luvas cor de manteiga, os sapatos de pulseira em camurça marrom. Os assentos e poltronas eram fofos e convidativos, e a voz puritana de Fonnie dizendo que eu não deveria apreciá-los ficou de repente muito distante. Aquele era o Especial de Meia-noite, e eu me enfiei na cabine Pullman, por trás das cortinas verde-escuras.

Quando cheguei à Union Station na manhã seguinte, estava bem descansada e só um pouco nervosa, até que vi Ernest na plataforma, quase exatamente onde eu o tinha deixado em novembro... e minha boca ficou seca como algodão, senti um frio no estômago. Ele estava lindo, de jaquetão grafite e cachecol, e os olhos brilhantes de frio. Quando desci do trem, ele me ergueu num abraço apertado.

— Bom ver você também — disse eu quando ele me pôs de volta no chão, e nós dois sorrimos, constrangidos por estarmos juntos assim de repente. Nossos olhares se encontraram e se desviaram. Tantos milhares de palavras tinham ido e vindo entre nós. Onde estavam agora?

— Você está com fome? — perguntou ele.

— Com certeza — respondi.

Brincamos de esfregar o nariz um no outro e saímos pela manhã gelada em busca de café da manhã. Havia um lugar de que ele gostava, perto da State Street, onde se podia comer filé com ovos por sessenta centavos. Fizemos o pedido e nos sentamos no reservado, nossos joelhos mal se tocando sob a mesa.

— O *Saturday Evening Post* acabou de rejeitar outro conto — disse ele, enquanto esperávamos pelos pratos. — É a terceira vez. Se isso não mudar, posso passar a vida toda escrevendo porcarias ou histórias de outras pessoas para revistas. Não vou fazer isso.

— Você vai ver suas coisas impressas — respondi. — Tem que acontecer. *Vai* acontecer.

Ele me olhou, tranquilo, e ergueu a ponta do sapato para pressioná-la, com firmeza, na parte de dentro da minha perna. Mantendo-a ali, quente e insistente, falou:

— Você achou que não me veria de novo?

— Talvez. — Senti meu sorriso se apagar. — Eu poderia ficar caída por você como uma tola, Nesto.

— Eu gostaria que você pudesse me amar pelo menos por um tempinho.

— Por que por um tempinho? Está preocupado em não conseguir manter isso por muito tempo?

Ele encolheu os ombros, parecendo nervoso.

— Você se lembra da minha conversa sobre Jim Gamble, meu amigo da Cruz Vermelha? Ele acha que eu deveria ir com ele para Roma. A vida lá é barata, e, se eu economizasse bastante antes de ir, poderia só escrever ficção por cinco ou seis meses. Este tipo de oportunidade pode não aparecer outra vez.

Roma. Senti meu coração apertar. Eu acabava de reencontrá-lo e ele ia fugir para além-mar? Minha cabeça girava, mas eu tinha certeza absoluta de que até mesmo *tentar* impedi-lo seria um erro. Engoli em seco e escolhi com cuidado cada palavra:

— Se escrever é a coisa que mais importa, você deveria ir. — Tentei encontrar seus olhos do outro lado da mesa: — Mas uma garota sentiria sua falta.

Ele balançou a cabeça, sério, mas não disse uma palavra.

O RESTO DA SEMANA DA MINHA VISITA foi cheio de concertos, peças e festas, todas as noites terminando na grande sala de estar de Kenley, com vinho, cigarros e conversas animadas sobre grandes livros e quadros. Era tudo mais ou menos como no outono, a não ser pela contínua ausência de Kate.

Pouco antes de sair de St. Louis, botei no correio um envelope para ela. Eu não tinha certeza de que a carta a alcançaria antes que nos esbarrássemos em Chicago, como inevitavelmente aconteceria, mas eu não poderia deixar de escrever e pelo menos tentar preparar o caminho de uma maneira gentil. *Nesto e eu nos tornamos bastante íntimos*, escrevi. *Somos mesmo bons amigos, e você também é uma boa amiga, e detesto pensar que isto possa se interpor entre nós. Por favor, não fique zangada por muito tempo. Sua dedicadíssima, Hash.*

Kenley insistia que ela estava apenas ocupada com o trabalho, dizendo:

— Você conhece Kate. Ela se envolve com coisas demais e depois não consegue se livrar. Tenho certeza de que a veremos em breve.

Mas não a vimos, e, à medida que os dias se passavam, eu queria cada vez mais poder falar sobre o assunto com Ernest. Não era do meu feitio ser dissimulada, mas eu me colocara num beco sem saída ao não comentar que Kate me havia prevenido contra ele. Eu tinha uma série de razões para não o fazer. Não queria ferir seus sentimentos, por exemplo, e também não achava que fosse meu papel me colocar entre os dois e criar um clima ruim. Como minha estadia ia chegando ao fim e o silêncio de Kate aumentava, perguntei-me se algum elemento daquele triângulo assimétrico poderia terminar bem. Era bastante possível que ela parasse de confiar em mim de todo. Era possível — até *provável* — que Ernest fosse para Roma trabalhar em sua ficção, deixando-me em apuros ainda maiores.

Era perigoso deixar meu coração preso a Ernest, mas que escolha eu tinha? Estava me apaixonando por ele, e, mesmo não me sentindo nada confiante em relação ao futuro, sem sombra de dúvida minha vida mudara para melhor desde que eu o conhecera. Era o que eu sentia em St. Louis e também na casa de Kenley. No começo da noite eu ficava nervosa e tímida, preocupada em não ter com que contribuir para o grupo, mas depois encontrava meu jeito e minha voz. Por volta de meia-noite eu me sentia parte das coisas, pronta para beber como um marinheiro e falar até o amanhecer. Era como renascer a cada noite, o mesmo processo se repetindo, encontrando-me, perdendo-me, voltando a me encontrar.

— Há não muito tempo eu não tinha energia para mais de meia hora ao piano — disse a Ernest uma dia, durante o café da manhã. — Nós ficamos acordados até as três da manhã, e aqui estou eu, de olhos brilhantes e feliz da vida às oito. Eu costumava ficar tão cansada... e um tanto triste, também. O que aconteceu comigo?

— Não sei — respondeu ele —, mas posso testemunhar quanto aos olhos brilhantes.

— Estou falando sério — retruquei. — Estamos falando de uma *enorme* transformação.

— Você não acredita em mudanças?

— Acredito. Mas às vezes chego a não me reconhecer. É como aquelas histórias em que os elfos vêm e levam embora um corpo e deixam outro: uma troca.

— Se isso importa, gosto de você assim, Hash.

— Obrigada. Eu também gosto de mim assim.

A NOITE SEGUINTE ERA A ÚLTIMA, e eu estava determinada a aproveitar cada minuto. Eu não sabia ao certo quando e se Ernest e eu nos veríamos de novo. Ele não tinha mencionado Jim Gamble ou Itália depois daquele primeiro dia, mas também não estava inventando qualquer outra história sobre o futuro. Quando perguntei se ele me visitaria algum dia em St. Louis, disse um *Claro que sim, garota* leve como o ar, sem qualquer promessa, qualquer sinal de intenção. Não toquei mais no assunto. Grilhões e amarras não eram a fórmula para prender um homem como Ernest — se é que havia alguma. Eu teria que, simplesmente, esperar acontecer e dançar conforme a música.

A noite transcorreu como sempre, com baldes de bebida e muita música, todos nós fumando como chaminés. Ernest me pediu para tocar Rachmaninoff, e eu fiquei feliz por atendê-lo. Ele veio e se sentou no banco, como na noite de nosso primeiro encontro, e eu senti mais do que uma pontada de nostalgia à medida que meus dedos deslizavam pelo teclado. Mas no meio da música ele se levantou e deu a volta na sala, balançando-se para frente e para trás nos calcanhares, agitado como um puro-sangue no portão. Quando finalmente o encontrei, ele estava do lado de fora, na escada, fumando um cigarro.

— Fui tão ruim assim? — perguntei.

— Desculpe. Não é você.

Ele limpou a garganta e olhou para o céu da noite gelada, que estava estonteante de estrelas:

— Preciso falar com você sobre uma garota.

— Ahn... Ah!

Sentei-me em um dos frios degraus de pedra, tentando controlar meu súbito pavor. Se Kate estivesse certa sobre Ernest, eu não sabia se seria capaz de suportar.

— Não este tipo de garota. História antiga. Já lhe contei que fui ferido em Fossalta?

Sacudi a cabeça.

— Quando me mandaram a Milão para me recuperar, me apaixonei pela enfermeira da noite de lá. Não é um clássico? Eu e outros dez mil pobres coitados.

Não era uma história nova, mas eu podia dizer, pelo seu rosto, que era a única história para ele.

— Seu nome era Agnes. Estávamos prontos para nos casar quando eles me embarcaram de volta aos Estados Unidos. Se eu tivesse dinheiro, teria ficado e feito ela se casar comigo. Ela quis esperar. As mulheres são sempre tão infernalmente sensatas. Por quê?

Eu não fazia ideia do que dizer.

— Você só tinha 18 anos nessa época?

— Dezoito ou cem — disse ele. — Minhas pernas estavam cheias de metal. Eles tiraram vinte e oito pedaços de granada de dentro de mim. Mais algumas centenas eram profundas demais para serem alcançadas, e nada disso foi tão ruim quanto a carta que um dia chegou de Ag. Ela havia se apaixonado por outra pessoa, um vistoso tenente italiano.

Ele deu um sorriso de escárnio, o rosto contorcido.

— Ela disse que esperava que eu a perdoasse algum dia.

— Você não perdoou.

— Não. Não mesmo.

Depois de vários minutos em silêncio, eu disse:

— Você não deveria se casar tão cedo. Esse tipo de golpe é como uma longa doença. Você precisa de tempo para se recuperar, ou jamais será uma pessoa inteira.

— Então essa é a sua prescrição, doutora? Uma cura por descanso?

Ele havia se movido, pouco a pouco, na minha direção enquanto falava e pegou uma das minhas mãos enluvadas. Esfregando o monte de lã primeiro numa direção e depois na outra, pareceu mais calmo.

— Gosto da sua objetividade — disse ele depois de algum tempo. — Você me ouve e diz exatamente o que está pensando.

— Acho que sim — falei, mas na verdade estava arrasada.

Era evidente que ele estivera desesperadamente apaixonado por aquela mulher e talvez ainda estivesse. Como eu poderia competir com um fantasma — eu, que sabia tão pouco e nada de bom sobre o amor?

— Você acredita que possamos deixar o passado para trás? — perguntou ele.

— Não sei. Espero que sim.

— Algumas vezes acho que se Agnes desaparecesse, isso também iria embora.

Concordei. Eu já sentira aquela mesma ansiedade.

— Talvez ela não tenha desaparecido. Talvez ela nunca tenha me amado.

Ele acendeu outro cigarro e deu uma longa tragada, a ponta faiscando num vermelho zangado.

— Não é o amor um belo mentiroso maldito?

Sua voz estava tão carregada de amargura que tive dificuldade para olhá-lo nos olhos, mas ele me examinou bem de perto e com intensidade, dizendo:

— Agora eu assustei você.

— Só um pouco.

Tentei sorrir para ele.

— Acho que devíamos voltar lá para cima e dançar até de manhã.

— Ah, Nesto! Estou exausta. Talvez pudéssemos apenas voltar para dentro.

— Por favor — insistiu. — Acho que ajudaria.

— Está bem, então.

Dei-lhe a mão.

LÁ EM CIMA, A MAIOR PARTE DO GRUPO tinha se dispersado. Ernest enrolou devagar o tapete para um lado e ligou a vitrola. A voz de Nora Bayes invadiu o quarto... *Faça de conta que está alegre quando estiver triste.*

— É minha música favorita — disse a Ernest. — Você é vidente?

— Não, só esperto para conseguir que uma garota chegue mais perto.

Não sei por quanto tempo dançamos naquela noite, indo e vindo pela sala de estar numa longa e lenta elipse. Sempre que a gravação terminava, Ernest se afastava de mim um instante, para recomeçá-la. De volta aos meus braços, enterrava o rosto no meu pescoço, as mãos me prendendo as costas. Três minutos de magia suspensa e reatada. Talvez a felicidade fosse uma ampulheta já correndo, os grãos caindo, peneirando uns aos outros. Talvez fosse um estado de espírito — como insistia Nora Bayes —, um país que você poderia esculpir do ar e depois dançar lá dentro.

— Nunca vou mentir para você — disse eu.

Sua cabeça fez que sim, dentro dos meus cabelos.

— Vamos sempre dizer a verdade um ao outro. Podemos escolher isso, não podemos?

Ele me girou e continuou a girar, lento e forte. A canção terminou, a agulha estalou, sussurrou, mergulhou no silêncio. E nós continuamos a dançar, embalando-nos até a janela e voltando ao mesmo lugar.

SETE

Quando voltei para casa em St. Louis, Fonnie tinha uma longa lista de perguntas e preocupações. Mas quem era afinal aquele Ernest Hemingway? Quais eram seus planos? O que ele poderia me oferecer? Mal acabou essa linha de questionamento, começou a desfiar meus próprios defeitos. Será que Hemingway sabia das minhas crises de nervos e do histórico de fraqueza? Quem a ouvisse, imaginaria que ela estava falando de um cavalo manco, mas não me perturbei. Eu sabia de cor as táticas de Fonnie e podia desligar o som de sua voz quase por completo. Minha própria voz, infelizmente, era mais difícil de controlar. Quando estava com Ernest em Chicago, sentia-me forte e capaz de suportar a incerteza em relação ao futuro. Mas fora do círculo de seus braços, muito longe do seu alcance e do seu poderoso efeito físico em mim, o esforço era grande.

Não ajudava o fato de o fluxo de cartas dele ter começado a diminuir e a ficar intermitente. Ele odiava o emprego e brigava com Kenley por causa de um aumento no preço do quarto e das refeições. *Kenley sabe muito bem que estou tentando economizar até a última migalha para Roma, mas mesmo assim insiste em me explorar,* escreveu. *Belo amigo!* Eu queria sentir pena, mas era egoisticamente grata por qualquer atraso em seus planos.

Eu já tinha um grande maço de cartas àquela altura, muito mais de cem, que mantinha bem escondido numa prateleira do meu closet, lá em cima. Levava a caixa para baixo e as relia, nos dias em que não recebia um *especial* lindamente amassado, o que acontecia cada vez com maior frequência. Custavam um centavo, e ele estava poupando aqueles centavos para as liras. Perturbava-me saber que ele priorizava

Jim Gamble, a aventura e seu trabalho. Também não conseguia me esquecer do quanto ele era mais moço do que eu. Nove anos poderiam não parecer muito se chegássemos juntos à meia-idade, mas Ernest era tão jovem, exuberante e cheio de planos que era difícil para mim imaginá-lo na meia-idade. Ele era um rapazinho gracioso numa urna grega, caçando verdade e beleza. Onde eu me encaixava naquilo?

— Às vezes acho que estou velha demais para me apaixonar — disse a Ruth numa tarde.

Estávamos sentadas na cama, no meu quarto, uma bandeja de biscoitos entre nós, enquanto lá fora nevava como se nunca fosse parar.

— Você está velha demais... ou ele é moço demais?

— As duas coisas — respondi. — Sob certo aspecto, ele já viveu mais do que eu, e com certeza tem mais entusiasmo. Mas ele também pode ser terrivelmente romântico e ingênuo. Como esse negócio com Agnes. Ela realmente partiu o coração dele, não tenho dúvidas, mas ele se prende a isso como uma criança ferida.

— Isso não é muito justo, Hadley. Você sofreu por causa de Harrison Williams, não sofreu?

— Sofri. Ah, Ruth. — Botei a cabeça nas mãos. — Não sei o que está acontecendo comigo. Acho que estou só com medo.

— Claro que está — disse ela, gentil. — Se você acha, honestamente, que ele é moço demais para você, tudo bem, tome a sua decisão e aferre-se a ela.

— Você acha que vou parar de me preocupar quando souber que ele me ama de verdade?

— Ouça o seu coração, mais nada.

— Há muito a perder.

— Sempre há — retrucou.

Suspirei e estendi a mão para mais um biscoito.

— Você é sempre tão sensata, Ruth?

— Só quando se trata da vida dos outros.

No dia seguinte não houve carta de Ernest, e no seguinte também não, nem no seguinte. Parecia cada vez mais claro que ele estava me esquecendo ou me deixando de lado de propósito, escolhendo Roma e a esperança de fazer carreira como escritor. Eu estava magoada, mas também morta de ciúmes. Ele tinha algo real para onde fazer convergir suas esperanças, algo a que dedicar a vida. Meus sonhos eram menores e, para ser franca, cada vez mais ligados a ele. Eu queria uma casa simples em algum lugar, com Ernest subindo a rua assoviando, segurando o chapéu. Nada do que ele tivesse feito ou dito sugeria que algo assim pudesse vir a acontecer. Então, quem era mesmo ingênuo e romântico?

— Se estiver acabado, vou me portar bem — afirmei a Ruth e Bertha na tarde do terceiro dia, sentindo um grande nó se formar e se dissolver no fundo da minha garganta. — Arregaçarei as mangas e encontrarei outra pessoa.

— Ai, garota — disse Ruth. — Você está derrubada, não está?

Depois que fomos para a cama, revirei-me por horas antes de cair num sono leve, pouco depois das duas. Na manhã seguinte, ainda me sentindo embotada e um tanto deprimida, chequei a caixa do correio. Era cedo demais para que o carteiro tivesse passado, mas mesmo assim fui olhar — era mais forte do que eu. Lá na caixa, havia não uma carta, e sim duas, ambas gordas e auspiciosas. Racionalmente, eu sabia que o carteiro devia ter passado por ali com elas na noite anterior, sem que eu percebesse, mas parte de mim queria acreditar que eu havia conjurado as cartas com meu desejo. De qualquer maneira, o silêncio de Ernest estava afinal quebrado. Encostei-me ao batente, os olhos cheios de lágrimas de alívio.

De volta ao andar de cima, abri as cartas com avidez. A primeira trazia as costumeiras notícias de trabalho e diversões na casa de Kenley, mais tarde chamada de "Domicílio". Tinha ocorrido uma luta de boxe na sala de estar, na noite anterior, com Ernest fazendo o papel de John L. Sullivan, esquivando-se e oscilando em cuecas compridas e uma faixa de seda marrom. Ri ao imaginá-lo daquele jeito e ainda estava rindo quando comecei a ler a segunda carta. *Ainda pensando em Roma*, começava, *mas e se você fosse junto... como esposa?*

Esposa. A palavra me paralisou. Eu não conhecia a mãe dele, nem ninguém da sua família. Ele nunca fora a St. Louis sentar-se à sala de estar e enfrentar o olhar desaprovador de Fonnie. Ainda assim, devia estar falando sério. Era bem o estilo em que ele me pediria em casamento, de improviso, depois de uma brincadeira sobre boxe. Respondi a carta naquela mesma manhã: *Se você estiver pronto para fazer a loucura, conte comigo*. Roma. Juntos. Era um pensamento extraordinário. Quando eu me permitia fantasiar sobre me casar com Ernest, vivíamos em St. Louis ou Chicago, num lugar muito parecido com o Domicílio, cheio de alegria e boa conversa a qualquer hora. Viver com Ernest na Itália era uma ideia emocionante, aterradora e absolutamente revolucionária. Quando eu tinha 17 anos, fiz uma viagem a Florença e Roma com minha mãe e minhas duas irmãs. Foi tudo péssimo, e eu me lembrava de muito pouca beleza... só de calor, desmaios e mosquitos. Estar em Roma com Ernest tinha que ser diferente. *Eu* seria diferente. Como não? Eu podia nos ver andando de braços dados às margens do Tibre, atravessando todas as pontes, uma a uma. *Vamos*, escrevi feliz, transbordante de expectativa. *Já fiz as malas.*

Então, saí de casa sem casaco ou cachecol. O céu estava baixo e cinza, derramando flocos brancos e gordos. Olhei para cima e abri a boca, sentindo o gosto da neve.

OITO

Duas semanas depois do pedido de Ernest, fiz a necessária viagem a Chicago para conhecer todo um contingente de Hemingways. Estava tão nervosa que bebi boa parte de uma garrafa de vinho, andando de um lado para o outro na sala de estar do Domicílio, enquanto Ernest tentava me acalmar o máximo que podia. Não ajudou o fato de Kate ter afinal aparecido naquela tarde. Ernest estava no trabalho, e ela me encontrou sozinha na casa de Kenley.

— Você não vai mesmo *se casar* com Wem, vai? Isso é ridículo.

Sua voz estava estridente. Ela irrompeu sala adentro sem tirar o chapéu e o casaco.

— Kate, por favor, sente-se e seja razoável.

— Você vai se arrepender. Eu sei que vai. Ele é tão jovem e impulsivo.

— E eu sou o quê? Uma solteironazinha idiota?

— Não. Só ingênua. Você dá crédito demais a ele.

— Francamente, Kate. Você é considerada amiga dele. O que ele fez para colocá-la contra ele?

Ela, de repente, parou de esbravejar e se deixou cair no sofá.

— Nada.

— Então por que tudo isso?

Baixei a voz e me aproximei para me sentar perto dela.

— Por favor, me diga o que está acontecendo.

— Não posso.

Ela balançou devagar a cabeça. Seus olhos estavam límpidos e tristes.

— Não quero piorar as coisas, nem você. Vou ficar feliz por você, juro que vou.

Senti um ruído em meus ouvidos que não silenciaria pelo resto da tarde. Quando Ernest chegou do trabalho, eu ainda estava tão perturbada que quase o ataquei à porta.

— Há alguma coisa que você queira me dizer sobre Kate? Acho que ela está bem apaixonada por você.

Surpreendi-me ao me ouvir dizer aquilo em voz alta, mas Ernest reagiu com uma estranha calma.

— Talvez — disse ele. — Mas não é culpa minha. Eu não a encorajei.

— Não mesmo? Acho que ela está muito magoada com alguma coisa.

— Escute. Kate é Kate. Agora é tudo passado. Você quer mesmo saber de tudo?

— Quero. Quero saber de tudo. Todas as que você já beijou ou por quem se imaginou apaixonado ainda que por dois minutos.

— Isso é loucura. Para quê?

— Para que você possa me dizer o quanto elas não importam e como você me ama mais.

— É o que estou lhe dizendo. Você não está ouvindo?

— Como podemos nos casar se há segredos entre nós?

— Você não quer se casar?

— Você quer?

— Claro. Você está fazendo tempestade em copo d'água, Hash. Por favor, seja razoável.

— Foi o que Kate disse.

Ele me olhou com tanta irritação que não consegui segurar o choro.

— Ah, venha cá, gatinha. Tudo vai ficar bem. Você vai ver.

Concordei com a cabeça e sequei os olhos. E depois pedi uma bebida.

PEGAMOS EMPRESTADO O CARRO de Kenley para ir até o casarão da família em Oak Park. Quanto mais nos aproximávamos da Kenilworth Avenue, mais agitado Ernest ficava.

— Você acha que eles vão gostar de mim? — perguntei.

— Vão adorar você. O problema é que eles não são muito loucos por mim.

— Eles adoram você. Têm que adorar.

— Eles me adoram como adoram uma matilha — comentou ele com amargura. — Por que acha que me hospedo com Kenley, quando minha família está a apenas 25 quilômetros?

— Ah, querido. Nunca pensei nisso. É tarde demais para dar meia-volta?

— Tarde demais — disse ele, e entramos na longa e circular passagem de carros.

A mãe de Ernest, Grace, recebeu-nos à porta em pessoa, literalmente empurrando os criados para o lado. Ela era roliça e macia, com um feixe de cabelos grisalhos puxado sobre a cabeça. Eu mal havia chegado à soleira quando ela investiu sobre mim, engolindo minha mão na dela, e, mesmo enquanto eu sorria e fazia o possível para encantá-la, podia ver por que Ernest a evitava. Ela era maior e mais pesada do que qualquer coisa ao seu redor, como minha mãe. Ela mudava a gravidade do lugar; ela fazia tudo acontecer.

Na sala de estar, havia belos sanduíches em lindas travessas e champanhe rosado. A irmã mais velha de Ernest, Marcelline, sentou-se perto de mim numa cadeira, e embora parecesse uma moça bem agradável, era um pouco perturbador o fato de ela se parecer tanto com o irmão. Úrsula também tinha seus traços, o mesmo sorriso, a mesma covinha. Sunny tinha 16 anos e estava encantadoramente apagada num vestido de chiffon amarelo-pálido. O pequeno Leicester, de seis, arrastou Ernest como um boneco até que ele se submetesse a um *round* de socos no ar na sala de jantar. Enquanto isso, Grace me mantinha espetada na sala de estar, falando da superioridade da renda europeia, enquanto o dr. Hemingway pairava por ali com uma bandeja de queijos e beterrabas cultivadas por ele mesmo, em seu jardim no lago Walloon.

Depois do jantar, Grace pediu-me para tocar piano enquanto ela se punha ao lado e cantava uma ária. Ernest estava evidentemente mortificado. Ainda maior mortificação surgiu quando Grace insistiu em me mostrar uma foto num álbum sem dúvida muito apreciado, de Marcelline e Ernest com roupas iguais, ambos de vestidos listrados cor-de-rosa e chapéus de palha com enormes abas enfeitadas de flores.

— Hadley não quer ver nada disso, mamãe — disse Ernest do outro lado da sala.

— É claro que quer!

Grace me deu tapinhas na mão.

— Não quer, querida? — Ela apontou a fotografia com ares de proprietária. — Ele não era um lindo bebê? Suponho que tenha sido bobagem minha vesti-lo como uma menina, mas eu me permiti um capricho. Não fez mal a ninguém.

Ernest girou os olhos.

— É verdade, mamãe. Nada nunca faz mal a ninguém.

Ela o ignorou.

— Ele sempre adorou contar histórias, sabe? Sobre seu cavalinho de balanço, Prince, e sua babá, Lillie Ursa. E era um sujeito terrível, mesmo quando bebê. Se não gostasse de alguma coisa que alguém lhe dava, batia na pessoa com força, ali mesmo, e depois voltava para ganhar beijos.

— Tome cuidado para não fazer isso com Hadley — disse Marcelline, levantando uma sobrancelha para Ernest.

— Ela poderia gostar — disse Ursula, dando um rápido sorriso.

— Ursula! — reagiu o dr. Hemingway.

— Deixe o livro de lado, mamãe — pediu Ernest.

— Ah, ursinho — disse Grace, e virou a página. — Aqui está uma da casa em Windemere. Bela Walloona.

E lá ia ela de novo, declamando. A noite não terminava. Houve café, minúsculos dedais de brandy e bolinhos delicados, depois mais café. Quando tivemos afinal permissão para sair, Grace nos intimou, convidando-nos para o jantar de domingo.

— Sem chance! — disse Ernest entredentes enquanto me acompanhava até a saída.

Quando estávamos seguros dentro do carro e a caminho da casa de Kenley, falei:

— Eles foram extremamente polidos comigo, mas posso ver por que você quer manter distância.

— Ainda sou uma criança para eles, até para meu pai. E, quando me rebelo, sou egoísta, ou indelicado, ou um imbecil, e eles não confiam em mim.

— Não era muito diferente comigo, quando minha mãe estava viva. Nossas mães são tão parecidas. Você acredita que seja por isso que fomos atraídos um para o outro?

— Santo Deus, espero que não! — exclamou ele.

Com o início do noivado, novas regras foram aplicadas à nossa situação de hóspedes de Kenley. Eu ainda era convidada a ficar no meu quarto de sempre, mas a Ernest foi pedido que se instalasse na casa de outros amigos enquanto durasse minha visita.

— Não sei por que Kenley ficou de repente tão quadrado — disse Ernest ao receber a notícia. — Ele não é exatamente um modelo de virtudes.

— É a minha reputação que ele está protegendo, não a dele — opinei. — É até galante, se você pensar bem.

— Um horror! Quero ver você bem cedo, logo depois que seus olhos se abrirem para o dia. É pedir demais?

— Só por enquanto. Assim que nos casarmos, você pode me ver do jeito que quiser.

— Que pensamento bom! — E ele sorriu. — O melhor de todos.

Não era nenhum grande segredo o fato de que eu era virgem. Além de um ou outro beijo apaixonado de vários pretendentes, minha experiência como amante era nula. Ernest gostava de insinuar que tinha conhecido montes de garotas. Deduzi que ele tivesse estado com Agnes na Itália — iam se casar, afinal de contas —, porém, mais do que isso, eu tentava não pensar no assunto. Deixava-me ansiosa demais pensar se eu o satisfaria, então eu punha esse pensamento de lado e me concentrava em como fazer amor seria uma forma de conhecê-lo, sob todos os aspectos possíveis, sem obstáculos ou barreiras. Não importaria que eu fosse inexperiente. Ele me sentiria amando-o por inteiro e sem nada a esconder. Como poderia não sentir?

Ernest parecia preparado para esperar por nossa noite de núpcias — ele com certeza nunca me forçaria a coisa alguma —, mas, na noite de nossa visita a Oak Park, depois de um demorado beijo de boa-noite à porta de Kenley, ele me disse que, afinal, não iria dormir na casa de Don Wright naquela noite.

— Vou acampar.

— O quê?

— Vem ver. Vou mostrar a você.

Eu o segui pela escada de incêndio até o telhado, imaginando que estivesse gelado lá em cima — era março, e faltavam semanas para a verdadeira primavera em Chicago —, porém, num canto coberto, Ernest tinha empilhado mantas e cobertores e criado um abrigo aconchegante.

— Você construiu um belo reino por aqui, não foi?

— Essa é a ideia. Você quer um pouco de vinho?

Ele esticou a mão para seu ninho e tirou de lá uma garrafa de rolha e uma xícara de chá.

— O que mais você escondeu aí dentro?

— Entre e descubra.

Sua voz estava alegre e irônica mas, quando eu me ajeitei a seu lado sobre a manta e ele se aproximou para colocar um cobertor nos meus ombros, senti que suas mãos tremiam.

— Você está nervoso — falei.

— Não sei por quê.

— Você já esteve com uma porção de garotas, não esteve?

— Nenhuma como você.

— Bem, *essa* é a resposta perfeita.

Fizemos uma tenda com os cobertores e nos beijamos por muito tempo, aninhados, aquecidos e separados do resto do mundo. E então, sem ao menos saber que faria aquilo, tirei o casaco e a blusa e me deitei ao lado dele, sem me importar que seu paletó de lã me arranhasse a pele nua ou com o jeito que ele recuou para me olhar.

Não me senti tão envergonhada ou exposta como achei que faria. Seus olhos eram suaves e suas mãos também. Elas se moveram sobre meus seios e me surpreendi com a eletricidade que seu toque fez correr por todo o meu corpo. Arqueei-o automaticamente de encontro ao dele, e tudo aconteceu muito rápido a partir de então, minhas mãos buscando as dele com urgência, sua boca nas minhas pálpebras, meu pescoço, por toda parte ao mesmo tempo. Tudo era novo, mas natural e de algum modo parecendo certo, mesmo quando houve dor.

Quando eu era adolescente, minha mãe publicou um artigo no *New Republic* dizendo que uma esposa que apreciasse a atividade sexual não era melhor do que uma prostituta. A submissão era necessária em nome dos filhos, é claro, mas o objetivo final das mulheres só poderia ser um estrito e bem-aventurado celibato. Eu não sabia o que pensar em relação ao sexo ou o que esperar além de desconforto. Quando cresci e fiquei mais curiosa, passei os olhos em trechos da *Psicologia do Sexo* de Havelock Ellis, no *Literary Digest* de Roland, em busca de informações primordiais. Mas havia coisas que eu tinha muita dificuldade de imaginar de forma concreta — tais como onde nossos corpos se juntariam, e qual seria exatamente a *sensação* daquilo. Eu não sabia se era reprimida ou apenas ignorante, mas em minhas fantasias sobre nossa noite de núpcias, Ernest me carregaria através de um portal coberto de flores e meu vestido branco se dissolveria. Então, depois de algum embate vagamente doce, eu seria mulher.

No telhado, todos os véus caíram e, quando não havia mais sequer um diáfano retalho de fantasia, acho que o que mais me surpreendeu foi meu próprio desejo, o quanto eu estava pronta para tê-lo, a absoluta realidade de pele e calor. Eu o queria, e nada — nem o estranho choque de joelhos e cotovelos enquanto lutávamos para ficar mais perto, nem a espantosa e intensa sensação de ele se movendo para dentro de mim — poderia mudar aquilo. Quando seu peso estava todo sobre mim e eu podia sentir cada saliência e contorno do telhado contra meus ombros e quadris através dos cobertores, houve momentos de pura e devastadora felicidade que eu sabia que nunca mais esqueceria. Era como se tivéssemos comprimido nossos corpos juntos até que seus ossos passassem através dos meus e fôssemos a mesma pessoa, ainda que por muito pouco tempo.

Depois, ficamos deitados sobre os cobertores e olhamos as estrelas, que brilhavam muito por toda parte acima de nós.

— Eu me sinto como se fosse seu bichinho de estimação — ele falou, a voz calorosa e suave. — Você é minha também, minha gatinha perfeita.

— Você alguma vez pensou que poderia ser assim? Do jeito que nós acontecemos um para o outro?

— Posso fazer qualquer coisa, se tiver você comigo — disse ele. — Acho que posso escrever um livro. Ou seja, eu quero escrever, mas o caso é que ele poderia ser idiota, ou inútil.

— É claro que pode, e ele vai ser maravilhoso. Tenho certeza. Jovem, puro e forte como você. Será você.

— Quero que meus personagens sejam como nós, apenas gente tentando viver com simplicidade e dizer o que realmente sente.

— Nós dizemos o que sentimos, mas é difícil, não é? Ser realmente honesto pode ser a coisa mais difícil de todas.

— Kenley diz que estamos apressando as coisas. Ele não compreende por que eu quero me mover em direção ao casamento quando a vida de solteiro me cai tão bem.

— É direito dele.

— É, mas eu não sou ele. Horney tem medo de que eu vá botar minha carreira a perder. Gamble acha que vou me esquecer do verdadeiro objetivo da Itália quando estivermos amarrados. Kate não fala com nenhum de nós.

— Não vamos falar dela, por favor. Não agora.

— Tudo bem — respondeu. — Só estou dizendo que ninguém parece entender que eu *preciso* disto. Preciso de você.

Então ele se sentou e me olhou até que eu achei que meu rosto fosse se desmanchar.

— Espero que tenhamos a sorte de envelhecer juntos. A gente os vê na rua, aqueles casais que estão casados há tanto tempo que você não consegue saber quem é quem. Que tal a ideia?

— Eu iria adorar ser como você — respondi. — Iria adorar ser você.

Eu nunca tinha dito nada mais verdadeiro. Eu teria saído feliz da minha pele naquela noite e entrado na dele, porque eu acreditava que era aquele o significado do amor. Não tínhamos acabado de desfalecer um dentro do outro, até que não houvesse diferença entre nós?

A lição mais difícil do meu casamento foi descobrir a falha desse pensamento. Eu não conseguia alcançar todas as partes de Ernest, e ele não queria que eu o fizesse. Ele precisava de mim para se sentir seguro e apoiado, sim, da mesma maneira que eu precisava dele. Mas ele também gostava de poder desaparecer dentro de seu trabalho, longe de mim. E voltar quando quisesse.

NOVE

Ernest tomou impulso, erguendo o corpo acima do lago antes de mergulhar. Voltando à tona, ele se manteve na superfície e olhou para o píer onde Dutch e Luman estavam sentados e dividiam uma garrafa de alguma bebida barata, as vozes chegando claramente até ele por cima da água.

— Boa forma, Wem! — exclamou Dutch. — Você me ensina a mergulhar desse jeito?

— Não — respondeu ele. — Não sei ensinar nada a ninguém.

— Você precisa ser tão sovina? — disse Dutch com uma risada de deboche, mas Ernest não estava disposto a responder, então jogou o corpo para cima como uma pedra e deixou-se cair, afundando no lago até bater no fundo lodoso e ali ficou, sentindo o musgo macio e estranho na sola dos pés.

Foi apenas no último verão que Kate e Edgar estiveram no píer comendo cerejas roubadas e cuspindo os caroços em cima dele, enquanto ele se balançava ali perto? Kate. Querida Katy com seus olhos verdes de gato e suas pernas macias e rijas até os quadris. Uma noite, ela tinha dito: Você é o médico, examine-me, *e ele tinha feito isso, contando cada uma das costelas com as mãos, seguindo a curva desde a espinha. Ela não se encolheu, nem riu. Quando ele chegou ao seio, ela puxou para baixo a parte de cima do maiô, olhando para ele. Ele parou de mover as mãos e tentou respirar.*

— Em que você está pensando, Wemedge?

— Em nada — respondeu ele, esforçando-se para manter a voz firme.

O mamilo era perfeito, e ele queria botar a mão dele, e depois a boca. Ele queria cair em Kate do jeito que gostava de cair no lago, mas vozes se aproximavam deles pela trilha de areia. Kate endireitou o maiô. Ele se levantou depressa e pulou na água, sentido-a queimá-lo todo.

Agora Kate estava a menos de dois quilômetros estrada acima, no chalé de sua tia Charles com Hadley, as duas no mesmo quarto, em caminhas que cheiravam a mofo. Ele conhecia bem aquele e todos os quartos da casa, mas achava difícil imaginar Hadley ali ou em qualquer outro lugar que ele conhecesse bem. Quando era menino, ele tinha aprendido ali tudo o que valia a pena aprender, como pegar, escamar e eviscerar um peixe, como segurar um animal vivo ou morto, como fazer fogo e mover-se em silêncio pelos bosques. Como ouvir. Como se lembrar de tudo o que importava, para poder guardar consigo e usar quando precisasse.

Aquele lugar nunca o deixara na mão, mas ele se sentia meio fora dali naquela noite. No dia seguinte, às quatro da tarde, ele e Hadley se casariam na igreja metodista de Lake Street. Ele sentiu uma onde de pânico, como se fosse um peixe caindo numa rede esticada, lutando instintivamente contra ela.

Não era culpa de Hadley. Casar-se tinha sido ideia dele, mas ele não dissera a ela o quanto estava com medo. Parecia que precisava se forçar a abrir caminho naquela direção de qualquer maneira, como fazia com tudo o que o apavorava demais. Ele tinha medo do casamento e também de ficar sozinho.

Subindo do fundo frio do lago na noite anterior ao casamento, ele achou difícil não se afastar de Hadley ou ficar ainda mais confuso. Ele a amava. Ela não o assustava como Kate ou o desafiava com olhos verdes a apalpá-la no escuro, dizendo Vá em frente. De que você tem medo, Wemedge?

Com Hadley, as coisas pareciam bem quase todo o tempo. Ela era boa, forte e verdadeira, e ele podia contar com ela. Eles tinham tanta chance de fazer dar certo quanto qualquer outra pessoa, mas e se o casamento não resolvesse tudo e não salvasse ninguém, nem um pouquinho? E aí?

Agora que estava na superfície, podia ouvir Dutch e Luman de novo, dizendo coisas idiotas, não entendendo nada. A água era macia e fria de encontro à sua pele, sustentando-o e soltando-o ao mesmo tempo. Ele olhou para cima, para o vórtice negro do céu, respirou para encher os pulmões de ar e disparou em direção ao píer.

DEZ

Três de setembro de 1921, manhã clara, clima agradável e sem vento — um dia perfeito. As folhas começavam a girar em torno das árvores, mas você não saberia disso se experimentasse o lago, que ainda estava quente como água de banho. Ernest chegara à baía de Horton naquela manhã com um humor tempestuoso, depois de três dias pescando com amigos solteiros. A linha de seu nariz estava queimada de sol, e seus olhos, marcados pela exaustão, ou ansiedade, ou ambas.

— Você está pronto para isto? — perguntei quando o vi.

— Pode apostar! — disse ele.

Ele estava blefando, mas eu também não estava? Não ficam todos mortalmente apavorados no dia de seu casamento?

Enquanto Ernest passava suas últimas horas de homem livre num chalé na rua principal da baía de Horton, com uma garrafa de uísque passando de mão em mão entre ele e seus padrinhos, fui nadar antes do almoço com Ruth e Kate, minhas damas de honra.

Não tinha sido fácil conseguir que Kate consentisse em, pelo menos, ir ao casamento. Houve uma série de cartas tensas e difíceis, quase todas indo para ela. Mas, depois de muitas semanas, ela afinal confessou: *Receio que eu já tenha estado muito apaixonada por Ernest. Não sei por que não consegui dizer isso, a não ser porque foi doloroso vê-lo se encantar por você e não por mim, e terrivelmente constrangedor pensar que vocês dois devem ter rido de mim.*

Senti uma intensa pontada de compreensão ao ler suas palavras. Eu sabia bem a que ponto era capaz de chegar alguém levado por um amor não correspondido, e mesmo assim ali estava Kate, mostrando o quanto era uma boa amiga. Ela amara Ernest e o perdera para mim, mas ainda assim estava disposta a nos apoiar diante de nossa família e amigos. Eu estava cheia de admiração por ela naquela tarde e não pude deixar de nadar até o raso onde ela brincava com a água, dizendo: — Você é uma boa garota, Kate.

— Você também, Hash — respondeu.

Seus olhos estavam cheios de lágrimas.

Se ao menos eu soubesse, naquela época, que oito anos depois, numa Paris que nem sequer começáramos a imaginar, John Dos Passos seria atingido pelo brilho de Kate e a perseguiria com afinco até que ela concordasse em se casar com ele, e que Dos seria um tipo quase tão vistoso e importante para a literatura americana quanto Ernest, aquele momento teria sido muito mais ameno... mas nunca sabemos o que nos espera, algo bom ou ruim. O futuro continuou coberto pelo seu véu quando Kate me deu um sorriso pálido e se afastou em direção aos juncos.

A ÁGUA ESTAVA TÃO MORNA E IDEAL naquela tarde que nadamos até três horas, quando percebi com uma espécie de pânico que meu cabelo nunca secaria a tempo para a cerimônia. Corremos de volta para o chalé, onde o prendi com fitas, e depois entrei no vestido de renda marfim, que me caiu tão bem que até achei que compensava o cabelo molhado. Havia macios sapatos de cetim para meus pés, uma grinalda de flores e um véu para se arrastar atrás de mim. Eu levava nas mãos um ramo de cravinhos-do-amor.

Às quatro e quinze, entramos na igrejinha, que Kate e Ruth tinham decorado com lírios do pântano, balsâminas e varas-de-ouro, colhidas num campo próximo. Nervuras de sol furavam as janelas e escalavam a parede. Ernest e seus acompanhantes estavam de pé no altar, todos másculos e deslumbrantes em calças brancas e paletós azul-marinho. Alguém espirrou. O pianista começou a tocar a "Marcha Nupcial" de Wagner e comecei a andar, levada pela nave por George Breaker, um amigo da família. Eu esperava que meu irmão Jamie pudesse ir da Califórnia para me levar ao altar, mas ele estava muito doente, com tuberculose. O irmão da minha mãe, Arthur Wyman, era minha segunda escolha, mas ele também estava impedido por problemas de saúde. Entristecia-me o fato de que a maior parte da minha família não estivesse ali comigo, mas não estava eu construindo uma nova família naquele dia?

A caminho do púlpito, passei por Fonnie, toda dura dentro da roupa e com um chapeuzinho de marinheiro engomado. Roland estava a seu lado e me deu um sorriso carinhoso, e então minha sobrinha Dodie mostrou os dentes e apontou para os joelhos de Ernest, que tremiam um pouco em suas calças de flanela branca. Seria apenas mais uma prova de medo, ou algo mais? Eu sinceramente não sabia, mas de qualquer maneira era tarde demais para fazer esse tipo de pergunta... tarde demais para parar ou dar para trás, ainda que eu quisesse. E eu não queria.

A cerimônia foi tranquila e bonita, e transcorreu sem um senão. Saímos da igrejinha para os últimos raios de sol. Mais tarde, depois de um jantar com frango e um pegajoso bolo de chocolate e muitas fotos no jardim com todos apertando os olhos por causa do sol, Horney se ofereceu para nos levar de carro até o lago Walloon, onde passaríamos a lua de mel em Windemere, o chalé de verão da família Hemingway. Grace e o dr. Hemingway nos tinham oferecido duas semanas de hospedagem, como presente de núpcias. Escurecia quando entramos no barco e começamos a travessia do lago. Nossa bagagem sacolejava junto aos nossos joelhos, e um doce nervosismo baixou sobre nós, as tarefas do dia deixadas para trás.

— Você está feliz? — indagou ele, baixinho.

— Você sabe que estou. Precisa perguntar?

— Gosto de perguntar — respondeu ele. — Gosto de ouvir, mesmo sabendo o que vou ouvir.

— Talvez eu esteja ainda mais, então — disse eu. — Você está feliz?

— Precisa perguntar?

Rimos um do outro com prazer. O ar estava úmido, parado e cheio de pássaros noturnos e morcegos famintos. Quando atracamos o barco na enseada de Windemere, já estava bem escuro. Ernest me ajudou a escalar o banco de areia e depois subimos a colina, segurando-nos um no outro. Abrimos a porta, acendemos a luz e olhamos para o chalé. A mãe de Ernest tinha cuidado pessoalmente de deixar tudo brilhando, mas, apesar de os quartos estarem limpos, eram gelados. Ernest abriu uma garrafa de vinho que Grace deixara para nós na geladeira, acendemos a lareira na sala de estar e arrastamos os colchões de algumas das camas do térreo para fazer um ninho diante dela.

— Fonnie estava em plena forma hoje — disse ele depois de algum tempo. — Um perfeito tanque.

— Coitada da Fonnie — respondi. — Seu próprio casamento é um grande fracasso. Não me surpreendo que seja tão áspera conosco.

— Você não é uma boa criatura? — disse ele, me acariciando o cabelo. E fui lembrada da minha tarde no lago.

— Kate se comportou bravamente, você não acha?

— É, é verdade, mas fico contente que tudo isso tenha ficado para trás.

Ele se levantou e cruzou a sala para acender a luz.

— Eu deveria ter dito isso antes, mas sempre preciso de alguma luz para dormir. Tudo bem para você?

— Acho que sim. O que acontece se você deixar tudo apagado?

— Você não vai querer saber. — Ele voltou para o nosso ninho e me abraçou apertado. — Depois que levei o tiro, quando minha cabeça ainda estava em péssimo estado, um oficial italiano muito sábio me disse que a única coisa que realmente funcionava para esse tipo de medo era o casamento.

— Porque então sua mulher tomaria conta de você? É um jeito interessante de se pensar no casamento.

— Eu na verdade achei que ele queria dizer que se eu tomasse conta dela, ou seja, de você, eu me preocuparia menos comigo mesmo. Mas talvez funcione das duas maneiras.

— Estou contando com isso — respondi.

ONZE

Três relógios de viagem
Tiquetaqueiam
Sobre a lareira
Vírgula
Mas o rapaz está na miséria.
E.H., 1921

— Não estamos exatamente na miséria — disse a Ernest quando ele me mostrou seu último poema.

— Talvez não, mas você não pode nos chamar de endinheirados — argumentou ele.

Nosso primeiro apartamento era um minúsculo e apagado sobrado num prédio de dois andares na North Dearborn Street, um péssimo endereço na zona norte de Chicago. Eu o detestava, mas era tudo o que podíamos pagar. Vivíamos com cerca de dois mil dólares por ano, dinheiro de um fundo de investimentos que meu avô me tinha deixado. Havia ou haveria um pouco mais de dinheiro vindo do espólio de minha mãe, embora ele ainda estivesse preso com diversos advogados. Ernest estava ganhando cerca de cinquenta dólares por semana escrevendo para a *Co-operative Commonwealth*, mas pedira demissão poucas semanas depois que voltamos da lua de mel, quando começaram a circular boatos de que a publicação estava envolvida em negócios financeiros escusos e logo iria à falência. Ernest não queria ser envolvido em nenhuma dessas sujeiras, e eu compreendia a razão, ainda mais porque ele seria um escritor famoso, mas nossos planos de viajar para a Itália pareciam cada vez mais impossíveis.

O depauperamento do nosso estilo de vida não aborrecia Ernest tanto quanto a mim, porque ele passava o dia inteiro fora, escrevendo em restaurantes ou cafés. Eu ficava presa no apartamento, dois cômodos, mais o banheiro no fundo do corredor... e tinha muito pouca coisa com que me manter ocupada. Em outra ocasião, poderia ter me ocorrido encontrar um emprego, mas eu tinha acabado de fazer aquela opção e a ideia, pelo menos, de me lançar na vida doméstica era tentadora. Eu sentia falta da energia do Domicílio, mas Kate tinha ido estudar jornalismo em Buffalo, e as coisas andavam estremecidas entre Ernest e Kenley. Ele ainda devia a Kenley aluguéis de muito antes do casamento mas, à medida que o tempo passava, Ernest ficava mais mordaz e teimoso, dizendo que Kenley estava tentando passá-lo para trás. Ele não pagava, e Kenley estava furioso, acabando por mandar uma carta dizendo que Ernest podia ir buscar suas coisas no guarda-móveis.

Ernest mandou de volta uma resposta brutal, sacrificando a amizade como se nada significasse. Eu sabia que ele estava magoado com a perda e com seus próprios erros, mas não admitiria. Seu estado de ânimo estava bem baixo naquela época. Ele tinha recebido diversas outras recusas de contos que mandara para revistas, e aquilo feria seu orgulho. Uma coisa era ele passar a metade do dia escrevendo e não ver resultados. Mas agora ele se dedicava ao ofício, trabalhando o dia todo, e nada acontecia. O que significaria aquilo para o futuro?

Sem dúvida houve momentos, quando namorávamos, em que o ânimo de Ernest se abatia e ele deprimia. Uma carta sombria vinda dele poderia parecer bem alarmante, mas alguns dias se passavam e seu tom ia se tornando mais dinâmico e positivo. Ver de perto suas mudanças de humor era um desafio maior. Na verdade, a primeira vez, que aconteceu pouco depois de estarmos casados, perturbou-me mais do que eu gostaria de admitir.

Ele chegou um dia em casa, depois de escrever num café, parecendo simplesmente péssimo. Seu rosto estava abatido e sem expressão; os olhos, vermelhos de exaustão. Achei que ele poderia estar doente, mas ele afastou essa hipótese com um dar de ombros.

— Só passei tempo demais dentro da minha cabeça. Por que não vamos dar uma volta?

Era novembro e fazia bem frio, mas nos agasalhamos e caminhamos por um bom tempo, indo em direção ao lago. Ernest estava calado, e eu não o pressionei. Quando chegamos à margem, escurecia e a água estava agitada e encapelada. Ainda assim, podíamos ver alguns corajosos ou idiotas, talvez a uns oitocentos metros, num pequeno bote que se inclinava terrivelmente, com água entrando.

— O que Darwin acharia deste capiau? — perguntou Ernest, dando um sorriso torto.

— Ah! Eu me perguntava se voltaria a ver estes lindos dentes — respondi.

— Desculpe. Não sei o que há de errado comigo.

Ele botou as mãos na cabeça e suspirou.

— Droga! — sussurrou com raiva, e depois bateu com força na testa com os punhos.

— Ernest! — disse eu, e então ele fez de novo.

Ele começou a chorar, ou pelo menos eu achei que estava chorando: seu rosto estava escondido nas mãos.

— Por favor, diga-me o que há de errado — pedi. — Você pode me dizer qualquer coisa.

— Nem eu sei. Estou acabado. Não dormi nada ontem à noite.

— Você está arrependido de ter se casado? — Tentei encontrar seus olhos. — Se estiver, vou aguentar ouvir.

— Não sei. Só estou tão perdido.

Ele esfregou as mangas de paletó de lã nos olhos com força.

— Tenho esses pesadelos e eles são tão reais. Ouço os tiros de morteiro, sinto o sangue em meus sapatos. Acordo encharcado. Tenho medo de dormir.

Senti uma onda de amor maternal por ele, com vontade de apertá-lo nos braços até que se fosse aquela sensação de frio em seu coração.

— Vamos para casa — falei.

Voltamos para o apartamento em silêncio. Quando chegamos, levei Ernest direto para o quarto e tirei sua roupa do jeito que minha mãe sempre fazia comigo quando eu estava doente. Puxei as cobertas e aconcheguei-as em volta dele, depois esfreguei seus ombros e braços. Após algum tempo, ele adormeceu. Apanhei outra coberta e fui para uma poltrona olhar para ele. Só então me permiti sentir todo o peso da minha própria ansiedade. *Tão perdido*, ele dissera, e eu podia ver aquilo em seus olhos, que me lembravam os de meu pai. O que queria dizer tudo aquilo? Estaria aquela crise relacionada com suas experiências na guerra? Viriam aquelas lembranças atormentá-lo de vez em quando, ou seria algo mais pessoal? Pertenceria aquela tristeza a Ernest, da maneira fatal com que a de meu pai lhe pertencia?

Do outro lado do quarto, Ernest fez um leve ruído animal e virou o rosto para a parede. Embrulhei melhor os ombros com minha manta e, pela janela do nosso quarto, olhei o céu tempestuoso de novembro. Começara a chover forte, e desejei que aquela pobre alma no bote tivesse conseguido chegar à margem. Mas nem todos os que saem numa tempestade querem ser salvos. Eu sabia por experiência própria, do verão em que morreu Dorothea. Meu amigo de veraneio e eu tínhamos escapado sãos e salvos da baía de Ipswich, mas fora obra do acaso. Se as águas enfurecidas tivessem vindo me engolir, eu teria permitido. Eu queria morrer naquele dia — queria, sim —, e houve outras ocasiões também. Não muitas, mas estavam ali, e, enquanto eu observava Ernest crispar-se num sono agitado, não podia deixar de me perguntar se todos nós as tínhamos. E, se tivéssemos, *se* as sobrevivêssemos, seria só por sorte?

Horas depois, Ernest acordou e me chamou no quarto escuro.

— Estou aqui — respondi, indo até ele.

— Sinto muito — disse ele. — Fico assim às vezes, mas não quero que você pense que ganhou um cavalo manco.

— O que desencadeia isso?

— Não sei. Aparece.

Deitei-me devagar perto dele e acariciei sua testa, de leve, enquanto ele falava.

— Quando levei o tiro, tive crises muito fortes, por algum tempo. Se fosse durante o dia e eu estivesse fazendo alguma coisa, pescando, escrevendo, qualquer coisa, ficava bem. Ou à noite, se eu tivesse uma luz acesa e pudesse pensar em outra coisa até adormecer. Ou se conseguisse dizer os nomes de todos os rios que já tinha visto. Ou percorrer em pensamento uma cidade na qual tivesse vivido e tentasse me lembrar de todas as ruas e dos bons bares e pessoas que conhecerá lá e das coisas que haviam dito. Mas em outras ocasiões estava escuro demais, ou silencioso demais, e eu começava a me lembrar de coisas que não queria na minha cabeça de maneira alguma. Você sabe do que estou falando?

— Sei, um pouco.

Abracei-o.

— Mas isso me assusta. Eu nunca soube que meu pai era tão infeliz, a não ser quando ele se foi. Aquilo tudo foi demais para mim.

Parei, tentando dizer a coisa certa.

— Você acha que vai saber quando for demais para você? Quero dizer, antes que seja tarde demais.

— Você quer uma promessa?

— Você consegue?

— Acho que sim. Posso tentar.

Como éramos os dois inacreditavelmente ingênuos, naquela noite. Agarramo-nos um ao outro, fazendo juras que não poderíamos manter e que jamais deveriam ser ditas em voz alta. O amor é assim, às vezes. Eu já o amava mais do tinha amado alguém ou alguma coisa. Sabia que ele precisava de mim de forma absoluta, e queria que continuasse a precisar, para sempre.

Pelo bem de Ernest, eu tentava ser forte, mas as coisas não eram fáceis para mim em Chicago. A preocupação dele com o trabalho me fez perceber, com muita clareza, que eu não tinha uma paixão que fosse minha. Continuava a estudar piano porque sempre tinha estudado, mas aquele era um piano-armário alugado, não o gracioso Steinway da minha infância, e a umidade do apartamento arruinava a afinação. Como eu não tinha mais amigos em Chicago, passavam-se semanas inteiras em que eu não falava com ninguém além de Ernest e do sr. Minello, o dono da mercearia do fim da rua. Todas as tardes, eu andava três quadras até a loja e me sentava para conversar com ele. Às vezes, ele fazia uma xícara de chá para nós — um chá forte que cheirava a cogumelo e cinzas —, e conversávamos como duas comadres. Ele era viúvo, um homem sensível que reconhecia uma mulher solitária quando a encontrava.

Foi o sr. Minello quem me ajudou a planejar meu primeiro jantar festivo depois de casada, para Sherwood Anderson e sua mulher, Tennessee. Kenley apresentara Ernest a Anderson na primavera, antes de se desentenderem. *Winesburg, Ohio* ainda era uma grande novidade, e Ernest mal podia acreditar que Anderson se encontraria com ele, quanto mais pedir para ver alguns de seus contos. Anderson tinha visto potencial no trabalho de Ernest e se oferecera para ajudar a deslanchar sua carreira, se pudesse, mas ele e Tennessee tinham deixado os Estados Unidos pouco depois, para uma longa viagem pela Europa. Acabavam de voltar para a cidade quando Ernest o procurou e convidou o casal para jantar. Fiquei entusiasmada para conhecê-los, mas também em pânico. Nosso apartamento era tão horrível, como eu conseguiria me sair bem?

— Pouca luz — disse o sr. Minello, tentando me acalmar os nervos. — Poupe as velas mas não o vinho. E sirva alguma coisa com um molho cremoso.

Eu não era muito boa na cozinha, mas de qualquer maneira a noite correu bem. Tanto Anderson quanto a esposa eram educadíssimos e fingiram não perceber em que péssima situação estávamos. Gostei dos dois no mesmo instante, sobretudo de Anderson, que tinha um rosto interessante. Às vezes, parecia vazio e despersonalizado — esponjoso, banal e do Meio-Oeste. Outras, tinha uma espécie de intensidade dramática que emprestava a tudo uma carga e uma dureza adoráveis. Foi quase magnífico quando começou a falar de Paris após o jantar.

— E quanto a Roma? — perguntou Ernest, deixando-o a par de nossos velhos planos de nos mudarmos para a Itália.

— Roma tem seus encantos, sem dúvida — disse Anderson, soprando a fumaça sobre o prato vazio. — *A dolce vita* e tudo mais. Como não gostar da Itália? Mas se você quiser escrever a sério, Paris é o lugar para se estar. É onde estão os escritores de verdade. A taxa de câmbio é boa. Há o que fazer a qualquer hora. Tudo é interessante, e todos têm algo com que contribuir. Paris, Hem. Pense nisso.

Naquela noite, depois de entrarmos em nossa caminha gelada, bem enroscados um no outro para aquecer nossos pés e mãos, Ernest me perguntou o que eu achava da ideia.

— Mas podemos mudar de ideia assim tão depressa? Fizemos tantos planos.

— Roma estará lá sempre que a quisermos... mas Paris... Quero seguir a corrente. Anderson sabe o que diz, e se ele diz que Paris é onde queremos estar, deveríamos ao menos considerar essa hipótese com cuidado.

Estávamos ainda tão quebrados que tudo aquilo poderia ser irrelevante, mas então recebemos a notícia de que meu tio, Arthur Wyman, morrera e me deixara uma herança de oito mil dólares. Ele já estava doente há algum tempo, mas o presente foi absolutamente inesperado. Aquela quantia — uma fortuna para nós — garantiu nossa ida para o exterior da noite para o dia. Assim que soubemos, Ernest foi procurar Sherwood em seu escritório no centro da cidade e lhe disse que estávamos prontos para Paris. Havia algo que ele pudesse fazer para preparar o caminho? Para onde deveríamos ir? Qual o bairro? Qual a melhor maneira de agir?

Anderson respondeu a cada uma das perguntas. Montparnasse era o melhor bairro para artistas e escritores. Até encontrarmos um lugar para morar, deveríamos ficar no hotel Jacob, perto da Rue Bonaparte. Era limpo, o preço era razoável, e montes de intelectuais americanos podiam ser encontrados lá e pelas redondezas. Por fim, Anderson sentou-se à sua escrivaninha e fez para Ernest cartas de apresentação para diversos dos famosos expatriados que conhecera há pouco e de quem ficara amigo, inclusive Gertrude Stein, James Joyce, Ezra Pound e Sylvia Beach. Todos eram ou logo seriam gigantes no campo das artes e das letras, mas ainda não sabíamos disso — sabíamos apenas que ter as cartas de Anderson como cartão de visitas era fundamental. Ernest agradeceu-lhe por tudo e correu para casa, a fim de ler em voz alta para mim suas palavras, em nossa minúscula cozinha, todas as cartas dizendo basicamente a mesma coisa, que aquele Ernest Hemingway era um escritor inédito mas um ótimo jovem jornalista cujo "extraordinário talento" levaria muito além dos limites do jornalismo.

Na cama, naquela noite, enquanto falávamos e sonhávamos com Paris, sussurrei ao ouvido de Ernest:

— É você o jovem escritor de quem tenho ouvido falar?

— Meu Deus, espero que sim.

Ele me abraçou apertado.

No dia 8 de dezembro de 1921, quando o *Leopoldina* levantou âncora para a Europa, estávamos a bordo. Nossa vida juntos começava afinal. Nós nos abraçamos e olhamos o mar. Ele era absurdamente imenso e cheio de beleza e perigo em partes iguais... e nós o queríamos por inteiro.

DOZE

Nosso primeiro apartamento em Paris ficava na Cardinal Lemoine 74, dois cômodos curiosamente projetados no quarto andar de um prédio ao lado de uma casa de danças, um *bal musette*, onde a qualquer hora do dia podia-se comprar um ingresso para rodopiar pelo salão enquanto o acordeão sibilava uma melodia animada. Anderson tinha dito Montparnasse, mas não podíamos pagar os preços de lá, nem de nenhuma das outras regiões mais na moda. Estávamos na velha Paris, no Quinto *Arrondissement*, longe dos bons cafés e restaurantes e repleto não de turistas, mas de parisienses da classe operária, com suas carroças, cabras, cestas de frutas e mãos estendidas. Tantos maridos e filhos haviam sido perdidos na guerra que a maioria ali se compunha de mulheres, crianças e velhos, e isso era o que de mais tranquilizador havia no lugar. A rua de pedras subia serpenteando desde o Sena, perto da Pont Sully, e terminava na Place de la Contrescarpe, uma pracinha que fedia aos bêbados caídos pelos bistrôs ou dormindo nas soleiras das portas. Havia um enorme monte de trapos e então o monte se movia, e percebíamos que havia um pobre coitado dormindo ali no meio. Para cima e para baixo das ruas estreitas ao redor da praça, os mascates de carvão cantavam e carregavam nos ombros seus imundos sacos de *boulets*. Ernest amou o lugar à primeira vista. Eu estava com saudades de casa e desapontada.

O apartamento era mobiliado, com um conjunto de jantar feio, de carvalho, e uma cama enorme de falso mogno, com enfeites dourados. O colchão era bom, como haveria de ser na França, onde parecia que todos faziam tudo na cama... comer, trabalhar, dormir, fazer muito amor. Aquilo combinava conosco, como pouco mais no apartamento, a não ser talvez o lindo console preto sobre a lareira, no quarto.

Na mesma hora começamos a mudar os móveis de lugar, levando a mesa de jantar para o quarto e um piano-armário alugado para a sala de refeições. Depois de tudo feito, Ernest sentou-se à mesa e começou a escrever uma carta para a família, que estava ansiosa por notícias nossas, enquanto eu desencaixotava a porcelana do nosso casamento e as poucas coisas que tínhamos levado, como o lindo aparelho de chá que tinha sido presente de Fonnie e Roland, com motivos de folhas e rosas em tons de salmão. Girando nas mãos o bule roliço e me perguntando onde ele ficaria bem na minha cozinha minúscula e medieval, senti de repente tanta falta de casa que comecei a chorar. Não era bem de St. Louis que eu tinha saudades, mas de alguma ideia maior e mais vaga de lar — coisas e pessoas conhecidas e amadas. Pensei na ampla varanda da frente na casa da minha família em Cabanné Place, onde vivemos até logo depois do suicídio de meu pai: o balanço que fazia um barulhinho de grilo quando eu me deitava nele, a cabeça numa almofada, olhos fixos na gota perfeitamente envernizada que pendia da armação. Em poucos minutos as lágrimas de saudade eram tantas que precisei largar o bule.

— Essa choradeira toda é da minha gatinha eriçada? — perguntou Ernest, do quarto.

— Acho que é — respondi.

Fui até ele, passando os braços em torno de seu pescoço e comprimindo meu rosto molhado em seu colarinho.

— Pobre gata molhada — disse ele. — Também me sinto assim.

A mesa ficava encostada a uma janela estreita e por ela podíamos ver as laterais irregulares dos prédios e lojas vizinhas, e pouco mais. Em cinco dias seria Natal.

— Quando eu era criança, minha mãe pendurava ramos de azevinho nas vidraças vermelhas da sala de estar. Com a luz do sol ou de velas, tudo brilhava. Aquilo era Natal.

— Não vamos falar nisso — pediu ele, e levantou-se para me abraçar.

Ele levou minha cabeça até seu peito, àquele ponto no qual sabia que eu me sentia mais segura. Através do assoalho e das paredes, podíamos ouvir o acordeão da casa de danças e começamos a nos mover, oscilando de leve.

— Vamos conseguir — assegurou ele. — Você vai ver.

Fiz que sim, a cabeça em seu peito.

— Talvez devêssemos sair agora e fazer compras para nossas meias de Natal. Isso vai alegrar a gata.

Concordei outra vez, e saímos para nossa excursão de compras. No patamar de cada andar do edifício havia uma pia e um sanitário comunal, que se usava ficando de pé sobre dois pedais. O cheiro era horrível.

— Isso é primitivo — disse eu. — Deve haver um sistema melhor.

— É melhor do que urinar pela janela, suponho — respondeu ele.

Na rua, viramos à esquerda para descer a ladeira e paramos para espiar pela porta de entrada da casa de danças, onde dois marinheiros esfregavam-se de um jeito obsceno em duas garotas, ambas magérrimas e excessivamente pintadas. Acima dos corpos, fieiras de lanternas de lata lançavam sombras cintilantes que faziam o salão parecer oscilar e girar a ponto de provocar náusea.

— Parece quase um parque de diversões — comentei.

— Imagino que seja melhor quando se está bêbado — replicou ele, e logo concordamos que tudo ficaria muito mais alegre se nos embebedássemos.

Ainda não conseguíamos nos orientar direito, mas pegamos um caminho cheio de curvas em direção ao Sena, passando pela Sorbonne e pelo teatro Odeon, até encontrarmos o Pré aux Clercs, um café na Rue des Saints-Pères que parecia convidativo. Entramos, escolhendo uma mesa perto de alguns ingleses estudantes de medicina que falavam com ironia dos efeitos do álcool no fígado. Ao que parecia, tinham há pouco tempo entrado em contato com cadáveres.

— Vocês podem ficar com o meu fígado quando eu não o quiser mais — brincou Ernest com eles. — Mas não esta noite.

A lei seca estava em plena vigência quando saímos dos Estados Unidos, e, embora nunca tivéssemos parado de beber — quem parou? —, era um alívio poder comprar bebida e consumi-la em público. Pedimos Pernod, que era verde e parecia fantasmagórico quando se acrescentava água e açúcar, e tentamos nos concentrar nele e não no nosso jantar, que era um decepcionante *coq au vin* com pedaços acinzentados de cenoura boiando no caldo.

— Não parece certo estar tão longe de casa no Natal. Deveríamos ter uma árvore decente, ramos de azevinho e um peru gordo assando no forno — falei.

— Talvez — disse ele. — Mas temos Paris. Era o que queríamos.

— É — respondi. — Mas vamos voltar para casa algum dia, não vamos?

— Claro que vamos — afirmou ele, mas algo escurecera seus olhos... recordações ou ansiedade. — Precisamos primeiro descobrir um jeito de dar certo aqui. Você acha que vamos conseguir?

— Claro! — blefei.

Do outro lado da janela do café, as ruas estavam escuras, e tudo o que se via era um cavalo puxando uma carroça com um reservatório de águas servidas, as rodas lançando sombras ininterruptas.

Ele fez sinal ao garçom para nos servir mais dois Pernods, e dedicamo-nos a beber de verdade. Quando o café fechou, estávamos tão embriagados que precisamos nos apoiar um no outro para nos equilibrar enquanto andávamos. Subir a ladeira era infinitamente mais difícil do que descer, ainda mais em nosso estado, mas conseguimos ir em marcha lenta, parando para descansar nas soleiras das portas, às vezes trocando um beijo desajeitado. Isso era algo que se podia fazer em Paris sem chamar muita atenção.

Em casa, vomitamos os dois, um depois do outro, no penico. A casa de danças ainda rugia com seus bêbados quando fomos para a cama; o acordeão atingira um volume febril. Encostamos nossas testas, suados e cheios de náusea, mantendo os olhos abertos para que o mundo não girasse depressa demais. E, pouco antes de adormecermos, falei:

— Vamos nos lembrar disto. Algum dia, diremos que este acordeão foi o som do nosso primeiro ano em Paris.

— O acordeão, as putas e a ânsia de vômito — respondeu ele. — Esta é a nossa canção.

CHOVEU DURANTE QUASE TODO o mês de janeiro, e, depois, o inverno em Paris foi dolorosamente frio e claro. Ernest imaginara poder escrever em qualquer lugar, mas depois de algumas semanas de trabalho no apartamentinho apertado, sempre consciente da minha presença, descobriu e alugou um quarto, bem perto, na Rue Descartes. Por sessenta francos por mês, tinha uma mansarda não muito maior do que um banheiro, mas perfeito para o que precisava. Ele não queria distrações, e ali não havia nenhuma. Sua escrivaninha dava para os desagradáveis telhados e chaminés de Paris. Fazia frio, mas o frio ajuda a concentração, e havia um pequeno braseiro no qual ele podia queimar feixes de gravetos e aquecer as mãos.

Entramos numa rotina, acordando juntos todas as manhãs e lavando-nos sem conversar, porque o texto já havia começado em sua cabeça. Depois de comer, ele saía, usando seu paletó surrado e tênis furados no calcanhar. Caminhava até o quartinho e brigava o dia todo com suas frases. Quando estava frio demais para escrever, ou seus pensamentos ficavam muito tenebrosos, ele andava horas e horas pelas ruas ou pelos belos e bem-cuidados caminhos do Jardin du Luxembourg. Ao longo do Boulevard Montparnasse havia uma série de cafés, Le Dôme, La Rotonde, Le Select, em que artistas expatriados se exibiam, diziam bobagens e bebiam até cair. Ernest achava-os repugnantes.

— Por que uma em cada duas pessoas que encontramos diz ser artista? Um verdadeiro artista não precisa alardear o que é, não tem tempo para isso. Faz o seu trabalho e aguenta firme, em silêncio, e ninguém pode ajudá-lo.

É claro que eu podia ver que passar o dia todo nos cafés não era trabalhar, mas também me perguntava se todos eram tão sérios e inflexíveis em relação ao seu ofício quanto Ernest. Eu acreditava que havia montes de outros escritores que trabalhavam em suas próprias casas e eram capazes de suportar uma conversa durante o café da manhã, por exemplo. Que conseguiam dormir uma noite inteira sem se angustiar, andar de um lado para o outro ou rabiscar numa caderneta enquanto uma única vela soltava fumaça e tremulava. Eu sentia falta da companhia de Ernest o dia todo, mas ele não parecia sentir a minha, não enquanto havia o que escrever. Quando precisava ver gente, ia visitar os Cézanne e os Monet no Musée du Luxembourg, acreditando que eles já haviam conseguido o que ele ansiava... destilar dos lugares, pessoas e objetos suas qualidades essenciais. O rio de Cézanne era espesso e marrom, por isso mais real. Era o que Ernest buscava... e às vezes o caminho era dolorosamente lento. Muitos dias ele voltava para casa parecendo exausto, derrotado, como se tivesse passado o dia lutando com sacos de carvão, e não com uma frase de cada vez.

Enquanto Ernest escrevia, eu cuidava da casa para nós, arrumando a cama, varrendo, tirando o pó e lavando a louça do café. No final da manhã, eu ia para a rua com uma cesta e fazia nossas compras, procurando os melhores preços. Mesmo precisando ir à margem direita do Sena, nada perto do nosso apartamento, eu gostava de andar até Les Halles, o mercado ao ar livre conhecido como o Estômago de Paris. Adorava o labirinto de quiosques e barracas com ofertas mais exóticas do que qualquer coisa que eu pudesse ter visto. Havia todo tipo de caça, veado, javali e pirâmides de lebres tenras e macias. Tudo era exibido como vinha da natureza, cascos, presas e pele deixados intactos para que se soubesse exatamente para o que se olhava. Embora fosse desconcertante saber que aquelas criaturas estavam até pouco tempo andando e correndo pelos bosques e fazendas das redondezas, havia algo quase belo na simples quantidade e variedade do que era exposto, tudo de alguma forma comestível. Eu não sabia muito bem o que fazer com a maior parte do que via — faisões e gansos ainda emplumados, ou cestas de pequenos pássaros pardos que eu era incapaz de identificar —, mas adorava olhar tudo aquilo antes de ser atraída pelas barracas de legumes, verduras e frutas. Sempre ficava por lá mais tempo do que precisava, andando e admirando as cestas de alhos-porós e pastinacas, laranjas, figos e maçãs de casca grossa.

Mas nos becos atrás do mercado, frutas e carnes apodreciam em caixotes. Ratos rastejavam; pombos amontoavam-se e bicavam uns aos outros com selvageria, levantando penas e piolhos. Aquilo era a realidade, e, embora viver com Ernest me tornasse mais tolerante em relação ao real do que eu jamais fora, aquela visão me deixava enjoada. Era como olhar para as sarjetas da Place de la Contrescarpe, onde pigmentos coloridos escorriam livremente das carroças dos vendedores de flores: falsa e efêmera exuberância, e, por baixo, a feiura. O que Ernest dissera lá em Chicago? *O amor é um belo mentiroso*? A beleza também era mentirosa. Quando vi os ratos pela primeira vez, quis largar a cesta onde estava e sair correndo, mas não éramos ricos o bastante para gestos simbólicos. Então andei.

Dos abandonados becos atrás de Les Halles, andei em direção ao Sena. Na entrada da Pont Neuf, o cais era agressivo e imponente. Um vento frio penetrava em meu casaco fino, mas logo adiante ficava a Île St.-Louis, com suas casas lindamente preservadas e ruas elegantes que faziam dela um oásis. Contornei toda a ilha até chegar a uma pracinha numa das extremidades, coalhada de castanheiras nuas, e descer então alguns degraus até o rio. Pescadores jogavam suas linhas para pegar *goujons* e fritavam-nos ali mesmo. Comprei um punhado embrulhado em papel de jornal e sentei-me na mureta, olhando as barcaças se moverem sob a Pont Sully. O ninho de peixes era crocante sob uma espessa neve de sal, e seu cheiro, tão bom e simples que achei que poderia me salvar a vida. Só um pouco. Só por aquele instante.

TREZE

— Isto aqui é tão bonito que chega a doer — disse Ernest uma noite enquanto caminhávamos para fazer nossa refeição noturna no café que então frequentávamos na Rue des Saints-Pères. — Você não está apaixonada?

Eu não estava, ainda não... mas sentia um profundo respeito. Andar pelas melhores ruas de Paris àquela altura era como ver se abrirem as cortinas de um circo surreal para que se pudesse observar a estranheza e o esplendor a qualquer hora. Depois da imposta austeridade da guerra, quando a indústria têxtil entrou em colapso e os grandes costureiros fecharam as portas, sedas brilhantes e coloridas corriam agora como água pelas ruas de Paris — azuis e verdes da Pérsia, laranjas inacreditáveis e dourados. Inspirado no orientalismo dos balés russos, Paul Poiret vestia as mulheres em calças bufantes de harém, turbantes franjados e fios e mais fios de pérolas. Em vívido contraste, Chanel começava também a criar sua marca, e viam-se pontos pretos geométricos e enfáticos em meio a toda aquela cor. Cada vez mais, *chic* significava cabelos muito curtos, unhas nacaradas em tons profundos e piteiras de marfim absurdamente longas. Significava também uma figura magra e famélica, mas aquilo não era para mim. Mesmo faminta, nunca perdi o rosto redondo e os braços roliços. Também não me preocupava com roupas a ponto de pensar em algo que não me ficaria bem. Usava o que fosse mais fácil e exigisse menos cuidados, saias compridas, suéteres sem forma e chapéus-sino de lã. Ernest não parecia se importar. Quando muito, achava ridículas as mulheres embonecadas demais. Era parte do seu jeito de preferir tudo que fosse simples — comida boa e honesta, vinho rústico e encorpado, camponeses com valores e linguagem descomplicados.

— Quero escrever uma frase verdadeira — dizia ele. — Se eu puder escrever uma frase simples e verdadeira por dia ficarei satisfeito.

Ele estava escrevendo bastante desde que tínhamos chegado a Paris, burilando um conto que começara durante nossa lua de mel em Windemere, chamado "Up in Michigan". Era sobre um ferreiro e uma criada, na baía de Horton, que descobriam sua mútua sexualidade. Ele lera trechos do conto para mim, do começo, quando descrevia a cidade, as casas, o lago e a estrada arenosa, tentando manter tudo simples e puro, como se lembrava, e não pude deixar de me impressionar com o quanto aquilo era cru e real.

Suas ambições como escritor eram arrebatadas e abrangentes. Escrever era para ele como religião para alguns... e, ainda assim, ele relutava em mandar as cartas de apresentação de Sherwood Anderson para os americanos famosos expatriados. Eu achava que ele tinha medo de ser rejeitado. Sentia-se mais confortável fazendo amigos entre a classe operária de Paris. Meu vocabulário era mínimo, francês de colégio, mas o dele tinha sido pinçado aqui e ali durante a guerra, palavras comuns, rudes e aleatórias, adequadas para conversas pelas esquinas, com cozinheiros, porteiros e mecânicos de automóveis. Com esses, podia ser ele mesmo, sem se sentir ameaçado.

Naquela noite, porém, depois do jantar, saímos para encontrar Lewis Galantière, um escritor amigo de Sherwood. Lewis viera de Chicago e trabalhava agora para a Câmara Internacional de Comércio. Tinha fama de ter um bom gosto extraordinário, e, quando Ernest o conheceu em seu apartamento na Rue Jean-Goujon, o lugar estava cheio de antiguidades e gravuras aparentemente caras, que ele me descreveu em detalhes ao chegar em casa.

— Todas as mesas e cadeiras têm pernas longas e finas. Um pouco entalhadas demais para o meu gosto, mas pode-se ver que o homem sabe o que é bom.

A ideia de um encontro com Galantière me deixou ansiosa, porque eu não era de modo algum elegante e não me sentia pertencendo a Paris. Se as mulheres em Paris eram pavões, eu era uma espécie doméstica de galinha. Tinha há pouco tempo cedido à pressão, cortado o cabelo — talvez a última mulher americana a fazê-lo — e odiado. O corte me deu a aparência de um garoto de bochechas vermelhas, e, mesmo Ernest tendo dito que adorava o resultado, eu sentia vontade de chorar todas as vezes que me via refletida no espelho. Talvez fosse, antes, antiquado e vitoriano, mas meu cabelo tinha sido meu... eu. O que eu era agora?

Lewis oferecera-se para nos levar para jantar no Michaud, um restaurante da moda que eu só conhecia de espiar pela janela. Quando chegamos, parei à porta e fiquei em pânico por causa das minhas roupas, mas Ernest não pareceu de modo algum perceber meu acanhamento. Segurou-me com firmeza pelo cotovelo e me deu um pequeno mas insistente empurrão em direção a Lewis, dizendo:

— Eis aqui a garota linda e esperta que andei elogiando.

— Hadley. Estou honrado e encantado — disse Lewis, enquanto eu enrubescia intensamente.

Ainda estava constrangida, mas adorei saber que Ernest se orgulhava de mim.

Lewis tinha 26 anos, era moreno, magro e absolutamente encantador. Fez uma série de imitações divertidas, mas, quando nos mostrou seu melhor James Joyce, precisou nos explicar. Tínhamos visto Joyce algumas vezes, de relance, pelas ruas de Montparnasse, com o cabelo impecavelmente penteado, óculos sem aro e um sobretudo malcortado, mas nunca o tínhamos ouvido falar.

— Ele fala, *sim* — insistiu Lewis —, mas só sob alguma pressão. Já me disseram que ele tem centenas de filhos.

— Eu vi duas meninas — comentei.

— Duas ou duzentas, em Paris dá na mesma, não é? Dizem que ele mal consegue alimentá-las, mas se você vier ao Michaud em qualquer dia da semana, às cinco da tarde em ponto, pode ver a ninhada toda consumindo baldes de ostras.

— Todos dizem que *Ulysses* é genial — disse Ernest. — Li alguns capítulos publicados nos jornais. Não é algo com que eu esteja familiarizado, mas mesmo assim é possível sentir que algo importante está acontecendo ali.

— É absolutamente brilhante — afirmou Lewis. — Joyce mudará tudo, a se acreditar em Pound. Você já foi ao ateliê de Pound?

— Em breve — respondeu Ernest, embora não tivesse ainda mandado aquela carta de apresentação.

— Meu caro, você precisa ir. Nem todos conseguem aguentar Pound, mas conhecê-lo é obrigatório.

— O que Pound tem de difícil? — perguntei.

— Ele, todo ele, na verdade. — Lewis riu. — Vocês vão ver. Se Joyce é o próprio professor caladão, de sobretudo surrado e bengala, Pound é o diabo, arrogante e meio louco com aquele falatório sobre livros e arte.

— Já estive com o diabo — disse Ernest, terminando seu copo de vinho —, e ele está pouco ligando para arte.

No final da noite, estávamos todos bêbados e de volta ao nosso apartamento, onde Ernest tentava convencer Lewis a boxear.

— Meio round, só de brincadeira — adulou ele, tirando a camisa.

— Nunca fui amigo de lutas — respondeu Lewis, recuando.

Mas, depois de mais alguns copos, acabou concordando. Eu deveria ter feito alguma coisa para avisá-lo de que, não importava o que Ernest dissesse, para ele o esporte nunca era brincadeira. Eu tinha visto a expressão em seus olhos em Chicago, quando ele quase derrubou Don Wright no chão da casa de Kenley. Aquela luta transcorreu da mesma maneira, tim-tim por tim-tim. Nos primeiros minutos, tudo foi um desenho animado divertido, com os dois homens agachados em posição, joelhos dobrados, punhos para frente e oscilando. Era tão obvio que Lewis não era atlético que imaginei que Ernest desistiria logo, mas então, sem qualquer provocação, um soco, violento e certeiro, partiu do seu ombro.

O punho bateu pesado. A cabeça de Lewis foi para trás e voltou, os óculos voaram para um canto. Estilhaçaram, e seu rosto foi cortado em vários pontos.

Corri e tentei ajudá-lo a se recuperar, mas descobri que ele estava rindo. Ernest começou também a rir... e ficou tudo bem, afinal. Mas eu não pude deixar de pensar que por pouco não perdíamos nosso único amigo em Paris.

Foi Lewis quem ajudou Ernest a criar coragem suficiente para mandar o resto das cartas de apresentação, e logo chegou um convite de Ezra Pound. Pound ainda não era muito famoso nos Estados Unidos, a não ser que você entendesse um pouco de poesia e lesse revistas literárias como a *Dial* e a *Little Review*, mas em Paris tinha grande reputação como poeta e crítico que ajudava a revolucionar a arte moderna. Eu não fazia muita ideia do que era moderno — continuava a ler o terrivelmente quadrado Henry James, como Ernest gostava de me lembrar —, mas Lewis falara muito bem da mulher inglesa de Pound, Dorothy. Eu estava louca para fazer novos amigos e fiquei feliz por ir junto, quando Pound convidou Ernest para um chá.

Dorothy recebeu-nos à porta e levou-nos ao ateliê, uma sala enorme e arejada, repleta de pinturas japonesas, telas enroladas e muitas pirâmides de livros. Ela era muito bonita, com uma linda testa alta e a pele de uma boneca de porcelana. Suas mãos eram pálidas e longas, e ela falava sussurrando enquanto andávamos até onde estava Pound, sentado numa poltrona de adamascado vermelho-sangue cercada de prateleiras altas com volumes empoeirados e bules de chá manchados, pilhas de papel e bibelôs exóticos.

— Você é ruiva — disse-me Pound, quando Dorothy fez as apresentações.

— Você também. É um bom sinal?

— Ninguém guarda tanto rancor quanto uma ruiva — respondeu ele, de cara amarrada e com toda a seriedade, virando-se para Ernest. — Fique atento, jovem Hemingway.

— Sim, senhor — disse Ernest, como um bom aluno.

E Ernest *foi* aluno de Pound, com certeza, desde o primeiro momento em que puseram os olhos um no outro. Pound sem dúvida era capaz de perceber um homem faminto de conhecimento, e presenteou Ernest falando sem parar, enquanto Dorothy me levava para o outro lado do ateliê, bem longe dos homens. Sob os raios de sol entrando por uma janela comprida, ela me serviu chá e falou de sua famosa linhagem.

— Meu nome de solteira é Shakespear, mas sem o *e* final. Meu pai era descendente do grande homem em pessoa.

— Por que sem o *e*?

— Não faço ideia, na verdade. Soa menos convencional escrito assim. Não que eu precise de ajuda nesse sentido. Minha mãe foi razoavelmente famosa por algum tempo, como amante de William Butler Yeats. Foi como conheci Ezra, quando ele era assistente de Yeats. Imagino que, com esse histórico, eu deveria ter sido poeta, mas, em vez disso, casei-me com um.

— Lemos um pouco de Yeats no colégio, salpicado de Robert Browning e Oliver Wendell Holmes. Ernest me mostrou "The Second Coming" numa revista. Ficamos os dois muito impressionados.

— "Aos melhores falta qualquer convicção, enquanto os piores estão cheios de apaixonada intensidade" — citou ela, antes de acrescentar: — Pergunto-me como se sentiria o tio Willy com toda a apaixonada intensidade que há por aqui.

Em seu canto sombrio do ateliê, Ernest estava literalmente aos pés de Pound, enquanto o mais velho dissertava, sacudindo um bule de chá ao falar. Seu cabelo cor de gengibre ficava cada vez mais despenteado, e pude ver por que Lewis Galantière o comparava a Satã, não só pelo cabelo e pelo cavanhaque pontudo de sátiro, mas também por sua natural veemência. Eu não podia ouvir as palavras, mas ele as despejava numa torrente vulcânica, gesticulando todo o tempo e quase não se sentando.

Achei que os dois formavam um casal divertido, com Dorothy tão elegante e reservada e Pound tão barulhento, mas ela afirmava que ele tinha sido muito importante para o seu trabalho. Era pintora e, enquanto conversávamos naquela tarde, mostrou-me algumas de suas telas. Achei-as encantadoras, com cores e formas tão suaves e translúcidas quanto a voz e as mãos da própria Dorothy, mas, quando comecei a fazer perguntas, ela exclamou depressa:

— Não são feitas para serem expostas.

— Ah! Bem, você as está expondo aqui, não é mesmo?

— Só por acaso — respondeu ela, e sorriu um lindo sorriso, parecendo ela própria uma figura saída de um de seus quadros.

Ao final da visita, depois de Ernest e eu nos termos despedido, descemos a estreita escadinha dando para a rua.

— Quero saber tudo — disse eu.

— Ele é muito barulhento — comentou Ernest. — Mas tem algumas boas ideias. Grandes ideias, na verdade. Ele quer começar movimentos, dar forma à literatura, mudar vidas.

— Então deve ser bom conhecê-lo — respondi. — Mas tome cuidado para não o irritar. Você foi avisado quanto aos ruivos.

Rimos e fomos até o café mais próximo, onde Ernest me contou mais, diante de copos baixos de brandy e água.

— Ele tem algumas ideias engraçadas a respeito do cérebro feminino.

— Quais? Que elas não o possuem?

— Algo nessa direção.

— E quanto a Dorothy? Como ele se sente em relação ao cérebro dela?

— Difícil avaliar... embora ele me tenha dito que os dois têm permissão para ter amantes.

— Um pensamento de vanguarda — comentei. — Você acha que todos os casamentos de artistas em Paris funcionam desse jeito?

— Não sei dizer.

— Você há de concordar comigo: isso é algo bem difícil de se impor a alguém, não?

— Está com pena dela? E se ela gostar? E se a ideia tiver sido dela?

— Talvez, mas é mais provável que tenha sido o contrário.

Dei um gole no meu brandy, espiando-o por cima do copo.

— De qualquer maneira, ele vai mandar alguns poemas meus para Scofield Thayer na *Dial*.

— Contos não?

— Ainda não tenho nada bom, mas Pound diz que eu deveria escrever alguns artigos para eles, sobre revistas americanas.

— Bem, isso é lisonjeiro.

— Precisa ser o começo de alguma coisa — retrucou Ernest. — Pound disse que me ensina a escrever se eu o ensinar a lutar boxe.

— Ai, que Deus nos ajude! — falei, rindo.

Nossa próxima apresentação importante chegou algumas semanas mais tarde, quando Gertrude Stein nos convidou para um chá. Curiosamente, tudo se passou da mesma maneira que em nosso encontro com Pound e Dorothy. Ali também havia dois ambientes, um para os homens — no caso, Ernest e Gertrude — e um para as mulheres, sem qualquer interferência entre ambos.

Quando chegamos à porta, uma respeitável criada francesa veio ao nosso encontro e guardou nossos casacos, levando-nos então à sala... *a* sala, como já sabíamos, o mais importante salão de Paris. As paredes eram cobertas de quadros dos heróis do cubismo e pós-impressionismo, ao lado dos moderníssimos — Henri Matisse, André Derain, Paul Gauguin, Juan Gris e Paul Cézanne. Um exemplo flagrante era um retrato de Stein feito por Picasso, que pertencera por muito tempo ao seu círculo social e frequentara diversas vezes o salão. Fora pintado em tons escuros de marrom e cinza, e o rosto parecia levemente destacado do corpo, mais pesado e mais entalhado, os olhos circundados por pálpebras grossas.

Ela parecia ter entre quarenta e quarenta e cinco anos, com uma aparência de Velho Mundo no vestido e lenço escuros e no cabelo puxado num grande coque sobre sua bela cabeça. A voz era como veludo, e os olhos castanhos apreendiam tudo no mesmo instante. Mais tarde, quando tive tempo de observá-la, impressionou-me a semelhança entre seus olhos e os de Ernest... o mesmo tom profundo e quase opaco de castanho, críticos e benevolentes, curiosos e divertidos.

A companheira de Stein, Alice Toklas, parecia, quando as comparávamos, um fio tenso de arame. Tinha um tom de pele escuro, nariz afilado e adunco e olhos de que davam vontade de desviar o olhar. Depois de alguns minutos de entretenimento geral, tomou-me pela mão e fomos para o canto das "esposas". Senti uma ponta de tristeza por não ser escritora ou pintora, alguém especial o bastante para ser convidada a conversar com Gertrude, sentar perto dela à frente da lareira, como fazia Ernest, e falar de coisas importantes. Eu adorava estar com gente interessante e criativa, fazer parte daquele círculo, mas naquele dia fui levada para o canto e interrogada pela srta. Toklas sobre os assuntos do momento, dos quais nada sabia. Senti-me uma idiota, e todo o tempo tivemos chá, mais chá e minúsculos bolinhos arrumados com arte. Ela bordava em ponto de cruz, os dedos movendo-se com eficiência e sem trégua. Em momento algum olhou para baixo ou parou de falar.

Enquanto isso, Ernest partilhava com Gertrude um copo de algum tipo de bebida lindamente colorida. Achei que fiquei meio apaixonada por ela naquele dia, à distância, e Ernest também. A caminho de casa, ele tinha muito a dizer das ideias de Stein, inovadoras e impecáveis. Também admirou seus seios.

— Quanto acha que pesam? — perguntou ele.

Parecia querer mesmo saber.

Ri.

— Não consigo sequer começar a imaginar.

— E quanto a viverem juntas? Quero dizer, mulheres.

— Não sei. Elas levam uma vida esplêndida.

— Só os quadros... Parece um museu, aquilo ali.

— Melhor — disse eu. — Servem bolos.

— E aguardente. Mesmo assim, é estranho. Mulheres juntas. Não sei se isso me convence.

— O que você quer dizer? Não acredita que elas possam extrair algo substancial uma da outra? Que se amem? Ou é o sexo que não o convence?

— Não sei — reagiu, na defensiva. — Ela disse que mulheres juntas são a coisa mais natural do mundo, que nada é feio para elas ou entre elas, mas que homens juntos sentem muito nojo do ato.

— Ela disse isso?

— Em plena luz do dia.

— Suponho que seja lisonjeador o fato de que ela tenha se aberto tanto com você.

— Devo lhe fazer confidências a respeito da nossa vida sexual, da próxima vez?

— Você não faria isso.

— Eu não faria isso. — Ele sorriu. — Ela poderia querer assistir.

— Você é horrível!

— Sou, mas você me ama por isso.

— Ah! Amo? — disse eu, e ele me deu uma palmada.

Duas semanas depois, Gertrude e Alice aceitaram o convite para tomar chá em nosso triste apartamento. O que pensaram ao subir a minúscula escada caindo aos pedaços, eu nem me atrevia a imaginar... e mesmo assim foram simpáticas e gentis, comportando-se como se ir àqueles lados de Paris fizesse parte de sua rotina. Tomaram chá em nosso aparelho de porcelana — *aquilo* pelo menos era bonito — e sentaram-se na cama de mogno.

Gertrude oferecera-se para dar uma olhada em alguns textos de Ernest, e pediu para vê-los, lendo com rapidez os poemas, alguns contos e parte de um romance ambientado em Michigan. Como em Chicago, quando li seus textos pela primeira vez, Ernest andava de um lado para o outro, retorcia-se e parecia estar sofrendo.

— Os poemas são muito bons — disse Stein, por fim. — Simples e bastante claros. Você não tem afetação alguma.

— E o romance?

Achei que ele tinha sido muito corajoso, perguntando ou mesmo mostrando as páginas a ela, porque aquele era um amor recente. Tomava tanto cuidado que, a mim, mostrara muito pouco.

— Não é o tipo de texto que me interessa — respondeu ela afinal. — Três frases sobre a cor do céu. O céu é o céu e pronto. Frases assertivas fortes são o que você faz melhor. Atenha-se a isso.

Quando Stein falou, o rosto de Ernest desmoronou por um instante, mas ele se controlou. Ela tocara em algo que ele há pouco começara a compreender em relação à objetividade, a desnudar a linguagem por inteiro.

— Quando recomeçar, deixe apenas o que é realmente necessário.

Ele concordou, levemente ruborizado, e eu quase pude ouvir sua cabeça registrando aquele conselho e somando-o ao de Pound. *Corte todo o supérfluo,* dissera Pound. *Desconfie das abstrações. Não diga aos leitores o que pensar. Deixe a ação falar por si mesma.*

— O que você acha da teoria de Pound sobre o simbolismo? — perguntou ele. — Você sabe: de que um falcão deve ser, antes de tudo, um falcão.

— É obvio, não é? — disse ela. — Um falcão é sempre um falcão, a não ser — e aqui ela levantou uma sobrancelha e deu um sorriso misterioso —, a não ser quando o falcão é um repolho.

— O quê? — fez Ernest, rindo, fascinado e claramente perplexo.

— Isso mesmo — respondeu Gertrude.

QUATORZE

Nas semanas seguintes, Ernest seguiu o conselho de Gertrude e jogou fora a maior parte do romance, para começar do zero. Nessa ocasião, chegava em casa assobiando, faminto e doido para me mostrar o que tinha feito. As novas páginas esbanjavam energia. Tudo ali era aventura, caça, pesca e acasalamento. O nome do personagem era Nick Adams e ele era Ernest, porém mais ousado e mais puro — como Ernest seria se cedesse a todos os seus instintos. Adorei o material e sabia que ele sentia o mesmo.

Nesse meio-tempo, ele descobriu a famosa Shakespeare & Company de Sylvia Beach, na margem esquerda, e ficou surpreso ao descobrir que ela lhe emprestaria livros a crédito. Voltou para casa com os braços carregados de volumes de Turgenev, mais Ovídio, Homero, Catulo, Dante, Flaubert e Stendhal. Pound lhe dera uma longa lista que o mandava de volta aos mestres e também o impulsionava adiante, para T.S. Eliot e James Joyce. Ernest era um bom aluno. Devorou tudo, percorrendo oito ou dez livros ao mesmo tempo, pondo um de lado e pegando outro, deixando lombadas quebradas por todo o apartamento.

Pegou também emprestado *Three Lives* e *Tender Buttons*, dois livros que Gertrude publicara para um grupo restrito de leitores. Parecia que grande parte do mundo literário não sabia o que fazer de sua estranheza, nem Ernest. Ele leu um dos poemas de *Tender Buttons* em voz alta, para mim:

Uma garrafa, ou seja, um vidro cego. Uma espécie de vidro e um primo, um espetáculo e nada estranho uma só cor ferida e um arranjo num sistema para apontar.

Pôs de lado o livro, sacudindo a cabeça.

— "Uma só cor ferida" é bonito, mas o resto passa direto por mim.

— É interessante — comentei.

— É. Mas quer dizer o quê?

— Não sei. Talvez não *queira dizer* nada.

— Talvez — concordou ele, e voltou a Turgenev.

Estávamos em abril, nossa primeira primavera em Paris, e as chuvas caíram amenas e mornas. Desde que chegamos, Ernest complementava nossa pequena renda escrevendo para o *Toronto Star*. Um dia, ele recebeu um aviso de seu editor, John Bone, que o queria em Gênova para uma conferência internacional de economia. Pagariam 75 dólares por semana mais despesas, mas não havia subsídios para esposas. Eu ficaria em Paris, a primeira separação em nossos sete meses de casamento.

— Não se preocupe, gata — disse ele, enquanto embalava sua adorada Corona. — Voltarei antes que você perceba.

Nos primeiros dias, gostei da solidão. Ernest era uma pessoa muito *grande*, para usar de metáforas. Ele consumia todo o ar de um cômodo, magnetizava e atraía todos, homens e mulheres, crianças e cães. Pela primeira vez em muitos meses, eu podia acordar para o silêncio, ouvir meus próprios pensamentos e seguir meus próprios impulsos. Mas isso logo mudou. Não sei como descrever, mas depois de acalmada a emoção de me ter como companhia, foi tão intensa a consciência da ausência de Ernest que era como se *a falta dele* tivesse se mudado para o apartamento. Sua sombra estava lá, no café da manhã e na hora de dormir. Pendurava-se nas cortinas do quarto quando a música do acordeão, como um fole, as fazia oscilar.

Ernest sugerira que eu fosse à livraria de Sylvia na hora do chá, e, mesmo tendo ido uma vez, não pude deixar de pensar que ela estava apenas sendo educada ao conversar comigo. Sylvia gostava de escritores e artistas, e eu não era nem uma coisa nem outra. Fui jantar na casa de Gertrude e Alice e, embora percebendo que as duas começavam a tornar-se minhas amigas, sentia falta de Ernest. Era dele a companhia de que eu mais gostava. Era quase constrangedor admitir a que ponto eu me tornara dependente dele. Tentei evitar a depressão indo a todos os lugares para os quais era convidada e ficando fora do apartamento o máximo possível. Vivia no Louvre e nos cafés. Passava horas e horas ao piano, ensaiando uma nova peça de Haydn que tocaria para Ernest quando ele voltasse. Imaginei que tocar me faria bem, mas na verdade aquilo só me lembrava os piores momentos em St. Louis, quando eu era solitária e desligada do mundo.

Ernest partira por três semanas, e, ao final desse período, eu dormia tão mal em nossa cama que muitas vezes me transferia, no meio da noite, para uma *bergère* e tentava descansar ali, enrolada nas cobertas. Nada me fazia bem, a não ser andar até a Île St.-Louis e ir à pracinha que eu aprendera a amar e a confiar nela. As árvores floresciam e o ar cheirava a botões de castanha-da-índia. Eu gostava também de olhar em volta, para as casas rodeando a praça, e imaginar as pessoas que ali viviam, que tipo de casamento teriam e como amavam ou magoavam uns aos outros num determinado dia, se eram felizes e se achavam que a felicidade era algo sustentável. Ficava na praça o mais que podia e ia então para casa, sob o sol que quase não sentia.

Quando, em maio, Ernest finalmente voltou para casa, abracei-o apertado, os olhos enchendo-se de lágrimas de alívio.

— Mas o que é isto? Você sentiu falta de mim, Gata Eriçada?

— Demais.

— Muito bom. Gosto que sintam a minha falta.

Concordei em seu ombro, mas parte de mim não conseguia deixar de se perguntar se *era* bom depender tanto dele. Ele admirava minha força e resistência, e contava com isso. Mais ainda, *eu* gostava de me sentir forte, e era desagradável saber que aquela força se desvanecera quando ele partiu. Estaria agora minha felicidade a tal ponto ligada a ele que eu só era capaz de me sentir eu mesma com ele por perto? Eu não sabia. Tudo o que pude fazer foi despi-lo devagar enquanto, na casa de danças lá embaixo, o acordeão atacava uma canção melancólica.

TÍNHAMOS MAIS DE DUZENTOS DÓLARES do *Toronto Star* cheios de possibilidades quando Ernest voltou para casa, e decidimos esbanjá-los numa viagem à Suíça. Nessa ocasião, ele se sentia bem em relação a quase tudo. Scofield Thayer, na *Dial*, devolvera os poemas recomendados por Pound com uma carta de recusa ofensivamente impessoal, mas Ernest fizera uma série de novos contatos em Gênova, outros correspondentes com quem trabalhara, como Max Eastman, um editor americano que pediu a ele para mandar algumas de suas crônicas em prosa, e Lincoln Steffens, o famoso jornalista investigativo que impressionara demais Ernest por sua audácia. Steffens viajara pouco antes para a União Soviética e voltara entusiasmado pelo comunismo, declarando à imprensa e a quem mais o ouvisse: *Estive no futuro, e funciona*. Ernest estava entusiasmadíssimo por Steffens ter tomado conhecimento dele e, impulsionado por um novo senso de comunidade e ambição, acabara de mandar 15 poemas para Harriet Monroe, na *Poetry*.

— Ora, por que não? — perguntou ele. — Talvez a porta não se abra se eu não bater alto e por muito tempo.

— Tudo vai dar certo para você — disse eu. — Sinto que a hora está chegando.

— Talvez — respondeu ele —, mas não vamos falar nisso, para não atrair mau-olhado.

Compramos passagens de terceira classe para Montreux, depois tomamos o bonde direto das montanhas para Chamby, que dominava o lago Genebra. Nosso chalé era grande e rústico, e o ar, maravilhosamente puro. Passávamos horas subindo a pé trilhas da montanha em meio à floresta e voltávamos para almoçar uma carne assada perfeita, abóboras e pastinacas, além de compotas de frutas com creme batido. À noite, líamos ao pé da lareira e bebíamos vinho quente com limão e especiarias defumadas. Dormíamos o quanto quiséssemos, fazíamos amor duas vezes por dia, líamos, escrevíamos cartas e jogávamos baralho.

— Você está tão bronzeada, forte e saudável — disse Ernest um dia, enquanto caminhávamos. — Tudo aqui parece combinar com você.

Eu gostava de ouvir qualquer elogio vindo dele, mas aquelas semanas sozinha em Paris ainda estavam na minha cabeça. Elas me haviam apavorado e feito pensar no que significava ser realmente forte, em meus próprios termos, não só em forma e queimada de sol, não só flexível e atenciosa.

Depois da primeira semana, um velho companheiro de guerra de Ernest, Chink Dorman-Smith, juntou-se a nós. Os dois tinham se conhecido em Schio, no *front* italiano, antes que Ernest fosse ferido. Chink era irlandês, tão alto quanto Ernest, mas muito mais claro, de bochechas coradas e um bigode louro-avermelhado. Gostei dele no mesmo instante. Suas maneiras eram excepcionais, muito mais adequadas a alguém que vivesse na corte do que ao soldado profissional que ele era. Todos os dias ele chegava para o café da manhã cantarolando feliz e me chamando de sra. Popplethwate. Ernest gostava de Chink como de um irmão e tinha por ele um enorme respeito. Não competia com ele como fazia com muitos de seus amigos escritores ou repórteres, e assim o tempo passava tranquilo, dia a dia. O vale do Reno estava no seu auge, com narcisos em flor a cada trilha nua dos prados e nas fendas ásperas das rochas. Na primeira vez que vi um narciso furando o gelo e florescendo, achei que aquilo era perfeito e quis para mim aquele tipo de determinação.

Todos os dias percorríamos as montanhas a fundo em busca de boas estalagens e promissores pontos de pesca. O Stockalper, um riacho perto da junção do lago Genebra com o Reno, era o lugar favorito de Ernest daquela região ao norte de Michigan. Ele passava horas felizes ali, pescando trutas, enquanto Chink e eu nos deitávamos na grama e líamos ou conversávamos.

— É maravilhoso ver vocês dois apaixonados desta maneira — disse Chink uma tarde, quando nos recostávamos à sombra de uma pereira em flor. — Houve época em que me perguntei se Hem algum dia se recuperaria de Milão.

— De Milão ou de sua bela enfermeira?

— De ambos, eu acho — respondeu ele. — Tudo aquilo não trouxe à tona o que ele tem de melhor. Mas você fez isso.

Chink cruzou os braços atrás da cabeça e fechou os olhos.

— Bom e velho Hem! — exclamou, e caiu no sono.

Eu gostava que Chink visse e compreendesse o que havia de bom em nós. Ele também sabia de coisas que eu desconhecia a respeito de Ernest. Eles compartilhavam uma história, oceanos de cerveja, confissões de fim de noite. Às vezes, falavam da guerra nas longas tardes frias na ampla varanda do chalé, e aquilo me fazia perceber sob novo ângulo o que ambos haviam visto e sofrido.

Chink era e sempre seria um soldado. Quando Ernest voltou para sua vida nos Estados Unidos, Chink continuou no exército inglês. Por muitos anos, ficara baseado na Irlanda com uma força britânica de ocupação que tentava controlar a violência na luta irlandesa pela independência. Era um posto difícil, e ele vira inúmeras mortes, das quais podíamos vê-lo tentar se livrar um pouco a cada dia que passava conosco.

— Deve ser muito estranho — disse-lhe eu uma tarde —, com batalhas terríveis acontecendo por lá, você entrar num navio para tirar férias. É só comprar uma passagem e sair de cena.

Chink deu uma risada sombria.

— Na nossa guerra — ele se interrompeu para indicar Ernest com um movimento da cabeça —, quando o *front* se espalhava por todo o Canal da Mancha, havia homens que conseguiam dispensas de curto prazo para tomar chá em casa. Voltavam, apanhavam baionetas e máscaras de gás e continuavam a luta, tendo ainda na boca o gosto das migalhas de biscoito.

— Mas a cabeça não consegue sobreviver a isso — disse Ernest. — Ninguém consegue manter esse ritmo. Fica-se preso de um lado ou de outro, ou em algum lugar entre os dois. E é aí que começa o colapso.

— É verdade! — concordou Chink.

— Às vezes, entretanto, uma vez que você já esteve na guerra e a traz consigo, é possível voltar lá. E é mais ou menos disso que você estava falando, pequenina. — Ele balançou a cabeça para mim, por sobre a mesa, encontrando meu olhar. — Como comprar uma passagem e ir até lá, e depois sair de novo ao estalar os dedos ou acordar.

— Nem sempre é tão agradável, não é? — disse Chink, porque sabia dos pesadelos de Ernest revivendo o *front*, e de como ele ainda acordava no meio da noite, suando e gritando com os olhos febris e apavorados.

Os dois amigos balançaram a cabeça um para o outro e ergueram os copos. Foi numa dessas tardes cheias de bebida e conversa que Chink levantou a ideia de atravessar o Passo de São Bernardo até a Itália.

— Funcionou para Napoleão e Carlos Magno — disse ele, chupando do bigode a espuma da cerveja.

— Que extensão você acha que tem? — perguntei.

— Uns cinquenta quilômetros?

— Vamos fazer — concordou Ernest. — De Aosta, podemos pegar o trem para Milão.

— Ou Schio — sugeriu Chink. — Voltar à cena do crime.

— Eu adoraria mostrar Schio a você — disse-me Ernest — É um dos lugares mais bonitos do mundo.

— Há um velho moinho que transformamos numa caserna e chamamos de Schio Country Club — comentou Chink sorrindo. — Eu não saberia dizer quantas vezes, no calor do dia, nadamos no riacho que existe ali. E as glicínias!

— E a *trattoria* com o jardinzinho onde tomávamos cerveja sob a lua cheia — lembrou Ernest. — Há um hotel encantador em Schio, o Due Spadi. Passaremos lá uma ou duas noites e depois seguiremos para Fossalta. Eu poderia até escrever toda a viagem para o *Star*. "Soldado ferido volta ao *front*."

— Brilhante! — concordou Chink, e assim ficou combinado.

Na manhã seguinte deixamos o chalé, com mochilas bem pesadas. Ernest tinha ido ao quarto quando eu arrumava a bagagem e me visto tentando encontrar espaço para meus vidros de creme facial e água de toalete.

— Algum espaço na sua? — perguntei, mostrando os vidros.

— Sem esperança! — respondeu ele. — Você está querendo ficar cheirosa para as trutas?

— Dê uma chance à sua garota — pedi, mas ele não se moveu.

Acabei pedindo a Chink que os carregasse, o que ele fez, de má vontade. Mas a vaidade de querer ter água de toalete por perto ao atravessar uma traiçoeira passagem numa montanha não era nada em comparação com a escolha do que calçar... elegantes sapatos Oxford marrons, em vez de botas apropriadas. Não sei o que estava pensando, a não ser que minhas pernas ficavam mais bonitas com os sapatos Oxford. Belas pernas inchadas, foi o que consegui. Não tínhamos andado oito quilômetros e meus pés já estavam feridos. Em minha defesa, não sabíamos o que nos esperava. A passagem era transitável na primavera, mas não havia sido aberta naquele ano. Ninguém andara por ali, e a neve ainda estava alta em alguns trechos. Avançamos mesmo assim, por vales, estreitas trilhas em meio a florestas de pinheiros e amplos prados salpicados de flores silvestres. A paisagem era extraordinária, mas Ernest e eu estávamos em péssima forma. Meus pés latejavam e minhas pernas doíam. Ele desenvolveu uma espécie de mal de altitude — náusea e dor de cabeça —, e, à medida que subíamos, os sintomas pioravam. Sua cabeça rodava, e, mais ou menos a cada seiscentos metros, ele se inclinava e vomitava na neve. De certa forma, Chink era o que mais sofria, já que precisava atrasar o passo por nossa causa, muitas vezes carregando duas mochilas por centenas de metros, deixando-as no chão e voltando para pegar a terceira. Enquanto andávamos, comecei a fantasiar sobre ser salva por um dos famosos cães São Bernardo que nos arrastariam montanha acima, todos três, num confortável trenó.

A meio caminho, paramos em Bourg-St.-Pierre e almoçamos sob uma réstia de sol. Meus pés estavam tão inchados que tive medo de tirar os sapatos, pensando que talvez nunca conseguisse calçá-los de novo. Sem condições de fazer outra coisa além de cochilar, enrosquei-me num banco de madeira enquanto Ernest e Chink perambulavam pela região experimentando a cerveja.

— Você perdeu uma belezinha de cemitério — afirmou Chink quando os dois foram me acordar.

— Há fileiras e fileiras de túmulos dos pobres coitados levados pela montanha — disse Ernest.

— *Esta montanha?* — reagi, alarmada. — Estamos mesmo em perigo?

— Você quer desistir e ficar por aqui? — indagou Ernest.

— E perder os monges? — perguntou Chink. — Como nos perdoaríamos?

O Abrigo de São Bernardo ficava no ponto mais alto da passagem, onde, há mil anos ou mais, uma congregação de devotos ajudava os viajantes. Quem quer que batesse à sua porta receberia pão e sopa, um copo de vinho e um colchão de palha para passar a noite. E assim foi quando lá chegamos, bem mais tarde, trinta quilômetros montanha acima e um pouco bêbados com o conhaque que bebericávamos a cada vinte minutos para conseguir ir de Bourg-St.-Pierre até lá. Era uma noite clara. A lua apareceu por trás do abrigo e iluminou-o fantasmagoricamente.

— Parece uma caserna, não parece? — comentou Chink, adiantando-se para bater à imponente porta de madeira.

— Você faria uma caserna de qualquer coisa velha — retrucou Ernest antes que a porta se abrisse para revelar uma cabeça careca.

O monge não fez perguntas, só nos deixou entrar e nos conduziu pelos corredores escuros e silenciosos até nossos quartos. Eram simples, como anunciado, com colchões de palha para dormir, mas havia uma boa luz de cabeceira e uma bela lareira. Enquanto Chink e Ernest descansavam antes do jantar, saí explorando o lugar, achando que poderia encontrar uma cozinha e uma bacia na qual mergulhar meus pobres pés. Mas todos os corredores se pareciam. Tentei seguir vozes, mas não havia vozes. Aventurei-me, afinal, por uma longa e sombria passagem, para acabar descobrindo que tinha ido parar nos aposentos privativos dos monges. Várias portas se abriram ao mesmo tempo, cabeça raspada após cabeça raspada brotando como toupeiras. Fiquei apavorada e voltei para o quarto, onde tive uma crise e despejei minha história. Os rapazes só riram, é claro, e depois Ernest me disse que acreditava ser provável que eu fosse, em mil anos, a primeira mulher a pisar naquele vestíbulo! E no mesmo instante acrescentou a uma carta para Gertrude e Alice: *Sra. Hemingway tentando seduzir monges, aqui. Conselhos, por favor.* Na manhã seguinte seguimos para Aosta, sentindo-nos mais dispostos a enfrentar o resto do Passo... ou assim eu pensava, até que meu sapato do pé direito descosturou-se.

— Bem feito, Miss Vaidade — rosnou Ernest.

A bem da verdade, ele não estava se saindo muito melhor. Ainda se sentia nauseado pela altitude, e isso lhe tirou todo o ânimo para o último trecho da viagem. Só Chink ainda estava em boa forma. Ele pegou uma faca e abriu meu outro pé de sapato, e foi assim que, mancando, chegamos no dia seguinte a Aosta, saindo de uma passagem coberta de neve para colinas primaveris verde-claras cobertas de gloriosos vinhedos por todos os lados. Brinquei, numa carta para Ruth, dizendo que os rapazes quase precisaram me carregar para a cidade, mas a verdade foi que me surpreendi com minha energia. Não tinha sido exatamente uma beleza, mas eu demonstrara mais resistência do que imaginara ser possível. Se não fosse por aqueles benditos sapatos, eu poderia ter corrido os últimos cem metros até Aosta.

QUINZE

No trem para Milão, dormi como os mortos e acordei ouvindo Ernest e Chink falar em Benito Mussolini. O novo líder fascista estava na cidade, e Ernest queria tentar usar sua carteira de jornalista para conseguir entrevistá-lo. Ele considerava Mussolini o maior blefe que já surgira na Europa e estava louco para conhecê-lo. Enquanto isso, Chink precisava voltar para seu posto, então nos separamos ali com beijos e promessas de um reencontro em breve.

Ernest estava feliz por estar outra vez em Milão. Depois de encontrarmos novos sapatos para mim, nossa primeira parada foi a magnífica e imponente mansão de pedra na Via Manzoni, que fora convertida em hospital da Cruz Vermelha na época em que Ernest e Chink se recuperavam. Paramos diante dos portões e olhamos para as sacadas e varandas, os toldos listrados, os móveis de vime e os grandes vasos de palmeiras.

— Parece um ótimo hotel — disse a Ernest.

— Era um bom lugar para se viver, tudo bem. Pena que precisássemos ter levado tiros para poder entrar.

— Desculpe-me se não consigo avaliar o que você passou.

— Estou contente por você estar aqui para segurar a minha mão, conseguindo ou não.

— Isso eu posso fazer — disse eu, e cheguei mais perto dele.

Andamos até o Duomo e depois até o Biffi, na Galleria, onde bebemos um vinho espumante em que boiavam morangos frescos, e, embora Ernest antes não falasse muito sobre sua vida no *front*, conversar e estar com Chink abrira as comportas e aquele era o assunto do momento. Chegar a Milão completara o processo. Toda a viagem se transformara numa máquina do tempo, e ele estava de volta.

— É engraçado — disse ele —, mas às vezes do que mais me lembro da noite em que fui atingido são os mosquitos.

— Você quer mesmo falar de tudo aquilo? — perguntei, sendo gentil. — Por mim, não precisa.

— Acho que quero — respondeu ele, e ficou em silêncio por alguns minutos. — Eu não ouvia mais nada, mas alguém gritava por socorro. De algum jeito cheguei até lá, levantei-o e carreguei-o até o posto de comando. Nem sei como. Mal me lembro desse pedaço, só de sentir minhas pernas se despedaçando sob mim. Depois ouvi uma metralhadora, como se nada tivesse a ver comigo. Continuei a correr, botei o pobre coitado no chão e caí também. Depois, nada. Não sei mais nada.

— Depois o hospital de campanha — disse eu. — E o trem para Milão.

— É — concordou ele. — A cada vez que o trem parava, moscas entravam pelas janelas abertas e cobriam minhas ataduras ensanguentadas. Foram dois dias naquele trem.

Assenti. Não estava no passado, mas bem ali em seu rosto e em seus olhos, o jeito como ele chegara a Milão parecendo um boneco quebrado. Não um herói, mas um garoto que talvez nunca se recuperasse do que vira e sentira. Senti uma tristeza aguda ao pensar que não importava o quanto eu o amasse e tentasse juntar seus cacos, ele poderia continuar quebrado para sempre.

— Você deve estar pensando em Agnes hoje — comentei depois de algum tempo.

— Só um pouco. — Cobriu minha mão com as dele. — Fico contente por podermos fazer isto juntos.

— Eu também.

Eu sabia que ele me dizia a verdade, mas também sabia que, se fosse possível, ele teria preferido ter ali as duas, Agnes e eu — seu passado e seu presente, ambas amando-o sem questionamentos —, e também os morangos. O vinho, o sol e as pedras quentes sob nossos pés. Ele queria tudo o que havia, e mais ainda.

Dormi e li no hotel na tarde seguinte, enquanto Ernest tentava conseguir uma entrevista com Mussolini. Ele fora eleito pouco antes para a Câmara de Deputados da Itália, e aquilo fascinava Ernest. O homem parecia um amontoado de contradições. Era nacionalista ao extremo e queria levar a Itália de volta à antiga glória, resgatando seu passado romano. Parecia ter um interesse genuíno pela situação das classes trabalhadoras e das mulheres, das quais tratou no *Manifesto Fascista*. E ao mesmo tempo conseguira fazer-se estimar pela aristocracia e pela burguesia, garantindo-lhes a existência. Parecia querer ser todas as coisas para todas as pessoas, tradicionalistas e revolucionários, amado pelos militares, pelos comerciantes e pelos liberais. O Partido Nacional Fascista ganhava força tão depressa que tudo parecia terrivelmente inevitável.

— Você está nervoso? — perguntei enquanto ele organizava os papéis e se arrumava para sair.

— Por quê? Ele é só um grande valentão, não é?

— Não sei. Dizem que ele é um monstro.

— Talvez, mas monstros nem sempre têm essa aparência. Eles têm unhas limpas, usam garfo e faca e falam o inglês da Coroa.

Abotoei seu paletó e escovei o tecido dos ombros com minhas mãos.

— Você está vendo fantasmas, mulher. Tire um cochilo, e não se preocupe.

Ele ficou fora duas horas e, ao voltar para o hotel para datilografar suas anotações, parecia exultante por me dizer que se saíra bem.

— O homem é até aqui de blefe — disse, mostrando o pescoço —, e nada em cima.

— Ele estava com a camisa preta? — perguntei, bastante aliviada.

— Estava, todos estavam.

Ele se sentou à escrivaninha e botou papel na Corona.

— Ele é mais alto do que se imagina, também, com um rosto grande e bronzeado e mãos muito bonitas. Mãos de mulher, na verdade.

— Eu escreveria isso, se fosse você.

Ele riu e começou a datilografar como um foguete, como sempre, os dedos batendo rápido, com muito pouca pausa e quase sem parar para respirar.

— E vou lhe dizer mais — completou sem levantar os olhos —: havia um belo filhote de *wolfhound* na sala.

— Então o monstro fascista gosta de cães.

— Talvez planejasse comê-lo mais tarde — respondeu ele, mostrando os dentes.

— Você é terrível.

— Sou — disse ele, os dedos indicadores preparando-se para outro violento ataque à máquina. — Era um belo cachorro.

No dia seguinte tomamos um ônibus para Schio, onde Ernest queria me mostrar o moinho e as glicínias e todos os lugares da cidade que conseguira ficar tão nítida em sua memória, não importando o que mais acontecera ali. Mas, no caminho, o céu escureceu e ficou cada vez mais cinza. Começou a chover e não parou. Quando chegamos afinal à cidade, Ernest pareceu surpreso.

— Está tão menor! — exclamou.

— Talvez encolha com a chuva — falei, tentando melhorar o clima, mas bem depressa percebendo que seria impossível.

Durante toda a visita, Ernest brigou com a memória. Desde a última vez em que ele ali estivera, há quatro anos, tudo havia mudado e enfeado. A fábrica de lã, fechada durante a guerra, vomitara muco preto no buraco em que Ernest e Chink tinham passado tantas tardes nadando. Percorremos todas as ruas ventosas debaixo de chuva, mas tudo parecia sem graça e solitário, as vitrines cheias de postais, toalhas e pratos baratos. As tabernas estavam vazias. Fomos a uma loja de vinhos, onde havia uma moça sentada penteando lã.

— Mal consigo reconhecer a cidade — disse Ernest a ela, em inglês. — Há tanta coisa nova.

Ela fez que sim com a cabeça e continuou a trabalhar, puxando as pás para frente e para trás, as fibras brancas tornando-se longas e macias.

— Você acha que ela entende? — perguntei baixinho a Ernest.

— Ela me entende.

— Meu marido esteve aqui durante a guerra — disse eu.

— A guerra acabou — respondeu ela sem erguer os olhos.

Desanimados, desistimos do passeio e fomos nos registrar no Duas Espadas, mas lá também tudo estava mudado. A cama estalava, os lençóis estavam gastos e feios, e as lâmpadas, cobertas por uma camada de poeira. Durante um jantar sem gosto, Ernest disse:

— Talvez nada daquilo tenha acontecido.

— Claro que aconteceu — respondi. — Eu queria que Chink estivesse aqui. Ele daria um jeito de nos animar.

— Não. Ele também não conseguiria se conformar.

Dormimos mal naquela noite, e pela manhã a chuva aumentou ainda mais. Ernest continuava determinado a me mostrar Fossalta, onde havia sido ferido, então encontramos um motorista que nos levou até Verona e de lá tomamos um trem para Mestre, onde precisamos encontrar outro carro com motorista. O tempo todo, o dia todo, e por toda a viagem, Ernest estudava mapas e tentava associar o que via na região ao que se lembrava de ter visto anos antes. Mas nada era igual. Fossalta, onde finalmente chegamos, foi pior do que Schio, porque lá não havia um só sinal de destruição. As trincheiras e casamatas haviam desaparecido. As casas e prédios bombardeados foram substituídos por novos. Quando Ernest encontrou a colina onde fora ferido, ela estava verde e sem marcas, absolutamente adorável. Nada parecia correto. Milhares de homens morreram ali, poucos anos antes, o próprio Ernest fora ferido ali, pela explosão de uma granada, e mesmo assim tudo estava limpo e brilhante, como se a própria terra tivesse se esquecido de tudo.

Antes de deixarmos o lugar, Ernest esquadrinhou todas as sebes e voltou afinal com um único fragmento de bomba enferrujado, não maior do que um botão.

— Perseguir o passado é um jogo nojento e podre, não é? — Ele me olhou. — Por que eu vim?

— Você sabe por quê — respondi.

Ele girou o fragmento nas mãos algumas vezes, e imaginei que estivesse pensando em nossa conversa com Chink e em como não poderia mais confiar na guerra que estava em sua cabeça. Não se podia confiar na memória. O tempo não era confiável, e tudo se dissolvia e morria — mesmo ou sobretudo quando *se parecia* com a vida. Como a primavera. À nossa volta, a grama crescia. Pássaros faziam uma animada algazarra nas árvores. O sol se punha com esperança. A partir daquele momento, Ernest sempre odiaria a primavera.

DEZESSEIS

Só voltamos para Paris no final de junho, e pouco depois começaram as celebrações do Dia da Bastilha, com dança e canto pelas ruas, a qualquer hora. A cidade estava quente e barulhenta, e nem deveríamos tentar dormir. Eu podia ver o vulto inquieto de Ernest no escuro, um braço sobre os olhos.

— Logo será seu aniversário — comentei.

— Deveríamos viajar?

— Aonde iríamos?

— À Alemanha, ou talvez à Espanha.

— Não precisamos ir — disse eu. — Podemos ficar em casa, ficar muito bêbados e fazer amor.

— Poderíamos fazer isso agora.

Ele riu.

— Poderíamos — respondi.

O clarinetista debaixo da nossa janela tocou uma série de notas baixas, esperando acompanhamento, depois silenciou outra vez. Ernest virou de lado e se esticou para acariciar meu ombro nu. Seu toque me provocou uma deliciosa onda de arrepios, e então ele me puxou para ele e me virou de bruços sem dizer uma palavra, cobrindo meu corpo com o seu. Era pesado e quente, e eu podia sentir seus lábios e sua testa na minha nuca.

— Não se mova — disse ele.

— Mal consigo respirar.

— Ótimo.

— Gosto assim, devagar.

— Bom.

Seus braços estavam dobrados, um de cada lado, para que ele não me esmagasse por completo, mas eu queria ser um pouco esmagada.

Depois, quando estávamos lado a lado no escuro, o mesmo riso subiu da rua e a música ainda estava alta e, se era possível, mais caótica. Ernest voltou a ficar cada vez mais quieto, e me perguntei se ele estaria pensando em Schio e em tudo o que não havia sido encontrado lá, e na tristeza que levara para casa.

— Devo me levantar e fechar a janela?

— Está quente demais, e não adiantaria. Vamos dormir.

— Alguma coisa o está perturbando. Não quer me dizer o que é?

— Falar também não vai resolver nada.

Eu podia ouvi-lo caindo num lugar muito fundo, mas acreditava, ingênua, que poderia ajudá-lo se conseguisse fazê-lo falar a respeito. Continuei a pressionar de leve e ele, afinal, disse:

— Se você quer mesmo saber, é o ato de fazer amor. Há alguma coisa nisso que faz com que eu me sinta esvaziado depois, e solitário também.

— Que horror! — respondi, sentindo a ferroada daquelas palavras. Tínhamos acabado de nos dar tanto um ao outro, ou pelo menos assim eu tinha sentido.

— Sinto muito. Não é nada que você tenha feito.

— Uma ova que não é. Não vamos fazer nunca mais. Não precisamos. Não vou me importar.

— Mas nós nos importamos, e você sabe que é assim. Eu sei que você sabe.

— Não.

Ele me puxou para mais perto.

— Por favor, não se preocupe, só me diga que você me ama.

— Eu amo você — disse, e beijei-lhe as mãos e as pálpebras tentando me esquecer do que ele dissera.

Mas não consegui. Não conseguia esquecer nada do que ele me dizia. Era assim.

— Durma, agora.

— Está bem — respondi.

Ele se levantou e se vestiu. Deviam ser três horas da madrugada, talvez quatro.

— Você não vai escrever agora, vai?

— Talvez não — disse ele. — Mas vou tentar.

Ouvi-o descer, ouvi seus passos na escada, até o último degrau, depois adormeci por algumas horas. Quando acordei, ele ainda estava fora, escrevendo, e o apartamento ainda estava quente e abafado. Chutei os lençóis, vesti o penhoar e fui para a cozinha fazer café. Os músicos da noite anterior continuavam na calçada, e me senti cansada só de ouvi-los. Não sabia como conseguiam continuar a tocar. Teriam dormido de pé, encostados às portas? Teriam dormido?

Depois do café da manhã, lavei-me, vesti-me e sentei-me ao piano por algumas horas, mas não me saí bem. O dia estava quente demais, e eu estava distraída demais pela noite da véspera. Voltei a me deitar e então ouvi Marie Cocotte na cozinha, lavando os pratos. Ela nos tinha sido indicada pela zeladora do edifício e ia todas as manhãs ser nossa *femme de ménage*, ocupando-se de lavar a louça e cozinhar por dois francos a hora. Marie não tinha filhos e chegava à meia-idade, era baixinha e forte, com mãos rápidas e competentes. Seu apelido, *cocotte*, que também era a gíria francesa para "rapariga", vinha de um prato que ela nos preparava com frequência e lindamente, *poulet en cocotte*. Vários dias por semana ela voltava no final da tarde para preparar o jantar, e, como fazia tudo tão bem, pedi-lhe que me ensinasse a culinária francesa. Mas estávamos no alto verão, eu não queria de modo algum ir para a cozinha e achava ótimo comer frutas ou nada até que Ernest terminasse de escrever. Íamos então tomar um aperitivo num café quando estava escuro e bem mais frio, e parecia correto comer e ter fome.

— Bom dia, madame — disse Marie Cocotte, indo até o quarto onde as cortinas ainda estavam abertas desde a noite anterior. Nunca as fechávamos.

— Essa música vai parar? — perguntei no meu francês ainda desajeitado, apontando para a janela.

— Não hoje — respondeu ela, rindo.

— Acho que o Dia da Bastilha vai durar para sempre — comentei, e ela riu de novo.

— É como gostamos que seja — afirmou ela.

O verão estendeu-se sempre igual, tornando-se vários verões consecutivos, e o tempo parecia estático. Era cada vez mais difícil preencher os dias. Eu sentia minhas dores de cabeça voltarem e, embora soubesse que não deveria me ressentir do trabalho de Ernest ou tentar afastá-lo dele, sempre ficava mais feliz quando ele acordava e dizia que não iria tentar escrever naquele dia e que, em vez disso, poderíamos ir às lutas de boxe, ou sair de carro para o campo e assistir às corridas de bicicleta.

Uma tarde, Gertrude e Alice nos convidaram para almoçar em sua casa de campo em Meaux. Fomos todos juntos, no Modelo T de Gertrude, e fizemos um piquenique com dois tipos de ovos, batatas e galinha assada. Tomamos diversas garrafas de vinho gelado e depois um conhaque Hennessy de 3 estrelas, e tudo era lindo — os vales e pontes, a casa encantadora e suas árvores floridas. Depois do almoço, deitamo-nos na grama, conversamos e sentimo-nos livres.

Ernest decidira mostrar a Gertrude todos os seus textos, e ler os dela. Embora a princípio desconcertado pela dificuldade em compreender o estilo de Stein, tão logo se conheceram ele passou a apreciar sua estranheza e interessava-se cada vez mais pelo que ela fazia. Ela chegou mesmo a influenciá-lo na forma de escrever, sobretudo com seu costume de nomear e repetir objetos concretos, lugares e pessoas, sem tentar encontrar variações, mas tendo prazer em observar como cada palavra ganhava um inacreditável poder quando usada outra e outra vez. Em algumas novas passagens de Nick Adams, eu via como ele fazia aquilo, também, com a linguagem e as coisas mais simples — *lago, truta, tronco, bote* —, e como isso dava à obra um sabor mais destilado e quase mítico.

A ligação de Ernest e Gertrude era sem sombra de dúvida muito importante para ambos, e eu adorava que estivéssemos todos nos tornando bons amigos, embora ainda houvesse uma insistente divisão de pares quando nos encontrávamos. Ernest e Gertrude eram os artistas e, quando conversavam, as cabeças unidas, pareciam quase gêmeos. Alice e eu éramos as mulheres, mesmo sem as quatro paredes do salão para nos definir, e ela parecia contente com isso. Eu estaria? Ernest dava apoio incondicional ao fato de eu tocar piano e com frequência se referia a isso como meu "trabalho", como se eu fosse também uma artista. Eu adorava tocar e sentia que o piano era uma parte importante da minha vida, mas não estava de modo algum convencida de ser especial, como Ernest. Ele vivia dentro da esfera criativa, e eu fora dela, sem saber se algo poderia vir a mudar tal situação. Alice parecia se sentir à vontade em seu papel de mulher de artista, deixando todo o espaço livre para a ambição de Gertrude, mas talvez fosse apenas porque o fazia há mais tempo e conseguia esconder melhor seu ciúme. Olhei para o fundo do meu copo de brandy, para o caleidoscópio que ele criava na manta clara, que era de algum tipo de lã irlandesa. *Estamos juntos aqui agora*, disse a mim mesma. Tudo era agradável e belo. Eu deveria apenas saber disso, me prender a isso e ser feliz. Eu seria. Eu tentaria.

No dia seguinte, acordamos tarde, e eu ainda sentia os efeitos do Hennessy. Ernest também devia estar sentindo, porque mal tínhamos saído da cama quando ele disse:

— Não vou conseguir escrever direito hoje. Não deveria nem ir.

— Você pode ir e tentar, por algumas horas — respondi, sentindo uma pontada de culpa, porque não era o que eu sentia.

— Não — disse ele. — Não vai adiantar. Já sei.

Levantamos e tomamos o café da manhã, depois decidimos ir a Auteuil, às corridas de cavalo. Estaria mais fresco fora da cidade. Marie Cocotte prepararia uma cesta com sanduíches e vinho, e levaríamos os programas das corridas para ler no trem. Assim que tudo ficou combinado, senti a pressão fugir da minha cabeça num rápido sussurro, como um fantasma sendo exorcizado de uma casa. Senti-me culpada pela felicidade que me invadia pelo fato de não dividi-lo... culpada e feliz, tudo ao mesmo tempo.

Ernest e eu adorávamos Auteuil. Íamos sempre juntos às corridas e depois visitávamos as cocheiras para ver os animais. Eu adorava o cheiro intenso dos cavalos e da própria pista, e os ruídos da multidão feliz celebrando a sorte quando chegava. Ernest era fascinado por tudo — as belas ondulações do corpo dos cavalos, os jóqueis quase anões em suas sedas, os treinadores a postos nas grades, parecendo saber algo misterioso, a gíria dos garotos no estábulo e o cheiro da urina dos cavalos. Nunca tínhamos muito para gastar nas corridas, mas sempre tínhamos alguma coisa, e era bom estarmos juntos ao sol. Ernest estendia o sobretudo na grama e ali comíamos, depois eu cochilava ou só olhava as nuvens e esperava o próximo páreo. Quando ganhávamos, tomávamos champanhe, e às vezes quando perdíamos também, porque estávamos felizes por estar ali e por estarmos juntos. E o que era o dinheiro para nós, afinal? Nunca tínhamos o bastante para que fizesse diferença perdê-lo.

Naquele dia, o favorito era uma beleza brilhante e escura, um bom saltador com ar veloz. Seu corpo criava linhas nítidas e puras no salto, criando a ilusão de que mal se movia. Não apostamos no favorito, mas em outro cavalo, mais claro, chamado Chèvre d'Or, que corria a 20 por 1. Às vezes escolhíamos juntos os cavalos, depois de andar pela cocheira ou observar da grade, ver como os cavalos se moviam e aguardar uma intuição. Às vezes Ernest encontrava algum conhecido que lhe dava um ou dois nomes, bons palpites. Naquele dia, segui meus próprios instintos e escolhi sozinha o cavalo. Poderia nos dar sorte. Tinha acontecido antes, e naquele dia tive certeza de que aconteceria de novo. Chèvre d'Or não era rápido e escuro, mas se movia como brandy num copo. Observei suas pernas acetinadas e disse a Ernest que aquele era especial.

— Vamos apostar nele — disse eu. — Temos o bastante?

— Talvez tenhamos — respondeu ele.

— Vamos gastá-lo de qualquer maneira, mesmo se não tivermos.

Ele riu e se afastou para fazer a aposta, ainda sorrindo para mim. Ele adorava quando eu era ousada.

— Você ainda tem certeza quanto a esse cavalo? — perguntou ao voltar.

— Tenho.

— É bom. Ele tem seis meses de despesas nas costas.

— Você não está falando sério.

— Estou — disse ele, e nos debruçamos na grade com o resto da multidão, os dois tremendo com o risco.

Meu cavalo pegou a dianteira desde o começo. Na segunda volta, nenhum outro chegava perto. Estava a quatro corpos de distância na quarta volta, uma mancha cor de brandy.

— Ele está conseguindo — falei, sentindo-me entusiasmada. Meu corpo estava tenso e rijo.

— Ele está conseguindo muito bem — concordou Ernest, observando os outros cavalos se esforçarem. Mas era tarde demais para qualquer um deles, porque Chèvre d'Or era muito rápido e estava muito à frente... bom demais como era, dez corpos à frente, depois mais. O favorito se adiantou e levou a melhor sobre os outros, o chicote do seu jóquei fustigando, mas meu cavalo estava em sua própria corrida.

Ele estava vinte corpos à frente e a vinte passos do final quando aconteceu. Sua queda, no último obstáculo, foi tão feia quanto o resto tinha sido belo. Se já fora brandy, era agora um carrinho de mão quebrado. Ele estava liquidado, um brinquedo de criança quebrando com um estalo. Era tão terrível que não pude olhar. Escondi o rosto no ombro de Ernest e não vi o final do páreo, os cavalos se separando ao passar pelo animal caído, o favorito levando tudo o que não merecera.

Chorei metade do caminho para casa no trem, atravessando os arredores deprimentes com os varais de roupa, o lixo e as crianças em andrajos, tentando me esquecer daquele dia e do que tinha visto.

DEZESSETE

Quando chegou nosso primeiro aniversário de casamento, decidimos passá-lo com Chink, em Colônia, e pegamos um barco para descer o Reno e encontrá-lo. Ainda fazia muito calor, os dias eram encantadores e longos, e quando encontramos Chink ficamos muito felizes por estarmos todos juntos. Ele nos fazia bem, nós fazíamos bem a ele, e Colônia era linda.

Uma tarde, eu estava deitada na grama olhando Ernest e Chink pescarem. Ernest esticou-se até o saco de pesca no banco de areia perto dele e pegou uma garrafa de vinho branco gelado, cuja rolha tirou com os dentes. Na outra mão, segurava o caniço, a linha bem esticada, a água movendo-se em torno em redemoinhos suaves. Havia uma boa brisa, e, vindo das árvores, o pólen amarelo voava em pequenas nuvens e pousava em nós.

— Vocês parecem saídos de uma pintura, rapazes — falei, apertando os olhos.

— Você tem uma admiradora — Ernest disse a Chink.

Levantei-me da grama, andei até Ernest e observei-o de perto por vários minutos.

— Mostre-me como se faz — pedi.

— Cansou-se de admirar?

— Não — sorri. — Mas gostaria de tentar.

— Tudo bem, então.

Ele ficou de pé atrás de mim na rampa macia e gramada, e mostrou-me com lançar o caniço. Balancei o braço para trás e para frente num arco suave, como ele ensinara, e consegui soltar a linha com perfeição. Ela deslizou pela corrente como num sonho.

— A sensação é boa — disse eu.

— É assim que você sabe se fez direito — comentou Chink.

— E agora?

— Agora você espera — disse Ernest, e andou até o estojo de caniços.

Antes que ele o alcançasse, senti um pequeno puxão na linha, depois outro mais forte. Por instinto, puxei, e o anzol emperrou. Eu podia sentir o peixe lutando para se soltar.

— Ei — disse Chink, olhando. — Ela conseguiu.

Ernest correu de volta e ajudou-me a pegar a truta, e logo o peixe estava na grama, marrom claro e cheio de pintas.

— Sinto um pouco de pena dele — disse eu.

— Você pode jogá-lo de volta se quiser — afirmou Chink.

— Mas não vai mesmo! — exclamou Ernest, rindo.

— Não, eu quero comê-lo. Quero saber se peixes têm um sabor diferente quando fomos nós que o pescamos.

— Boa menina — disse Ernest. — Têm sim, sabe?

— Achei que teria.

— Esta aí tem instintos assassinos — brincou Chink, e todos rimos.

— É melhor você aprender tudo — disse Ernest depois que pesquei três trutas, uma depois da outra.

Mostrou-me como limpar e eviscerar o peixe e enxaguar bem o corpo no rio, para cozinhá-lo.

— Não estou com nojo — falei, enquanto ele trabalhava.

— Eu sei. Posso ver.

Assamos as três na fogueira, com gravetos, assim como a meia dúzia pescada por Chink e Ernest.

— Gosto mais da minha — falei, lambendo o sal dos dedos.

— Também gosto mais da sua — disse Ernest, e abriu outra garrafa de vinho enquanto o céu se suavizava e a noite descia.

NA COLÔNIA PROPRIAMENTE DITA, as coisas foram menos tranquilas. Na Guarnição de Ocupação Britânica, para onde Chink fora há pouco transferido, a população em fúria vandalizara uma estátua de Guilherme II a cavalo, empunhando a pesada espada de ferro e esporeando o animal. Outros arruaceiros haviam assassinado um policial alemão, perseguindo-o até o rio e cortando-lhe os dedos quando ele tentava segurar-se numa ponte para se salvar. De longe, a cidade parecia saída de um conto de fadas, com casas de telhados vermelhos e aldeões usando os típicos shorts de couro, mas, como o resto da Alemanha ocupada pelos Aliados, estava numa situação de suprema inquietação. Poucos dias antes, a 14 de setembro, estávamos num café lendo os jornais quando soubemos que a cidade portuária de Smirna, na Turquia, estava em chamas. A guerra greco-turca pairava no ar há três anos, desde a divisão do Império Otomano resultante da guerra, mas, com aquele incêndio, o conflito finalmente explodira. Ninguém sabia quem era responsável. Os gregos culpavam os turcos e vice-versa, e a única coisa certa eram os trágicos resultados. O porto fora incendiado com petróleo, bem como muitos dos bairros gregos e armênios na cidade. Pessoas foram arrancadas das casas e jogadas nas ruas. Grupos foram afogados no porto, e outros, abatidos onde estavam. Refugiados escapavam para as colinas. Sentimo-nos muito mal por estarmos sentados num café, almoçando bem e sem ter tomado conhecimento do conflito.

— Imagino que irei para lá em breve — disse Chink.

Sua expressão era austera.

— Talvez eu também — respondeu Ernest, e senti um arrepio me percorrer.

— Você não acha isso de verdade — falei.

— Não sei. É possível.

— Eu sempre quis ir a Istambul — afirmou Chink.

— Mas *Constantinopla* é uma palavra melhor — respondeu Ernest. — Ou *Bizâncio*.

— Verdade — concordou Chink. — Bem, de qualquer maneira, está na imundície agora, não?

De volta a Paris, nem havíamos desfeito as malas quando um telegrama chegou para Ernest, do *Star*. John Bone o estava mandando para a Turquia cobrir o conflito, exatamente como ele suspeitara. Partiria em três dias. Ele mal acabava de ler a notícia, o envelope rasgado ainda nas mãos, quando me senti desabar.

— O que é isto? — disse Ernest, vendo meu rosto desmoronando. — Não vou demorar. Será como Gênova, a mesma coisa. E depois estarei em casa, e estaremos outra vez juntos.

Mas eu nunca contara a ele o quanto deprimira enquanto ele estava em Gênova, como cada dia sem ele fora uma luta contra mim mesma.

— Não quero que você vá — afirmei.

— O quê?

— Diga-lhes que não pode, que estou doente.

— Você não está falando sério.

— Estou, sim, você não percebe? Estou dizendo a verdade, desta vez.

— Não, você está sendo infantil. Isto é birra, e eu quero que você pare agora.

Foi quando comecei a chorar, o que foi ainda pior; ele odiava lágrimas.

— Por favor, pare — pediu. — Acabamos de passar dias maravilhosos em Colônia, não foi? Por que não podemos apenas ser felizes?

— É tudo o que quero — respondi, mas as lágrimas ainda caíam.

Abri minha mala, voltei a fechá-la e fui à cozinha ferver água para o chá. Achei que ele talvez tivesse ido para o quarto, mas ele estava ali, bem atrás de mim, andando de um lado para o outro.

— É longe demais — falei, afinal.

— É este o problema, não é? Você não quer uma guerra respirando no seu pescoço.

— Não podemos apenas fingir que o telegrama nunca chegou?

— Não, não podemos.

Sua expressão endureceu de repente, porque eu lhe pedia para me colocar acima do seu trabalho.

— Para o inferno com o chá! — explodiu ele.

Mas continuei a prepará-lo, calculando a quantidade de folhas para o bule e derramando água no coador. Ele deu passos largos atrás de mim, na cozinha minúscula, esperando que eu me desculpasse. Quando não o fiz e sequer me virei, ele acabou por sair do apartamento num safanão.

Eu sabia que ele tinha ido para um café. Poderia tê-lo encontrado com facilidade e teria sido bom se o houvesse feito. Poderíamos ter tomado um brandy com água e concordado em deixar aquilo para trás. Ou pedido ao garçom para trazer absinto e deixado que ele apagasse tudo à perfeição. Mas continuei onde estava e tomei o maldito chá, ainda que nem mesmo o quisesse.

Quando Ernest voltou para casa, eu estava bêbada e fingia dormir. Deixara de lado o chá e apanhara uma garrafa de uísque. Não tinha comido e só bebera, muitos copos de uísque quente e sem água.

Quando estava bêbada o suficiente para tomar aquela atitude, peguei o adorável bule de chá que viera conosco de tão longe e deixei-o cair no chão com um estrondo. Pretendia deixar os cacos ali para que ele visse, mas, depois de feito, aquilo era pequeno e infantil demais — um gesto de birra, como ele dissera. Odiei estar tão desesperada e fora de controle, porém não conseguia me dominar. Limpei o estrago, apanhando pedacinho por pedacinho molhado e arruinado e colocando num pequeno saco de papel. Depois, fui para a cama. Minha cabeça girava morbidamente sobre o travesseiro, mas fechei os olhos e tentei acalmar a respiração. Muito mais tarde, ouvi-o nas escadas, depois no quarto.

— Hadley — disse ele, sentando na cama, a meu lado. — Tocou meu rosto e pescoço de leve, mas não me mexi. — Não vamos fazer isso, Gata Eriçada.

Apertei bem os olhos para impedir que as lágrimas surgissem e tentei fingir que dormia. Mas ele sabia que não era verdade.

— Dane-se! — reagiu ele, quando eu não quis abrir os olhos ou responder.

Ele me socou o ombro.

— É trabalho. Você sabe que eu preciso ir.

— Você não precisa. Você quer ir.

— Vá para o inferno, então — disse ele, e saiu para dormir em outro lugar.

Talvez ele tenha voltado ao seu quarto na Rue Descartes naquela noite, ou dormido no banco comprido do térreo, na casa de danças. Não sei. No dia seguinte, ficou fora até o começo da tarde, quando chegou para arrumar a bagagem e tomar providências. Andou pelo apartamento, jogando coisas numa mala, juntando os cadernos.

— Então é assim que vai ser?

Olhei pela janela, para o nada.

— Você sabe que prometeu jamais fazer isso.

Ele tinha razão. Inúmeras vezes eu jurara nunca me atravessar diante do seu trabalho, sobretudo quando estávamos apenas começando, quando eu via a carreira dele como minha e acreditava ser meu papel ou até meu destino ajudá-lo a abrir caminho. Mas cada vez mais eu compreendia que não sabia o que realmente significavam aquelas promessas. Parte de mim o queria tão infeliz quanto eu. Talvez assim ele cedesse e ficasse.

Mas ele não cedeu. Por três dias não nos falamos nem nos tocamos, e, quando ele partiu, em 25 de setembro, estava tão magoado e zangado que eu mal conseguia suportar olhar para ele. Parei perto da porta e assisti-o lutar com as malas escada abaixo. Nos últimos degraus, ele deixou cair a maleta em que estava a Corona. Foi uma queda feia, seguida de um barulho espantoso, depois outra queda. Ele chutou-a com raiva, antes de erguê-la. Quando chegou à porta no final da escada, chutou-a também, e depois nada mais ouvi.

DEZOITO

Pode ser a malária sobrepondo-se ao quinino, mas tudo está estranhamente amarelo. A longa estrada tem um tom ocre intenso e pisoteado, e as montanhas à distância são mais escuras. Há um rio, o Maritza, e ele corre alto e rápido porque chove há três dias, e a chuva é também amarela.

Ele não dormiu desde que saiu de Paris, e isso torna mais difícil andar sob a chuva. Não há fim para nenhum deles, a chuva e o andar. Colunas de refugiados brotam e transbordam na estrada de Karagatch. Abarrotaram carroças com tudo o que não podem suportar deixar para trás, os que têm carroças, e os outros se amarraram a trouxas e carregam outras trouxas, ou carregam crianças. As crianças carregam o que podem e choram quando ficam cansadas demais, ou assustadas. Todos estão assustados e molhados, e a chuva continua a cair.

Ele está ali para dar testemunho, compreende, e assim se obriga a ver tudo e a não desviar o olhar de coisa alguma, embora muito do que veja lhe provoque uma sensação de enjoo no estômago. É a primeira vez que sente gosto de guerra desde que esteve dentro de uma, e só isso lhe valeu uma terrível tremedeira nos primeiros dois dias. O tremor já se foi. Ele o obrigou a desaparecer e agora pode fazer o que foi fazer.

Ao longo da estrada Karagatch, fala com muitos dos que vieram de Smirna e lá viram os incêndios e pior. Um homem com o rosto vermelho brilhante vira a irmã correr para o cais gritando e em chamas até a raiz dos cabelos. Outro homem tem ataduras da mão ao ombro, bandagens imundas e encharcadas, e mesmo sob a chuva pode-se sentir o cheiro da gangrena, um cheiro doce como amêndoas assadas. O homem fala através de um intérprete e diz que se escondeu sob o píer em Smirna por quase um dia e uma noite, às vezes com água pelo peito. Foram os mexilhões nas fundações do píer que lhe cortaram a mão e o braço quando a maré subia e o levava de encontro às duras conchas.

— Havia faróis de busca no porto — diz o homem. — E você não iria querer ver o que boiava por lá, à sua volta.

Por fim, ele saiu da água, encontrou a família e pegou a estrada, como tantos outros. Tinha cortes profundos em diversos lugares, mas não sangrava. Pensara que o sal curaria suas feridas e que ficaria bem sem um cirurgião.

— Como pode ver, não estou bem — disse o homem através do intérprete, e continuou a andar.

— É, qualquer um pode ver — diz Ernest.

Caminham perto de uma carroça puxada por um único e grande boi escorrendo chuva, e na carroça a mulher do homem está em trabalho de parto. A palha na carroça está ensopada, e há outra coberta, esticada e pingando, que dois de seus filhos seguram sobre ela enquanto ela dá à luz. Uma velha se acocora entre suas pernas enquanto as crianças tentam olhar para outro lado, e Ernest se sente mal por assistir àquilo e ouvir seus gritos, que não serão atendidos até que a criança nasça, e talvez nem então.

O homem continua a andar e a olhar para frente através da chuva e diz:

— Minha mulher sabe que sou covarde. Escondi-me debaixo do píer. Queria deixá-los.

Ernest concorda e ergue os olhos para ver que chegam a uma ponte sobre o rio, uma estrutura de madeira que parece escorregadia mas firme para todo aquele peso que recebe, carroças, bois e camelos, os corpos embrulhados e ninguém se movendo adiante ou para trás. Ao longe, sobre as cabeças dos vivos, ele vê as finas espirais brancas de uma mesquita, minaretes erguendo-se sobre a sujeira amarela, desconectados da realidade do que acontecia na estrada, a lama, os gritos, a covardia e a chuva. No bolso do paletó há um caderno azul dobrado ao meio e dois lápis. O papel está ensopado, ele sabe sem precisar conferir, mas de qualquer maneira não poderia escrever nada daquilo. Mandará um comunicado do hotel, à noite, se o hotel não tiver sido arrastado pela chuva. Por enquanto, tudo o que tem a fazer é se obrigar a ver tudo, não tremer nem desviar o olhar.

Uma semana se passa mas é como se ele nunca tivesse estado em qualquer outro lugar. Essa é uma das coisas que a guerra faz. Tudo o que se vê serve para substituir momentos e pessoas da vida anterior, até que não mais se consiga lembrar por que qualquer um deles importava. Não adianta não ser soldado. O efeito é o mesmo.

Ele dorme num catre num hotel em Adrianópolis, embrulhado numa manta suja e coberto de mordidas de piolhos. Passa os dias conversando com refugia-

dos, escrevendo e mandando comunicados para o Star *e para o* INS *sob o nome de John Hadley. Às vezes, está cansado demais e manda a mesma história duas vezes. Não importa, deixem-nos mandá-lo embora. Precisariam encontrá-lo primeiro, e ele não está em lugar nenhum.*

Quando a noite cai, ele vai para um bar, onde uma garota armênia de pele muito escura e sombras profundas sob os olhos usa um vestido colorido amarrado na cintura. Ele pode ver o contorno de seus seios sob o pano e quer tocá-la, e tudo se torna muito simples. Outro homem chega, um soldado inglês, põe as mãos na cintura da garota, e ela sorri. É quando Ernest se encoleriza e soca o soldado. Não pretendia fazer aquilo, exatamente. Só sabe que precisa se mexer se quiser a garota. Elas nunca vêm até você, e por que você quereria que viessem? Ele sente o punho atingir o queixo do soldado e o queixo sair do lugar. Ainda assim, não sente nada. O soldado cai sobre um joelho e levanta depressa, olhos brilhantes e muito abertos. Investe, mas não rápido ou baixo o bastante. Ernest atinge-o no estômago, agora, e sente a respiração do homem desaparecer sob sua mão.

A garota diz algo que ele não compreende mas que soa como "Chega". Ele pega a mão dela e ambos saem. Há um táxi do lado de fora, e eles vão para o quarto dela sem dizer uma palavra. Atrás da porta, ela solta o vestido, depois leva as mãos ao cinto dele. Ele as empurra. Fará tudo sozinho, embora a mão direita sangre. Senta-se numa pequena cadeira de madeira, puxa-a para cima dele e sente o quanto ela é áspera e sedosa montada nele. É ele quem a move, como se fosse uma boneca, e ele sabe que tem que ser daquela maneira porque isso o faz sentir que não vai morrer, pelo menos não naquela noite. Geme quando acaba, e da primeira vez acaba rápido. Fica com ela na cama imunda e, pela manhã, deixa o endereço do seu hotel numa folha de caderno, e também dois dólares americanos. Acha que talvez não a veja de novo, mas que tudo bem se a vir. Tinha mais dinheiro para gastar e talvez, se a vir de novo, não se sinta tão mal, como se sente agora, e talvez seja melhor e talvez conserte alguma coisa.

Ele vai para a rua, onde é ainda muito cedo e fresco e ainda não voltou a chover. Caminha até o hotel, pensando. Agora está feito, não está? É tarde demais para voltar atrás e de qualquer maneira você não voltaria. Você precisa se lembrar disso mais tarde, quando vir sua mulher e quiser morrer por magoá-la. Lembrar-se de que ninguém o obrigou a fazer coisa alguma. Nunca é alguém além de você quem faz alguma coisa, e só por essa razão você não deveria se arrepender.

Agora chove outra vez, um chuvisco muito fino que penetra no pano da sua camisa e nas calças. Ele sente os pequenos prédios virem ao seu encontro no caminho enlameado, e há outra vez aquele pensamento muito real de que não existe qualquer outro mundo. Que importa se você sabe que estar com outra matará sua esposa, se você não tem esposa? Você também não tem Paris, ou qualquer outra coisa. Você pode muito bem ver de novo a garota de pele escura. Você pode muito bem se rebaixar e se sentir péssimo com tudo o que faz porque este é o único mundo que existe.

DEZENOVE

Quando ele se foi, fiquei triste e culpada, odiando-me no mesmo instante. Olhei para a garrafa de uísque na prateleira e cheguei a segurá-la por um momento antes de colocá-la de volta. Não antes do almoço. Nunca superaria aquilo dessa maneira. Então, fiz um pouco de café, descasquei uma laranja e tentei não pensar nele no trem. Ele passaria pelo menos dois dias viajando, depois estaria num outro mundo, e um mundo perigoso. Tudo o que eu podia fazer era esperar que ele ficasse bem e que o elo que nos unia fosse forte o bastante para suportar o dano sofrido.

Exceto por dois postais rabiscados enviados antes da chegada à fronteira da Turquia, não tive qualquer notícia de Ernest desde que ele se fora, e eu culpava o serviço telegráfico por isso, porque não queria pensar o que mais poderia significar aquele silêncio. Li seu primeiro artigo no *Star* quando o jornal chegou, dois meses depois, mas me deter em excesso no que acontecia por lá — não apenas violência mas também doença, ao que parecia, cólera e malária em proporções epidêmicas — só piorava as coisas, então queimei o jornal e fui dar uma volta.

Marie Cocotte ia lá em casa todas as tardes.

— Precisa sair desta cama — disse ela, e me entregou um avental para amarrar sobre o penhoar.

Juntas, fizemos *bœuf bourguignon*, *blanquette de veau* e *cassoulet*, e tudo ficou delicioso, embora eu não conseguisse me obrigar a comer.

Lewis Galantière apareceu, sentou-se à medonha mesa de jantar e tentou me arrastar para o Michaud.

— Parece que James Joyce adotou mais seis crianças só nesta semana. Estão todos lá, comendo um enorme carneiro e botando leite pelo nariz. Diga que você não precisa ver isso pessoalmente?

Obriguei-me a sorrir e me arrumei, vestindo o casaco e meus sapatos menos fora de moda.

— Vamos dar uma volta — disse eu. — Sem Michaud hoje à noite, tudo bem?

— Sou seu humilde criado, madame.

Eu não havia dito a Lewis ou a qualquer pessoa a que ponto as coisas tinham chegado entre nós. Estava constrangida demais. Pelas manhãs, escrevia cartas e mentia, dizendo a Grace e ao dr. Hemingway que estava tudo bem. Explicava o quanto era tranquilo o trabalho de Ernest para o *Star*, o quanto sua carreira parecia promissora. Não disse que ele, pouco tempo antes, decidira romper seu contrato de exclusividade com eles e mandava artigos sob pseudônimo para o *International News Service*. Tudo aquilo fora negociado em segredo e significava mentiras e mal-estar quando algo para o *INS* chegava ao telégrafo antes dos seus "exclusivos" para o *Star*, mas ele afirmava que valia a pena, pelo dinheiro. Assim se entendia com sua própria consciência. Eu tinha mais problemas para lidar com essa desonestidade, porque ela me parecia falar de algo maior — o modo como ele sempre torcia as coisas a seu favor, não importando o custo.

Mas pensar daquela maneira não me levava a lugar algum. A lugar algum exceto de volta ao uísque, é claro, então eu punha os pensamentos de lado e andava até o Musée du Luxembourg, para visitar os Monet. Ficava ali parada, olhando para os pontos mais brilhantes de seus lírios e o adorável púrpura da água, e tentava nada mais ver.

No final de outubro, numa manhã bem cedo, Ernest desceu do trem na Gare de Lyon, parecendo ter estado numa terrível batalha e perdido. Estava fraco, exausto e febril, por causa da malária. Emagrecera quase dez quilos, se não mais, e mal o reconheci. Ele se moveu em direção aos meus braços e neles despencou, e depois voltamos para casa, onde ele se debruçou sobre a pia e me deixou lavar sua cabeça, que pululava de piolhos.

— Sinto muito por tudo, Tatie — disse eu, quando seus olhos estavam fechados.

— Não vamos falar nisso. Não importa, agora.

Peguei a tesoura, cortei seu cabelo bem rente à cabeça e catei o resto dos piolhos um a um, aproximando a luz para poder enxergar direito. Então esfreguei-lhe todo o corpo com creme e ajudei-o a entrar em lençóis recém-lavados, nos quais ele dormiu por vinte e quatro horas. Quando acordou, levei ovos, torradas, presunto e mostarda, e ele comeu tudo, agradecido, e depois voltou a dormir.

Não saiu da cama por uma semana, e às vezes eu só o olhava dormir e sabia, pelo seu jeito, que ele sofrera de formas sobre as quais não conseguiria falar, não durante muito tempo. O abismo entre nós havia sido enorme e o silêncio também, mas o tempo passado na Turquia viera para eclipsar tudo aquilo. E talvez ele tivesse razão ao dizer que não importava. Ele estava em casa agora, e estávamos outra vez juntos, e talvez tudo ficasse bem enquanto não pensássemos a respeito daquilo ou lhe déssemos espaço ou ar.

Depois de uma semana, ele conseguia sair da cama, banhar-se e vestir-se, e estava quase pronto para ver os amigos. Foi até sua sacola de viagem e pôs de lado os cadernos para tirar os presentes embrulhados em jornais e em camadas de roupa. Trouxera para mim um vidro de água de rosas e também um pesado colar de âmbar com contas grandes e irregulares, entremeadas por corais negros e prata.

— É a coisa mais bonita que já vi — exclamei, erguendo o colar.

— Pertencia a um diplomata russo muitíssimo importante, que hoje é garçom.

— Espero que você lhe tenha pago bem.

— Paguei, e ainda o embebedei — respondeu Ernest, bem mais ele mesmo.

Esperei que ele dissesse algo mais a respeito de tudo aquilo, mas ele apenas se sentou à mesa, tomou o café e perguntou pelos jornais.

Eu sabia que ele me amava de novo; podia perceber. Não importava o que cada um de nós sentira ou pensara a respeito do outro nas semanas em que estivemos separados, aqueles dias eram passado agora. Abri o vidro de água de rosas, que era de um amarelo profundo e cheirava a pura rosa, a matéria original. De alguma maneira, sem buscar ou determinar quaisquer palavras para defini-la, tivera início a próxima parte de nossa história.

VINTE

— Cuidado, agora — disse Ernest. — Você sabe que está deixando o diabo entrar.

— Estou?

— Você sabe que está.

— Ele pode vir, então, desde que venha por este lado, todo em vapores verdes.

Estávamos no Select com Pound e Dorothy, a quem chamávamos Shakespear. Pound acabara de assumir as funções de editor de uma nova revista literária chamada *Three Mountains* e estava ansioso para publicar alguma coisa de Ernest. Estávamos todos de excelente humor naquela noite, e eu pretendia tomar apenas aquela dose de absinto, para celebrar.

— Você precisa ir mais devagar — disse Pound.

— Preciso? — perguntei, mas ele não estava falando comigo, e sim com o garçom derramando água sobre um cubo de açúcar na bebida, que passava de um execrável verde-amarelado transparente a um branco enevoado, à medida que a água pingava sobre ela.

O absinto era ilegal na França, e o era há anos. Da mesma forma o ópio, mas, sabendo onde procurar, era possível encontrar ambos por toda parte em Paris. Eu adorava o delicado sabor licoroso e a maneira como o ritual do cubo e da colher especialmente perfurada criava gotas de chuva, gotas de açúcar. Nosso garçom o executava à perfeição, eu achava, mas Pound segurou a jarra com força, assumindo o comando.

— Você está bêbado, querido — advertiu-o Shakespear, em seu civilizado sussurro.

— Estou tentando imaginá-la bêbada — disse Ernest a ela. — Aposto que você nunca derrama uma gota.

Ela riu.

— Se não, é porque não toco em absinto.

— É bala de alcaçuz e fumaça — comentei.

— Amanhã você vai desejar que fosse só isso — disse Ernest.

— Talvez, mas agora ele torna tudo mais fácil, não é?

— É, é verdade — respondeu Ernest, tocando meu copo com o dele. — Então aproveite, e que amanhã vá para o inferno.

— Ouçam, ouçam — disse Pound, inclinando-se para frente em seu paletó de *tweed* amarrotado e botando os cotovelos na mesa.

Eu gostava cada vez mais dele — mas eu estava gostando de todos em geral. Achei que poderia me apaixonar pelo nosso garçom. Ele tinha um bigode lindo, sem pomada, puro e fresco como flores. Eu queria tocá-lo, ou comê-lo.

— Você deveria deixar crescer o seu bigode como o dele — disse a Ernest, apontando não com muita sutileza.

— Estou deixando, querida. Está igualzinho.

Encarei-o.

— Está mesmo — falei. — Por onde você andou?

E rimos todos.

Mais tarde, quando nos transferimos para o Dôme, Pound começou a falar dos Estados Unidos.

— Eu nunca voltaria ao Meio-Oeste — comentou ele. — Renuncio a isto, na verdade. Indiana está cheio de pedantes e idiotas.

— Ah, essa história antiga — disse Shakespear em seu sussurro baixo e perfeito.

Olhei para o longo espelho enfumaçado e toquei meu rosto, depois o vidro.

— Não sinto nada — disse a Ernest. — Não é maravilhoso?

— Tome outro, Tatie — respondeu Ernest. — Você está muito bonita.

Shakespear sorriu para nós com seus lábios curvos, e seus olhos também sorriram.

— Olhe nossos lindos amantes — disse ela a Pound.

— Indiana sempre foi uma lixeira intelectual, imagine — falou ele, e soltou um círculo de fumaça que girou antes de ser engolido pela que já havia, um halo azul que estava por toda parte, combinando-se e embaçando o ar.

— Tudo o que eles têm é moralismo — continuou ele. — Não há mais nada ali. Eu era inútil, dando aulas em Wabash. A respeito de que aqueles jovens com palha de milho entre as orelhas queriam me ouvir arengar? Não de Yeats, com certeza. Não de poesia.

— A atriz era um pedacinho de poesia — disse Shakespear.

— Os joelhos mais apetitosos que já vi numa mulher — comentou Pound.

— Continue — pediu Ernest. — Estou ficando com fome.

— Chovia naquela noite... sempre chove em Indiana, intelectualmente falando, vocês compreendem... e a atriz... como era o nome dela?

— Bertha — respondeu Shakespear.

— Não era Camille? — perguntou Ernest.

— Não, não. Ela não era tuberculosa. Só não queria molhar os cabelos. Tinha cabelos adoráveis. Eu tinha sugerido sairmos para jantar, mas havia o problema da água.

— Um dos meus problemas favoritos — disse Ernest.

Todos riram, e Pound continuou:

— Quando se espalhou a notícia de que eu a recebi em meu quarto, parecia que eu tinha assassinado a garota e não depenado uma franguinha.

— Pobre Ezra — disse Shakespear. — Mandaram-no embora no dia seguinte.

— Pobre Ezra coisa nenhuma. Eu ainda estaria em Indiana, ensinando poesia aos pés de milho.

— E depenando eventuais franguinhas — completei.

— Nem franguinhas salvam alguém de Indiana — afirmou Ernest.

Mais tarde, ainda naquela noite, depois de trocarmos o Dôme pelo Ritz, Ernest e Pound começaram uma acalorada discussão sobre os méritos de Tristan Tzara. Pound achava que os surrealistas poderiam chegar a alguma coisa, se conseguissem dormir por tempo suficiente. Ernest achava que eram idiotas e poderiam muito bem acordar para que todos pudéssemos passar para outra coisa.

— Estou adormecendo só de ouvir vocês — disse Shakespear, e nós duas fomos para o outro lado da sala e nos sentamos a uma mesinha.

— Você e Hem são mesmo um belo casal — comentou ela.

— Somos?

Eu já estava bebendo apenas água morna há uma hora, e afinal voltei a sentir minha língua.

— Eu me pergunto como acontece. Quero dizer, o amor.

Ela tocou as ondas do cabelo, ainda macias e perfeitas.

— Você e Pound não o têm?

— Ah, não!

Ela riu com um leve sopro de ar.

— Mas nós temos o que temos.

— Não sei se compreendo.

— Eu também não sei.

Ela deu uma risada sombria e depois silenciou, bebericando seu drinque.

O CLIMA ESTAVA MARAVILHOSO naquele outono, e, embora soubéssemos que a estação fria e úmida logo chegaria, vivíamos intensamente o que tínhamos e nos sentíamos felizes e fortes. Ernest trabalhava bastante em seu romance de Nick Adams e em novos contos, e via com tanta clareza os livros que poderiam ser que era quase como se eles já existissem. Em nosso círculo, todos acreditavam que as coisas dariam certo para ele e que era apenas uma questão de tempo.

— Você está fazendo algo novo — disse-lhe Pound um dia em seu ateliê. — Não se esqueça disso quando começar a incomodar.

— Só o que incomoda é esperar.

— A espera ajuda a compreender o que importa. É essencial, e o sofrimento, ao seguir seu curso, ajuda tudo a se resolver.

Ernest guardou aquela sabedoria no bolso, como fazia com tudo o que Pound dizia.

Mais cedo do que esperávamos, a luminosidade das ruas começou a mudar nos finais de tarde, perdendo cor e força, e começamos a nos perguntar se a tínhamos em nós para enfrentar o longo inverno.

— Tenho pensado em escrever para Agnes — disse-me Ernest uma tarde. — Essa ideia está na minha cabeça desde Milão. Você se importa?

— Não sei. O que você pretende com isso?

— Nada. Só para que ela saiba que estou feliz e pensando nela.

— E que sua carreira caminha exatamente com você disse que caminharia.

Ele sorriu.

— Isso é a cereja do bolo, nada mais.

— Mande sua carta.

— É — disse ele. — Já mandei.

Senti uma onda de ciúme.

— Você tinha tanta certeza assim de que eu não me importaria?

— Talvez. Mas, se fosse o caso, eu sabia que poderia fazê-la ver que não havia nada de mais. De qualquer maneira, é só uma carta, e nós temos um ao outro.

— Isso foi o que Shakespear disse na outra noite.

— Shakespear? O que ela sabe do amor?

— Talvez mais do que nós, porque não o tem. Não está envolvida com ele.

— É por isso que não consigo escrever sobre Paris agora, porque Paris está em toda parte.

— Então escreva sobre Michigan.

— Sinto-o tão perto. Como se eu nunca pudesse perdê-lo.

Ele relia o que escrevera durante o dia, de uma caderneta em cima da mesa à sua frente. Pousou a mão sobre as páginas, os dedos passeando pelas letras muito inclinadas.

— Mas isto aqui não é apenas o lugar real. Estou inventando-o, também, e essa é a melhor parte.

Acima da mesa em que escrevia, ele pendurara um mapa azul claro do norte de Michigan, e todos os lugares essenciais lá estavam — a baía de Horton, Petoskey, o lago Wallon, Charlevoix —, os locais exatos onde coisas importantes aconteceram a ele, Ernest, mas também a Nick Adams. Ernest e Nick não eram o mesmo sujeito, mas sabiam uma porção das mesmas coisas, como onde e quando procurar insetos pesados de sereno para usar como iscas, e como a água se movia e o que ela dizia sobre onde estava a truta. Sabiam de morteiros caindo no meio de uma noite tranquila e do que se sente ao olhar um lugar amado e vê-lo queimado, esburacado e mudado. A mente de Nick não era completamente sã, e podia-se sentir a pressão crescendo dentro dele num conto como "Big Two-Hearted River", embora Ernest nunca o tivesse feito encará-la ou mencioná-la.

— Adoro seus contos de Michigan — comentei.

Ele apertou os olhos para me ver à luz da lanterna, do outro lado da mesa.

— Isso é verdade?

— Claro que é.

— Às vezes me pergunto se você realmente quer que eu escreva. Acho que isso a faz se sentir solitária.

— Não é o fato de você escrever que me deixa solitária, é que você vá embora. Já faz tanto tempo desde que você ao menos tentou escrever em casa. Talvez pudesse ser assim agora e eu pudesse vê-lo. Eu não precisaria falar ou perturbá-lo.

— Você sabe que preciso sair daqui para que algo aconteça.

Ele fechou a caderneta e pôs o lápis sobre ela, rolando-o para frente e para trás com a ponta dos dedos.

— Preciso ficar sozinho para conseguir começar, mas, se eu estivesse mesmo sozinho, também não funcionaria. Preciso sair deste lugar e voltar para cá, falar com você. É o que torna tudo real e coeso. Você entende o que estou dizendo?

— Acho que sim.

Fui para trás dele e pus a cabeça em seu ombro, esfregando o rosto em seu pescoço. Mas a verdade é que eu não entendia, não de verdade. E ele sabia.

— Talvez ninguém possa saber como as coisas são para outra pessoa.

Endireitei o corpo e andei até a janela, onde a chuva caía em ondas e formava poças no peitoril.

— Estou tentando.

— Eu também — respondeu ele.

Suspirei.

— Acho que vai chover o dia todo.

— Não se iluda. Vai chover por um mês.

— Pode ser que não.

Ele me sorriu.

— Está bem, Tiny. Pode ser que não.

VINTE E UM

Por volta do Dia de Ação de Graças de 1922, o *Star* mandou Ernest cobrir uma conferência de paz em Lausanne, que decidiria a disputa territorial entre Grécia e Turquia, incidente que desencadeara a terrível situação em Smirna e as mantivera matando uma à outra por quase três anos inteiros. Quando o telegrama chegou, vi o estado de nervos de Ernest. Quase não conseguiu abri-lo, e eu sabia por quê. Não poderíamos ter outra briga como a última. Talvez não sobrevivêssemos a ela.

— Lausanne — disse ele, afinal. — Temos dinheiro. Você também vai.

— Não preciso — retruquei. — Consigo me comportar.

— Não — respondeu ele. — Eu quero você lá.

Fiquei aliviada por ele ter insistido e concordei em ir... mas, quando chegou a hora de viajar, eu estava de cama, a cabeça pesava e doía. Não conseguia comer sem vomitar. Decidimos que ele iria sozinho, e eu me juntaria a ele quando pudesse viajar. Minha velha amiga Leticia Parker, de St. Louis, estava por acaso em Paris nessa ocasião e disse que queria me visitar todos os dias e cuidar de mim quando Ernest viajasse. De modo algum seria como daquela vez na Turquia, nem mesmo em Gênova.

Quando me senti bastante bem para ir ao encontro dele, estávamos no início de dezembro. Fiz as malas, feliz, sabendo que, terminada a conferência e enviados os relatórios, teríamos longos dias de férias em Chamby, passaríamos o Natal com Chink e depois iríamos à Itália e à Espanha. Somando tudo, não estaríamos de volta a Paris antes de quatro meses, e eu estava pronta para um belo e longo descanso do frio e da umidade. Não saía da cama há uma semana e não sabia se teria forças para esquiar, mas estava mais do que decidida a tentar.

Além de todos os planos de viagem indo e vindo entre nós, Ernest também telegrafara para dizer que Lincoln Steffens, um dos jornalistas que ele conhecera em Gênova, estava em Lausanne e muitíssimo impressionado com seus artigos. Queria ver tudo o que Ernest já escrevera, mas ele só tinha em mãos um texto, "My Old Man", um conto sobre um garoto e seu pai, um jóquei arruinado. Steffens achou o conto maravilhoso e comparou-o a Sherwood Anderson. Ernest não gostava de ser comparado a ninguém e de alguma maneira pareceu-lhe ainda pior que fosse a Anderson, um amigo e defensor, mas não foi tão ruim porque Steffens se ofereceu para encaminhar o conto para um editor amigo na *Cosmopolitan*. Àquela altura, Ernest tinha um texto publicado numa pequena revista de arte de Nova Orleans chamada *Double Dealer*. Era tudo o que havia, e a promessa de Pound de publicar alguma coisa na *Three Mountains*. Aquilo era muito mais promissor, chegava a ser emocionante.

Enquanto arrumava a mala, pensei até onde tínhamos chegado, e em como Ernest estaria ansioso para voltar para seus contos e seu romance. Não era preciso dizer que ele gostaria de mostrar mais textos seus a Steffens, então me dirigi à sala de estar, ao armário em que Ernest guardava todos os originais. Juntei tudo e coloquei numa maleta. Seria minha surpresa para ele, e fiquei entusiasmada com a ideia quando saí do apartamento para ir à Gare de Lyon.

A estação estava movimentada, mas eu nunca a vira diferente. Carregadores de jaquetas vermelhas disputavam fregueses por entre bancos de madeira encerada, palmeiras ornamentais e viajantes bem-vestidos e ansiosos por chegarem em casa ou ao seu destino. Pela manhã eu estaria outra vez com Ernest, e tudo estaria bem, e esse era meu único pensamento enquanto atravessava a estação e entregava minhas malas a um carregador. Ele me ajudou a entrar no trem, colocou a mala grande com minhas roupas na prateleira alta e acomodou a maleta sob meu assento, onde eu poderia alcançar. O trem estava quase vazio. Tínhamos meia hora antes da partida, portanto fui esticar as pernas e pegar um jornal. Perambulei pela estação, em meio a vendedores ambulantes e suas maçãs, queijos e água Evian, mantas e travesseiros para alugar, sanduíches quentes embrulhados e garrafinhas de brandy.

Quando o condutor chamou para o embarque, corri para o trem com o fluxo de passageiros e encontrei minha cabine exatamente como estava antes. A não ser pela maleta.

Ela não estava sob o assento. Eu não a via em lugar algum.

Em pânico, chamei o condutor.

— Há algo que eu possa fazer? — disse minha companheira de cabine enquanto eu esperava que ele aparecesse.

Era uma americana de meia-idade que parecia estar viajando sozinha.

— Posso lhe emprestar alguma coisa para vestir.

— Não é roupa! — guinchei, e a pobre mulher virou-se para o outro lado, compreensivelmente horrorizada. Quando o condutor finalmente chegou, também não pareceu entender. Eu não conseguia parar de chorar por tempo suficiente para encontrar as palavras certas no meu péssimo francês. Por fim, ele chamou dois policiais franceses, que me levaram para fora do trem e me interrogaram enquanto todo mundo olhava. Pediram meus documentos, que um dos guardas examinou enquanto o outro me pedia para descrever a mala e meus movimentos, com detalhes.

— Era sua a maleta?

— Do meu marido.

— Ele está a bordo?

— Não, está na Suíça. Eu a estava levando para ele. É o trabalho dele. Três *anos* de trabalho.

Então perdi qualquer compostura que me restasse. Um pavor cada vez maior me invadia.

— Por que vocês estão parados aqui me interrogando? — Minha voz estava estridente. — Ele está fugindo! Ele com certeza já está longe agora!

— Seu marido, madame?

— O ladrão, seu idiota!

— Não podemos ajudar se a senhora começar a ficar histérica, madame.

— Por favor. — Eu me sentia como se pudesse perder a cabeça. — Por favor, vasculhem o trem. Vasculhem a estação.

— A senhora pode estimar o valor da maleta e do seu conteúdo?

— Eu não sei — reagi, confusa. — É todo o *trabalho* dele.

— Sim, a senhora já disse. Faremos o que for possível.

E os dois homens afastaram-se apressados.

O condutor concordou em segurar o trem por mais dez minutos enquanto os policiais faziam a busca. Eles andaram de uma extremidade a outra do trem, perguntando aos passageiros se haviam visto a mala. Nem por um momento eu acreditei que quem quer que a tivesse roubado ainda estivesse no trem. Era óbvio que fora obra de um batedor de carteiras comum, que vira uma oportunidade e a levara, esperando encontrar objetos de valor. Em vez disso, ali estavam todos os pensamentos e frases sobre os quais Ernest se desesperara desde que chegáramos a Paris e bem antes, os contos e artigos de Chicago, cada poesia, cada fragmento. Ele nunca jogava nada fora, e tudo estava ali.

Os dois policiais saíram do trem de mãos vazias.

— Nada ainda, madame — disse um deles. — Continuaremos a procurar, mas, se a senhora ainda pretende viajar para a Suíça, sugiro que tome o seu lugar.

Dei-lhes nosso endereço e o número de telefone da casa de danças, já que não havia telefone no nosso apartamento, mas não alimentei muita esperança de que fossem bem-sucedidos em seus esforços. Paris era grande, e tempo demais se passara. Imaginei o ladrão correndo para um beco vazio, abrindo a maleta e fechando-a no mesmo instante. Ele a largaria onde estava ou a atiraria numa pilha de entulho. Podia ser em qualquer beco ou sarjeta ou barril de queimar lixo de Paris. Ela poderia estar, naquele momento, adernando para o fundo do Sena.

— Lamento muito seu inconveniente — disse minha companheira de assento quando por fim voltei à cabine.

— Não, eu peço desculpas — respondi, recomeçando a chorar. — Em geral, não perco assim a compostura.

— É muito valioso o que perdeu?

O trem rosnou sob nossos pés e depois cambaleou, afastando-se decidido da plataforma. Não haveria mais paradas ou mudanças. Nem como evitar a verdade do que acontecera. Senti o pavor se insinuar e me dominar por inteiro, além de uma nova e difícil certeza. Só havia uma resposta para aquela pergunta.

— Inestimável — disse eu, e virei-me para o outro lado.

VINTE E DOIS

O que se seguiu foi a noite mais longa da minha vida. As montanhas se fecharam quando entramos na Suíça, e desceu a escuridão. Pensei em como diria a Ernest que seu trabalho se fora, mas não consegui imaginar. Não havia palavras.

Quando por fim chegamos a Lausanne na manhã seguinte e vi Ernest na plataforma com Steffens bem a seu lado, tudo o que pude fazer foi ficar de pé e andar até eles. Eu chorava. Ernest olhou para Steffens e deu de ombros, como quem diz: *Quem entende as mulheres?*, mas eu não conseguia parar e Ernest soube que havia algo errado.

Ainda assim, séculos se passaram antes que eu pudesse pronunciar as palavras. Steffens desculpou-se, dizendo a Ernest que telefonaria para marcar um encontro. Quando ele se foi, Ernest fez com que eu me sentasse a uma mesa de café perto da entrada da estação. Em torno de nós, casais e famílias beijavam-se ou despediam-se, e a mim pareciam dolorosamente calmas. Nova onda de lágrimas chegou.

— O que houve? — Ernest perguntava sem parar, a princípio preocupado e terno, depois zangado, depois outra vez preocupado. — Seja o que for, vamos superar. Nada pode ser tão ruim.

Mas era. Era tão ruim. Sacudi a cabeça e chorei mais, e tudo se repetiu até que tive, por fim, condições de contar-lhe como arrumei tudo na maleta e como ela foi guardada para a viagem.

Não precisei dizer mais. Ele empalideceu e ficou muito sério.

— Você a perdeu no trem.

— Foi roubada, quando estava embaixo do meu assento.

Ele fez que sim com a cabeça, digerindo tudo aquilo, e observei atentamente seus olhos, como oscilavam e se equilibravam, oscilavam e se equilibravam. Ele estava tentando ser forte por mim, eu sabia. Porque não tinha certeza do que eu faria.

— Você não podia ter posto tudo na mala. Por que precisaria de tudo?

— Se você fosse fazer alterações nos originais, achei que quereria fazer nas cópias também, para que tudo ficasse correto.

— Você deve ter deixado alguma coisa — insistiu.

Balancei a cabeça e esperei. Ele sairia do choque e explodiria num acesso de raiva? Eu sem dúvida merecia. Eu tomara o que lhe pertencia — o que mais lhe pertencia neste mundo —, sem que ele me pedisse, como se eu tivesse esse direito. E agora tudo se fora.

— Preciso voltar. Preciso ver com meus próprios olhos.

— Eu sinto tanto, Tatie.

Eu tremia de remorso e angústia.

— Vai ficar tudo bem. Eu fiz. Posso fazer tudo de novo.

Eu sabia que ele estava blefando, se não mentindo, mas abracei-o apertado e deixei-o abraçar-me, e nos dissemos todas as palavras que as pessoas dizem umas às outras quando sabem que aconteceu o pior.

No fim daquela mesma noite, ele embarcou num trem de volta a Paris, enquanto eu esperava em Lausanne, atormentada pela tensão. Steffens levou-me para jantar e tentou me acalmar, mas, mesmo depois de vários uísques, eu estava insuportável.

Ele viajara há dois dias e não telegrafara. Mas assim como eu podia me ver indo diversas vezes até o armário, embalando tudo na maleta, podia vê-lo chegando ao apartamento silencioso e descobrindo por si mesmo que tudo realmente desaparecera.

Acendendo todas as luzes, ele olha primeiro para tudo o que está à vista, a mesa, a cama, a cozinha. Olha para o chão e para as paredes entre os dois cômodos, devagar, evitando o armário até ter visto tudo o mais, porque aquele é o último lugar e depois dele não haverá para onde olhar e não restará qualquer esperança. Toma primeiro um drinque, depois outro, mas afinal precisa olhar. Não há uma só página no armário. Nenhum bilhete, nenhum rabisco. Ele olha e torna a olhar, ali parado, desconsolado e oco. Deserto como o próprio armário, é como ele se sente, porque as páginas lhe pertencem e são parte dele. É como se alguém tivesse levado uma vassoura para suas entranhas e as tivesse varrido até que tudo ficasse limpo e brilhante, inerte e vazio.

VINTE E TRÊS

Quando Ernest voltou de Paris, foi gentil comigo e continuou a repetir vezes sem conta que tudo estava perdoado, mas seus olhos estavam magoados e mudados. Ainda havia trabalho a fazer na conferência, e ele o fez como sempre fizera, dedicando-se por completo durante o dia e voltando cansado e contente, pronto para um drinque. Eu passava o tempo percorrendo a cidade em busca de presentes para mandar para casa no Natal. Ainda mais do que em nosso primeiro ano na França, eu estava desesperada para encontrar algo que capturasse o espírito do feriado como eu o recordava da infância. Perambulei por horas, espiando vitrines, porém, por mais que procurasse, nada em Lausanne me parecia Natal.

No final da semana, preparamos nossas coisas para a viagem a Chamby.

— Não parece direito levarmos nossos planos adiante depois de tudo o que aconteceu — disse eu a Ernest enquanto fazíamos as malas.

— Talvez — respondeu ele. Sua voz soou cansada. — Mas o que faríamos?

— Voltar a Paris?

— Seria pior, não seria?

— Acho que não vou suportar o dia de Natal me sentindo assim. Tudo é tão horrível. Talvez seja hora de pensarmos em ir para casa.

— Cruzar o Atlântico? E admitir o fracasso? Você está tentando me matar?

— Desculpe-me. É difícil saber como continuar.

— É — concordou ele. Apanhou a Corona e aninhou-a com cuidado em seu estojo preto antes de fechá-lo com um clique. — Com certeza é.

Quando chegamos a Chamby, a cidade era a mesma. Nosso chalé era perfeito e o mesmo de antes, como as montanhas cobertas de neve e os proprietários, os Gangwische, que nos receberam como se fôssemos membros da família há muito tempo distantes. Era tudo tão acolhedor depois dos tempos difíceis de Lausanne que nos rendemos por completo. Antes mesmo de desfazer as malas, vestimos os trajes de esqui e tomamos o último trem para subir a montanha até Les Avants. O sol esmaecia quando amarramos os esquis e deslizamos pela ladeira coberta de branco em direção à aldeia. Com o vento zumbindo em nossos ouvidos e nos ferroando o rosto, descemos apostando corrida, Ernest logo atrás de mim, seu joelho problemático envolto por um tecido firme e preto. Ele o poupava um pouco, mas tive a sensação de que há algum tempo não via Ernest tão leve. Senti-me grata e aliviada, e ergui uma pequena prece de agradecimento aos abetos nevados, ao céu cremoso que se revestia de todos os tons de rosa e ao lago Genebra à distância, liso e polido como vidro.

No dia seguinte, dormimos até tarde em nossa grande e macia cama de quatro colunas e não acordamos nem mesmo quando a criada entrou na ponta dos pés para acender o fogo. Levantamos bem depois, quando o quarto estava aquecido e o forno de porcelana ronronava com as chamas.

— Fizemos bem em vir, Tatie — disse, e me aninhei nas costas de Ernest, beijando-lhe a nuca e os ossinhos da cervical.

— É — respondeu ele. — Vamos aproveitar cada minuto e não pensar em mais nada.

— Não há mais nada — falei.

Rolei o corpo para cobri-lo, montando sua barriga lisa e forte. Puxei a camisola até os quadris e me estiquei para guiá-lo para dentro de mim.

Ele gemeu e fechou os olhos, entregando-se por inteiro.

Chink chegou no dia de Natal, e, afinal, nosso feriado não foi triste. Penduramos meias para cada um de nós e para Chink, abrimos os presentes e depois tivemos um jantar digno de reis. Foi só quando nos sentamos perto do fogo, tarde da noite, com brandy morno no estômago e mais nos copos, que Ernest trouxe à tona o terrível assunto dos originais perdidos.

— Ai, garoto — disse Chink quando Ernest chegou ao fim da história. — Você pode mesmo começar do zero?

— Não sei. Já escrevi aquela bodega toda uma vez, não escrevi? — respondeu Ernest. — De qualquer maneira, tenho que fazer.

Chink concordou, sério.

— Tenho trabalhado como um cão para o *Star* — continuou Ernest —, e agora temos com que viver por oito meses. Oito meses, e vou dá-los inteiros à ficção. Mais nada.

— Este é o meu Tatie — disse eu.

Chink ergueu o copo, e todos brindamos ao Natal e uns aos outros.

Mas os dias se passavam e as cadernetas e os lápis de Ernest continuavam na mala. A Corona não saiu de seu estojo. Ele não falou a respeito, e eu também não; melhor assim. Enquanto isso, esquiávamos o dia todo e às vezes também à noitinha, quando o sol despejava sangue sobre as nuvens e parecia estar nos mostrando algo que ninguém vira antes. Aproveitamos cada instante da companhia de Chink e da nossa própria. Fazíamos amor todos os dias, às vezes duas vezes ao dia... isto é, até que eu disse a Ernest que deixara em Paris nossas precauções habituais.

Sempre havíamos acompanhado com atenção meus ciclos mensais. Ernest fazia isso pessoalmente, da mesma maneira que mantinha registros de tudo em nosso casamento. Havia uma caderneta para historiar despesas e quantias recebidas, outra para a correspondência, outra para anotar ideias para contos e quantas palavras ele escrevia a cada dia. E havia uma caderneta chamada *Hadley*, dedicada ao aumento e diminuição da minha fertilidade mês a mês, para que pudéssemos ter o máximo possível de relações sem proteção. No começo, nos dias de risco, usávamos o método da interrupção, como a maioria dos casais. *Não muito diferente da roleta russa*, costumava brincar Ernest, e não era. Era possível conseguir preservativos nas farmácias ou barbearias, mas eles eram grossos e ásperos, feitos de borracha, muito desconfortáveis e às vezes cheios de buracos.

Quando chegamos a Paris, Gertrude, que podia ser maravilhosamente franca a respeito de tais assuntos, perguntou-me se eu conhecia o diafragma. Sem muito esforço, encontramos um médico que me conseguiu um, e era o que usávamos desde então. Ernest sabia melhor do que eu quando era seguro e quando não. Cerca de uma semana depois de estarmos em Chamby, ele me lembrou que chegávamos ao fim dos dias despreocupados.

— Pode tomar as devidas providências? — disse ele uma noite, quando estávamos na cama. Era o nosso código habitual. Meu papel era dizer *Sim, senhor*, como se fosse sua secretária e ele me tivesse apenas pedido para reservar um lugar num restaurante ou mandar um telegrama. Mas naquela noite eu não ri nem me levantei para procurar o estojo na gaveta de meias. Em vez disso, exclamei:

— Ai, meu bem.

— Não me diga que você deixou em Paris.

Só pude balançar a cabeça.

— Sua noção de tempo é uma droga.

Seu rosto estava vermelho. Eu podia ver que ele estava muito zangado.

— Eu pretendia contar em Lausanne, assim que percebi, mas também não era o momento.

— O que mais você está me escondendo?

— Nada. Sinto muito. Eu deveria ter contado.

— Deveria mesmo!

Ele afastou as cobertas, depois se levantou e começou a andar pelo quarto de cuecas, furioso.

— Às vezes eu me pergunto com quem eu realmente me casei.

— Por favor, seja justo, Tatie. Não esqueci de propósito.

— Não?

— Claro que não. Atravessei o quarto e parei perto dele o bastante para ver seu rosto na penumbra. — Não fiz isso. E olhe que eu estaria mentindo se dissesse que não acho que um bebê seria uma ótima ideia.

— Agora ficou claro. Eu sabia. Sempre dissemos que eu precisaria começar a me sair bem no que quero antes de sequer falar em ter um bebê. Nós concordamos.

— Sei que concordamos — afirmei.

— Estou quase conseguindo, finalmente. Você quer mesmo arruinar tudo para mim?

— Claro que não — respondi. — Mas também me preocupo. Estou com 31.

— Certo. E nunca foi louca por crianças. Não se importa nem um pouco com as das outras pessoas.

— É diferente de querer ter uma. Não tenho todo o tempo do mundo.

— Eu também não. A vida não costuma nos dar mais de uma chance. Quero ter a minha agora.

Seus olhos estavam límpidos e desafiadores, como sempre ficavam quando ele pedia lealdade.

— Você me apoia?

— Claro que sim.

Pus os braços em torno do seu pescoço e beijei-o, mas seus lábios não se suavizaram sob os meus. Seus olhos, a poucos centímetros dos meus, estavam abertos e questionadores.

— Suponho que você ache que vou me deitar com você agora.

— Ernest! Não estou tentando armar uma cilada!

Ele nada disse.

— Tatie?

— Preciso de uma bebida.

Ele se encaminhou para a porta, agarrando o roupão no caminho.

— Por favor, fique para que possamos conversar.

— Vá dormir — disse ele, e deixou o quarto.

Mas não consegui dormir, de tanta preocupação. Ele não voltou para a cama, e, pela manhã, vesti-me e desci para procurá-lo. Ele estava no salão de refeições tomando o café da manhã, já vestido para esquiar.

— Podemos, por favor, fazer as pazes, Tatie? — perguntei, indo até ele. — Estou cansada de tudo isso.

— Sei que está — respondeu ele, e suspirou. — Ouça. Precisamos estar juntos nisto. Se não estivermos, não adianta. Você entende, não entende?

Concordei e me encostei em seu ombro.

— Se você realmente quer um bebê, a hora certa vai chegar.

— Mas não agora.

— Não, gatinha. Não agora.

Chink entrou no salão, dizendo bom-dia. Então parou, examinando-nos por um instante.

— Está tudo bem?

— Hadley está num mau dia.

— Coitada da sra. Popplethwaite — disse Chink com ternura. — Você deveria estar na cama.

— É. Vá e tente descansar um pouco — concordou Ernest. — Irei ver como você está na hora do almoço.

Os dois foram esquiar sozinhos, enquanto fiz o possível para encontrar um pouco de paz.

Calcei meias grossas de lã, pantufas alpinas e depois me enrosquei numa poltrona perto do fogo para ler *Os belos e malditos*. "Fitzgerald é um poeta", tinha dito Shakespear quando o recomendara, pouco antes dela e Pound irem passar vários meses na Itália. O texto era maravilhoso, eu tinha que admitir, mas ler sobre Gloria e Anthony estava me deixando triste. Eles falavam bonito e tinham coisas lindas, mas suas vidas eram ocas. Eu não tinha forças para uma descrição tão medonha do casamento, não naquele momento.

Pus o romance de lado e subi na cama para tentar cochilar, quando Ernest entrou. Seu cabelo estava molhado e amassado pelo chapéu de lã, e seu rosto, rosado pelo frio. Ele se sentou perto de mim na cama, e vi que seu olhar estava consideravelmente menos tenso. Passar algum tempo com Chink lhe tinha feito bem.

— Você parece bem aquecida — comentou ele. — Importa-se de dividir seu casulo?

— Claro que não. Se você acha que é boa ideia.

— Parei na drogaria da aldeia — disse ele, e tirou uma latinha de preservativos do bolso da caixa.

— Estou surpresa. Você sempre diz que os odeia.

— Não tanto quanto ficar longe de você.

Fiquei olhando sua barriga e quadris bem-delineados, enquanto ele se despia.

— Você é bonito — falei.

— Você também, Tatie.

Quando ele subiu na cama, a pele gelada encostada à minha, começou a nevar lá fora. Apertamo-nos com paixão dentro do ninho de plumas, as mãos dele maravilhosamente rudes, seus ossos pontudos pressionando minhas coxas. Mais tarde, eu veria ali manchas cor de ameixa e a pele do meu rosto e dos seios estaria arranhada e vermelha por ele não se ter barbeado, mas naquela hora só havia desejo sem palavras e uma sensação de volta. Ele tinha me deixado por algum tempo. Ele duvidara de mim, mas era meu de novo, e eu queria mantê-lo num emaranhado de membros e lençóis até que a última voz se calasse e estivéssemos bem outra vez.

Depois de três semanas em Chamby, depois de bem-alimentados e com a pele crestada de sol, e depois de nos termos separado de Chink, fomos para Rapallo, na Riviera Italiana, onde os Pound haviam alugado uma *villa*.

— Ezra acha que descobriu o lugar — disse Ernest no trem. — Embora Wordsworth e Keats tenham estado lá antes dele.

— Ezra acha que descobriu as árvores e o céu.

— Mas de qualquer maneira você tem que admirar o sujeito, não tem?

— Não tenho, mas vou, prometo. Por você.

Depois de viajar para o sul por mais de um dia inteiro, chegamos afinal perto de Gênova, onde a paisagem estava ainda mais primaveril e adorável.

— Isto é o paraíso — comentei. — Não imaginava que seria tão bonito.

Pela janela eu podia vislumbrar o mar, rápidas explosões de azul e espuma, depois rocha negra, depois o mar.

— Não temos sorte por sermos tão felizes, Tiny? — perguntei, no instante em que entramos num túnel nas montanhas.

— Com certeza — respondeu ele, e me beijou.

O som do trem ecoou na rocha negra, rugindo em nossos ouvidos.

Quando chegamos a Rapallo, achei a cidade adorável, com seus hotéis amarelos e rosados na orla, sua enseada vazia e tranquila.

Ernest não gostou do que viu.

— Não há ninguém aqui — disse ele quando chegamos ao hotel.

— Quem deveria haver?

— Não sei. É que este lugar não parece ter vida.

Ele parou diante da janela do nosso quarto, que dava para o litoral.

— Você não acha que o mar parece meio apático?

— Parece o mar — respondi.

E me aproximei por trás, abraçando-o com força. Eu sabia que não era o lugar que o perturbava. Durante nossa última semana em Chamby, eu acordara muitas manhãs e o encontrara na mesinha do quarto, o lápis apontado largado perto de sua mão, o *cahier* azul aberto mas vazio. Ele ainda não estava escrevendo e, quanto mais aquilo durasse, mais difícil seria recomeçar. Ele estava firmemente determinado a fazê-lo. Ele *faria*. Mas como?

Em Rapallo, jogamos tênis todos os dias e tivemos longos almoços com os Pound, em seu jardim suspenso. Outro casal juntou-se a nós nas férias, Mike Strater, pintor amigo de Pound, e sua mulher Maggie. Os dois tinham uma bebezinha encantadora, com tufos de cabelo louro e olhos acinzentados. Eu gostava de observá-la explorar o mundo logo além de sua manta, puxando pedacinhos de grama e olhando muito séria para a mãozinha, como se ela guardasse algum segredo. Enquanto isso, Ernest e Mike se esquivavam e investiam, numa luta de boxe nas áreas cimentadas. Além de ser muito bom pintor, Mike era atlético e seria um ótimo parceiro de luta, e eu podia ver que Ernest tinha gostado dele de imediato. Mike era um adversário muito mais à altura de Ernest do que Pound, que, em sua fanfarronice, se esforçava bastante, mas tinha as mãos delicadas de um poeta.

Fevereiro era uma época de tempo instável na Itália. Alguns dias eram cheios de bruma, enevoando as colinas atrás da cidade até que nos sentíssemos muito isolados. As palmeiras gotejavam e as andorinhas se escondiam em algum lugar. Às vezes, o ar era úmido e encharcado de sol. Podíamos andar até a Piazza ou pela Promenade, para ver pescadores no píer de concreto, com os caniços pendurados sobre a maré. A aldeia era famosa por suas rendas, e eu gostava de olhar as vitrines em busca das melhores peças para mandar para casa como presente, enquanto Ernest dava longos passeios pelas encostas rochosas com Ezra, conversando sobre trovadores italianos e as inquestionáveis virtudes da escrita automática. Ernest gostava de dizer que não queria sua mente desligada quando estava escrevendo porque ela era a única coisa que tinha a seu favor. Sem dúvida, mas quando o dia acabava, ele não conseguia desligar os pensamentos sem um copo de uísque, e às vezes nem mesmo assim. Não estar escrevendo de todo, como nessa ocasião, era quase sempre mais do que ele conseguia suportar. Era difícil presenciar seu estado, e eu me preocupava com ele.

Uma semana depois de termos chegado a Rapallo, porém, tive um novo motivo de inquietação. Acordei sentindo-me tonta, com um estranho zumbido na cabeça.

Tentei tomar o café da manhã mas não consegui, e voltei para a cama.

— Devem ter sido os mexilhões de ontem à noite — disse a Ernest, e fiquei no quarto até meio-dia, quando aquela sensação passou.

Na manhã seguinte, quando os mesmos sintomas surgiram exatamente no mesmo horário, esqueci os mexilhões e comecei a contar os dias, para frente e para trás. Tínhamos chegado a Chamby pouco antes do Natal e alguns dias depois da minha menstruação. Estávamos no dia 10 de fevereiro, e eu não voltara a menstruar. Quando Ernest saiu do quarto para se encontrar com Ezra, encontrei sua caixa de cadernetas e examinei uma em especial, que poderia esclarecer minha situação. Sem sombra de dúvida, no último ano eu não tivera atrasos maiores do que um dia ou dois. O atual era de pelo menos uma semana, talvez dez dias. Senti uma ponta de entusiasmo, mas nada disse a Ernest. Ainda não tinha certeza e receava demais o que ele diria.

Mas eu não poderia manter segredo para sempre. Mal conseguia suportar a visão de comida, e até o cheiro de uísque ou de um cigarro me deixavam verde. Ernest, felizmente, culpava a comida exótica, mas Shakespear começava a suspeitar. Uma tarde, quando estávamos sentadas a uma mesa no jardim observando Ernest e Mike praticarem saques de tênis, ela me olhou com sua inclinação de cabeça e disse:

— Há algo diferente em você esses dias, não há?

— São meus recém-revelados malares — respondi. — Perdi mais de dois quilos.

— Talvez — comentou ela, pensativa, mas havia em seu olhar um estranho brilho que me fez pensar que ela adivinhava a verdade.

Tentei ignorá-la e disse:

— Você também parece estar emagrecendo, querida. Você está sumindo.

— Eu sei. É essa história da Olga Rudge — respondeu ela com um suspiro.

Ela há tempos me falara de Olga, uma violinista que tinha sido amante de Pound há mais de um ano.

— O que aconteceu? — perguntei. — Algo mudou?

— Na verdade, não. Eu esperava que ele se apaixonasse por meia dúzia de mulheres, é da natureza dele, mas esta parece diferente. O caso ainda não acabou por qualquer bobagem. E ela tem aparecido no Cantos, bem-disfarçada de mito, é claro. Mas sei o que ela pretende.

— Shakespear sacudiu a linda cabeça, como para afastar a imagem. — Ela veio para ficar. Eu me pergunto se nos livraremos dela.

— Sinto muito — respondi. — Mas me parece que você é tolerante demais com ele. Realmente não compreendo o casamento dessa maneira. Suponho que sou uma puritana.

Ela deu de ombros, graciosa.

— Mike Strater também está vivendo algo assim. Uma atriz, ouvi dizer.

— Ai, meu Deus! Maggie sabe?

— Todo mundo sabe. Ele perdeu a cabeça.

— Ele não aparenta.

— Não — concordou Shakespear —, mas eles nunca aparentam. Os homens são estoicos quando se trata de assuntos do coração.

— Você também me parece muito estoica.

— É — respondeu ela. — Mas faço um esforço extraordinário, querida.

Ezra era famoso por seus amores a esmo; dele eu não esperava outra coisa. Mas a novidade a respeito de Mike Strater me pegara de surpresa, porque ele e Maggie pareciam tão sólidos. Eu os vinha observando, e à filha, e tecendo uma fantasia sobre como um filho nosso — meu e de Ernest — se introduziria naturalmente no centro das atenções e mudaria muito pouco nossas vidas ou o trabalho de Ernest. Agora, aquele sonho já não era perfeito. Era quase certo que aquele bebê chegaria, mas em que cenário?

O casamento podia ser um terreno perigosíssimo. Em Paris, era mesmo impossível olhar em volta sem presenciar o resultado de más escolhas de amantes. Um artista dado a excessos sexuais era quase um clichê, mas ninguém parecia se importar. Contanto que se estivesse fazendo algo bom, interessante ou sensacional, podia-se ter tantos amantes quanto se quisesse, e arruinar todos. Realmente inaceitáveis eram valores burgueses, querer algo pequeno, estável e previsível, como um amor verdadeiro, ou um filho.

Mais tarde, quando voltamos para nosso quarto no hotel Splendide, começou a chover forte e a parecer que a chuva nunca teria fim. Fui à janela e olhei a paisagem, cada vez mais preocupada.

— Mike Strater está apaixonado por alguma atriz, em Paris — disse a Ernest, da janela. — Você imaginaria?

Ele estava sentado sobre as cobertas, lendo *Verdes moradas, um romance da floresta tropical*, de W. H. Hudson, pela centésima vez. Mal ergueu os olhos.

— Não acredito que tenha importância. Ezra diz que ele é um grande namorador.

— Quando *tem* alguma importância? Quando todos são finalmente reduzidos a cacos?

— É isso que você está ruminando hoje? Não temos absolutamente nada a ver com isso.

— Não?

— Claro que não. Infidelidade não é contagioso como sarampo.

— Mas você gosta dele.

— Gosto. Ele é um bom pintor. Quer passar aqui amanhã e fazer meu retrato. O seu também, talvez, então seria melhor se você estivesse com uma expressão menos perturbada.

Ele deu um rápido sorriso e voltou ao livro.

Lá fora, a chuva recomeçava e o vento a inclinava, a ponto de os barcos na enseada adernarem perigosamente.

— Estou com fome — disse eu.

— Então coma alguma coisa.

Ele não levantou os olhos.

— Se parasse de chover, poderíamos comer no jardim, sobre as lajes.

— Vai chover o dia todo. Coma logo alguma coisa ou fique quieta.

Andei até o espelho e me estudei, impaciente.

— Quero deixar meu cabelo crescer de novo. Estou cansada de parecer um rapaz.

— Você não parece — disse ele para o livro. — Você é perfeita.

— Um rapaz perfeito. Não aguento mais.

— Você só está com fome. Coma uma pera.

Olhei para ele, com a cabeça inclinada sobre o livro. Ele estava deixando crescer o cabelo, que agora estava quase do mesmo comprimento que o meu. Tínhamos começado a ficar um pouco parecidos, de fato, exatamente como Ernest dissera querer que ficássemos, há muito tempo, num terraço estrelado de Chicago. Mas aquela semelhança não duraria. Em poucos meses, eu sentiria e veria o alargamento da minha cintura. Era inevitável.

— Se eu tivesse um lindo cabelo comprido, eu o prenderia na nuca e ele seria sedoso e perfeito, e eu não me preocuparia com qualquer outra coisa.

— Hummm? — disse ele. — Então faça isso.

— Vou fazer. Estou indo fazer.

Havia um par de tesourinhas de unha na escrivaninha sob o espelho. Num impulso, apanhei-o e cortei um pouco de cabelo debaixo de uma orelha, depois da outra.

Ele me olhou e deu um riso estranho.

— Você perdeu a cabeça, sabia?

— Talvez. Agora você.

Fui até ele e montei sobre sua cintura, depois cortei o cabelo abaixo de suas orelhas, até ficar igual ao meu. Enfiando o cabelo no bolso da saia, falei:

— Agora estamos iguaizinhos.

— Você está estranha hoje.

— Você não está apaixonado por alguma atriz em Paris, está?

— Meu Deus, não! — e ele riu.

— Violinista?

— Ninguém.

— E você ficará para sempre comigo?

— O que é isto, Kitty? Diga-me.

Encarei-o, então.

— Vou ter um bebê.

— Agora?

O alarme soou no mesmo instante.

— No outono.

— Por favor, me diga que não é verdade.

— Mas é. Alegre-se, Tiny. É o que eu queria.

Ele suspirou.

— Há quanto tempo você sabe?

— Não muito. Uma semana, talvez.

— Não estou pronto para isso, nem de longe.

— Você estará quando acontecer. Pode até se alegrar.

— Os últimos meses têm sido um inferno.

— Você vai escrever de novo. Sei que está a caminho.

— Alguma coisa está a caminho — disse ele, sombrio.

Os DIAS QUE SE SEGUIRAM foram tensos e difíceis para nós. Alguma parte de mim esperara que os argumentos de Ernest contra um bebê tivessem se esgotado, e que, tão logo ele soubesse que havia realmente um a caminho, ficaria feliz, ou pelo menos feliz por *mim*. Mas ele não parecia se mover um centímetro na minha direção. Nossos dias pareciam ser os mesmos de antes, mas eu sentia a distância entre nós e me perguntava como a venceríamos para nos reencontrar.

Então, em meio às minhas cismas, um novo convidado chegou à *villa* dos Pound. Seu nome era Edward O'Brien, e ele era um escritor e editor hospedado nas colinas acima da cidade, perto do mosteiro Albergo Montallegro.

— O'Brien edita uma coletânea dos melhores contos do ano — disse Pound, fazendo as apresentações na varanda junto às quadras de tênis. — Tem feito isso desde a guerra.

E continuou, virando-se para Ernest:

— O Hemingway aqui escreve contos danados de bons. Ele é realmente muito bom.

— Estou reunindo material para a edição de 1923 — disse O'Brien a Ernest. — Você tem algo à mão?

Por pura sorte, ele tinha. Da mochila, puxou uma cópia amarfanhada do conto do jóquei, "My Old Man", que Lincoln Steffens devolvera. Estendeu-a a O'Brien e depois fez um relato abreviado de como seu trabalho se perdera.

— E assim estas páginas — encerrou, com ar dramático — são tudo o que me restou. Só este último vestígio, como uma pequena peça da proa de um navio que enferruja no fundo do mar.

— Bem, isso é muito poético — disse O'Brien, e levou o conto colina acima, para avaliá-lo.

Quando ele se foi, eu disse a Ernest, com a maior tranquilidade que consegui:

— Gostaria que você não tivesse falado daquela maneira com O'Brien. Aquilo me embrulhou o estômago.

— Talvez seja o bebê.

— Você está zangado comigo?

— Por que estaria?

— Você não acha que fiz isso de propósito, acha?

— O quê? Perder os originais?

Senti como se ele me tivesse esbofeteado.

— Não. Ficar grávida.

— No fim, dá na mesma, não é?

Àquela altura, nossos sussurros haviam subido de tom, e ficou claro para os dois outros casais que estávamos em meio a uma discussão séria. Eles começaram a, discretamente, se encaminhar para a casa.

— Não posso acreditar que você queira mesmo dizer isso — falei, os olhos quentes de lágrimas.

— Vou lhe dizer o que Strater diz. Ele diz que nenhum escritor, ou mesmo pintor... ninguém que faça algo com toda a sua alma... jamais poderia ter deixado aquela maleta no trem. Porque saberia o que representava.

— Isso é cruel. Eu também sofri por causa daqueles papéis.

Ele suspirou alto e fechou os olhos. Quando os reabriu, disse:

— Desculpe-me. Eu tinha prometido a mim mesmo não falar nisso. De qualquer maneira, não adianta.

Saí furiosa para um lado, e ele foi para outro. E, embora na hora em que o jantar foi servido todos do grupo parecessem decididos a fingir que nada ouviram, eu sabia muito bem que tinham escutado, e pensei que o melhor seria abrir o jogo.

— Queremos que vocês, pessoas queridas, sejam as primeiras a saber que vamos ter um bebê — disse eu, pondo a mão sobre a de Ernest, que não recuou.

— Muito bem! — exclamou Shakespear, levantando-se para me beijar com carinho. — Achei que você parecia mais sólida — cochichou ao meu ouvido.

— Que beleza! — disse Mike.

— É, é — concordou Pound. — É o destino feliz do macaco.

— Ezra! — retrucou Shakespear, contundente.

— Estou mentindo?

— Parabéns! — desejou Maggie Strater, abraçando-me. — Nós, macacos, precisamos nos unir.

Na tarde seguinte, observamos os três homens jogarem tênis. Ernest era péssimo jogador, mas isso não o impedia de jogar com afinco. Ele balançava a raquete com força e com gestos amplos, como um jogador de golfe. Mike lançou uma linda bola que roçou a rede e caiu quase aos pés de Ernest. Mas ele a perdeu, e então xingou alto e jogou a raquete no chão. Maggie se encolheu.

— Ele vai acabar se acostumando com a ideia do bebê — disse ela. — Foi assim com Mike.

— Claro que vai — concordou Shakespear. — Seu orgulho vai assomar em algum momento, e então ele achará que a ideia foi dele.

— Não tenho tanta certeza — revelei.

Eu na verdade me sentia muito mal pelo modo como Ernest, em sua mente, associava os manuscritos perdidos à vinda do bebê. Se ele acreditava — mesmo em suas mais remotas profundezas — que eu era capaz de tentar sabotar seu trabalho e sua ambição, como poderíamos nos recuperar? A confiança perdida raramente pode ser reconquistada, eu sabia, sobretudo com Ernest. Uma vez embaciada a imagem de alguém, ele nunca mais conseguia vê-la sob outro aspecto.

Senti-me realmente muito mal até que Edward O'Brien desceu da colina cheio de irrestrito entusiasmo pelo conto de Ernest. Era esplêndido, e ele queria publicá-lo, mesmo que fosse quebrar a tradição da série, que era selecionar textos já publicados em revistas. E não era tudo: ele queria iniciar o volume com o conto e incluí-lo em sua introdução; era como se sentia a respeito.

A intervenção de O'Brien não poderia chegar em melhor hora; atendia minhas preces e também as de Ernest. Sua confiança, que estivera muitíssimo abalada, recebia nova infusão de ânimo e havia algo sólido a objetivar e esperar. Todos os que importavam leriam seu conto quando a coletânea fosse publicada. Seu nome significaria algo. Ele não tinha estado, de fato, dando murro em ponta de faca.

Na manhã seguinte, quando acordei, Ernest estava sentado à escrivaninha junto à janela e estava escrevendo.

TÍNHAMOS MAIS DUAS SEMANAS EM RAPALLO e foram semanas frutíferas para nós dois. Ernest parecia se sentir menos ameaçado pelo bebê, talvez porque as palavras estivessem de volta, e ele notava seu ritmo. Eu não estava ansiosa em relação ao futuro porque Ernest era ele mesmo outra vez, animado por tudo que desejava realizar. Eu podia enfim me sentir feliz com o bebê. A única coisa que empanou a experiência foi Ezra me puxar para um lado quando estávamos de saída:

— Você sabe que nunca fui muito fã de crianças. Mas neste caso, com Hem, acho que você cometeria um erro terrível se tentasse domesticá-lo de todo.

— Gosto dele como ele é. Estou certa de que você acredita em mim.

— Claro. É o que você sente hoje. Mas tome nota das minhas palavras: este bebê vai mudar tudo. Eles sempre mudam. Apenas lembre-se disso e tome muito cuidado.

— Tudo bem, Ezra, eu prometo — respondi e me afastei em direção a Ernest e ao nosso trem.

Pound era Pound e dado a fazer discursos, e eu não o levei a sério naquele dia. Estava por demais otimista em relação a tudo para dar atenção a qualquer aviso, mas anos depois suas observações de despedida me atingiriam fundo. Pound era Pound, mas naquele determinado ponto ele acertara em cheio.

VINTE E QUATRO

Quando voltamos a Paris no princípio de abril, eu estava pronta para ficar em casa. As árvores começavam a florir, as ruas estavam lavadas, e havia roupa de cama limpa pendurada nas cordas; crianças corriam pelas alamedas de cascalho nos Jardin du Luxembourg. Ernest escrevia com intensidade, e, mesmo sentindo sua falta quando se ausentava, eu estava mais feliz sozinha do que antes.

Parece engraçado dizer isto, mas pela primeira vez eu tinha meu próprio projeto. Dava longas caminhadas diárias e tentava comer bem e descansar bastante. Comprei metros e metros de algodão branco e macio e passava horas sentada ao sol, costurando roupinhas de bebê. Às tardes, lia as cartas de Abelardo e Heloisa, uma história de amor que me convinha mais do que o casal decadente da era do jazz de Fitzgerald. Minha cintura engrossava, e meus seios cresciam. Eu estava bronzeada, forte e contente — mais *sólida*, como dissera Shakespear —, e começava a acreditar que enfim descobrira meu propósito.

Quando não estava labutando em seu quartinho na Rue Descartes, Ernest passava muito tempo com Gertrude. Ela lamentou quando ele contou dos originais perdidos, é claro, mas foi menos solidária para com sua preocupação em relação ao bebê.

— Você vai em frente, seja como for. Vai conseguir.

— Não estou pronto — respondeu ele.

Gertrude apertara os olhos e dissera:

— Nunca conheci um homem que estivesse. Você vai se sair bem.

— O que você esperava que ela dissesse? — perguntei quando ele me contou.

— Não sei. Achei que ela me daria algum conselho.

— E deu?

— Na verdade, não. Nada além de *Vá em frente, seja como for*.

— É o conselho perfeito para você. Você *vai* conseguir, seja como for.

— Fácil falar, para você. Tudo o que você tem que fazer é cortar e costurar roupas de bebê.

— Isso e *fazer* o bebê, muito obrigada. Ele não vai cair do céu.

— Verdade — disse ele, distraído, e voltou a escrever.

Não muito depois de voltarmos a Paris, Jane Heap, editora da *Little Review*, escreveu pedindo a Ernest uma contribuição para o próximo número. Entre as crônicas perdidas na maleta havia uma série de vinhetas cujo conjunto ele chamava de *Paris, 1922*. Todas começavam com as palavras "Eu vi" e descreviam momentos memoráveis e muitas vezes violentos que ele testemunhara ou sobre os quais lera no ano anterior. Uma delas narrava a desastrosa falência do Chèvre d'Or em Auteuil. Outra contava como o amante chileno de Peggy Joyce atirara na própria cabeça porque ela não aceitara se casar com ele. Todos haviam acompanhado a desesperada história da atriz pelas manchetes, mas a visão de Ernest era mais vívida e intensa do que qualquer coisa que se pudesse encontrar num jornal. Tivesse ele ou não tomado conhecimento dos fatos de segunda mão, o texto era brutal, gráfico e absolutamente convincente. Ernest achou que nunca produzira nada mais incisivo ou mais forte, e Gertrude concordou. Ele escrevia como quem nocauteava.

— Você pode não gostar de ouvir — disse Gertrude —, mas acho que perder tudo foi uma bênção. Você precisava de liberdade. Começar do zero e fazer algo realmente novo.

Ernest concordou com a cabeça, solene, mas eu sabia que ele estava mais do que aliviado. Eu também.

— Quero fazer uma nova leva das vinhetas de Paris para Jane Heap. Mas não quero reviver os seus cadáveres. Novo é novo. Estou pensando em colocá-las em parágrafos, para que comecem a se mover de verdade.

Ele examinava atentamente o rosto de Gertrude enquanto falava, nutrindo-se do seu encorajamento.

— Cada uma delas seria menos um artigo e mais uma miniatura saída do nada e solta no mundo.

— Com certeza — disse ela.

E em muito pouco tempo ele estava pronto para lhe mostrar um rascunho que capturava a estocada de um matador com brutal intensidade. Ele estava especialmente ansioso para ver como ela reagiria, porque a cena se baseava numa história que ela própria lhe tinha contado, a respeito das touradas em Pamplona. Ninguém diria, ao ler o texto, que ele nunca estivera lá.

— Isto é excepcional! — exclamou Gertrude. — Você reproduziu tudo à perfeição.

— Esse era o ponto — respondeu ele, claramente feliz por ouvir aquilo. — Mas quero saber como funcionam as touradas, ao vivo. Se eu fosse lá, poderia colher material para mais artigos. Mike Strater está louco para ir, e também Bob McAlmon. Bob tem rios de dinheiro. Ele poderia financiar toda a viagem.

— Vá — disse Gertrude.

— Deve ir — concordei. — Tudo aponta nessa direção.

Quando chegamos em casa naquela noite, perguntei a Ernest se poderia ler todas as miniaturas que ele escrevera até então e fiquei petrificada com uma que falava do tempo passado na Turquia. Ambientava-se na estrada de Karagatch e descrevia, entre outras coisas, uma mulher dando à luz como um animal na chuva.

Devolvi os textos, elevando-os aos céus, como mereciam, mas também não consegui deixar de dizer:

— Você não precisa esconder o quanto está apavorado com a vinda desse bebê. Não de mim.

— É claro que estou apavorado. Como vou escrever? O que acontecerá com os nossos bons tempos?

— Não é só isso. Sei que você fica preocupado comigo.

— Um pouco.

— Por favor, não fique. Nada de ruim vai acontecer.

— Como você pode saber? Alguma coisa sempre dá errado. Já vi pessoalmente.

— Vai correr tudo bem. Sinto que vai.

— Ainda assim, estive pensando se não deveríamos ter o bebê em Toronto. Eu poderia conseguir um emprego de tempo integral no *Star*. Os hospitais parecem ser muito bons lá, e eu teria um trabalho seguro. Precisaremos de dinheiro, com certeza.

— Veja como você já é um bom pai — disse eu, e beijei-o de leve nos lábios.

— Estou tentando querer ser. E também evitar todos os pensamentos incômodos.

— E viver o mais intensamente possível antes da vinda do bebê?

— Isso também.

As semanas seguintes trouxeram uma enxurrada de planos para a Espanha. Ernest se encontrou diversas vezes com Strater e McAlmon em cafés, planejando o itinerário, mas por alguma razão ele sempre voltava daqueles encontros mal-humorado e irritado com os outros homens. McAlmon era poeta e amigo tanto de Ezra quanto de Sylvia. Era casado com a escritora inglesa Annie Ellerman, que escrevia sob o pseudônimo de Bryher. Não era segredo algum que Annie era lésbica e que Bob preferia homens a mulheres. Era um casamento de conveniência. De tempos em tempos, Annie se envolvia com a poeta H.D., outra "aluna" de Pound, e, embora nada daquilo parecesse em absoluto perturbar Bob, dava nos nervos de Ernest. Eu não sabia bem por quê. Estávamos cercados por todo tipo de combinações e triangulações sexuais, então eu não acreditava que fosse a homossexualidade o motivo da perturbação de Ernest. Era mais provável que fosse a distribuição de poder. Annie era uma herdeira. Seu pai era um magnata naval que vinha a ser o homem mais rico da Inglaterra. Embora Bob tivesse dinheiro próprio, nada significava perto do que tinha Annie, e havia a impressão de que ela o mantinha em rédea curta e que ele precisava dela se pretendia continuar a dirigir sua recém-inaugurada empresa, a Contact Editions. Bob dependia de Annie, e Ernest poderia vir a depender de Bob, se quisesse ser publicado. A Contact Editions era nova mas fadada ao sucesso e muitíssimo atenta aos mais brilhantes e novos textos possíveis.

Saber que *precisava* impressionar Bob significava ser inevitável que Ernest fosse levado a ofendê-lo. Na ocasião em que Bob, Ernest e Mike Strater partiram para a Espanha, Ernest e Bob mal se falavam. A viagem começou péssima sob vários aspectos. Bob (com a ajuda de Annie) pagava todas as contas, e isso despertou o pior em Ernest. Ele era sempre crítico em relação aos ricos e detestava sentir-se devedor. Eu soube mais tarde por Mike que Ernest assumira de imediato o papel de *expert* na viagem, dando aulas aos outros todo o tempo. Ele adorou as touradas desde o primeiro instante. Em suas cartas para mim, só falava da coragem dos toureiros e também dos touros. A coisa toda era uma grande e emocionante tragédia que se podia ver e tocar, de perto o bastante para que se arrepiassem os pelos da nuca.

Quando voltou, uma semana depois, ele explodia de entusiasmo. Em nosso apartamento, praticava com uma toalha os passos dramáticos e inflamados que aprendera em Ronda e Madri.

Contornava nossa mesa, o único touro disponível no momento.

— Há uma calma inacreditável enquanto o matador observa o animal chegar, pensando apenas no que precisa fazer para apresentá-lo da forma correta, e não no perigo. É nisso que está a graça. E a dificuldade, é claro.

— Eu adoraria ver isso — disse eu.

— Você talvez achasse difícil olhar — respondeu ele.

— Talvez, mas soa como algo que eu não gostaria de perder. Os combates poderiam até ser uma boa influência para o bebê — comentei.

— É, ele é um homem de verdade mesmo antes de nascer.

— O que faz você ter tanta certeza de que é um menino?

— O que mais seria?

Fizemos planos para voltarmos juntos em julho, para a Fiesta de San Fermin em Pamplona, à qual Gertrude e Alice tinham ido no verão anterior. Aquela era considerada a melhor arena de touradas, apresentando os touros mais mortíferos e os toureiros mais hábeis. Embora eu só exprimisse entusiasmo com o projeto, Ernest estava determinado a me preparar para a violência.

— Nem todos conseguem suportar aquilo — disse ele. — McAlmon bebeu brandy o tempo todo durante sua primeira tourada. A cada vez que o touro investia contra os cavalos, ele ficava verde. E disse que não conseguia imaginar alguém encontrando algo para gostar naquilo e que quem encontrasse não seria bom da cabeça.

— Acho que vocês dois não foram feitos para serem amigos.

— Talvez não, mas tudo indica que ele e Annie querem fazer um livro de contos para mim. Ou talvez de contos e poemas.

— Verdade? Se você o detesta tanto, por que iria querer que ele fizesse o livro?

— Alguém tem que fazer. Agora preciso escrever a maldita coisa.

Toda a Pamplona estava acordada quando nosso ônibus entrou pesadamente na cidade murada no meio da noite. As ruas estavam tão apinhadas de gente que me perguntei como o ônibus conseguiria se mover, mas os dançarinos afastavam-se numa onda do veículo retumbante e voltavam a seus lugares depois que passávamos. Continuamos a subir as ruas estreitas em direção à praça pública, e, quando chegamos, havia tamanha confusão de barulho e movimento — dançarinos rodopiando, músicos tocando tambores e soprando flautas de bambu, fogos de artifício detonados em explosões sonoras de fumaça branca — que quase perdemos nossa bagagem. Depois de ter as malas seguras nas mãos e encontrar o hotel, descobrimos que nossas reservas, que Ernest fizera semanas antes, não existiam mais.

De volta à rua, Ernest disse-me que ficasse ali à sua espera enquanto ele procurava acomodações. Observei-o ser engolido pela multidão sem ter muita esperança de que ele fosse conseguir um quarto, e menos ainda encontrar o caminho de volta a mim. As próprias ruas pareciam mudar de lugar. Encostei-me a um muro grosso de pedra e tentei me manter no lugar enquanto os dançarinos evoluíam em azul e branco. As mulheres usavam saias rodadas e brilhantes. Giravam umas em torno das outras, estalando os dedos e batendo seus sapatos de saltos negros nas pedras arredondadas do calçamento das ruas. Seus cabelos estavam soltos e belos. Algumas levavam tamborins ou sinos, e, embora a música soasse caótica aos meus ouvidos, com pífanos, estridentes e tambores que me sacudiam os ossos dos joelhos, as mulheres pareciam ouvir um ritmo claro e nele se mover à perfeição, as pernas se erguendo no momento certo, os braços arqueando-se e subindo. Os homens usavam camisas e calças azuis, com lenços vermelhos ao pescoço, e dançavam juntos em grandes grupos. Incentivavam uns aos outros com gritos de alegria no mesmo instante absorvidos. Era diferente de tudo o que eu já vira.

De alguma maneira, Ernest navegou em meio à loucura. Voltou para me apanhar e, embora todos os hotéis estivessem lotados e reservados por semanas, ele dera um jeito de nos conseguir um quarto numa casa particular nas redondezas, seis noites por duas vezes o que pagávamos de aluguel por mês em Paris.

— Tudo isso? — perguntei, sentindo-me um pouco mal com a quantia. — Como podemos nos permitir?

— Anime-se, Tiny. Seremos reembolsados em crônicas. Preciso estar aqui. Sinto isso com muita intensidade.

Eu não poderia questionar os instintos dele, e, além disso, meus pés estavam me matando. Ficamos com o quarto e nos sentimos gratos por ele, mas no fim poderíamos muito bem ter passado a noite nas ruas, como os outros. Toda a cidade passara o ano inteiro à espera daquela semana, daquela noite de alegria. Parecia que poderiam dançar para sempre, e chegava a ser engraçado que quiséssemos tanto ir para lá a fim de escapar do caos do Dia da Bastilha em Paris, quando aquilo era tão frenético quanto, se não pior.

Acabei saindo da cama por volta das seis da manhã, sabendo que não haveria descanso para mim, e fui até a varanda. Na rua a meus pés havia tanta gente quanto na noite da véspera, mas as pessoas pareciam mais concentradas e direcionadas. Chegava a hora da corrida de touros, mas eu não sabia. Só sabia que alguma coisa estava acontecendo. Voltei para o quarto e vesti-me em silêncio, mas mesmo assim Ernest acordou de seu sono muito leve. Quando voltamos juntos à varanda, um canhão soou com um estrondo. Vimos sua fumaça branca se dissolver sobre a praça pública, e então a multidão ali reunida começou a cantar. A localização do nosso quarto era perfeita. Podíamos ver e ouvir tudo do parapeito em que nos apoiávamos. Um grupo de homens e meninos cantava em espanhol uma canção apaixonada. Eu não entendia uma palavra, mas na verdade não era preciso entender.

— Acho que fala de perigo — disse a Ernest, em meio à algazarra.

— Perigo feliz — completou ele. — Estão entusiasmados para se testarem. Para ver se conseguem superar o medo.

Ele sabia que os touros logo seriam soltos. Gertrude e Alice haviam descrito com muitos detalhes tudo o que viram na *fiesta* no ano anterior, e Mike Strater também. Mas Ernest não se contentava em ouvir como era, queria saber em primeira mão. E eu tinha certeza, se não estivesse ali com ele, Ernest de modo algum estaria de pé na varanda. O que queria mesmo era estar lá na praça, preparando-se para correr.

— *Viva San Fermin* — gritou a multidão. — *Gora San Fermin!*

O canhão soou outra vez quando os touros foram soltos, e vimos os corredores aproximando-se velozes pelas ruas pavimentadas lá embaixo. Todos usavam camisas e calças brancas com lenços vermelhos e brilhantes em torno da cintura e do pescoço. Alguns levavam jornais para espantar os touros, e todos tinham uma expressão que parecia extática. Depois dos corredores, seis touros passaram retumbando com tanta força que a casa estremeceu sob nós. Seus cascos batiam nas pedras do calçamento, e suas cabeças grandes e escuras se abaixavam, parecendo mortíferos. Alguns homens eram ultrapassados e precisavam escalar as barricadas que delimitavam a rua. Espectadores se aproximavam para ajudá-los a escapar, mas havia também uma palpável ansiedade enquanto a multidão esperava para ver se algum infeliz não seria suficientemente rápido ou ágil.

Não houve matanças naquele dia, pelo menos não que tivéssemos visto, e fiquei muito aliviada quando os touros foram postos em segurança na arena. Todo o ritual durou apenas alguns minutos, mas percebi que estive prendendo o fôlego.

Tivemos para o café da manhã um maravilhosamente doce *café con leche* e fatias grossas de rocambole. Depois tentei cochilar no quarto enquanto Ernest andava pelas ruas de Pamplona tomando notas de tudo o que via. Tudo era poesia para ele, os rostos muito enrugados dos velhos bascos, todos com a mesma boina azul. Os jovens usavam chapéus de palha de abas largas e levavam nos ombros odres de vinho feitos à mão, braços e costas musculosos do trabalho pesado. Ernest voltou para o quarto entusiasmado com tudo aquilo e falando no almoço que acabara de comer, uma truta de rio maravilhosamente grelhada e recheada com presunto frito e cebolas.

— O melhor peixe que já comi. Vista-se. Você precisa experimentar.

— Você quer realmente voltar ao mesmo café e me ver comer?

— Ver coisa nenhuma. Vou comer de novo.

Mais tarde, quando começou a primeira corrida, estávamos sentados em bons lugares *barrera*, bem perto da ação. Ernest pagara um extra para ter certeza de que teríamos uma excelente visão da ação, mas também para me proteger.

— Não olhe agora — disse ele quando o primeiro cavaleiro espetou a longa e farpada *banderilla* na nuca do touro e o sangue correu livremente.

Disse outra vez quando o primeiro cavalo foi atingido pelos chifres, e mais uma vez quando o jovem e belo toureiro, Nicanor Villalta, matou o touro com hábil precisão.

Mas não desviei o olhar.

Passamos toda a tarde nos assentos *barrera* e vimos seis touros morrerem, e todo o tempo eu olhei, ouvi e me senti arrebatada por tudo aquilo. Entre as touradas, eu bordava em ponto de cruz um lençol de algodão para o bebê.

— Você me surpreendeu — disse Ernest, quase no fim do dia.

— É mesmo?

— Você não foi criada para aprender a ver coisas como esta. Achei que fosse fraquejar. Desculpe, mas achei.

— Eu não tinha certeza de como me sentiria, mas agora posso afirmar: segura e forte.

Eu chegara ao fim de uma fileira de pontos e dei um nó caprichado e liso, como minha mãe me ensinara quando eu era menina. Enquanto alisava a linha de seda com a ponta dos dedos, satisfeita com meu trabalho, não pude deixar de pensar o quanto ela ficaria horrorizada ao me ver naquele lugar passional e violento e nem ao menos me encolher, mas aceitando-o como algo natural.

— Quando eu era bem pequena, costumava ser destemida, já lhe contei.

Ele concordou.

— Quando perdi essa qualidade, minha família deve ter ficado feliz.

— Não acredito que você a tenha perdido algum dia. Vejo-a em você agora.

— Estou mais forte por causa do bebê. Posso senti-lo se mexer quando soam as trompas e a multidão urra. Ele parece gostar.

Ernest sorriu com óbvio orgulho, e disse:

— Famílias podem ser perversas, mas a nossa não será.

— Nosso bebê saberá tudo o que sabemos. Seremos muito honestos e não lhe esconderemos nada.

— E não vamos subestimá-lo.

— Nem fazê-lo se apavorar diante da vida.

— Estamos começando a ficar exigentes demais, não? — disse Ernest, e rimos felizes, entusiasmados com nossos votos.

Ainda naquela noite, quando uma vez mais não dormíamos com os fogos de artifício, os tambores e as danças *riau-riau*, Ernest falou:

— Que tal Nicanor como nome para o bebê?

— Ele será um belo toureiro com esse nome. Não tem como não ser.

— Tivemos bons momentos, não é?

Ele me apertou em seus braços.

— Ainda não acabou.

— Não, mas imagino que precisaremos nos comportar quando o bebê chegar. Ganharei o pão e serei o papa, e não haverá tempo para pensar no que quero.

— No primeiro ano, talvez, mas não para sempre.

— Um ano de sacrifícios, então. E depois ele terá que se arriscar conosco.

— Nicanor — repeti. — Soa bem, não soa?

— Soa, mas isso não quer dizer que o danadinho vá conseguir mais do que um ano.

VINTE E CINCO

Eu queria melões e um belo pedaço de queijo, café, uma boa geleia e waffles. Pensando naquilo, fiquei com tanta fome que não consegui dormir.

— Waffles — disse a Ernest, enroscada atrás dele pouco antes do amanhecer. — Não seria ótimo?

Quando ele não se levantou, falei de novo, mais alto, e botei a mão em suas costas, dando-lhe um empurrãozinho amigável.

—E você precisa choramingar tão alto? — perguntou ele, rolando para fora da cama. — Agora sumiu!

— O que sumiu?

Ele se sentou na beira do colchão alto, coçando um dos joelhos.

— As palavras certas para o artigo.

— Ah! Então desculpe — falei.

Observei-o vestir-se e dirigir-se à cozinha. Minutos depois, escutei a água fervendo e senti o cheiro do café, e aquilo me deu ainda mais fome. Ouvi-o tomar o café e depois a cadeira sendo arrastada quando ele se sentou à mesa. Silêncio.

— Tiny? — chamei, ainda na cama. — O que você acha dos waffles?

Ele rosnou e empurrou a cadeira.

— Vai começar tudo de novo.

Os meses passavam depressa. Nosso bebê era esperado para o final de outubro, e pretendíamos navegar até o Canadá no final de agosto. Isso nos daria seis ou sete semanas para encontrar um apartamento e nos prepararmos. À medida que as datas se aproximavam, Ernest escrevia mais e se preocupava mais. Estava em pânico, com medo de não ter tempo de terminar todas as miniaturas para Jane Heap e a *Little Review*. Trabalhava em cinco delas ao mesmo tempo, cada uma descrevendo algum aspecto das touradas. Quando voltava do ateliê, muitas vezes precisava de várias doses de bebida seguidas antes de conseguir me falar do seu trabalho, que estava indo bem, mas parecia consumi-lo por inteiro.

— Estou tentando mantê-lo vivo — disse ele. — Ficar com a ação, e não tentar introduzir o que estou sentindo a respeito. Não pensar em mim, de modo algum, mas no que realmente aconteceu. É onde está a verdadeira emoção.

Aquela era uma de suas mais novas ideias sobre escrever, e, como as miniaturas iriam testá-la, ele se matava para fazer direito. Eu não tinha dúvidas de que ele conseguiria e seria perfeito, mas, nesse meio-tempo, era duro vê-lo tão exausto.

Ele se exauria, também, com provas para Bob McAlmon. Mesmo depois de seus dias espinhosos na Espanha, Bob mantivera sua oferta de publicar um livro de Ernest, pela Contact Editions. O volume se chamaria *Three Stories and Ten Poems*, *Três contos e dez poemas*, e, embora Ernest estivesse exultante, preocupava-se achando que jamais corrigiria as provas a tempo. Trabalhava à luz de velas até tarde da noite; quando finalmente terminou as anotações e devolveu tudo a McAlmon pelo correio, era hora de dizer adeus.

Numa série de jantares tristes, estivemos com os Strater, os Pound, Sylvia, Gertrude e Alice — dizendo a cada vez que estaríamos de volta em um ano, quando o bebê pudesse viajar.

— Cuidem para que não seja mais — agourou Pound. — O exílio oprime a mente.

— Não é bem um exílio, é? — disse Ernest.

— Que seja limbo — retrucou Pound, amaciando um pouco.

— Uma palavra que só é mais leve se você não mencionar o Velho Testamento — resmungou Ernest.

Dez dias depois, embarcamos.

Era o começo de setembro quando aportamos em Quebec, e, ao chegarmos a Toronto, esperava-nos um entusiástico bilhete de John Bone e outro de Greg Clark, repórter e antigo amigo de Ernest, dando-nos as calorosas boas-vindas à cidade. Tudo parecia se encaminhar bem, mas, quando Ernest se apresentou para trabalhar em 10 de setembro, soube que Bone não seria seu supervisor imediato, como esperava, e sim Harry Hindmarsh, editor-assistente do *Star*. Depois da primeira reunião, Ernest soube que o relacionamento seria difícil. Hindmarsh era tão pesado fisicamente quanto em palavras e atitudes; gostava de exibir sua força.

— Logo de saída, ele me olhou de cima a baixo — disse Ernest ao voltar para nosso quarto no hotel Selby. — Eu mal tinha dito três palavras e ele já decidia que eu tinha o rei na barriga.

Ele começou a andar pelo quarto, mal-humorado.

— E quanto a *ele*? Se não fosse casado com a filha do editor, estaria varrendo calçadas.

— Sinto muito, Tiny. Tenho certeza de que ele vai se render aos seus encantos — falei.

— Sem esperanças. Ele parece inclinado a me tratar como foca. Não vou assinar os artigos, e ele vai me mandar para fora da cidade.

— Quando?

— Hoje à noite. Para Kingston, cobrir a fuga de um preso. São apenas cinco ou seis horas de trem, mas não sei por quanto tempo a história vai me manter por lá.

— Hindmarsh sabe que este bebê pode nascer a qualquer momento?

— Não acredito que ele se importe.

Despedi-me de Ernest com um beijo e a reiterada garantia de que tudo ficaria bem. Ele me fez prometer buscar reforços, e assim fiz. Greg Clark tinha uma esposa adorável, Helen, que concordou calorosamente quando lhe pedi para me ajudar a encontrar um apartamento. Dinheiro era para nós a mesma preocupação de sempre, e até maior, porque economizávamos cada centavo possível para o bebê. Não tínhamos recursos para ficar em alguns dos bairros simpáticos por ela recomendados, mas acabamos encontrando algo adequado na Bathurst Street. Era uma série de cômodos no quarto andar, com uma banheira tipo vitoriana e uma cama retrátil no quarto, que ficava curiosamente espremido entre a cozinha e a sala de estar. Embora o apartamento em si não tivesse calor e charme, dava para o canto de uma ravina da propriedade dos Connable.

Ernest conhecia Ralph e Harriet Connable desde logo após a guerra, quando fora a Toronto em busca de emprego como jornalista. Ralph era dono da cadeia de lojas de departamento Woolworth e era, para os nossos padrões, rico como um deus. Tanto ele quanto a mulher foram muito gentis comigo tão logo souberam que éramos vizinhos, e fiquei feliz por ter alguém, qualquer um, por perto, à medida que se aproximava a data prevista para o parto.

Ernest voltou de Kingston parecendo cansado e irritado, e partiu de novo, poucos dias depois, para cobrir o caso de mineiros em Sudbury Basin, cerca de duas vezes mais longe de Toronto do que Kingston. Mal teve tempo de visitar e aprovar o apartamento.

— Ah, gata! Eu me sinto péssimo por não estar aqui para ajudá-la a se instalar.

— Não há muito a fazer. Contratarei alguém para subir as coisas.

— Não posso deixar de pensar que foi uma tolice termos vindo para cá. Você está sozinha o tempo todo. Estou trabalhando como um escravo para quê? Pedaços de notícias sem importância em lugar nenhum? Que fracasso!

— Eu sei que você está exausto, Tiny. Mas tudo fará sentido depois que o bebê nascer.

— Só espero que você tenha razão!

— Tenho sim. Você vai ver — respondi, e dei-lhe um beijo de despedida.

Eu estava fazendo mais do que deveria, é verdade, mas realmente acreditava que ter ido para a cidade muito fria e solitária que era Toronto valeria a pena quando nosso filho nascesse saudável e bem. Nesse meio-tempo, tentei tornar o novo espaço o mais acolhedor possível. Tínhamos trazido de Paris engradados com roupas, pratos e quadros. Contratei uma faxineira e um zelador, que parecia muito velho para subir os quatro andares com nossa mudança. Não havia muita coisa em termos de mobília e, nas primeiras semanas, enquanto Ernest percorria Ontário de ponta a ponta como um vendedor ambulante, acampei na cama retrátil, enrolada em cobertas para me proteger da temperatura cada vez mais baixa e terminar as cartas de Abelardo e Heloisa.

Estava louca por alguma distração, e era fácil me perder em suas palavras e sua história. Alguns dias, eu só me levantava para fazer chá ou enfiar lençóis debaixo das portas e janelas, por onde se insinuava o frio. Também escrevia cartas para Paris, para os amigos dos quais sentíamos falta, e para casa, nos Estados Unidos. Fonnie tentara se alegrar por mim pela vinda do bebê, mas passava por um momento crítico sob vários aspectos. Roland sofrera há pouco tempo um colapso nervoso e se recuperava num hospital psiquiátrico em Massachusetts. *É um lugar muito bem-conceituado*, disse Fonnie numa carta, *para o padrão dessas instituições. Mas as crianças estão confusas e perguntam se ele voltará para casa algum dia.* Lamentei muito por todos eles, mas não me surpreendi que algo daquele tipo acontecesse. A relação dos dois sempre fora conturbada demais, como a de meus pais. E, quando as tensões são tão grandes por tanto tempo, alguma coisa *precisa* explodir. Como poderia não ser assim?

Escrevi também aos pais de Ernest. Ele estava ocupado demais para responder suas cartas, mas sua má vontade para com os pais era mais complicada do que isso. Ele nunca os quis envolvidos em sua vida, sobretudo Grace. Quando fomos para Paris, achei que pela primeira vez ele se sentia livre para se reinventar de todo. Os pais lembravam seu começo, que ele gostaria de jogar inteiro fora. Eu compreendia sua necessidade de independência, mas ali estávamos a poucas semanas do nascimento do bebê e Ernest nada lhes dissera. Achei que eles tinham direito de saber, e mais de uma vez toquei no assunto nos dias que ele passava em casa, mesmo por pouco tempo, entre os compromissos.

— Farei isso se você insistir — concordou ele por fim. — Mas é um erro. Logo estarão farejando por aqui, como os lobos sempre fazem.

— Você não quer dizer isso.

— No inferno que não quero. Você consegue imaginar minha mãe *não* se intrometendo em tudo com esse bebê, enfiando-nos cara adentro suas opiniões e conselhos? Não precisamos dela. Não precisamos de ninguém.

— Ela e Ed adorariam qualquer pequena oportunidade de ajudar.

— Então deixe que ajudem, mas não estou pedindo nem um tostão furado.

— Muito bem — disse eu.

Mas fiquei grata quando eles responderam ao telegrama de Ernest depressa e de um jeito extravagante, mandando caminhões cheios de presentes de casamento que tínhamos deixado guardados com eles, e também os móveis do nosso antigo apartamento na Dearborn Street. Nada daquilo era especialmente bonito, mas ter nossas próprias coisas por perto fez com que nossos cômodos na Bathurst Street parecessem menos provisórios. E chegaram bem a tempo.

Hindmarsh mandou Ernest viajar de novo, na primeira semana de outubro, dessa vez para cobrir a chegada do primeiro-ministro britânico, David Lloyd George, à cidade de Nova York.

— Parece vingança pessoal — comentei enquanto o observava fazer as malas para a viagem.

— Consigo aguentar, eu acho — disse Ernest. — Mas e você?

— O médico disse que temos até o final do mês, talvez até primeiro de novembro. Você estará aqui.

— Esta é a última viagem — respondeu ele, fechando a mala nova com um clique. — Vou pedir a John Bone que ponha um pouco de bom senso na cabeça de Hindmarsh.

— Se vier diretamente de Bone, ele terá que aceitar, não?

— É a ideia. Tome conta do gatinho.

— Prometo.

— E da mamãe gata também.

— Sim, Tiny, mas é melhor você correr. Não vão segurar o trem.

Alguns tempo depois, no dia 9 de outubro, Harriet Connable me convidou para jantar.

— Eu adoraria — respondi. — Mas estou tão grande que nada me cabe. Terei que usar toalhas de mesa.

— Tenho certeza de que ficarão ótimas em você, querida — disse ela com uma risada graciosa. — Mandaremos um carro apanhá-la às oito.

Acabei ficando muito contente por ela ter insistido. Tinha passado a tarde toda sentindo alguma coisa que chamei de indigestão. Claro que era mais do que isso. Meu corpo se preparava, mas tentei ignorá-lo. Pensei que, se ficasse calma e não fizesse grandes esforços, o bebê não apareceria até que Ernest voltasse para casa. Terminei a ótima sopa, silenciosa como um gato, e sentei-me no belo sofá de veludo dos Connable ouvindo Harriet tocar uma animada versão de "I'll Take You Home Again, Kathleen" e sem fazer qualquer movimento além de marcar o compasso com o pé. Mas sem dúvida o bebê estava chegando, estivesse eu preparada ou não, e, à medida que se passavam as horas, isso ficou cada vez mais evidente.

— Hadley, querida, acho que você não está se sentindo bem — disse Ralph Connable quando ficou impossível continuar a, por delicadeza, não dar atenção à minha expressão tensa e séria.

— Estou perfeitamente bem — respondi, teimosa até o fim, mas comecei a chorar tão logo fiz aquela afirmação, as emoções explodindo minhas defesas armadas com tanto cuidado. A dor era grande demais. Dobrei-me e comecei a tremer.

— Ah, minha pobre menina — disse Harriet. — Não se preocupe! Vamos cuidar para que você seja muito bem-tratada.

Levaram-me para o hospital. Harriet me afagando a mão e dizendo palavras tranquilizadoras enquanto Ralph dirigia depressa e com determinação. As ruas brilhavam fracamente à luz dos lampiões a gás.

— Vocês podem tentar achar alguém no *Star*? Deve haver um jeito de avisar Ernest.

— Moveremos montanhas, se for preciso — garantiu-me Harriet. — Ainda demora algum tempo, imagino.

Mas não demorou. Meia hora depois, eu estava usando uma camisola de hospital e coberta por lençóis, na mesa de cirurgia, com o médico e diversas enfermeiras me incentivando a começar a fazer força.

Era por isso que tínhamos vindo para Toronto — para ter aqueles profissionais capacitados e treinados cuidando de mim. Em Paris, eu teria tido uma parteira que ferveria água em meu próprio fogão para esterilizar seus instrumentos. Mesmo nos Estados Unidos, os médicos apenas começavam a realizar partos em hospitais. O pai de Ernest ainda acordava no meio da madrugada para atender chamadas quando estava em Michigan, e, embora eu conhecesse mulheres que só tinham tido filhos em casa — a minha mãe, com certeza, e também a de Ernest —, sentia-me muito mais segura daquela maneira. Sobretudo quando fazer força não produzia resultado algum.

Esforcei-me por duas horas, até meu pescoço doer e meus joelhos tremerem. Por fim, deram-me éter. Quando a máscara foi colocada sobre minha boca e meu nariz, respirei aquele cheiro de tinta fresca cuja intensidade me ardia os olhos. Depois, nada mais senti até acordar dentro de uma névoa e ver a enfermeira me estendendo uma trouxinha embrulhada. Era meu filho, envolto em camadas de lã azul. Olhei-o em meio a lágrimas de alegria. Ele era perfeito, das curvas rosadas de suas orelhas bem-feitas e olhos bem fechados ao cabelo castanho escuro com penugens nas costeletas. Eu estava desolada por Ernest ter perdido o nascimento, mas, são e salvo e absolutamente maravilhoso, ali estava seu filho. Era tudo o que importava.

Quando Ernest afinal chegou no começo da manhã seguinte, ofegante e completamente fora de si, eu estava sentada na cama, amamentando o bebê.

— Ai, meu Deus! — disse Ernest, desmoronando.

Ele parou perto da porta e soluçou, cobrindo o rosto com as mãos.

— Eu estava morto de preocupação com você, Tiny. Recebi um telegrama no vagão de imprensa dizendo que o bebê tinha chegado e estava bem, mas nem uma palavra a seu respeito.

— Meu querido Tiny. Veja, estou bem. Foi tudo muito tranquilo, e venha ver este garoto. Ele não é maravilhoso?

Ernest andou até mim, sentando-se devagar na ponta do colchão.

— Ele parece terrivelmente pequeno. Você não tem medo de fazer algo errado?

E botou um dedo sobre a mãozinha vermelha do bebê.

— Tive medo no começo, mas na verdade ele é muito sólido. Acho que as touradas agiram sobre ele, afinal. Ele chegou abrindo caminho como um bom toureiro.

— John Hadley Nicanor Hemingway. Ele é uma beleza. E você é extraordinária por se sair tão bem.

— Estou surpresa por me sentir tão forte. Mas você, Tiny, está com uma aparência péssima. Não dormiu no trem?

— Tentei, mas estava com uma horrível sensação de que você corria perigo.

— Eu estava em excelentes mãos. Os Connable foram tão atenciosos e prestativos. Devemos muito a eles.

— Talvez tenhamos feito bem em vir para Toronto, afinal — disse Ernest.

— Claro que fizemos. Eu lhe disse que faria sentido.

— Estou tão cansado que poderia apagar aqui mesmo.

— Durma, então.

Apontei para uma cadeira no canto do quarto.

— Hindmarsh vai se perguntar por onde eu ando.

— Deixe-o pensar o que quiser. Você agora é pai.

— Não é inacreditável?

Sorri para mim mesma e fiquei em silêncio quando ele se enrolou debaixo de um cobertor e adormeceu. *Dois homens, agora,* pensei, com profunda satisfação. *E os dois são meus.*

VINTE E SEIS

Mais tarde, naquela mesma manhã, Ernest mandou uma série de telegramas dizendo como tudo havia corrido bem. Ele estava exageradamente orgulhoso da rapidez com que eu tinha dado à luz, e eu estava satisfeita comigo mesma. Tinha sido ajudada pelos médicos e pelo éter, sem dúvida, mas também enfrentara toda a provação como uma estoica campeã, com Ernest a centenas de quilômetros.

Ele saiu para o trabalho, preparado para receber uma descompostura de Hindmarsh, mas as coisas saíram piores do que ele esperava. Hindmarsh não esperou por Ernest em sua sala, mas o humilhou diante de todos, dizendo que ele deveria ter entregado a matéria antes de ir para o hospital. Aquilo era ridículo, é claro, mas quando Ernest me contou tudo à tarde, depois de ter relatado o ocorrido a Greg Clark num bar, acompanhado por muitas doses de bourbon, ainda estava ofendido e zangado.

— É o fim de Toronto. Não podemos ficar aqui.

A bebida não o tinha acalmado muito, e eu estava receosa de que a enfermeira chegasse e o mandasse embora antes que eu ouvisse a história toda.

— As coisas não têm mesmo conserto?

— Nenhum conserto. Estamos ambos furiosos. Ele não deixou por pouco, o imbecil, e disse coisas que darão assunto a todos por muitos anos.

— Ai, Tiny querido. Ele o despediu?

— Ele me transferiu para o *Weekly*. Não que eu vá assumir. Quando você acha que pode viajar de novo?

— Eu estarei bem em poucos dias, mas o bebê só poderá viajar de navio daqui a meses. Precisamos repensar tudo isso.

— Eu poderia matar o cretino. Seria uma solução.

— Não por muito tempo.

Ele fez uma careta e sentou-se num solavanco, fazendo a cadeira bater com força no chão.

— Onde está o danadinho, aliás? Quero dar mais uma olhada nele.

— Está dormindo no berçário. Você também deveria estar dormindo. Vá para casa, Tiny. Cuidaremos disso amanhã.

— Cuidar do quê? É o fim, eu já disse.

— Não pense nisso. Só vá para casa, e tome um pouco de bicarbonato também. Você vai acordar com uma enorme de uma dor de cabeça.

Não fomos logo para Paris... mas só porque não podíamos. O bebê era mesmo pequeno demais para a travessia, e além disso tínhamos esgotado nossas economias com a mudança. Estávamos perto da bancarrota e, para piorar, com uma pilha de contas do hospital. Não havia o que fazer além de resistir e enfrentar... "como uma cadela", como Ernest gostava de dizer. Ele aceitou a transferência e, mesmo não trabalhando mais diretamente sob as ordens de Hindmarsh, ainda sentia a sombra do homem. Sempre que recebia uma missão desagradável, perguntava-se se não haveria ali o dedo de Hindmarsh — como na vez em que foi mandado para o zoológico de Toronto para registrar a chegada de um pavão branco.

— Um pavão, Tiny. Eles querem me matar. Morte por indignidade, a mais asquerosa de todas.

— Talvez — respondi. — Mas não conseguem. Você é forte demais para isso.

— Não tenho tanta certeza.

O inverno chegou a Toronto com a neve caindo por toda parte e ameaçando nos abater. Se em Paris os invernos eram úmidos e cinzentos, aquele era agressivamente branco e ininterrupto. O vento penetrava em nossos casacos e cobertores, e abria caminho por todos os cantos do apartamento, onde o bebê e eu acampávamos perto do aquecedor. Eu fervia água para manter o ar úmido e gostava de vestir o grande sobretudo de Ernest quando amamentava. Não saí com o bebê naqueles meses e contratei uma empregada para cuidar dele quando eu precisava fazer compras. Ernest chegava em casa no final da tarde, depois de escurecer, e parecia a cada dia mais cansado e exaurido. Era capaz de se animar com as proezas do bebê quando eu as relatava — ele sorriu para mim no banho; ele está sustentando a cabeça como um campeão —, mas era difícil para Ernest, naquela época, encontrar algo que lhe desse prazer.

— Não consigo imaginar como aguentarei um ano — disse ele.

— Parece impossível, eu sei. Mas quando ficarmos velhos e senis, este ano parecerá um piscar de olhos.

— Não é nem mesmo o constrangimento de dar duro escrevendo artigos muito aquém da minha capacidade. Isso é o de menos. Mas não poder escrever minhas próprias coisas, quando isso é tudo o que eu sempre quis. Sinto as ideias apodrecendo dentro de mim. Se eu não as puser no papel logo, vou acabar perdendo tudo para sempre.

— Fique acordado e escreva agora. Vou fazer um café forte para você.

— Não posso. Estou cansado demais para pensar. Às vezes consigo saber o que escrever pela manhã, mas assim que tento botar alguma coisa no papel, o bebê chora ou tenho que ir para o trabalho. No final do dia, não me sobram mais palavras. E também estamos tão longe de tudo aqui. Não sei quem está escrevendo o quê, nem o que é importante.

— É, mas você fez alguns bons amigos. Você gosta de Greg Clark. Isso é uma boa coisa.

— Eu gosto do Greg, mas ele não luta boxe e não sabe nada de corridas de cavalos. E também nunca o vi bêbado.

— Nem todo mundo bebe tão bem quanto você, Tiny.

— Tudo bem, mas eu não confio num homem que nunca vi embriagado.

Quando novembro passou a ser dezembro, o humor de Ernest caiu a níveis preocupantes. Ele não dormia bem, e o fato de o bebê acordar à noite piorava a qualidade de seu sono. Os exemplares de *Three Stories and Ten Poems* haviam chegado, e Ernest mandara alguns para Ezra, Gertrude e Sylvia e diversos para sua família em Oak Park... e começou a esperar pelos elogios. Examinava todos os dias os jornais e revistas, ansioso por uma resenha, mas não houve sequer uma nota sobre a existência do livro. Se o mundo não soubesse do livro, teria ele acontecido? Ele tinha um exemplar da *Little Review* de Jane Heap com as miniaturas das touradas e às vezes o folheava e franzia a testa.

— Não tenho certeza de ser o mesmo escritor que produziu isto. Diabos, não estou escrevendo nada!

Eu não podia dizer-lhe que achava que ele estava sendo dramático demais, porque ele sem dúvida sentia muitíssimo a perda de sua vida como escritor. Ele precisava de mim para mantê-lo aquecido, amado e bem ancorado à terra; precisava escrever para se manter mentalmente são. Eu não podia ajudá-lo nesse terreno. Só podia observar e ficar aflita por nossa vida estar sobrecarregada de preocupações numa época em que deveríamos ser tão felizes.

— Vir para cá foi um erro terrível! — disse ele uma noite, ao chegar em casa num estado de ânimo especialmente desesperador.

Eu não conseguia mais suportar aquele sofrimento.

— Você tem razão — respondi. — Foi um erro vir para cá. Vamos voltar para Paris, e você poderá se dedicar apenas a escrever.

— Como poderemos?

— Não sei. Mas vamos.

— Seus fundos de investimento só pagam dois mil por ano. Sem meu salário, não sei como conseguiremos.

— Se você não conseguir escrever, o bebê e eu seremos um peso para você. Você vai nos detestar. Como vamos viver assim?

— Estamos com um problema. Sem sombra de dúvida.

— Não vamos pensar dessa maneira. Pode ser uma aventura. Nosso grande desafio. Talvez acabemos em primeiro lugar, afinal.

— Não sei o que eu faria sem você, Tiny.

— Compre as passagens. Vou telegrafar aos seus pais pedindo dinheiro. Eles querem ajudar.

— Eles querem que eu lhes deva favores. Não vou aceitar.

— Então não aceite. Eu aceito, pelo bebê.

— E se eu fizesse uma última série para o *Weekly*? Eu poderia me matar por sete ou dez artigos e depois me demitir. Com isso e mais algum de Oak Park, talvez tenhamos uns mil para levar. Uns mil e uma oração.

— Deve dar certo.

Logo depois de 1º de janeiro de 1924, assim que achamos que o bebê poderia viajar em segurança, tomamos o trem para Nova York e embarcamos no *Antonia*, a caminho da França. Tínhamos começado a chamar o bebê de Bumby, por sua figurinha roliça e robusta, como um urso de pelúcia. Eu o enrolava em muitas cobertas no beliche do navio, conversava com ele e deixava-o brincar com meu cabelo enquanto no andar de cima, no deque, Ernest não via ninguém e começava a se sentir nostálgico em relação a Paris. Eu teria ficado em Toronto mais um ou cinco anos, se isso fosse preciso para dar a Bumby um bom lar, mas não seria para mim o sacrifício que era para Ernest. Alguns homens teriam sido capazes de superá-lo e suportá-lo por algum tempo, mas ele teria perdido de todo o rumo se continuasse lá.

VINTE E SETE

— Sei que pretendíamos ficar um ano — disse Ernest a Gertrude em nossa primeira visita ao seu apartamento ao voltarmos —, mas quatro meses *são* um ano no Canadá.

— Você não é mais jornalista, é o que importa — respondeu Gertrude. — Hora de seguir adiante, agora, e escrever aquilo ao que está destinado.

— Estou pronto, por Deus! — exclamou ele, e serviu-se de outra dose de aguardente de pera.

Observei Alice enquanto os dois continuavam naquele caminho, mutuamente se alimentando de certeza e entusiasmo. Ela parecia se encolher e se voltar para dentro, e me perguntei se ela não estaria insatisfeita por ver Ernest de volta; se ela não teria se acostumado a ter Gertrude só para si enquanto estivemos fora. Claro, sempre havia alguém em torno de Gertrude, querendo sua atenção e suas opiniões, mas ela e Ernest juntos tinham uma intensidade toda especial — quase como se fossem irmãos gêmeos com uma linguagem privada, concentrando-se nela e ouvindo quase que apenas um ao outro. Eu tinha essa sensação também, e, embora me sentisse às vezes magoada pela conexão de ambos, não podia me lembrar do que era sentir solidão. O bebê precisava de mim e reagia a mim. Era a minha voz que ele acompanhava, o ritmo dos meus braços o mais confortável para embalá-lo, o jeito como eu o acariciava e lhe dava tapinhas nas costas quando ele acordava durante a noite. Eu era essencial para ele, e também para Ernest. Eu controlava tudo.

A maternidade podia ser exaustiva, para ser sincera. Meu sono estava atrasado para sempre, e eu às vezes não tinha forças para lavar a cabeça ou comer algo mais elaborado do que pão com manteiga. Mas, quando Bumby mamava, o punho agarrando o tecido do meu robe, os olhos suaves e insondáveis presos aos meus, como se eu fosse o próprio centro do seu universo, eu não podia deixar de me fundir com ele. E quando Ernest voltava para casa depois de um longo dia escrevendo e tinha aquela aparência que me dizia que ele passara tempo demais sozinho e dentro da própria cabeça, eu me sentia igualmente necessária. Ele precisava de mim, e de Bumby também; sem nós, ele não poderia sair de si mesmo e se sentir inteiro outra vez.

A vida familiar funcionava muito bem conosco quando estávamos sozinhos, no final do dia, reconectando e sustentando um ao outro. Porém havia muito mais em jogo na Paris boêmia. Gertrude e Alice podiam ser encantadoras com Bumby. Deram-lhe um chocalho de prata brilhante e botinhas de tricô. Quando chegou a hora do batismo, trouxeram um ótimo champanhe, que saboreamos com bolinhos, frutas secas e amêndoas confeitadas, e Gertrude chegou a aceitar ser a madrinha. Mas nem todos os nossos amigos pareciam saber o que fazer conosco agora que tínhamos um bebê a reboque. Pound e Shakespear vinham ao nosso apartamento para um drinque no final da noite ou nos encontravam num café quando tínhamos alguém para cuidar de Bumby, mas Pound deixou muito claro que bebês não seriam bem-vindos em seu ateliê. Não era pelo barulho ou pela eventual bagunça, mas por princípio.

— Simplesmente não acredito em crianças — disse ele. — Nada pessoal, Hadley.

Ele nos ajudou a encontrar nosso segundo apartamento em Paris, tarefa nada fácil. O dólar perdia força para o franco, o que foi uma tolice não termos imaginado. Vivíamos com tão pouco antes; achamos que tudo continuaria igual, com três bocas para alimentar em vez de duas — mas os aluguéis haviam subido a perder de vista. Quando afinal encontramos algo que serviria, era três vezes o que pagávamos na Cardinal Lemoine. Mas tivemos que aceitar. Entregamos o primeiro mês de aluguel engolindo em seco, estacionamos o carrinho de Bumby no pátio, perto da pilha de carvão, e chamamos o lugar de lar.

Aquele era o apartamento da serraria, na Rue Notre-Dame-des-Champs, o "Sótão do Carpinteiro", como alguns de nossos amigos logo começaram a chamá-lo. O barulho e a poeira do depósito de madeira do térreo eram, às vezes, difíceis de aguentar, mas a localização era muito melhor do que os quartos em cima da casa de danças. Ficava perto do apartamento de Gertrude e Alice no Jardin du Luxembourg, e podia-se ir a pé ao Boulevard Montparnasse e à maioria dos bons cafés.

Embora Ernest antipatizasse antes com escritores que escreviam nos cafés, dizendo não passarem de impostores querendo se fazer de ilustres, começou então a frequentá-los também. Por um lado, era prático. Ele precisava de paz e silêncio, e Bumby, cujos dentes começavam a nascer, passava muito tempo inquieto. Mas depois que passou a escrever na Closerie des Lilas de forma rotineira, surpreendeu-se ao descobrir que preferia aquilo a trabalhar sozinho num quarto, sofrendo em silêncio, como costumava dizer. Era mais aquecido e também mais agradável. Os amigos podiam encontrá-lo se quisessem, e sempre havia alguém interessante com quem conversar ou beber no final de um dia inteiro escrevendo.

Ele falava às vezes em começar outro romance, mas ainda não tinha conseguido encontrar a ideia certa. Cada vez mais, achava que o rascunho perdido na maleta com os outros originais também não era o romance certo, não importando o quanto ele trabalhara no texto e quisera que fosse. Além disso, receava comprometer-se outra vez com algo tão grande e que demandaria tanto tempo. Podia esperar e, enquanto isso, escreveria contos.

— Um conto — disse ele — para cada coisa que sei. Que sei de verdade, em meus ossos e minhas entranhas.

Quando ele falou isso, perguntei-me o que *eu* sabia de verdade, do jeito que ele queria dizer, e só consegui responder com Ernest e Bumby, nossa vida juntos. Era uma ideia vergonhosamente ultrapassada, eu sabia, e, se a houvesse confessado a qualquer mulher em qualquer café de Montparnasse, teria sido motivo de riso pelas ruas. Esperava-se que eu tivesse minhas próprias ideias e ambições e que fosse inacreditavelmente sedenta de experiências e novidades de todo tipo. Mas eu não estava sedenta, estava satisfeita.

Não era só uma razão de ser que surgira do nada para me preencher. Meus dias eram mais ricos e faziam mais sentido. Bumby era uma beleza, e, quando passeávamos — todos os dias, duas vezes por dia —, seus admiradores sempre nos paravam e conversavam. Meu francês era tão deficiente quanto antes, mas um bebê feliz é o pretexto perfeito até para os monólogos mais primários. Seus balbucios nos garantiram muitas maçãs ou peras de presente no mercado, e, mesmo quando eu o levava aos cafés para encontrar Ernest para um eventual almoço, Bumby seduzia todos. Alguns de nossos amigos podiam não se importar, mas os estranhos ficavam invariavelmente encantados.

Os Pound, como de hábito, estavam em Rapallo passando a primavera, mas, mesmo àquela distância, Ezra conseguiu um emprego para Ernest com Ford Madox Ford, como vice-editor da *Transatlantic Review*. Ford tinha um escritório escuro e minúsculo no Quai d'Anjou, e lá se apresentou Ernest no começo de fevereiro, com seus sapatos gastos e o jaquetão batido, remendado no ombro. Não haveria dinheiro, mas ele queria a experiência da edição e os contatos. Porém, não podia deixar que Ford soubesse disso, porque ele não suportava não ter a última palavra, ainda mais quando era impossível ter a última palavra. O romance de Ford, *The Good Soldier*, recebera muita atenção. Ele escrevera outros romances e publicara Yeats, Thomas Hardy, Joseph Conrad e outros numa revista que fundara antes, chamada *English Review*. Tudo isso já era bastante ruim, mas Ford era também um cavalheiro com dinheiro e *pedigree*, uma combinação para a qual Ernest nunca teve muita paciência. Depois do encontro, ele chegou em casa resmungando sobre como os gostos de Ford eram tão ultrapassados que o homem perigava cair sentado sobre o próprio rabo.

— Então ele não é moderno. Por que todos devem ser? Eu não sou.

— Não, você não é moderna, gatinha. Mas você é muito bonita e amável, e uma mãe danada de boa, ainda por cima. Esse tal de Ford é convencido demais, e ele chia quando fala. Tão forte que você fica pensando que cada palavra precisa nadar para atravessar seus pulmões e chegar até a boca.

— Santo Deus, Tiny! Por favor, diga que ficou com o emprego, assim mesmo.

— Claro que fiquei.

Ele deu um grande sorriso maroto, esticando-se para cutucar o pé de Bumby.

— Você acha que sou louco?

Quando conheci Ford, senti-me inclinada a gostar dele, mesmo depois do que Ernest tinha dito. Ele e sua amante, a pintora Stella Boern, nos convidaram para almoçar, e fiquei encantada ao descobrir que eles também tinham um bebê, uma adorável menininha chamada

Julie, com mais ou menos a mesma idade de Bumby. Eu não levara Bumby em consideração aos anfitriões, mas eu disse a Julie que o levaria numa próxima vez. Ela foi calorosa ao me encorajar a fazê-lo, com seu encantador sotaque australiano. Ford era corado e rechonchudo, com um bigode e os cabelos finos e louros. Perguntei-me a princípio como Ford, já na meia-idade, conseguira conquistar uma mulher adorável como Stella, mas ele logo se revelou um homem de maneiras perfeitas e uma atraente dedicação a tudo que lhe interessava, inclusive Stella, bom vinho, sopas cremosas e literatura. Durante todo o almoço, ele enfatizou o quanto era importante para ele ajudar jovens escritores como Ernest a encontrar seu caminho. Eu sabia que Ernest preferiria não precisar da ajuda de Ford ou de ninguém, mas na verdade precisava.

— Posso fazer muito por esta revista — disse Ernest depois de nos despedirmos e estarmos a caminho de casa. — Ele deveria estar grato por me ter lá.

— Gostei dele.

— Claro que gostou.

— O que você quer dizer com isso?

— Nada. — Ele andou até uma pedra solta e chutou-a para a rua. — Você não acha que ele parece uma morsa?

— Um pouco — admiti.

— E o chiado?

— Aquilo é bem sério, não é? Stella me disse que ele ficou assim depois de um ataque de gás, durante a guerra.

— Eu poderia perdoá-lo por isso, se não fosse tão superior.

— Você não precisa gostar dele. Só faça o que deve ser feito.

— Há muito trabalho a fazer. Imagino que isso seja bom.

— Claro que *é* bom, Tatie. Você vai ver.

Ford e Stella começaram a oferecer chás literários às quintas-feiras, no Quai d'Anjou. Muitas vezes fui lhes fazer companhia e levei Bumby, estacionando seu carrinho sob qualquer raio de sol que entrasse pelas janelas. Foi num desses chás que conheci Harold Loeb. Harold parecia ter a idade de Ernest e era muito atraente — alto, com um nariz fino e reto, um queixo forte e enormes ondas de cabelo escuro. Quando Ford nos apresentou, começamos logo a conversar sobre os Estados Unidos.

— Não é que eu sinta falta de casa — disse ele. — Mas não consigo parar de sonhar com ela. Pergunto-me por quê.

— Imagino que seja uma parte sua — respondi. — Ela está trancada aí dentro, não é mesmo?

— Muito bem-colocado — observou ele, e me encarou com seus olhos azuis claros e intensos. — Então também é escritora?

— De forma alguma. — Eu ri. — Embora não ache que fosse fazer tão má figura. Sempre gostei de livros e sinto que falam comigo. Toco piano desde que era menina, mas não a sério.

— Não tenho certeza de escrever *a sério* — disse Harold. — Na verdade, faço um grande esforço para ser engraçado.

— Imagino que você seria muito engraçado se achasse importante.

— É envaidecedor ouvi-la dizer isso. Venha, diga a Kitty. Ela acha péssimas todas as minhas piadas.

Atravessamos a sala juntos, indo ao encontro de sua namorada, Kitty Cannell, que era realmente linda, magra, graciosa e toda dourada.

— Kitty era dançarina profissional — comentou ele. — Se ela se mover para conseguir mais vinho, você perceberá no mesmo instante.

— Ora, Harold — disse ela. — Por favor, não tente ser sedutor.

— Veja, Hadley. Preciso ser muito austero perto de Kitty, ou ela se impacienta comigo.

Ele fez uma careta, e Kitty riu, mostrando os belos dentes.

— E, às vezes — continuou Harold —, esta menina querida me faz uma enorme surpresa.

— É por isso que você me mantém por perto.

— Isso e os seus quadris, meu bem.

No fim da tarde, eu estava encantada com Harold e Kitty, e aceitei com prazer quando convidaram Ernest e eu para jantar na noite seguinte, no Nègre de Toulouse.

— É um lugar maravilhosamente secreto — afirmou Kitty. — Você não o encontrará nos guias turísticos.

— Juro não dizer uma palavra a respeito — falei, e comecei a pensar no que poderia vestir.

Eu ainda estava perdida na tarde do dia seguinte, na hora de ir para o restaurante. Cinco meses haviam se passado desde que eu tivera Bumby. Minhas roupas de grávida dançavam em mim agora, mas eu não conseguia me espremer dentro de nenhuma das antigas.

— Ninguém se importa — disse Ernest. — Você poderia ir vestida com um saco de batatas e ainda assim encantar todo mundo.

— Não poderia. Você faria melhor não dando palpites sobre roupas.

Fiz um gesto para seu suéter e seu jaquetão manchado, o uniforme que ele usava dia e noite, sem qualquer preocupação com a moda ou mesmo com o decoro.

— As pessoas em geral se importam e querem causar uma boa impressão.

— Você já causou, é claro. Mas, se quiser, posso dizer a eles que prestei muita atenção a Gertrude, que sempre me aconselhou a comprar quadros em vez de livros.

— Ela diz isso mesmo, mas nós não compramos quadros, não é?

Fechei a cara para mim mesma no espelho.

— Não choramingue, Tatie — disse Ernest, vindo por trás de mim me dar um beijo na nuca. — Ninguém é tão encantadora, sincera e simples quanto você.

Encontrei seus olhos no espelho.

— Você é mesmo um doce, não é?

Ele me beijou de novo e me empurrou com firmeza porta afora.

No fim, o restaurante era tão pouco iluminado que me descobri nada envergonhada depois da primeira garrafa de vinho. Enquanto os homens falavam de Princeton, onde Harold estudara, e tentativas de começar os primeiros romances — Harold trabalhava no dele, naquela época —, Kitty e eu tivemos uma conversa surpreendentemente íntima a respeito do seu primeiro casamento, com Skipwith Cannell, um poeta que parecia tê-la feito muito infeliz e se recusava a lhe dar o divórcio.

— Que coisa horrível. Como poderá se casar outra vez?

— *Nunca* me casarei outra vez, querida. Graças a Deus Harold e eu concordamos a respeito. Mas eu preferiria não ficar para sempre acorrentada a Skip. Já era difícil demais suportá-lo quando ele estava por perto. Agora ele faz um estardalhaço e me atormenta de Londres, onde quer que eu esteja.

— Então é liberdade o que você quer?

— Santo Deus, é. Você não?

— Não sei. Acho que quero ser feliz.

— A felicidade é tão terrivelmente complicada, mas a liberdade, não. Ou você está amarrada ou não está.

— Culpar o casamento não resolve. Quando amamos alguém, estamos presos a ele. É inevitável... a não ser que se renuncie ao amor.

— Nem mesmo *eu* sou tão arrojada. — Ela riu e ergueu o copo. — Ao amor, então.

Harold virou-se para nós com ar inquisidor.

— O que está acontecendo aqui?

— Hadley está me transformando numa romântica — disse Kitty.

Harold deu uma risada.

— Sem esperança, meu bem, mas é uma linda ideia.

— Só um romântico por mesa — palpitou Ernest. — Há uma tabuleta na porta.

Depois de um lauto jantar, eles foram conosco ao apartamento na serraria para um último drinque e, embora não tenham demonstrado o quanto achavam nosso apartamento escuro e com ar de túnel, eu podia sentir que não estavam acostumados à vida em comum. O bebê dormia no quarto ao lado, então nos amontoamos à mesa da cozinha.

— Imagino terminar este romance em um mês — disse Harold, —, e depois vou arrebentar a banca. Quero um editor americano, um adiantamento e uma pilha de boas resenhas.

— Você se esqueceu das dançarinas — retrucou Ernest, com um risinho.

— Estarão no contrato — respondeu Harold. — Mas, a sério, estou apostando em Boni & Liveright. Ford diz que são o que há de melhor em Nova York.

— Publicaram Sherwood Anderson — comentou Ernest. — Trataram-no bem, e ele diz que estão interessados em escritores americanos contemporâneos.

— Sou eu — disse Harold. — E você.

— Você deveria mandar seus contos, Tatie. Sherwood falaria a seu favor — afirmei.

— Talvez — respondeu Ernest. — Vou pensar no assunto.

— Agora que está combinado — disse Kitty —, vamos, por favor, falar de algo interessante.

— Como chapéus, Kitty querida? — perguntou Harold.

— Talvez. — Ela se virou para mim. — Eu adoraria levar você para fazer compras. Você seria meu projeto preferido.

— Ai, céus! — exclamou Ernest.

— O que foi? Todo mundo gosta de coisas bonitas — reagiu Kitty. — Prometo não a envolver em pérolas ou merengue.

— Eu adoraria — falei. — Vamos marcar um dia em breve.

Mas, depois que eles se foram, vi que tinha sido um erro aceitar a oferta de Kitty.

— Ela só quer humilhá-la, você não vê? — disse Ernest.

— Ela está tentando ser gentil. Não vou aceitar caridade, se é isso que o preocupa.

— Não é isso. Ela quer seduzi-la e fazê-la pensar que você tem sido maltratada.

— Eu nunca pensaria uma coisa dessas.

— Aguarde. Se ela continuar sussurrando nos seus ouvidos, você vai começar a me odiar pela vida miserável que levamos.

— Você está sendo horrivelmente exagerado, Tatie. Estamos falando de comprar roupas, pelo amor de Deus.

— Não, não estamos — retrucou ele, de cara fechada.

E foi se servir de mais uma dose.

VINTE E OITO

Enquanto Bumby dormia em casa, aos cuidados de Marie Cocotte — que ficara entusiasmada com a ideia de voltar a trabalhar para nós, mesmo com as obrigações adicionais de babá —, comecei a me encontrar com Kitty uma vez por semana. Tomávamos chá em algum lugar ou, quando ela tinha tempo, perambulávamos por antiquários. Eu adorava olhar as joias, sobretudo os brincos esmaltados que estavam na moda na época, e, embora Ernest e eu não tivéssemos dinheiro para gastar com essas frivolidades, eu gostava de ver Kitty andar pelas lojas e ouvir seus comentários apreciativos. Ela tinha um olho clínico e parecia saber, por instinto, o que teria um valor permanente e o que era adorável mas temporário. Às vezes, tentava me dar um presente, e era dificílimo recusar. Ela realmente só estava sendo gentil, mas Ernest tinha seu orgulho, e eu não queria me arriscar a começar qualquer tipo de discussão.

Por mais que eu tentasse convencer Ernest das virtudes de Kitty, ele estava determinado a não gostar dela. Era decorativa demais, ele dizia, e só se importava com seu próprio conforto, mas eu me perguntava se ele não se sentia, na verdade, ameaçado pela sua independência. Ela trabalhava como correspondente de moda e dança para diversas revistas nos Estados Unidos, e, embora Harold pagasse seu encantador apartamento na Rue de Monttessuy, era porque ele insistira em viverem em casas separadas e, para ele, sobrava dinheiro de família de ambos os lados. Kitty também herdara dinheiro e poderia ter se mantido sozinha. Era também inacreditavelmente segura de si, com uma maneira de andar e falar que deixava claro que não precisava de ninguém lhe dizendo que era bonita ou tinha valor. Sabia disso por si mesma, e aquele tipo de segurança perturbava Ernest.

Lutei por minhas tardes com Kitty, mesmo que isso tenha criado tensão em casa, porque era a primeira vez, desde St. Louis, que eu tinha uma amiga exclusivamente minha. Gertrude e Sylvia sempre pertenceram a Ernest. Ele era acintosamente possessivo em relação a elas. Com Alice e Maggie Strater, e mesmo com Shakespear, eu não podia na verdade me afastar do reino da mulher de artista. Kitty estava envolvida com Harold, com quem Ernest não se encontrava muito, mas também tinha, sob muitos aspectos, sua própria vida. E ela me procurava.

— Você é uma garota muito *americana*, não é? — disse ela numa de nossas primeiras saídas.

— Mas como? Você também é americana — respondi.

— Não como você. Isso transparece em tudo o que você diz, no quão direta e simples você é.

— Ora essa! — reagi. — Você só está encontrando uma maneira educada de dizer que eu não me encaixo em Paris.

— Não se encaixa mesmo — disse ela. — Mas isso é bom. Precisamos de gente como você por perto para nos dizer a verdade a nosso respeito.

Apesar dos resmungos de Ernest, a única dificuldade em minha amizade com Kitty era o modo como ela continuava a me oferecer presentes, mesmo depois de eu ter tentado explicar, em detalhes, a complexidade do orgulho de Ernest.

— É só uma bugiganga — insistia ela. — Por que ele se importaria?

— Mas ele se importa. Sinto muito.

— Isso me parece coisa de homem das cavernas. Se ele a mantiver coberta por peles de animais, atiçando o fogo da comida, nenhum outro homem poderá vê-la, quanto mais desejá-la.

— Não é o caso de um comportamento tão selvagem. Precisamos economizar. E não é um sacrifício tão grande.

— Tudo bem, eu compreendo. Mas é o que questiono no casamento. Você sofre pela carreira *dele*. E o que ganha com isso?

— A satisfação de saber que ele não conseguiria sem mim.

Ela desviou os olhos azul-claros do anel esmaltado que estava admirando e fixou-os em mim.

— Eu adoro você, sabe? Não mude nem um pouquinho.

Era absurdamente antiquado — e um tanto ingênuo também —, mas eu acreditava de verdade que quaisquer sacrifícios e dificuldades em nossa vida valiam a pena pela carreira de Ernest. Afinal, era aquela a razão pela qual tínhamos ido para Paris. Mas não era fácil ver minhas roupas caindo aos pedaços e não me sentir envergonhada, ainda mais numa época em que as mulheres eram tão chiques. Mas, para ser honesta, não acho que eu poderia estar à altura delas, mesmo que não estivéssemos em situação tão difícil.

Nosso apartamento era frio e úmido, e minha sinusite me incomodava com frequência. Colocamos o berço de Bumby no canto mais quente, mas mesmo assim ele adoecia. Naquela primavera, transmitimos um ao outro uma tosse que perturbava seu sono. Ele acordava chorando, querendo mamar. Alimentá-lo podia ser ótimo durante o dia, quando eu estava descansada, mas à noite aquilo me drenava toda a energia. Era nessas ocasiões que eu mais precisava dos passeios com Kitty, ou de caminhadas à fraca luz do sol com Stella Bowen e Julie, que também se tornavam boas companheiras.

Tentei também sair de casa por pelo menos uma hora por dia para tocar piano. Não tínhamos meios para comprar ou mesmo alugar um como havíamos feito antes, então eu praticava num piano-armário mal-afinado no porão úmido de uma loja de música da vizinhança. Precisava acender uma vela para ver a partitura, e meus dedos muitas vezes doíam de frio. Alguns dias, o esforço parecia não valer a pena, mas insisti, porque não estava pronta para desistir daquela parte de mim.

Enquanto isso, Ernest escrevia melhor do que nunca. A pressão que sentira depois de trocar Toronto por Paris parecia ter sido um incentivo absolutamente fundamental, porque ele estava escrevendo com força e fluidez, quase sem indecisão. Os contos fluíam tão bem que ele mal conseguia acompanhá-los.

Ernest continuava a trabalhar como editor no *Transatlantic* e, embora ainda estivesse cheio de críticas em relação ao chefe, Ford continuava a elogiar seus textos da mesma maneira. Quando Ernest lhe disse que se preocupava com o fato de que seriam precisos anos e anos para que seu nome se firmasse, Ford respondeu que era bobagem.

— Vai ser muito rápido. Quando Pound me mostrou o seu trabalho, eu soube no mesmo instante que publicaria qualquer coisa sua. Tudo.

Ernest recebeu o elogio um tanto contrafeito e tentou ser mais gentil para com Ford, sobretudo porque estava tentando fazê-lo publicar *The Making of Americans*, um romance de Gertrude que mofava em sua escrivaninha desde 1911. Ford acabou concordando em publicar tudo aquilo em capítulos, e Gertrude ficou em êxtase. A revista ia ganhando importância e sendo muito lida em seu círculo, e aquela seria a primeira publicação de peso de Gertrude. Na edição de abril, o trabalho dela apareceria ao lado de uma seleção do novo livro sendo escrito por Joyce — obra que mais tarde se tornaria *Finnegans Wake* —, diversos textos de Tristan Tzara e um novo conto de Ernest chamado "Indian Camp", que descrevia em detalhes horripilantes uma mulher dando à luz e o covarde marido cortando a própria garganta porque não conseguia suportar ouvir seus gritos. Ele estava muito satisfeito com esse conto, porque conseguira resgatar uma lembrança da infância, quando observara o pai fazer o parto do bebê de uma índia, associá-la a outra cena que vira, o casal de refugiados na estrada de Karagatch, e criar um único conto marcante.

— Joyce sabe o que faz — disse-me ele num começo de noite, depois de trabalhar naquela edição. — Ele criou Bloom, e Bloom é o que há de melhor. É preciso digerir a vida. É preciso mastigá-la e gostar dela como é. É preciso vivê-la com os próprios olhos, realmente.

— Você fala disso tão bem.

— É, mas você pode falar, falar e não chegar a lugar algum. É preciso fazer.

O número de abril continha ainda as primeiras resenhas importantes do *Three Stories and Ten Poems*, todas exaltando o talento e o estilo de Ernest. Ele estava inventando algo novo, diziam, e era um escritor a ser observado. Ele ficou muitíssimo feliz ao ver sua reputação começando a existir. Onde quer que fôssemos, parecia que as pessoas queriam ficar perto dele. Andando juntos pelos bulevares, por sobre o zum-zum das conversas e da música alta, ouvíamos alguém chamando seu nome e precisávamos parar e beber alguma coisa antes de continuar e passar por outro café, onde tudo se repetiria. Todos tinham um caso ou uma novidade para contar, e nosso círculo de conhecidos crescia dia a dia.

John Dos Passos, que Ernest conhecera pouco antes de começar a trabalhar para a Cruz Vermelha na Itália, estava de volta a Paris, aproveitando a maré do seu sucesso literário e sempre pronto para uma boa conversa. Donald Stewart também apareceu nessa época.

Era um humorista que viria a ser famoso por roteiros cinematográficos como *The Philadelphia Story*, mas, naquela ocasião, era só um sujeito engraçado de pé junto ao bar num vistoso terno cor de creme. Ernest se orgulhava de seu desmazelado uniforme de escritor, mas podia às vezes ser pego admirando calças bem-vincadas. As de Don eram perfeitas. E ele também era uma visão agradável, com seu jeito de rapazinho bem-barbeado e olhos azul-claros que se animavam muito quando ele ria.

Quando Ernest nos apresentou, Don tratou-me no mesmo instante com adorável familiaridade.

— Você tem um cabelo lindo — disse ele. — Que cor rara!

— Obrigada. Suas roupas são lindas.

— Minha mãe gostava de roupas. E de regras de etiqueta.

— E de ferros de passar?

— Eu me dou bem com ferros, devo admitir.

Conversamos um pouco mais, e eu estava me divertindo tanto que levei cerca de meia hora para perceber que Ernest se instalara numa mesa vizinha. Não reconheci ninguém com quem ele estava, menos ainda a bela mulher sentada a seu lado. Ela era magra e encantadora, com o cabelo louro escuro cortado quase rente. Seu corpo parecia o de um rapazinho esbelto debaixo de um suéter comprido, mas de alguma forma aquele cabelo fazia *mais* do que apenas lhe dar um ar de rapazinho, tornando-a ainda mais feminina. No instante em que a vi senti um calafrio me percorrer — mesmo antes de Ernest se inclinar e lhe cochichar alguma coisa. Ela deu uma gargalhada rouca, arqueando o longo e claro pescoço.

— Você está bem? — perguntou Don. — Você ficou branca.

— Ah! Estou bem, obrigada.

Ele seguiu meu olhar até Ernest e a mulher. Tenho certeza de que tudo ficou muito claro, mas ele, com sutileza, contornou a situação.

— Aquela é Duff Twysden — disse. — Lady Twysden, na verdade. Dizem que ela se casou com algum conde inglês. Conde, visconde ou lorde por terceiro grau. Não consigo entender direito a realeza.

— É. Mas quem consegue?

Voltei a olhar para Ernest exatamente quando seus olhos me viram. Uma rapidíssima centelha de suspeita faiscou entre nós, e ele se levantou e veio até mim e Don.

— Desculpe, Don. Vejo que já conhece minha mulher.

— Encantado — disse Don, antes que Ernest me segurasse pelo braço e me levasse até a mesa onde estava Duff, expectante.

— Lady Twysden — disse ele, fazendo as apresentações. — Ou você agora prefere Smurthwaite?

— Não importa, contanto que seja Duff.

Ela ergueu o corpo, estendendo a mão.

— Como tem passado?

Eu recuperava o controle para dizer algo agradável quando Kitty surgiu do meio da multidão.

— Meu Deus, que bom ver você! — exclamou ela. — Venha, vamos pegar uma bebida.

Harold estava logo atrás dela e parecia péssimo. Estava pálido e havia gotas de suor sobre seu lábio superior.

— Aconteceu alguma coisa? — perguntei, quando nos aproximamos do bar.

— Harold está me deixando.

— Você está brincando!

— Gostaria de estar.

Ela acendeu um cigarro e olhou a brasa por um instante antes de aspirar a fumaça com diversas inspirações curtas.

— Aconteceu alguma coisa que o deixou completamente perturbado. Sempre dissemos que daríamos toda liberdade um ao outro. Mas é engraçado: quando ela chega, você não a quer.

— É outra pessoa?

— E não é sempre? — Ela suspirou. — Talvez também seja o livro novo. Ele quer reinventar tudo. Vou para Londres em breve. Queria que você soubesse.

— Ah, Kitty, vai mesmo? É assim tão grave?

— Parece ser — disse ela. — Tenho umas coisas para você, que não posso levar comigo. Vou deixar na sua casa.

— Não me importo com os vestidos. Não preciso deles.

— Bobagem.

— Você sabe o que Ernest dirá.

Ela bufou de raiva, soprando a fumaça.

— É, mas ele nem desconfia como é difícil ser mulher.

Ela sacudiu a cabeça na direção de Duff.

— As coisas estão violentas por aqui, não é? A competição não é só mais jovem. Elas se envolvem mais. Elas jogam com todas as armas.

Eu não sabia o que dizer. Kitty era uma das mulheres mais equilibradas e seguras que eu já conhecera, e ali estava ela, completamente atordoada e fora do eixo. Tive vontade de quebrar o pescoço de Harold.

— Você quer ir para casa? — perguntei.

— Não posso choramingar como uma colegial e ver todos com pena de mim. Prefiro morrer — respondeu ela, adotando uma postura corajosa. — Rios e rios de champanhe.

Fiquei ao lado de Kitty todo o resto da noite, mas não deixei de manter um olho em Ernest. Aquela tal de Duff era adorável demais e atrevida demais. Ela e Ernest conversavam com tanta liberdade que dava a impressão de se conhecerem há anos, e eu me sentia vulnerável depois de ouvir as novidades de Kitty. Os piores acontecimentos são sempre impulsionados por acidentes, como se surgissem de lugar nenhum. Mas isso é apenas falta de perspectiva. Kitty estava perplexa, mas era provável que Harold estivesse há meses planejando aquela fuga. Eu nada podia fazer além de me perguntar se aquilo também poderia acontecer comigo. Há exatamente quanto tempo Duff era parte do cenário, aliás?

Pouco depois de meia-noite, quando eu não conseguiria me manter acordada por mais um só instante, desculpei-me com Kitty e consegui a atenção de Ernest.

— É hora de levar sua pobre mulher para a cama — disse eu. — Estou quase desmontando.

— Coitada da gata. Vá para casa, então. Quer que eu encontre alguém para acompanhá-la?

— Você quer ficar? — perguntei, áspera.

Duff virou-se educadamente para outro lado.

— É claro. Qual o problema? Não sou eu quem está cansado, certo?

Minha voz me abandonou, mas Kitty apareceu para me salvar.

— Cuidarei da sua esposa, Hem. Você fica e se diverte.

Ela desafiou-o com um olhar de aço, mas ele não se deu por achado.

— Isto é ser boa amiga, Kitty. Obrigado. — Levantou-se e apertou meu braço num gesto fraterno. — Descanse um pouco.

Balancei a cabeça numa espécie de transe enquanto Kitty me segurava com firmeza pelo braço e me tirava dali. Quando estávamos na rua, comecei a chorar em silêncio.

— Estou tão constrangida — desabafei.

Kitty deu-me um abraço apertado e encorajador.

— Ele é quem deveria estar constrangido, querida. Ela também. Dizem que ela precisa de inúmeros homens à sua volta porque não tem como pagar suas próprias contas.

— Duff! — exclamei. — Quem escolhe um apelido desses?

— Exatamente! Eu apostaria um bom dinheiro que mesmo alguém com pouco bom senso como Hem não deixaria uma mulher como você por aquela figura. Vamos. Queixo erguido.

— Você tem sido tão boa para mim, Kitty. Não tenho como dizer o quanto vou sentir sua falta.

— Eu sei. Eu também vou sentir a sua, mas que escolha eu tenho? Tudo o que posso fazer é ir correndo para Londres e esperar que Harold vá atrás de mim.

— E ele vai?

— Honestamente, não sei.

Quando cheguei em casa, Bumby estava acordado e mordia um pequeno anel de borracha, aos prantos. Marie me olhou com expressão de desculpas.

— Acho que ele teve um sonho horroroso. Coitadinho! Não me deixou acalmá-lo.

— Obrigada por ficar até tão tarde, Marie.

Quando ela saiu, tentei tranquilizar Bumby, mas ele estava irritado e ranzinza. Levei mais de meia hora para conseguir que voltasse a dormir, e, quando caí na cama, estava tão cansada que me sentia delirar — mas não consegui relaxar. Eu vinha me sentindo tão forte e contente com a nossa vida, mas Kitty tinha razão. A competição ficava mais violenta a cada instante. Paris estava cheia de mulheres atraentes. Elas se sentavam nos cafés com seus rostos frescos e suas pernas longas e adoráveis, e esperavam que algo escandaloso acontecesse. Enquanto isso, meu corpo mudara com a maternidade. Ernest afirmava adorar meus quadris e seios carnudos, porém, com tanta coisa mais para olhar, poderia com muita facilidade perder o interesse por mim. Talvez já tivesse perdido... e o que eu poderia fazer? O que alguém poderia fazer?

Quando Ernest voltou para casa algum tempo depois, eu ainda estava acordada e tão cansada que comecei a chorar. Foi impossível resistir.

— Pobre mamãezinha! — disse ele subindo na cama e me abraçando. — Eu não sabia que você estava tão exausta. Vamos arranjar um belo e longo descanso para você.

— Ah! Por favor! — exclamei, sentindo uma onda de alívio. — Em algum lugar bem longe daqui.

VINTE E NOVE

Nosso “lugar muito longe” foi a pequena aldeia de Schruns, no estado austríaco de Vorarlberg. Chegamos pouco antes do Natal de 1924 e, desde o primeiro dia, sentimo-nos mais em casa do que poderíamos supor. Por menos da metade do que gastávamos por semana em Paris, tínhamos dois quartos confortáveis no hotel Taube e uma babá, Tiddy, para levar Bumby para passear. Havia 38 tipos diferentes de cerveja, vinho tinto, brandy, kirsch e champanhe. O ar era estupendo. Bumby respirava melhor em Schruns; todos nós respirávamos. Tiddy empurrava-o pela aldeia em seu carrinho de madeira enquanto Ernest escrevia, ou tentava escrever, em nosso quarto depois de terminado o café da manhã, e eu, no andar de baixo, me exercitava ao piano, que era todo meu naquela sala aquecida. À tarde, depois de uma refeição de queijo duro, salsichas, pão de massa pesada e, às vezes, laranjas, íamos esquiar.

Esquiamos muito. Um professor de esqui aposentado, Walther Lent, abrira uma escola, e éramos seus alunos. Por semanas a fio, tudo o que havia era a neve pura, branca, previsível e crocante. Caminhávamos horas e horas, subindo sempre, porque de que adiantaria se não estivéssemos no ponto mais alto de alguma coisa, sem ninguém mais ao redor e sem pegadas ou lembranças de quem quer que fosse, fosse onde fosse? Esquiar daquela maneira pedia energia — incrível energia e resistência. Não havia teleféricos ou trens. Carregávamos os esquis nos ombros e tudo mais que precisássemos em mochilas. Para minha grande surpresa, eu conseguia. Deixar Paris fora o que de melhor me acontecera. Eu dormia bem, tinha ajuda com o bebê, e o ar fresco e o exercício me fizeram sentir mais forte e mais em forma do que nunca.

Em nossas lentas subidas pelo longo vale, víamos perdizes-nivais, cervos e martas, às vezes uma raposa alpina. Na descida, só percebíamos a neve virgem, o mergulho e o voo nas pistas das geleiras, grandes nuvens de poeira branca elevando-se dos nossos esquis. Eu era melhor esquiadora, mas Ernest era melhor devorador de tudo o que fosse novo — novo ar, nova camada de neve fina. Caíamos e nos deixávamos cair. Voávamos.

Se alguém se debruçasse em nossa janela no segundo andar do Taube, inclinando para fora a parte de cima do corpo e segurando-se com a ponta dos dedos nas paredes de gesso, poderia ver nada menos do que dez picos dos Alpes cobertos de neve.

— O que você acha? — perguntou Ernest da primeira vez que tentou fazer isso e depois me deu seu lugar.

— Acho ótimo — respondi.

Então ele veio e comprimiu o corpo de encontro ao meu, os braços me envolvendo até que era realmente ele a me segurar ali caso eu quisesse cair.

— Acho ótimo — repeti, porque tinha dois braços fortes e a visão de dez picos alpinos.

Ele me puxou para o quarto, deitamos na cama de plumas e fizemos amor. E fui lembrada do que havia de melhor entre nós. Do quanto podíamos ser simples e naturais enquanto corpos, sem ângulos agudos ou passos em falso e sem precisar falar. Do quanto na cama, como em nenhum outro lugar, ele era meu animal favorito e eu o dele.

Atrás do hotel havia uma pequena colina, onde eu treinava esqui em neve recente enquanto Ernest tentava escrever sem muito sucesso. Só para escrever sentia falta de Paris, da agitação da cidade e de sua rotina. Em geral, se os textos não iam bem, nada mais ia, mas em Schruns os dias transcorriam com mais leveza. Eu podia esquiar na colina e saber que ele olhava os pastos, as fazendas e os campos, tenso, mas não infeliz. E às vezes ele me observava descer a colina, abaixando-me nos esquis, vindo veloz em direção ao hotel e me desviando num ângulo agudo no último instante.

Ernest deixou crescer uma poderosa barba negra naquele inverno e ficou magnífico com ela. Os textos não vinham, mas havia rodadas de boliche e de pôquer perto da lareira nos fins de tarde e *schnapps*, feitos com gencianas das montanhas, que deixavam na língua e na garganta um sabor quente, estimulante e azul, exatamente como se imaginaria ser beber violetas. À noite, na sala de refeições do hotel, o ar ficava espesso de fumaça. Depois do jantar, eu tocava Bach ou Haydn, que tinha praticado durante o dia. Ernest lia Turgenev em sua poltrona perto da lareira ou jogava pôquer, fumava ou falava da guerra com *Herr* Nels, nosso anfitrião. A fumaça da lenha e a lã, a neve e o amor — tudo ao nosso redor era feito de afeto e aconchego, construindo um bom inverno.

A única coisa que não era perfeita naqueles dias era a preocupação de Ernest com sua carreira. Não o tranquilizava o fato de todos os seus amigos estarem convencidos do seu talento, ou que as resenhas de *Three Stories and Ten Poems* tivessem sido quase entusiásticas. Era um livro pequeno, de modo algum proporcional aos seus sonhos. Ele mandara para a família diversos exemplares recém-saídos do prelo e foram todos devolvidos com uma carta glacial do pai de Ernest dizendo que ele e Grace não se sentiriam à vontade com aquele tipo de material em sua casa. Era, na melhor das hipóteses, vulgar e profano. Queriam para ele coisas grandiosas e esperavam que ele viesse a encontrar uma forma de usar o talento que lhe foi dado por Deus para escrever algo com sólidas virtudes e valores morais. Até que o fizesse, não deveria se sentir obrigado a mandar para casa nada do que publicasse. A carta atingiu Ernest no fundo do coração. Dissesse o que dissesse, ele ainda queria desesperadamente a aprovação da família.

— Para o inferno com eles, ora essa! — disse ele, mas ficou com a carta, dobrando-a cuidadosamente e colocando-a na gaveta em que guardava toda a sua correspondência importante. *Famílias podem ser perversas*, gostava de afirmar, e eu percebia agora o que ele queria dizer. Percebia também como ele usaria a dor, lutando contra ela, redobrando os esforços, para mostrar a eles que não precisava de seu amor ou aprovação. Continuaria lutando até ter a *Vanity Fair* e o *Saturday Evening Post*. Até que um editor americano resolvesse se arriscar com ele, e ele tivesse um livro, um de verdade, publicado do jeito que sempre sonhara.

Não o ajudava a se sentir melhor o fato de as coisas começarem a dar certo para Harold, que terminara o romance no prazo que previra e o mandara diretamente para Boni & Liveright. E eles o tinham aceito. Soubemos da notícia pouco antes de partirmos para Schruns. Harold tinha ido ao apartamento quase explodindo de entusiasmo.

— O que acha disso, Hem? Alguma vez achou que eu conseguiria?

— Claro, por que não? — respondera Ernest.

Ele estava se consumindo de inveja profissional, sem dúvida, mas segurou a língua e comportou-se, abrindo uma garrafa de brandy e apanhando o sifão.

— Anderson tem tentado levar-me também para Liveright. Tenho uma série de bons contos e estou pensando em mandá-los com os artigos que andei escrevendo, as miniaturas.

— Lá é o lugar certo — disse Harold. — O que você está esperando?

— Não sei. Eles são mais um peixe no mar, não são? Que tal a Scribner's? Ou Henry Doran?

— Para onde quer que você vá, fará o que for melhor. Tudo vai começar a acontecer para você também. Você vai ver.

Eu tinha absoluta certeza de que Ernest não deixaria passar a oportunidade de ter qualquer grande editor publicando seu livro, mas, depois de muita adulação minha, de Harold e também de Sherwood, Ernest finalmente enviou os originais para Boni & Liveright, pouco antes do Natal. Escolheu o título *In Our Time* porque tentava atingir o âmago da vida naquele exato momento, com toda a sua violência, seu caos e sua estranha beleza. Era o que de melhor já tinha feito, e ele se sentia bem por tê-lo mandado para o mundo, mas esperar a resposta o estava torturando. Quando a correspondência, encaminhada pelos correios, chegava até nós em Taube, Ernest examinava-a com impaciência, em busca de uma coisa, uma carta confirmando que o livro fora aceito. Era tudo com que sempre sonhara.

No final de fevereiro, *Herr* Lent nos guiou pelo vale até Madlenerhaus, uma estação alpina que ficava aberta mesmo nos últimos dias de inverno. Havia uma cozinha boa e simples e um dormitório que balançava com o vento como a cabine de um grande navio. Dali, podíamos caminhar quinhentos metros ladeira acima e mergulhar margeando o Silvretta, uma geleira primitiva, com nossos esquis levantando a neve intocada. Depois de esquiar o dia todo, à noite caíamos na cama, exaustos.

— Vamos ficar aqui para sempre — disse a Ernest uma noite em nosso beliche no dormitório, ouvindo a neve, o vento e nada mais.

— Tudo bem — concordou ele, abraçando-me com mais força. — Não temos sorte de estarmos tão apaixonados? Ninguém imaginou que chegaríamos tão longe. Ninguém acreditava em nós, você se lembra?

— Lembro — respondi, e me senti como uma criancinha.

Não poderíamos nos esconder do mundo para sempre.

Depois de três dias, descemos a montanha e encontramos dois telegramas à espera de Ernest. Um era de Sherwood e o outro de Horace Liveright, e ambos diziam a mesma coisa: *In Our Time* seria um livro. Ofereciam duzentos dólares de adiantamento sobre os direitos autorais e mandariam em breve um contrato.

Foi um momento épico, do qual nunca nos esqueceríamos... e do qual de alguma forma os esquis pareceram ser parte indissociável, como se *tivéssemos precisado* subir quase até o céu e descer voando para receber aquela notícia. Era o fim da luta de Ernest com o aprendizado, e também o fim de outras coisas. Nunca mais seríamos anônimos. Nunca mais seríamos tão felizes.

No dia seguinte tomamos o trem de volta a Paris.

TRINTA

Choveu sem parar naquela primavera, mas, mesmo com chuva, Paris era o prato preferido de Ernest. Ele a conhecia por inteiro e adorava andar por suas ruas, em especial à noite, parando nos cafés para ver quem estava lá e quem não estava. Era reconhecido em toda parte, com seu cabelo comprido e despenteado, tênis e jaquetão remendado, a quintessência do escritor da Margem Esquerda. Era irônico e, para mim, também um pouco doloroso vê-lo tornar-se o protótipo do artista que, dois anos antes, lhe dava arrepios. Eu sentia falta dele e não tinha muita certeza de sempre *reconhecê-lo*, mas não queria tolhê-lo. Não quando as coisas afinal começavam a dar certo para ele.

Se Ernest mudava, Montparnasse mudava também. Turistas americanos inundavam o cenário, esperando vislumbrar um boêmio de verdade, enquanto os suspeitos habituais tornavam-se mais extravagantes e estranhos em relação à nova plateia. Kiki era uma das modelos mais famosas da época, além de amante e musa de Man Ray. Podia ser vista quase sempre no Dôme ou no Rotonde, com seu camundongo. Ele era pequeno e branco, e ela o usava preso ao pulso por uma delicada corrente de prata. O ruivo grandalhão Flossie Martin fazia ponto em frente ao Select, gritando obscenidades para moradores e turistas. Bob McAlmon vomitava sistematicamente nos canteiros dos melhores cafés, e depois pedia mais um absinto. Que o absinto fosse ilegal não era empecilho para ninguém, e o mesmo acontecia com o ópio e a cocaína. Ernest e eu sempre nos demos por satisfeitos só com o álcool, mas, para muitos, havia a necessidade real de aumentar as apostas — sentir mais e se arriscar mais. Tornou-se cada vez mais difícil chocar quem quer que fosse.

Duff Twysden era uma das garotas mais extravagantes do cenário dos cafés. Bebia como um homem, contava piadas boas e sujas e conversava com qualquer um. Criava suas próprias regras e pouco se importava se as seguiam ou não. Quando voltamos da Áustria, Ernest começou a vê-la cada vez mais. Às vezes, seu noivo, Pat Guthrie, juntava-se a nós. Pat era um bêbado famoso e muitas vezes não se continha o bastante para sair do apartamento deles sem fazer uma cena. Fiquei bem mais aliviada sabendo que Duff estava comprometida e, ostensivamente, apaixonada... contudo, mais uma vez, aquilo nem sempre queria dizer muita coisa.

Duff fazia muita questão de companhia à noite, como Ernest, e era natural que gravitassem em torno um do outro. Eu me preocupava um bocado com ela, mas quando ele afinal a trouxe ao apartamento da serraria para ficar um pouco com todos nós, ela logo se acocorou no chão na frente de Bumby.

— Ei, garoto. Você é muito bonito, não é?

Bumby riu e deu uns passinhos para se esconder atrás de mim. Ele aprendera a andar há pouco tempo, no final do inverno, e, quando corria, ficava com as perninhas gorduchas tão duras que dava a impressão de que cairia de bruços no chão.

— Que reação mais clássica! — disse Duff, observando-o com uma risada. — Por que todos os homens fogem de mim? Devo ser mesmo apavorante.

— Você não imagina quanto! — respondeu Ernest.

Durante o resto da visita, ela se sentou à mesa e não fez quaisquer reivindicações. Tinha boas maneiras, mas não era afetada, e sua risada franca e alta contagiava todos ao seu redor. Gostei dela. Não queria, mas gostei.

Mais ou menos na mesma época, Kitty voltou de Londres e escreveu convidando-me para um chá.

— O que ela veio fazer aqui? — perguntou Ernest. — Achei que estivéssemos livres daquela vadia folheada a ouro.

— Seja justo! — reagi.

— Eu sou. Reconheço uma vadia quando vejo uma.

Tentei ignorá-lo. Ele nunca mudaria de ideia a respeito de Kitty, não importando o que eu dissesse ou fizesse. Aquela era uma das características dele que mais me frustravam; se alguém entrasse para a sua lista negra, podia se considerar acabado para sempre. Eu preferiria não precisar brigar com ele por causa dela, mas iria ver Kitty de qualquer maneira.

Infelizmente, os únicos vestidos bonitos que eu tinha eram os que ela mesma me dera, e, como eu não queria aparecer usando seus refugos, usei uma saia velha e um suéter. Tão logo entrei no apartamento, arrependi-me da escolha. Ela convidara também duas irmãs do Meio-Oeste, Pauline e Jinny Pfeiffer, e elas estavam vestidas à perfeição. Pauline, eu logo soube, tinha ido a Paris trabalhar para a *Vogue*. Estava absurdamente chique: usava um casaco feito de centenas de peles de esquilo dolorosamente costuradas umas às outras e um par de sapatos cor de champanhe que deviam ser os mais bonitos que eu jamais vira. Jinny era a mais bonita das duas, com aqueles inacreditáveis olhos amendoados, mas Pauline tinha algo mais, uma exuberância que chegava a lembrar a de um rapaz. Tinha quadris e ombros estreitos, e uma franja cortada reta quase à altura das sobrancelhas.

As duas irmãs eram filhas de um rico proprietário de terras do Arkansas, mas haviam crescido em St. Louis. Kitty começava a me contar como Pauline e Kate Smith tinham sido grandes amigas em certa ocasião, quando Harold e Ernest chegaram de um treino de boxe, suados e rindo.

Fiquei surpresa ao ver Harold — teriam feito as pazes, ele e Kitty? —, mas ela bem depressa me lançou um olhar que dizia *Não pergunte*. Ao mesmo tempo, por que Ernest estaria ali, se não para embaraçar Kitty? A impressão era que ele tentaria evitá-la. Eu tinha desejado uma reunião íntima com minha grande amiga, sem tensões ou constrangimentos, e com toda certeza sem Ernest e Harold farejando aquelas admiráveis novas mulheres como se fossem animais exóticos num zoológico.

À medida que a tarde avançava, Harold e Ernest bebiam cada vez mais. Segui Kitty até a cozinha para fazer mais chá exatamente quando Ernest começou a flertar com Jinny.

— Vou lhe falar uma coisa — disse Ernest para Harold, em voz alta. — Acho que eu gostaria de levar esta garota para dar uma volta na cidade.

— Eu não me preocuparia com isso — revelou-me Kitty, falando baixo. — Jinny não se interessa por rapazes.

— É mesmo? — perguntei.

De onde eu estava, Jinny fazia uma bela imitação de *vamp*. Pousara seus olhos amendoados em Ernest e batia as pálpebras como uma perita.

— Ela só gosta de afiar as armas de vez em quando. Desconfio que ela acha os homens divertidos.

— Deve ser bom estar assim no controle — comentei. — E quanto a você? O que aconteceu com Harold?

— Bem, ele me seguiu mesmo a Londres, de uma maneira ou de outra. Eu estava a ponto de desistir. Ele diz não ter certeza do que quer.

— Mas sentiu sua falta.

— Claro que sentiu minha falta. Eles sempre sentem quando vamos embora. Mas quanto tempo pode durar, agora que estou aqui?

— Por que tudo precisa ser tão complicado? — perguntei.

— Não faço a menor ideia — respondeu Kitty. — Mas sem dúvida é.

De volta à sala de estar, Harold estava sentado no divã, sozinho e com os pés para cima, acendendo um grosso charuto, tendo Jinny, Ernest e Pauline de pé sobre o tapete à sua frente.

— Eu poderia levar as duas — disse Ernest às moças. — Afinal, tenho dois braços.

— Nem tanto — retrucou Harold, ao me ver. — Sua esposa é dona de um.

— Tudo bem, então. Levarei Jinny... desde que ela use o casaco da irmã.

Todos riram, e foi um daqueles momentos-dominó. Aquele riso desencadearia toda uma série de acontecimentos, mas só bem mais tarde. Naquele momento, ficou ali parado na sala, balançando, balançando, sem cair.

Ainda sem cair. Sem cair de todo.

Nos meses seguintes, na primavera de 1925, nosso círculo de amigos continuou a se transformar. A mudança foi sutil, a princípio, e cada sequência parecia pouco ter a ver com as outras, mas nosso antigo grupo se dissolvia e era substituído por espécimes mais ricos e mais extravagantes. Pound e Shakespear começaram a passar cada vez mais tempo em Rapello e viviam lá a maior parte do ano. Gertrude e Ernest começaram a discutir a respeito de pequenas e grandes coisas. Ele parecia perplexo quanto à razão, mas acredito que estava mudando depressa demais para o gosto dela.

— Alice jamais gostou de mim — disse ele uma noite, quando saíamos do salão delas. — E agora está tentando levar Stein para o lado dela.

— Bobagem. Alice adora você.

— Então ela tem uma bela maneira de demonstrar. Hoje, só faltou me chamar de carreirista. Parece que meu nome está aparecendo rápido demais.

— Gertrude também adora você. Só está preocupada.

— Não preciso que ela me repreenda. E, afinal, por que ela tem que ser a grande professora? Quero dizer, o que ela fez, na verdade?

Entristecia-me pensar no abismo profissional que se abria entre aqueles dois grandes amigos, e não estava certa do que aquilo representaria para mim. O novo grupo compunha-se de artistas muito ricos, cujo principal interesse era viver bem, obter o melhor de todas as coisas. Nós ainda vivíamos apertados, com menos de três mil por ano, e, embora me parecesse que nada tínhamos em comum com aquelas pessoas, elas estavam interessadas em nós, ou pelo menos em Ernest.

Pauline Pfeiffer era uma delas. Ela trabalhava e recebia um salário da *Vogue*, mas tinha além disso um fundo de investimentos que com certeza a ajudava a manter as roupas que vestia tão bem. Chanel estava no auge, e Pauline escrevera para a *Vogue* um artigo tão arrebatado que beirava a obsessão.

— Chanel mudou a silhueta para todo o sempre, vocês sabem — disse-nos ela uma noite, no Deux Magots. — Nunca seremos as mesmas.

Todas as outras mulheres à mesa balançaram a cabeça como se Pauline tivesse previsto a chegada do Messias, mas a moda não me entusiasmava. Minhas roupas nunca eram adequadas, e eu achava que ninguém poderia mudar a minha silhueta, a não ser que eu parasse de comer de todo.

Kate conhecia Pauline há anos e queria muito que ficássemos amigas. Eu não acreditava que tivéssemos qualquer coisa em comum, mas, quando Kate a levou pela primeira vez ao nosso apartamento, tive a agradável surpresa de descobrir que ela era incrivelmente brilhante e engraçada. E também parecia ansiosa para que eu gostasse dela.

— Kate Smith passou anos dizendo coisas adoráveis a seu respeito — afirmou. — É muito bom poder conhecê-la, afinal.

— Quando você e Kate se conheceram?

— Na Universidade de Missouri. Nós duas nos formamos em jornalismo.

— Receio que Kate tenha posto as garras em mim muito antes — disse eu. — Tínhamos nove anos quando ela me fez vomitar as tripas por conta de cigarros roubados.

— Parece coisa da minha amiga. Ela passou maus bocados tentando encontrar formas de me corromper. Eu já estava bem adiantadinha.

Enquanto ríamos, ouvi Ernest limpar a garganta lá no quarto. Fiquei constrangida por ele não se juntar a nós e tentei encontrar desculpas para ele.

Pauline fez uma careta para a porta. Estava só entreaberta, mas ele era visível deitado na cama, nem um pouco indisposto, só sem qualquer interesse em nos fazer companhia.

— Sei tudo a respeito de maridos — comentou ela. — Há anos os observo de longe.

— Nenhuma experiência mais direta? — perguntei.

— Bem direta, na verdade — palpitou Kitty.

— Não importa. Estou livre agora — afirmou ela. — Livre como um pássaro, e isso é glorioso.

— Não fale de liberdade com Hadley — disse Kitty, rindo. — Ela tem todo tipo de teorias e sermões já prontos.

Enrubesci e tentei me explicar, mas Pauline mudou de assunto depressa e sem problemas.

— Kitty diz que você é uma exímia pianista — comentou. — Não tem um piano aqui para tocar para nós?

— Infelizmente não — respondi. — Não sou profissional.

— E o quer dizer *profissional*, a não ser que se toca para os outros em vez de para si mesmo? Já se apresentou em recitais?

— Não desde os vinte anos, e nem naquela época tinha muita disposição para isso.

— É importante testar os nervos de vez em quando — disse ela. — Isso nos mantém jovens.

— Você deveria dar um recital — afirmou Kate. — Faria um bem enorme a você. Todos iriam assistir.

— Fico doente só de pensar — respondi, rindo da ideia.

Mais tarde, porém, quando estávamos deitados e pouco antes de adormecer, eu disse a Ernest que queria ter um piano.

— Não imaginei que fosse sentir tanta falta — falei. — Mas sinto.

— Eu sei, Gata. Adoraria que você tivesse um. Talvez quando o adiantamento chegar.

— Essa palavra é linda, não é?

— É, e "direitos autorais" também, mas não vá começar a gastá-los desde já.

— Não, Tatie, não vou.

Mas mesmo assim fui dormir feliz.

NUMA NOITE NO COMEÇO DE MAIO, Ernest e eu jantávamos sozinhos no Dingo quando Scott Fitzgerald veio do bar e se apresentou.

— Você é Hemingway — disse Fitzgerald. — Ford mostrou-me um conto seu há algumas semanas, e eu disse: *Bem, é isto, não é? Ele é o que há de melhor.*

— Sinto não ter lido nenhum livro seu — comentou Ernest.

— Tudo bem. Não sei se continuarei a escrevê-los. Desde que minha mulher e eu chegamos a Paris, tudo tem sido um milhão de festas e nenhum trabalho.

Ernest apertou os olhos para vê-lo melhor na penumbra.

— Não se consegue terminar coisa alguma dessa maneira.

— E eu não sei? Mas Zelda adora dançar. Vocês precisam conhecê-la. Ela é espetacular!

Seus olhos se voltaram para a pista de dança, onde vários casais se moviam num tango sinuoso.

— Tenho um romance recém-publicado. *O grande Gatsby*.

— Vou procurá-lo — disse Ernest. — Como está se sentindo, à espera das resenhas?

— Não é tão difícil assim para mim. Nem chega perto do horror que é o primeiro lançamento. E, depois que chegam, parece que não consigo ir adiante. Como esse Gatsby. Eu o conheço tão bem, é como se fosse meu filho. Está morto, e eu ainda me preocupo com ele. Não é engraçado?

— Não está se dedicando a nenhum projeto agora? — perguntei, pensando se controlaria o nervosismo para dizer-lhe que lera um de seus livros. — Isto é, além de dançar?

Ele me deu um sorriso encantador.

— Não, mas me dedicarei se você prometer admirar absurdamente cada palavra. Diga-me, o que achou de mim até agora?

Mais ou menos uma hora depois, Ernest e eu pusemos Scott num táxi.

— Não gosto de homens que não sabem beber — disse ele quando o carro se afastou. — Achei que ele fosse vomitar na mesa.

— Ele estava ficando muito verde, não estava? E fez umas perguntas pessoais um tanto perturbadoras. Você o ouviu perguntar se eu já tinha estado apaixonada pelo meu pai?

— Ele me perguntou a mesma coisa, e se eu tinha ou não medo de água, e se tínhamos dormido juntos antes do casamento. Ele é muito estranho, não?

Ele era estranho, e aquele poderia ter sido nosso último encontro com Fitzgerald se ele não tivesse pensado em descobrir nosso endereço e nos mandar de presente um exemplar de *O grande Gatsby*. Ernest simplesmente enfiou-o numa prateleira depois de abrir o pacote, e ele poderia ter ficado ali esquecido se eu não estivesse tão curiosa para lê-lo. Não era muito deprimente, pelo menos não no início. E quando tudo começou muito depressa a ficar péssimo, eu já estava mais do que absorvida pelo enredo.

Depois de devorá-lo, absurdamente impressionada, disse a Ernest que também o lesse. Ele terminou o livro em uma tarde, declarando ser um romance danado de bom, e então mandou um bilhete para Fitzgerald, dizendo isso. Algumas noites depois, encontramo-nos todos no Nègre de Toulouse. Fitzgerald e Zelda lá estavam quando chegamos, e bem adiantados numa segunda garrafa de champanhe. Seus limites já eram ambíguos quando ela se levantou para nos apertar as mãos, e era como se ela cultivasse aquilo — uma leve ambiguidade. Seu vestido era uma pálida sucessão de camadas diáfanas, uma sobre a outra, que como num sonho se deslocavam em torno de seu corpo quando ela se sentava. Sua pele era clara, assim como seu cabelo ondulado, e toda ela parecia ser da mesma cor, exceto a boca, pintada num vermelho muito escuro e criando uma linha fina e dura.

Scott ergueu-se ao nos aproximarmos da mesa, e Zelda sorriu de um jeito estranho, apertando os olhos. Ela não era exatamente bonita, mas sua voz, sim, baixa e sofisticada.

— Como tem passado? — perguntou ela, e virou-se depressa para Ernest. — Scott diz que você é o que há de melhor.

— Ora! Ele diz que você é espetacular.

— Você não é mesmo querido, meu querido? — comentou ela, correndo a mão pelo lado da cabeça escultural de Scott.

Com aquele gesto, que poderia ter sido extravagantemente bobo, ela e Scott deslizaram para trás de uma rede privada em seu mundinho próprio. Seus olhos se prenderam, e eles não estavam mais conosco, ou com quem quer que estivesse naquele café, mas apenas um com o outro, mergulhados num olhar longo e secreto.

Mais tarde, observamos os dois dançando Charleston e o efeito era o mesmo. Não davam pulos selvagens como os outros casais; eram fluidos como seda, os braços se arqueando para trás e para frente, como se puxados por fios. O vestido de Zelda ondulava quando ela se movia, e na maioria das vezes ela conseguia fazê-lo subir ainda mais, chegando acima das ligas. Era quase chocante, mas não parecia que ela queria chocar alguém. Ela dançava para si mesma e para Scott. Eles se moviam em outra órbita, inacreditavelmente seguros, olhos fixos um no outro.

— O que você acha dela? — perguntei a Ernest.

— Ela não é bonita.

— Não, mas tem alguma coisa especial, não tem?

— Acho que ela é louca.

— Não a sério.

— A sério — disse ele. — Você já a olhou nos olhos?

No fim da noite, eles nos convidaram para seu apartamento numa rua elegante da Margem Direita, perto da Étoile. Era um prédio magnífico, logo se via, mas, quando entramos, o apartamento em si era um caos, com roupas, livros, papéis e coisas de bebê jogados por toda parte. Empurramos uma grande pilha para fazer lugar para nós no sofá, mas Scott e Zelda não pareceram de modo algum constrangidos. Começaram a conversar um com o outro, como fizeram no café, só que mais alto. Na verdade, o barulho aumentou tanto que ouvimos o choro de uma criança vindo dos fundos do apartamento, e vimos surgir uma babá inglesa trazendo ao colo Scottie, a rechonchuda filhinha deles. Ela usava uma roupa de dormir muito enfeitada, e as pontas de um laço de fita pendiam dos lados de seu cabelo fino e louro. O rosto estava bem marcado pelo travesseiro.

— Ah, aqui está minha queridinha — disse Zelda, levantando-se para pegar a menina.

— Você sabe que é uma coisinha muito gostosa?

A menina deu um grande sorriso e pareceu contente, mas Zelda, no momento em que se sentou com ela numa enfeitada mas gasta cadeira de balanço, preocupou-se tanto em pegar fragmentos da conversa entre Scott e Ernest que a criança caiu do seu colo e foi parar no chão. Zelda nem sequer pareceu perceber o que acontecera. A babá adiantou-se e apanhou a agora chorosa Scottie, e Zelda virou-se para mim e disse:

— O que estava dizendo? — Seus olhos pareciam dispersos e estranhos, como se sua mente estivesse num outro plano. — Estou louca para minha Scottie ser uma melindrosa, sabe? Decorativa, insondável e toda feita de prata.

— Ela é adorável — disse eu.

— Não é mesmo? Ela nunca será indefesa. Você pode ver isso, não pode?

Sua intensidade era repentina e alarmante.

— Posso — concordei, perguntando-me se Ernest teria razão.

Mas quem é capaz de separar a loucura real do champanhe, inesgotável e onipresente?

Até onde eu podia dizer, a festa jamais acabava para aqueles dois. Menos de uma semana depois, apareceram no apartamento da serraria às seis da manhã, ainda bêbados da noite em claro. Dormíamos profundamente quando eles começaram a bater à porta e a cantar alto nossos nomes. Não pareceram se importar que estivéssemos de pijama. Fizemos café, mas eles não o tomaram. Riam e juravam fidelidade a algum bailarino que haviam conhecido no café na noite anterior mas do qual nunca tínhamos ouvido falar.

— Zelda é muito sensível à arte, vocês sabem — disse Scott. — Ela não é mesmo deste planeta, a minha garota.

O rosto de Zelda ficou dramaticamente tenso.

— Você não vai contar a eles, vai?

— Talvez devêssemos, querida. Eles adivinharão, de qualquer maneira.

— Então está bem. — Seus olhos se abriram. — Há pouco tempo, fiquei muito apaixonada por outro homem. Ele quase me matou, e quase matou Scott também.

Scott levantou-se e fez um gesto como se estivesse acariciando o cabelo de Zelda, sem realmente tocá-la.

— Aquilo quase nos matou, mas o sujeito *morreu* mesmo. Foi horrível. Esteve em todos os jornais. Vocês devem ter lido a respeito.

Sacudi a cabeça e falei:

— Lamento que vocês tenham passado por tudo isso. Parece terrível.

— É, bem — respondeu Zelda, entrando em cena como se um diretor invisível tivesse dito *Ação*. — O homem queria morrer por mim. E isso tornou Scott e eu ainda mais próximos.

Ernest se encolheu e olhou fixo para sua xícara de café, sem dizer uma palavra. Eu podia ver que ele ainda não se decidira em relação àqueles dois. Com certeza pareciam ser do nosso tipo de gente, mas eu já não sabia bem a que tipo pertencíamos. As regras pareciam mudar a todo instante.

— Eu sabia que ela não era boa da cabeça — disse Ernest depois que saíram —, mas agora me pergunto se ele é. Ela o está sugando. Como se fosse uma espécie de vampiro.

— Ela parece mesmo trazer Scott numa rédea muito curta — comentei.

— Eu não suportaria.

— Você não precisa — reagi, na defensiva.

— Vamos, Tatie. Eu não quis dizer nada. Você está longe de ser como Zelda. Ela tem tanto ciúme da obra de Scott que acho que ficaria feliz se ele nunca mais escrevesse outra palavra.

— Eles não poderiam se manter se ele parasse de escrever.

— Ele me disse que gastaram trinta mil dólares no ano passado; simplesmente nadam em dinheiro.

— Eles vivem com trinta mil, e nós, com três. É um absurdo.

— Acho que nós vivemos melhor, concorda?

— Claro! — respondi, enfática.

No outro quarto, Bumby começou a emitir sons de alegria. Pousei a xícara de café e levantei-me para apanhá-lo, quando Ernest disse:

— Eu não queria a vida deles, mas é duro ver tanto dinheiro jogado fora quando nós não temos nenhum. E se eu pedisse algum emprestado a Scott para nossa viagem a Pamplona em julho?

— Você acha que o conhecemos o suficiente para isso?

— Talvez não. Precisaremos conseguir esse dinheiro de algum jeito. Don Stewart, talvez?

— Ele é um bom sujeito.

— É. Mas vou dizer uma coisa: todo mundo parece querer ir nessa viagem. Está ficando muito complicado.

— Ainda faltam semanas. Como pode estar complicado?

— Nem queira saber!

TRINTA E UM

No pátio da ferrovia, os touros saíam dos vagões de cabeça baixa, retorcendo-se e em pânico, os olhos girando nas órbitas. Não sabiam aonde ir, e era difícil olhá-los, porque sabíamos que no fim do dia estariam mortos. Era de manhã, e o ar estava um tanto frio para julho. A poeira subia dos cascos, ferindo-nos os olhos enquanto Ernest mostrava o ponto protuberante e musculoso entre as escápulas que a espada precisava atingir em cheio.

— Sim, senhor — disse Harold Loeb. — É a hora da verdade.

O rosto de Ernest expressou irritação.

— O que você sabe a respeito?

— O bastante, acredito — respondeu Harold.

Naquele mesmo instante, Duff se aproximou e botou a mão na dobra do braço de Ernest.

— É tudo maravilhoso, não é? — Ela o olhou como uma criança acostumada a conseguir tudo do seu jeito, os olhos apertados e o sorriso amplo. — Só que deixa a gente com fome. Quem vai me dar de comer, aliás?

— Ah! Tudo bem. Claro — disse Ernest, ainda irritado, e os dois se encaminharam para o café.

Ernest usava boina, suéter de marinheiro e calças brancas, com um lenço preto amarrado no pescoço. Duff estava perfeita como sempre, com seu suéter longo de algodão e colarinho Eton de seda verde-claro. Seu cabelo estava penteado para trás, e ela andava com as costas retas e a cabeça erguida. A postura de Ernest se adequava à dela, o queixo empinado em atitude de orgulho. Ele sem dúvida ainda estava aborrecido com Harold, mesmo tentando disfarçar. De costas, os dois juntos pareciam pertencer a uma revista de moda, e vi que o noivo de Duff, Pat Guthrie, também percebia o mesmo. Todos percebiam, e por vários dias o pobre Pat pareceu infeliz.

Eu tinha pena de Pat, embora não fosse querer viver com ele. Pat bebia demais e, quando o fazia, podia ser terrivelmente cansativo. Todas as tardes, aparecia animado e de bem com a vida. Gostava de falar sobre música popular, e cantava e dançava com muita energia e entusiasmo, mas, depois de três ou quatro coquetéis, algo nele se modificava, e ele passava a ser sarcástico e superior. Se insistisse nessa atitude e Duff não o mandasse embora, mudava outra vez, tornando-se soturno e rabugento. Eu me perguntava como ela aguentava suas mudanças de humor — ou como ele próprio se suportava. Será que, ao acordar, ele se envergonhava do modo como se comportara de um jeito e depois de outro? Será que se lembrava?

— O que me diz de bebermos até escurecer? — disse Harold, vindo para o meu lado.

Sorri e segurei-lhe o braço, querendo fazê-lo se sentir melhor, ao menos por instantes. Talvez, se ficássemos juntos, ele tentasse fazer com que eu também me sentisse melhor. Deus sabe como eu precisava.

A VIAGEM COMEÇARA MAL EM BURGUETE, na semana anterior, quando fomos pescar no Irati — um dos rios preferidos de Ernest em todo o mundo — e o encontráramos em péssimas condições. A proprietária do hotel tentara nos avisar que a boa pesca não existia mais, porém Ernest não a levara a sério. Os lenhadores haviam estado lá em busca de faias e pinheiros, e, quando chegamos ao rio, nós o encontramos cheio de entulho e com aparas flutuando. As barragens tinham sido destruídas. Peixes mortos jaziam nas margens e entupiam as pequenas lagoas. Era quase intolerável, mas mesmo assim insistimos, por vários dias, tentando ir adiante, em busca de arroios menores. Ninguém pegou um só peixe.

Bill Smith, um de nossos velhos amigos de Chicago, estava conosco, seduzido pelas histórias de Ernest sobre pesca de primeira classe e sobre as touradas que viriam depois. Não o tínhamos visto desde os dias no Domicílio. Quando Kenley e Ernest romperam relações, a tensão se espalhara por todas as nossas relações ligadas ao clã dos Smith, mas há algum tempo mantínhamos uma correspondência bastante regular com Kate, que estava de volta a Chicago, trabalhando como jornalista. E quando Bill chegou a Paris e foi nos visitar, ficamos felizes por descobrir que ele era o mesmo de sempre, cheio de histórias animadas e brincadeiras a propósito de tudo. Ele levara consigo todas as iscas artificiais que ganhara para a viagem à Espanha — todas velhas heroínas de pesca de esturjão ou peixe-preto nos verões de Michigan —, e achei que Ernest fosse começar a chorar quando Bill abriu o estojo para mostrar-lhe as iscas, porque elas não serviam mais.

Em Pamplona, ainda percebíamos que algo estava errado. Tínhamos um monte de amigos por perto e aquilo deveria ser divertido, mas não era. Em Paris, Ernest e Duff tinham se feito a corte, mas tudo parecera inofensivo. Porém, algo aconteceu para mudar tudo, e esse algo foi Harold. Ele se apaixonara perdidamente por Duff e a roubara para uma semana em St.-Jean-de-Luz. Quando Kitty me falou do caso, disse que Harold se comportara de um modo tão estranho que ela suspeitara que algo assim fosse acontecer. Nunca compreendi o acordo de amor que havia entre Harold e Kitty. Agora, eu me sentia igualmente desconcertada e mais do que um pouco perturbada por Ernest ter reações tão extremas. Ele não tinha direitos sobre Duff, nada daquilo deveria ter qualquer importância para ele, mas tinha, e de repente todos sabiam.

Na manhã em que começaram as lutas, acordamos todos muito cedo para ver a corrida dos touros pelas ruas. Da primeira vez que assisti, no verão em que estava grávida de Bumby, tudo me pareceu acontecer tão depressa que eu não conseguia me lembrar do que vira. Agora Bumby estava a salvo em Paris com Marie Cocotte e, embora eu quisesse e precisasse de um intervalo na maternidade constante, não sabia bem como me sentir estando só por mim mesma.

As ruas estavam escorregadias naquela manhã. Caíra uma chuva fina antes do amanhecer e podia-se ver a luta dos touros em busca de tração nas pedras. Um deles passou e lutou, esticando o pescoço grosso e revirando os olhos, e a coisa toda parecia acontecer em câmara lenta.

Estávamos de pé logo atrás de um muro baixo, perto o bastante para sentirmos o cheiro do suor animal dos touros e a excitação de todos os espectadores — ainda que alguns não olhassem ou não conseguissem olhar.

— Os touros são quase pré-históricos — dissera Ernest a Bill no café, na noite anterior. — Há seiscentos anos são criados para fazer o que fazem, para esta corrida até a arena, para chifrar o que puderem a caminho de sua própria morte certa. Diabolicamente bonitos, é o que são. Espere só para ver por si mesmo.

— Estou pronto para ver — respondera Bill, mas na rua, com uma visão clara de tudo, sua convicção pareceu se esvair.

Enquanto olhávamos, um dos rapazes correu perto demais de um touro grande e foi atirado de encontro ao muro, a apenas seis metros de onde estávamos. Ouvimos seu braço estalar, fazendo um ângulo com as costas. Ele gritou e tentou escalar o muro, e o medo em seu rosto era um espetáculo bem feio.

— Demais para você, meu camarada? — perguntou Ernest quando viu Bill desviar o olhar.

— Talvez — disse Bill.

Ernest estava de pé ao lado de Duff e estava muito corado.

— Vê ali, agora?

Ele apontou para o touro que avançava em direção ao rapaz, a cabeça quadrada ainda mais baixa.

— A visão do touro é muito ruim, mas ele sente o cheiro, e não se apressa. Olhe para ele agora. Por Deus, ele está vindo.

— Não posso acreditar que você considere isto um esporte — disse Bill a Ernest, muito baixo.

— O que mais seria? É vida e morte, meu irmão, o mesmo de todos os dias.

O touro avançava, o chifre direito na frente, a cabeça enorme inclinada para um lado de um jeito que o fazia parecer mesmo o diabo, visando o *caballero* que tentava subir. Mas naquele momento surgiu uma mão do outro lado do muro. Não pudemos ver quem oferecia ajuda, mas foi o bastante. O *caballero* conseguiu tração suficiente para se erguer e pular o muro, e estava livre. Um tímido aplauso ergueu-se da multidão quando ele ficou a salvo.

— Suponho que você esteja desapontado — comentou Bill, olhando com intensidade para Ernest.

— De modo algum.

— Ele lhe teria feito muito mal? — perguntou Duff.

— Talvez o tivesse chifrado. Acontece. Eu já vi.

— É terrivelmente excitante, não é? — disse ela.

— O maior espetáculo que existe.

O último touro passou correndo por nós, e atrás dos animais vieram os *pastores* com varas, e então os foguetes explodiram, o que significava que todos os touros estavam a salvo na arena.

— Lindos! — disse Duff.

Tentei me lembrar se eu os achara lindos da primeira vez, quando Ernest me explicara tudo da mesma maneira como agora explicava a Duff. Minha vida mudara demais naqueles dois curtos anos, mas eu me lembrava de estar entusiasmada e também estranhamente calma, porque estava grávida e me sentia segura, protegida de tudo da melhor maneira possível. Meu corpo fazia aquilo para que havia sido destinado, e aqueles animais estavam também cumprindo o seu destino. Eu era capaz de olhar sem me sentir agredida ou traumatizada, e apenas me sentar perto de Ernest e costurar as roupinhas e cobertas que bordava para o bebê que chegaria em três meses, não importando o que acontecesse naquele dia. E lembrei-me de ter me sentido muito bem-disposta à noite, com a dança do *riau-riau* e os fogos de artifício, embora fosse impossível dormir com tanto barulho.

Parecíamos ser os únicos americanos em Pamplona naquele primeiro ano. Ernest chamara a cidade de Jardim do Éden — mas com certeza não era mais assim. Limusines traziam de Biarritz a alta sociedade. Motoristas uniformizados abriam portas a noite inteira e ficavam à espera perto dos carros, até que os festeiros se cansassem e se atirassem de volta a seus casulos de couro rescendendo a champanhe. Mas mesmo com a vinda dos ricos para estragar tudo, tudo já estava estragado.

Harold ainda estava louco por Duff. Isso ficava evidente na hora do almoço, quando ele, por um instante pálido e recatado diante dela, começava então a atormentar o garçom para garantir que ela fosse servida.

— Ah, está tudo bem, querido — dizia ela. — Ainda estou viva por aqui, pelo menos por enquanto.

Estávamos todos amontoados numa mesa ao ar livre, com Duff, Ernest e Harold de um lado, e Pat, Bill e eu do outro. Pat usava um belo terno de verão com um jaquetão de linho azul-marinho. Ele saíra e encontrara uma boina igual à de Ernest e a usava no alto da testa, num ângulo otimista. E, apesar de todos os adornos civilizados de Pat, no momento em que Harold se tornava por demais exagerado em suas atenções para com Duff, ele reagiu e ficou beligerante.

— Dê-nos uma folga, Harold — rosnou. — Vá dar uma volta no quarteirão.

— Por que você não cala a boca? — retrucou Harold. — Ou vou lhe dar uma ideia melhor: tome outra dose. — Ele se virou e gritou alto para ninguém atrás dele: — Traga uma bebida para este homem!

E foi quando chegou Don Stewart, parecendo calmo e limpo num terno de flanela cinza e camisa branca recém-passada. Deu uma olhada na mesa, logo sentindo a tensão.

— Quem morreu, camaradas?

— Ninguém importante — disse Ernest.

— De repente deu-me uma terrível dor de cabeça — falei. — Espero que todos me desculpem.

Depressa, dei a volta pelo meu lado da mesa e fiquei ao lado de Don.

— Por que você não acompanha a pobre criança, Donald? — perguntou Ernest.

— Estou bem — afirmei. — Ficarei bem.

— Bobagem — disse Don. — Você está pálida como um fantasma.

Antes que chegássemos à porta, o lugar vazio na mesa havia desaparecido, e ninguém poderia dizer que eu havia estado ali. Ernest sentava-se ainda mais perto de Duff, e Pat se espremera para ficar também ainda mais perto. Duff estava no meio de tudo aquilo como uma ilha flutuante de merengue. Não parecia sequer perceber.

Eu estava grata por Don ter se oferecido para me acompanhar. Sentia-me, na verdade, horrivelmente sozinha, e era agradável estar com Don. Desde que havíamos nos conhecido, no verão do ano anterior, ele buscava minha companhia quando estávamos no mesmo grupo. Eu o sentia como alma gêmea porque ele também não se enquadrava muito bem em Paris. Ele era um escritor inteligente e perspicaz que frequentara Yale, mas sob muitos aspectos era ainda o menino que crescera numa fazenda perto de Columbus, Ohio. Em Paris, todos eram tão drásticos e dramáticos, atirando-se uns aos outros aos leões.

— Descobri por que ninguém se importa mais com as regras costumeiras — dissera-me ele uma vez. — Eu também estive na guerra, você sabe. Nada mais parece ou é o mesmo, então de que serve tudo?

Ele ficara sério.

— Ainda assim, sinto falta das pessoas antiquadas e honradas que só tentavam ser alguma coisa na vida. Com simplicidade, sem ferir ninguém. Sei que isso faz de mim um palerma.

— Aposto que você gostaria de encontrar uma garota como a sua mãe.

— Talvez. Quero que as coisas voltem a fazer sentido. Já não fazem há muito tempo.

Eu imaginava tê-lo compreendido naquela época, mas quando Don me acompanhou de volta ao hotel, senti nossa conexão ainda mais forte. Eu também queria que as coisas fizessem sentido. Mais que tudo.

— Como está se sentindo, amiguinha? — perguntou ele.

— Melhor do que alguns, espero. Coitado do Harold.

— Coitado do Harold? E quanto a Pat? É ele quem tem reivindicações a fazer sobre Duff.

— Parece que eles têm um acordo um tanto frouxo para o meu gosto — disse eu. — Ela arrasta Harold para a Riviera por duas semanas e depois fica surpresa por ele ficar rondando atrás dela como um bezerro triste, e mais ainda por Pat perder a cabeça por isso. É cruel.

— Não acho que ela pretenda ser cruel. Ela me parece, no fundo, horrivelmente triste.

Tínhamos chegado a uma esquina onde o mercado encerrava as atividades do dia. Uma mulher empilhava cestas e outra guardava colheradas de pimenta seca cor de sangue num saco de lona. Por perto, uma menininha estava sentada no chão sujo, segurando uma galinha e cantando para ela. Diminuí o passo, para que pudéssemos olhá-la por mais tempo. Lindíssimos cabelos negros emolduravam seu rosto em formato de coração. Ela acariciava a galinha enquanto cantava e parecia estar em transe.

— Você está olhando para ela como se quisesse agarrá-la — comentou Don. — Deve estar com saudades do seu Bumby.

— Desesperadamente! É mais fácil se não penso nele. Às vezes me digo que sou duas pessoas: sou a mãe de Bumby quando estou com ele e sou outra quando estou aqui, longe.

— A Hadley de Hem.

— Talvez. Ou talvez eu seja minha própria Hadley.

Podíamos ver o arco pintado do hotel La Perla e o muro emaranhado de buganvílias. Parei e virei-me para ele.

— Por que você também não está todo encantado com Duff? Todos estão.

— Ela é um encanto, tudo bem, e seria fácil demais me envolver. Ela me pediu para cuidar da sua conta no hotel, veja só, já que agora não pode pedir a Harold. Talvez tenha pedido também a Hem.

— Eu não ficaria surpresa.

— Está tudo bem entre você e Hem? Ele não seria idiota a ponto de jogar você fora por aquele tipo num belo suéter, seria?

Vacilei.

— Talvez devêssemos tomar alguma coisa.

— Desculpe-me. Eu não deveria ter dito isso. Tenho vocês dois em altíssima conta. Se vocês não conseguirem dar certo, que chance temos todos nós?

— Você é mesmo um amor, Don — respondi, e me inclinei para beijá-lo no rosto. Sua pele estava lisa como a de um bebê, e ele cheirava bem, a tônico facial.

— Você deve ser a melhor garota que existe — comentou ele com emoção, e devolveu o beijo.

Seus lábios estavam secos e castos em minha face, mas então ele os moveu muito de leve e me beijou os lábios. Quando se afastou, tinha os olhos úmidos e interrogativos.

— Imagino que você não me ame também. Nem um pouquinho?

— Gostaria de amar. Isso equilibraria as coisas.

Pus os braços em torno do seu pescoço e abracei-o por um instante, sentindo toda a tristeza e a confusão misturadas dentro dele.

— Este lugar está nos deixando todos loucos.

— Você não está zangada comigo?

— Não — respondi. — Somos melhores amigos agora, eu acho.

— Esta é uma linda maneira de falar. Eu sabia que não estava enganado a seu respeito. — Ele deu um passo para trás e afastou o cabelo que me caía nos olhos. — Espero que Hem saiba o que tem nas mãos.

— Eu também — respondi, e entramos no hotel.

Lá dentro, a *señora* colocava um pano sobre a gaiola de seu passarinho.

— Ele não gosta das bombas — disse ela enquanto ajustava mais a coberta de encontro às barras. — Elas o fazem arrancar suas próprias plumas. Já se viu algo assim?

— Eu já vi, *señora*.

Passei por ela a caminho da escadaria.

— Pode, por favor, me mandar uma garrafa de brandy?

Ela olhou atrás de mim para ver quem poderia estar comigo, então acrescentei:

— Um copo só.

— A *señora* está bem?

— Não muito — respondi. — Mas o brandy vai ajudar.

TRINTA E DOIS

Quando acordei na manhã seguinte, Ernest já havia se levantado e saído. Eu o ouvira chegar tarde da noite, mas não me mexera nem falara com ele. Às sete horas, de banho tomado e vestida, desci até o pequeno restaurante do hotel, onde Ernest estava terminando o café.

— Pedi *œufs au jambon* — disse ele. — Você está com fome?

— Morta — respondi. — Como terminou a noite?

— Bebemos até cair na cama — disse ele.

— Cada um na sua ou todos juntos?

— O que você está querendo insinuar?

— Nada.

— Que inferno! — reagiu ele. — Por que não fala claro?

— Eu ainda nem tomei café — retruquei. — Você precisa mesmo discutir?

— Não precisamos fazer nada. Aliás, nem dá tempo.

Bill chegou e puxou uma cadeira.

— Estou morto de fome — comentou.

— Há uma epidemia — disse Ernest.

Ele fez um sinal para o garçom e pediu outro prato para Bill e *café au lait*, depois assinou a conta.

— Vou comprar nossos ingressos. Vejo vocês por lá.

Quando ele saiu, Bill pareceu constrangido.

— O que aconteceu realmente ontem à noite?

— Nada de que eu queira me lembrar — respondeu ele.

— Então não me conte.

— De qualquer maneira, não sei bem o que houve. Harold disse algo a Pat, e Hem ficou furioso e chamou Harold de alguma coisa horrível. Não foi bonito.

— Aposto que não.

— Don apareceu e tentou consertar as coisas, mas era tarde demais. Harold tinha desafiado Ernest a ir para a rua para resolverem o caso.

— Harold desafiou-o? Não foi o contrário?

— Não. E foi uma cena e tanto.

— Harold está bem?

— Melhor do que nunca. Não encostaram um no outro.

— Graças a Deus!

— Parece que Hem se ofereceu para segurar os óculos de Harold e isso quebrou o clima. Os dois riram e se sentiram uns bobalhões por terem começado aquilo tudo.

— O que há de errado conosco, Bill? Você sabe me dizer?

— E eu lá sei? — disse ele. — Bebemos demais, para começar. E queremos demais, não queremos?

— E o que queremos, exatamente? — indaguei, numa nuvem de melancolia e confusão.

Perguntei-me o que Bill estaria pensando da maneira como Ernest se atirava sem qualquer disfarce em cima de Duff. O que poderia pensar? O que poderia dizer?

— Tudo, é claro. Tudo e um pouco mais. — Ele coçou o queixo e tentou brincar. — Minha dor de cabeça de hoje é a prova.

Observei-o por um instante.

— Se isto é um festival, por que não estamos felizes?

Ele limpou a garganta e desviou o olhar.

— Não podemos perder os amadores, certo? Hem diz que é a parte do espetáculo que mais vale o nosso dinheiro e que eu preciso participar.

Suspirei.

— Você não tem que provar coisa alguma a ele. Você não me pareceu entusiasmado com a corrida.

— Não — concordou ele, parecendo um pouco encabulado. — Mas estou disposto a dar outra chance. Ainda não estou morto.

— Por que todos ficam repetindo isso?

— Não sei — respondeu ele. — É só mais uma frase.

Os amadores foram por muito tempo o elemento favorito da *fiesta*, para Ernest. Há anos ele vinha praticando verônicas com qualquer coisa, das cortinas de casa ao meu casaco velho, e se aperfeiçoando cada vez mais. Agora, podia enfrentar os touros, girando o corpo no último instante. Depois, animado e feliz, praticaria ainda mais em nosso quarto de hotel, com a capa que comprou numa loja longe da praça em que se abasteciam os turistas. A capa era de sarja vermelho-escura com um simples debrum preto bordado em toda a volta. Ele tinha começado a colecionar rolhas para prender na barra, porque eram elas que permitiam ao matador ter o real controle da capa e criar as ondulações amplas e corretas.

Quando chegou a vez dos amadores naquela manhã, ele levou consigo a capa ao descer de gatinhas para a arena com dezenas de outros homens e meninos impacientes, todos prontos para testar suas habilidades. Bill também foi, mas Harold continuou parado, poucas cadeiras abaixo de Duff.

— Pat ainda estava bem verde hoje pela manhã — disse Duff quando me sentei a seu lado. — Foi uma longa noite.

— Ouvi dizer.

— Sentimos sua falta, sabe? Tudo é mais divertido quando você está junto.

Dei-lhe um olhar intenso, achando que ela estava sendo irônica, mas seu rosto era límpido e caloroso. Era este o problema de Duff: ela era uma perdição para os homens, mas uma boa camarada para todo mundo, e tinha seu próprio código. Eu não acreditava que ela fosse para a cama com Ernest, mesmo se ele quisesse — porque ela gostava de mim e sabia que dava muito trabalho ser esposa. Tinha sido casada duas vezes e pretendia se casar com Pat se chegassem a juntar dinheiro para tanto. Dissera-me uma vez que nunca havia se dado muito bem no casamento, mas que não via como deixar de lhe dar mais uma chance.

Na arena, os picadores controlavam tudo muito bem, então as coisas pareciam tranquilas e bastante inofensivas. Havia apenas um touro na arena por vez, e o primeiro era cor de caramelo e movia-se devagar. Ele avançou e empurrou Bill por trás, e ele caiu para o lado como um personagem de desenho animado. Todos riram. Ernest começava a entrar no clima quando Harold passou por nós e desceu para a arena.

— Ah! Harold! — disse Duff para ninguém em especial, porque ele parecia uma caricatura de um americano rico e desamparado, em seu suéter Fair Isle amarelo-claro e tênis brancos como a neve.

Nós duas o observamos.

— Eu disse a ele que não há nada entre nós, você sabe.

— Não sei se ele escutou — respondi, tentando ser o mais delicada possível. — Os homens ouvem o que querem e inventam o resto.

Quando Harold chegou à arena, olhou para cima, dando-nos um grande sorriso. O touro cor de caramelo estava perto dele e se aproximava ainda mais, então Harold desviou-se para um lado, para evitar os chifres, como todos faziam. O touro passou trotando e girou para voltar, e foi então que Harold agarrou os chifres e deixou que o touro o carregasse por alguns metros. Era como assistir a um número de circo bem-ensaiado. Harold devia estar tão surpreso com seu sucesso quanto todos, mas quando o touro o pôs no chão, leve como uma pluma, ele se voltou para nós, parecendo exultante.

— Hem não está gostando nada disto — comentou Duff.

Meus olhos acompanharam os dela até onde Ernest, parado na arena, observava Harold. Sua expressão era assustadora. Um picador passou a centímetros dele, mas ele nem sequer pareceu notar.

— Ele não consegue admitir que outro homem brilhe mais que ele — disse eu, mas Duff e eu sabíamos que Ernest estava zangado com Harold há uma semana, desde que soubera da escapada dos amantes para St.-Jean-de-Luz.

Já era ruim o bastante que Harold tivesse Duff enquanto Ernest tinha mulher e filho para atrapalhar, e para piorar Harold passara todos os dias em Pamplona seguindo Duff como um pobre bezerro doente, fazendo papel de idiota. Era demais!

O próximo touro na arena era mais magro e mais rápido. Movia-se como um gato, pendendo primeiro para um lado do muro, depois para outro, mudando de direção num piscar de olhos. Um espanhol de camisa escura chegou perto demais e foi chifrado nos joelhos. O touro levantou a cabeça, e o homem caiu mais longe, sendo pisoteado. Todos gritaram para distrair o touro. Ernest conseguiu fazê-lo por um instante, abrindo a capa e sacudindo-a para um lado. Outros homens ergueram os braços e desafiaram o animal, mas o touro voltou para o homem, que ainda não se levantara, e empurrou-o com a cabeça. As pernas do homem subiram até sua própria cabeça exatamente quando o touro deu uma guinada para um lado, o chifre direito atingindo a coxa do homem, logo abaixo das nádegas, e continuando como um raio até o joelho. Ele deu um grito agudo, e vimos o brilho branco do fêmur e depois o sangue escorrendo antes que os picadores corressem até o touro e o obrigassem a ir primeiro para o muro e depois para trás da cerca, onde esperaria nove horas até ser morto.

Era o fim do espetáculo dos amadores. A arena logo esvaziou, e Duff e eu engatinhamos para descer e encontrar os rapazes. Não tínhamos trocado uma palavra desde o momento da chifrada. Chegando até eles, vimos que também estavam em silêncio.

Na rua, caminhamos até um café.

— Raios me partam! — exclamou Bill andando ao meu lado.

Seu rosto estava pálido e sem expressão. Seus sapatos, cobertos de poeira. Conseguimos uma mesa e acabávamos de pedir uma rodada da cerveja encorpada que gostávamos de tomar no almoço quando o homem chifrado passou por nós, carregado pela rua numa maca. Um lençol ensanguentado cobria-o da cintura para baixo.

— *Toro, toro!* — gritou uma voz de bêbado de dentro do café, e o homem sentou-se.

Todos aplaudiram, e um menino correu com um copo de uísque; o homem o bebeu e o atirou vazio para o menino, que pegou o copo no ar com uma das mãos. Então todos aplaudiram de novo.

— Que jeito de viver, não? — disse Duff.

— Posso pensar em piores — respondeu Ernest.

Nossa cerveja tinha chegado e nos dedicamos a ela. O garçom trouxe *gazpacho*, um bom pão rijo e uma porção de ótimo peixe marinado em limão. E, embora eu não acreditasse ser capaz de comer depois da visão da chifrada, descobri que estava com fome e que tudo aquilo era muito gostoso.

Harold ficou de um lado da mesa, bem longe do caminho de Ernest, mas quando Pat enfim apareceu com Don, estava pálido e irritadiço, e Harold pareceu não saber onde se sentar ou com quem poderia conversar a salvo. E pelo resto do almoço nossa mesa foi como um intrincado jogo de xadrez emocional, com Duff observando Ernest, que vigiava Pat, que encarava Harold, que lançava olhares furtivos para Duff. Todos bebiam demais, retorciam-se demais e davam-se demais o trabalho de fingir que estavam mais animados e menos afetados do que os outros.

— Posso aguentar os touros e o sangue — disse Don em voz baixa. — São os assuntos humanos que me reviram o estômago.

Olhei dele para Ernest, que não falara comigo nem ao menos me olhara desde o café da manhã.

— É — respondi a Don. — Mas qual o segredo para lidar com eles?

— Eu daria tudo para saber. Talvez não haja segredo algum.

Ele virou o resto da cerveja e fez um gesto ao garçom, pedindo mais.

— Eu às vezes gostaria que pudéssemos apagar todos os nossos erros e começar do zero, do início — comentei. — E às vezes acho que tudo o que nos resta são nossos erros.

Ele riu, irônico e sombrio, enquanto, do outro lado da mesa, Duff cochichava algo ao ouvido de Ernest e ele dava uma gargalhada rouca, como um marinheiro. Girei a cadeira para uma posição que não me permitisse vê-los. Assim que o fiz, veio à minha memória a clara lembrança de Fonnie e Roland, cem anos antes, em St. Louis, e de como ela não conseguia olhar para ele porque o achava fraco e detestável. A história dos dois sempre fora cheia de tristeza e adversidades. Roland voltara para casa, depois do hospício, mas nunca recobrou a sensação de paz. Ele e Fonnie levavam agora vidas completamente à parte, embora vivendo na mesma casa em Cates Avenue, pelo bem das crianças.

O que acontecia entre Ernest e mim nem de longe era um horror, eu esperava, mas ele me magoava com cada sussurro e olhar lançado a Duff. E eu me descobria tendo sentimentos bem diferentes em relação ao casamento e aos danos que os amantes podiam causar uns aos outros, danos por vezes irreparáveis, e quase não intencionais.

— Como somos todos tristes e estranhos — disse eu a Don.

— Por isso eu estava tão piegas ontem. Desculpe-me por aquilo, aliás.

— Não há pelo que se desculpar. Sejamos apenas bons amigos que sabem de certas coisas mas não precisam dizê-las.

— Tudo bem — concordou ele.

Olhou para as mãos e bebeu mais um gole de cerveja.

E assim prosseguiu a tarde, até a hora da corrida.

O JOVEM MATADOR CAYETANO ORDÓÑEZ era na verdade um menino, mas movia-se com tanta naturalidade e tanta graça que parecia estar dançando. A sarja vermelho-escura de sua capa criava vida até mesmo com o menor movimento de seus braços. Ele firmava os pés e inclinava-se de leve para frente, enfrentando o que viesse e instigando o touro a atacá-lo, com os menores gestos possíveis ou só com o olhar.

Ernest estava de péssimo humor quando entrara na arena para a corrida, mas começava a se animar à medida que Ordóñez se movia. Percebendo a mudança, Duff levantou-se para se sentar mais perto dele.

— Meu Deus, mas é um belo homem! — disse Duff.

— Ele é o que há de melhor, com certeza — respondeu Ernest. — Veja isso!

Ordóñez guiava seu touro, movendo a capa numa verônica e depois noutra mais rápida, atraindo magneticamente o touro. Os picadores haviam recuado, porque sabiam que Ordóñez o tinha sob total controle. Era uma dança, e também uma grande arte. Sua prática era primitiva e antiga, e ele a executava com incrível naturalidade e destreza para alguém tão jovem.

— Alguns não vão além da figuração — disse Ernest. — É bonito, tudo bem, mas não quer dizer grande coisa. Este *hombre* sabe que é preciso chegar perto o bastante para morrer. Para viver e conquistar o animal, é preciso, na verdade, já estar morto.

Duff fez que sim, contaminada pelo entusiasmo dele, e, Deus me ajude, eu também estava. Os olhos de Ernest, quando ele falou, tornaram-se de repente tão vivos quanto a capa de Ordóñez. A intensidade borbulhou de um ponto profundo dentro dele e brotou em seu rosto e em sua garganta. Então eu vi o quanto ele estava conectado a Ordóñez, à tourada e à vida, enquanto tudo acontecia, e soube que podia odiá-lo o quanto quisesse pela forma como ele estava me magoando, mas nunca poderia deixar de amá-lo, inquestionavelmente, pelo que ele era.

— Preste atenção! — disse ele.

O touro avançou de cabeça baixa, o chifre esquerdo mais à frente, o pescoço se retorcendo. A coxa de Ordóñez estava a centímetros das poderosas pernas do touro, e ele se inclinou ainda mais, tanto que quando a cabeça do touro se ergueu, buscando a capa, chegou a roçar a barriga dele. Quase podíamos ouvir um sussurro quando os chifres arranharam o tecido de sua jaqueta de seda. Um grito sufocado subiu da multidão, porque aquilo era o que tinham ido ver.

— Vocês nunca verão algo melhor do que isto — comentou Ernest, atirando o chapéu a seus pés, em sinal de respeito.

— Diabolicamente lindo! — exclamou Duff.

Todos nós suspiramos, e, quando o touro estava vencido e de joelhos, arqueando o corpo, Ordóñez enterrou a espada num só golpe.

Todos se levantaram, aplaudindo, a multidão emocionada e arrebatada pelo espetáculo e pela maestria. Eu também me levantei e aplaudi como louca, e devo ter ficado de pé sob um raio de sol especialmente brilhante, porque Ordóñez olhou para cima e me viu, e seus olhos passaram pelo meu rosto e se detiveram no meu cabelo.

— Ele acha que você é *muy linda* — disse Ernest, acompanhando o olhar de Ordóñez. — Ele a está homenageando.

O jovem matador inclinou-se sobre o touro, tirando uma fatia da orelha com uma faquinha. Chamou um rapaz da arquibancada e mandou-o até mim com a orelha cortada em suas mãos em concha. Ele entregou-a timidamente, mal ousando me olhar, mas eu podia sentir que ele considerava um enorme privilégio carregá-la para Ordóñez. Eu não sabia bem como aceitá-la, quais eram as regras para tal situação, então apenas estendi as mãos. Era algo negro, triangular e ainda morno, com um mínimo vestígio de sangue — a coisa mais estranha que eu já segurara.

— Raios me partam! — exclamou Ernest, sem dúvida orgulhosíssimo.

— O que você vai fazer com isto? — perguntou Duff.

— Guardar, é claro — disse Don, e me estendeu seu lenço para que eu pudesse embrulhá-la e também limpar as mãos.

Ainda de pé, ergui a orelha no lenço e olhei para a arena, onde Ordóñez estava sendo soterrado em flores. Ele me devolveu o olhar, inclinou-se profundamente e voltou para ser adorado.

— Raios me partam! — repetiu Ernest.

Houve mais cinco touradas naquele dia, mas nenhuma se igualou à primeira em beleza. Quando, depois, fomos para o café, ainda não falávamos em outra coisa, até mesmo Bill, que não conseguiu suportar a maior parte do dia, em especial o fato de dois cavalos terem sido chifrados e arrastados, e precisarem ser mortos na mesma hora, diante de todos. Tudo era incrível e incrivelmente intenso, e eu estava pronta para um drinque.

Corri a orelha pela mesa para que todos pudessem admirá-la e ao mesmo tempo se horrorizar. Duff ficou bêbada bem depressa e começou a flertar ostensivamente com Harold, que ficou surpreso e satisfeito demais para ser discreto. Os dois desapareceram a certa altura, o que deixou Pat furioso. Depois de uma hora ou mais, os dois vieram andando, de ótimo humor, como se nada tivesse acontecido.

— Seu cretino! — disse Pat a Harold.

Ele se pôs de pé e no mesmo instante cambaleou para um lado.

— Ah! Deixe disso, querido! — exclamou Duff, alegre.

Mas Pat não aceitaria uma repreensão.

— Veja se desaparece da nossa vida, está bem? — disse ele a Harold.

— Acho que Duff não gostaria disso. Você me quer por aqui, não quer?

— É claro, querido, eu quero todos.

Ela esticou a mão para o copo de Ernest.

— Seja bonzinho, está bem?

Ernest fez que sim; ela podia ficar com o copo, podia ficar com toda a bebida da mesa, no que lhe dizia respeito. Era Harold quem o irritava.

— Correndo atrás de uma mulher — disse, entredentes. — O que pode haver de pior?

O garçom chegou com mais drinques e comida, mas a noite não melhoraria. Um cancro se abrira e maculara tudo o que havia sido tão forte e bom. Ernest também percebeu e tentou levar a conversa de volta a Ordóñez e sua postura, suas verônicas.

— O que é mesmo essa verônica? — perguntou Duff.

— É quando o matador fica de frente para o touro, os pés fixos no chão, e balança a capa bem devagar, afastando-a do touro.

— É claro! — disse Duff. — Foi maravilhoso, não foi?

— Não acredite nela, Hem — comentou Pat, maldoso. — Ela não se lembra de nada.

— Deixe-me em paz, Pat. — Ela virou-se para Ernest: — Só estou um pouco alta agora. Vou me lembrar melhor amanhã. Juro que estarei bem.

Ernest olhou-a com tristeza.

— Tudo bem — respondeu ele, mas estava claramente desapontado com ela e com todo o grupo; tudo tinha perdido a graça.

De volta ao hotel, naquela noite, peguei a orelha, embrulhada em vários outros lenços, e coloquei-a na gaveta da escrivaninha.

— Isso vai feder logo — disse Ernest, vendo-me fazer aquilo.

— Não me importo.

— Não, eu também não me importaria.

Ele começou a se despir, lento e pensativo.

— Quando tudo acabar — falou, afinal —, vamos seguir Ordóñez a Madri e depois a Valência.

— Vai ter fim algum dia?

— Claro que vai! — Ele se virou para me olhar. — Ordóñez estava maravilhoso, não estava? Ele faz tudo mais parecer muito feio e muito idiota.

Fechei a gaveta da escrivaninha, depois tirei a roupa e subi na cama.

— Estou pronta para esquecer Pamplona. Por que não tentamos agora? Quer me ajudar?

No fim daquela longa semana, debandamos, e cada um seguiu seu caminho. Don partiu para a Riviera, parecendo triste e exausto. Bill e Harold iriam direto para Paris, mas levaram Pat e Duff até Bayonne. Ernest e eu tomamos um trem para Madri, onde alugamos quartos na Pension Aguilar, um hotel fora de moda muito pequeno e silencioso, sem turistas, na Calle San Jeronimo. Era o paraíso, depois de Pamplona. Fomos às touradas todos os dias e lá estávamos na tarde em que Juan Belmonte, talvez o maior toureiro de todos os tempos, foi gravemente chifrado na barriga e levado para o hospital. Tínhamos acompanhado seus feitos por algum tempo, e Ernest sempre admirara a determinação de suas pernas arqueadas e seu queixo forte, mas começamos a perceber, mesmo antes de Belmonte ser ferido, que Ordóñez era quase tão bom quanto o mestre. Seus movimentos eram perfeitos, sua bravura nunca se abalava, e nós o assistíamos, ambos, em êxtase.

Uma tarde, Ordóñez concedeu-me a grande honra de me deixar segurar sua capa antes do início da *corrida*. Ele chegou muito perto, e vi toda a maciez de seu rosto de menino e a profundidade e a limpidez de seus olhos. Ele nada disse quando me estendeu a capa, mas estava muito sério.

— Acho que ele está apaixonado por você — comentou Ernest quando Ordóñez se afastou para exaltar a multidão.

— Como poderia? Ele é uma criança — respondi, mas estava orgulhosa e me senti transformada pela honraria.

De volta ao hotel, naquela noite, quando nos vestíamos para jantar, Ernest disse:

— Estou criando um novo romance. Ou, na verdade, ele está se criando, na minha cabeça. Sobre as touradas. O herói será Ordóñez, e toda a ação se passará em Pamplona.

Seus olhos brilhavam, e o entusiasmo em sua voz era inequívoco.

— Isso me parece incrivelmente bom.

— Parece, não é? Estou chamando o jovem toureiro de Romero. Começa num hotel, às três da tarde. Dois americanos hospedam-se lá, em quartos fronteiros; é uma grande honra conhecerem Romero, e eles percebem o quanto ele está sozinho e pensando nos touros que enfrentará naquele dia. Não pode compartilhar aquilo com ninguém.

— Ele se sentiria assim, não é? — disse eu. — Você tem que escrever isso.

— É — concordou ele.

E embora tenhamos saído e tido um longo e delicioso jantar regado a várias garrafas de vinho, ele já estava com o livro, dentro do livro. Nos dias que se seguiram, suas ideias se aprofundaram. Ele começou a escrever em intensos jorros, de manhã cedo nos cafés e bem tarde da noite no hotel, quando eu podia ouvir o agressivo arranhar do lápis. Quando deixamos Madri para ir à *fiesta* em Valência, ele já enchera duas cadernetas grossas, duzentas páginas manuscritas em menos de dez dias, porém não estava mais satisfeito com o início.

— Estou achando que tudo deve começar em Paris e depois mudar. É o que acontece em Paris que alimenta o fogo. Você não pode ter o resto sem isso.

— Você sempre disse que não poderia escrever sobre Paris porque estava perto demais dela.

— É, eu sei, mas por alguma razão está vindo fácil. Estávamos em Pamplona há duas semanas, mas também consigo escrever a respeito. Não sei por quê. Talvez todos os meus pensamentos e regras sobre como escrever só estejam à espera de serem desmascarados.

— É bom estar em ebulição, não é?

— Espero que continue assim para sempre.

Continuou. Em Valência, a excitação com a *fiesta* transformara tudo numa febre, e só o que pudemos fazer foi aproveitá-la. Sentávamos num café e comíamos camarões borrifados com limão e pimenta moída, e belas *paellas* numa travessa quase tão grande quanto nossa mesa.

À tarde, íamos às touradas, onde Ordóñez executava suas verônicas com absoluta perfeição.

— Estava ali. Você a viu? — perguntou Ernest, apontando a arena.

— O quê?

— A morte dele. O touro estava tão perto. É o que cria toda a dança. O toureiro precisa saber que está morrendo e o touro precisa saber disso, então, quando a morte é adiada no último segundo, é como uma espécie de mágica. É viver de verdade.

Uma tarde, enquanto ele cochilava e eu estava inquieta, folheei suas cadernetas, lendo aqui e ali com admiração. Por acidente, caí em páginas em que havia expressões e construções de frases que sem dúvida eram de Duff. A princípio, a leitura chocou-me. Ele a tinha ouvido tão de perto, registrando tudo, capturando-a por completo, e agora tudo ressurgia, com levíssimas alterações, em sua heroína. Aquilo me fez sentir mais uma vez um ciúme enorme dela, até que eu conseguisse compreender a situação. Ernest era um escritor, não o amante de Duff. Ele vira nela um personagem, talvez desde o início. E, agora que ele estava vivendo no livro e não nos cafés das ruas de Pamplona, a tensão e a feiura podiam ser úteis. Todo aquele tempo fora construtivo e necessário para a obra. Por isso as palavras vinham agora tão fortes, com tanta veemência.

De Valência voltamos a Madri, e de lá fomos a San Sebastian para escapar das temperaturas crescentes de verão. Em San Sebastian e depois em Hendaye, Ernest escrevia pela manhã, com muita intensidade, e passávamos o resto do dia na praia, nadando ou deitados ao sol. A areia era quente e com textura de açúcar. Havia uma longa série de montanhas cor de púrpura à distância e o quebrar das ondas enchia nossos ouvidos e nos embalava num torpor de felicidade. Mas, no fim da primeira semana de agosto, a saudade de Bumby era grande demais para que eu pudesse aproveitar tudo aquilo. Fui para Paris, e Ernest voltou sozinho para Madri. Lá, ele escreveu melhor e com mais afinco do que jamais fizera. Era como se ele estivesse inventando o livro e, ao mesmo tempo, inventando-se como escritor. Escreveu para me dizer que não dormia mais, a não ser por uma hora, de vez em quando. *Mas quando acordo*, escreveu ele, as *frases estão ali à minha espera, gritando para serem postas no papel. É extraordinário, Tatie. Já posso ver o final, e é impressionante.*

TRINTA E TRÊS

Nos últimos dias de agosto, Paris estava praticamente deserta. Quem pudesse estar em outro lugar estava, mas Pauline Pfeiffer e Kitty haviam ficado na cidade, trabalhando. Encontrávamo-nos com frequência para jantar, às vezes com Bumby a tiracolo e outras só depois que ele já estava enfiado na cama, com Marie Cocotte tomando conta. Embora eu a princípio me sentisse constrangida perto de Pauline e Kitty juntas, aquelas garotas elegantes, independentes e decididamente modernas, no fim eram ambas maravilhosas, sinceras e simples. E era por isso que também gostavam de mim, insistiam, e comecei a acreditar.

Algumas vezes, a irmã de Pauline, Jinny, encontrava-se conosco nos cafés, e descobri que as duas eram bem divertidas juntas, como se fossem um quadro de *vaudeville* muito chique, com uma pitada de humor negro. Bebiam bem, não implicavam uma com a outra e sempre tinham coisas interessantes a dizer. Jinny não tinha um relacionamento, mas, se Kitty tinha razão quanto a ela preferir mulheres, aquilo fazia sentido. O difícil era entender por que Pauline ainda não se casara.

— Estava tudo acertado com meu primo Matt Herold — disse ela um dia quando a pressionei para que desse mais detalhes. — Cheguei a desenhar vestidos e provei meia dúzia de bolos. — Ela deu de ombros. — Todos tinham gosto de bolo, é claro.

— Aconteceu algo medonho entre vocês? — perguntei.

— Não. Na verdade, isso teria facilitado as coisas. Eu só achei que não o amava o bastante. Eu gostava dele. Ele teria sido um provedor maravilhoso e também um bom pai. Eu podia ver todo o quadro, mas nunca me encaixei nele. Não por inteira. Eu queria algo intenso e arrebatador.

— O tipo de amor que se vê nos romances.

— Talvez. Imagino que isso me torne absurdamente idiota.

— Nem um pouco. Adoro romance. As mulheres de hoje parecem avançadas demais para isso.

— É muito confuso saber o que se quer quando há tantas escolhas. Às vezes acho que seria bem capaz de desistir do casamento e do trabalho. Eu quero ser *útil*. — Ela se interrompeu e riu de si mesma. — Devo ter lido isso em algum romance.

— Talvez você possa ter tudo o que quer. Você me parece muito inteligente.

— Veremos — disse ela. — E enquanto isso seremos duas garotas solteiras.

— Livres como pássaros?

— Por que não?

Era engraçado pensar em mim mesma daquela maneira. Era bem provável que Ernest não aprovasse, e perguntei-me o que ele diria sobre eu passar tanto tempo com Pauline. Se Kitty era decorativa demais, Pauline também seria. Ela tinha o tipo de beleza profissional que ele em geral desprezava. Não só falava sem parar de moda como estava sempre buscando formas de se aproximar das pessoas mais interessantes e avaliando-as para ver como poderiam lhe ser úteis, os olhos escuros brilhando, as sagazes engrenagens mentais processando-as. Nunca parecia haver espontaneidade em Pauline. Se encontrava alguém, era proposital. Se falava com alguém, já planejara o que dizer, então tudo saía brilhante e perfeito. Eu admirava sua segurança e talvez também a temesse um pouco. Ela dava aquela impressão de não fazer esforço algum, o que exigia, afinal, um grande esforço. E embora eu nunca soubesse bem o que dizer perto de outras mulheres como *ela* — Zelda, por exemplo —, Pauline, sob as roupas finas e o cabelo bem-cortado, era também ingênua e sensível. Eu sabia que ela não me abandonaria em momento algum e logo passei a sentir que poderia contar com ela.

Em meados de setembro, Ernest chegou de Madri parecendo ao mesmo tempo exausto e triunfante. Observei-o desfazer as malas e não pude deixar de me surpreender com o que ele fizera. Eram sete cadernetas inteiras, centenas e centenas de páginas, tudo feito em seis semanas.

— Você acabou, Tatie?

— Quase. Estou tão perto que quase não consigo me fazer escrever o final. Isso faz algum sentido?

— Posso ler agora?

— Em breve. — Ele me puxou para perto num longo abraço apertado. — Acho que eu poderia dormir para sempre.

— Durma, então — disse eu, mas ele me empurrou para a cama e começou a me arrancar a roupa, as mãos em todos os lugares ao mesmo tempo.

— Pensei que você estivesse cansado — falei, mas ele me beijou com força e eu não disse mais uma palavra.

Uma semana depois, ele tinha terminado o primeiro rascunho, e fomos para o *Quartier* festejar com amigos. O encontro foi no Nègre de Toulouse, e todos estavam de ótimo humor. Scott e Zelda apareceram, como também Ford e Stella, Don Stewart e Harold e Kitty. Houve alguns instantes de estranheza, enquanto todos esperavam para ver o que era o quê. Pamplona terminara tão mal, mas depois que chegaram as bebidas e várias doses foram viradas depressa, como remédio, a tensão desapareceu. Ernest tomou mais uísque do que deveria, mas comportou-se até o final da noite, quando nos encontramos com Kate a caminho da porta.

— Sucesso para o livro, Hem!

— Obrigado — respondeu ele. — É cheio de ação e drama, e todos estão nele. — Fez um gesto na direção de Bill e Harold. — Estou acabando com todos aqueles infelizes, mas não com você, Kitty. Você é uma garota chique.

Sua voz era tão fria e cortante que o rosto de Kitty ficou branco. Empurrei-o porta afora pelo braço, mortificada.

— O que foi? — perguntou ele. — O que eu fiz?

— Você está bêbado — respondi. — Falaremos sobre isso amanhã.

— Pretendo me embebedar amanhã também — retrucou ele.

Continuei apenas a andar para casa, sabendo que haveria remorso pela manhã, junto com uma dor de cabeça colossal. Eu tinha razão.

— Não fique magoada com o que eu disse a Kitty — disse ele quando afinal acordou, quase na hora do almoço, parecendo verde. — Eu sou um cretino.

— Era uma grande noite. Você deveria se desculpar.

— Seja o que for que eu tenha dito, o livro é o livro. Não é a vida.

— Eu sei — respondi, mas quando ele me deu as páginas para ler, não precisei de tempo algum para perceber que tudo era exatamente como havia acontecido na Espanha, cada conversa sórdida e encontro tenso. Era quase literal, exceto por uma coisa: eu não estava ali.

Duff era a heroína. Eu sabia e esperava, mas de qualquer maneira era perturbador ver o nome dela vezes sem fim. Ele ainda não a havia transformado em Lady Brett. Duff era Duff, Harold era Harold, Pat era um bêbado idiota, e todos faziam péssima figura, salvo os toureiros. Kitty também estava no livro — ele mentira a respeito —, num papel bastante depreciativo. Ernest se transformara em Jake Barnes e fizera o personagem impotente. E o que eu deveria pensar daquilo? Era assim que ele via sua própria moralidade, ou covardia, ou bom senso, ou o que quer que o impedira de dormir com Duff? Como impotência?

Mas se eu conseguia me afastar, mesmo se um pouco, daquelas dúvidas e questões, podia constatar como era notável o livro, mais estimulante e vívido do que qualquer outra coisa que ele já escrevera. Ele enxergara em Pamplona uma boa história, enquanto eu só percebera desgraça e sordidez humana. Ele lhe dera forma e criara algo mais, algo que duraria para sempre. Eu estava incrivelmente orgulhosa dele e ao mesmo tempo magoada pelo livro, me sentindo excluída. Aqueles sentimentos existiam num difícil emaranhado, mas todos se equivaliam.

Li as páginas num estado de ansiedade e pavor, e muitas vezes precisei parar, deixar de lado o original e me controlar. Ernest tinha escrito com tanta intensidade e em tal solidão que qualquer demora numa opinião o estava matando.

— Está bom? — perguntou Ernest quando enfim terminei. — Preciso saber.

— Está melhor do que bom, Tatie. Não há nada igual, em lugar nenhum.

Ele sorriu de alívio e deslumbramento, e deixou escapar um rápido grito:

— Raios me partam!

Bumby estava no chão, ali perto, mastigando uma locomotiva de brinquedo feita à mão dada por Alice e Gertrude. Ernest agarrou-o, erguendo-o até o teto, e Bumby guinchou feliz, as bochechas rosadas enchendo-se de ar.

— Papa — disse ele.

Tinha sido sua primeira palavra, e ele adorava dizê-la sempre que podia. Ernest também gostava de ouvi-la.

— Papa escreveu um livro maravilhoso — disse Ernest sorrindo para Bumby, que ficava mais vermelho a cada instante.

— Dê um beijo no papa — falei, e Bumby, agora se contorcendo feliz nos braços de Ernest, babou o rosto do seu papa.

Foi um momento muito bom, nós três alinhados, olhando a mesma estrela brilhante, porém, mais tarde, quando eu estava deitada na cama tentando desesperadamente dormir, minhas preocupações voltaram a me rodear e não me deram descanso. Eu tinha sido eliminada do livro desde a página um, palavra um. Por que Ernest não parecia preocupado que eu pudesse ficar magoada ou com ciúmes? Ele com certeza não me tinha seguido por toda parte com uma caderneta, anotando cada frase inteligente que eu dissesse, como fizera com Duff. Arte era arte, mas o que Ernest dissera a si mesmo? Eu precisava saber.

— Tatie — falei no escuro, quase desejando que ele estivesse dormindo —, eu cheguei a estar no livro?

Muitos segundos se passaram em silêncio, e então, em voz muito baixa, ele disse:

— Não, Tatie. Sinto muito se isso a magoa.

— Você pode me dizer por quê?

— Não exatamente. As ideias vêm a mim, e não o contrário. Mas acho que pode ser porque você nunca esteve na lama. Você não estava exatamente lá, dentro daquela história, se é que isso faz sentido, e, sim, de alguma maneira acima dela, superior e melhor do que o resto de nós.

— Não foi a impressão que me deu, mas é um belo pensamento. Quero acreditar nele.

— Então acredite. — Ele virou de lado, os olhos abertos buscando os meus. — Eu amo você, Tatie. Você é o que há de melhor em mim.

Suspirei com suas palavras, sentindo apenas uma minúscula pontada de dúvida.

— Também amo você.

Nas semanas seguintes, Ernest continuou a trabalhar no romance, apurando a linguagem, eliminando cenas inteiras. Era tudo em que ele pensava, e, por ele estar tão distraído, fiquei muito feliz por ter amigas por perto para me fazer companhia. Afinal, ele não parecia se importar com Pauline, e eu era grata por isso.

— Ela fala demais em Chanel — admitiu ele —, mas entende de livros. Ela sabe do que gosta e, mais do que isso, sabe *por quê*. Isso é raro, sobretudo hoje em dia, quando todos estão cada vez mais cheios de vento. Nunca se sabe em quem confiar.

Com a aprovação de Ernest, Pauline começou a ir à serraria à tarde, para me fazer companhia. Tomávamos chá enquanto Bumby brincava ou dormia, e às vezes ela ia comigo à loja de instrumentos musicais, onde eu tocava meu piano emprestado.

— Você toca mesmo muitíssimo bem — disse ela um dia, quando terminei. — Sobretudo o Busoni. Achei que fosse chorar. Como é possível que nunca tenha tocado de verdade?

— Nunca consegui. Não era boa o bastante.

— Ainda poderia tocar. Deveria tocar.

— Você é muito gentil, mas não é verdade. — Estiquei os dedos e fechei o caderno de música. — Esta é a minha vida agora. Eu não gostaria de outra.

— Não, eu também não, se fosse você — respondeu ela.

Mas depois, no caminho de volta para casa, o esquema ainda estava em sua cabeça.

— Você talvez não precise abrir mão de coisa alguma para levar a música mais a sério — disse ela. — Um recital não precisaria ser tão terrivelmente traumático. Todos gostam de você. Querem vê-la ter sucesso.

— Isso exigiria muito mais tempo e esforço — respondi. — E eu precisaria de um piano que fosse meu.

— Você deveria ter um, aliás. É claro que Hem sabe disso. Posso falar com ele, se você quiser.

— Vamos ver — disse eu. — Vou pensar no assunto.

A sensação de ansiedade em relação a tocar na frente dos outros nunca diminuiu muito, mas comecei cada vez mais a me perguntar se um recital poderia, afinal de contas, me fazer algum bem, sobretudo naquele momento em que Ernest estava tão absorvido pelo seu romance. O livro enevoava qualquer outro pensamento e surgia até mesmo quando fazíamos amor. Eu o sentia por um momento, comigo, dentro de mim, e no instante seguinte ele não mais estava ali, simplesmente desaparecera dentro do mundo que estava criando.

Minha música não mudaria em nada seus hábitos — eu não era ingênua a ponto de imaginar algo assim —, mas achei que talvez me desse meu próprio foco e válvula de escape, algo além da preocupação com os horários de refeições e passeios de Bumby. Eu adorava ser mãe dele, mas isso não significava que não pudesse ter outros interesses. Stella fazia isso muito bem. Na verdade, ela era o novo modelo de esposa, e eu, a versão antiquada e provinciana.

Era irônico pensar que quase todas as mulheres que eu conhecia agora eram beneficiárias diretas do trabalho de sufragista feito pela minha mãe décadas antes, lá em nossa sala de visitas, enquanto eu me enroscava com um livro e tentava me fazer invisível. Era possível que eu nunca chegasse a me tornar uma mulher verdadeiramente moderna, mas precisava esconder a cabeça com tanta obstinação? Não deveria tentar só um pouco, para ver o que mais poderia ser bom, sobretudo quando tinha grandes amigos que gostavam de mim, como Pauline mencionara, e queriam me ver fazer sucesso?

Com o tempo, Pauline apresentou-nos a diversos de seus amigos mais finos, da Margem Direita, como Gerald e Sara Murphy. Gerald era pintor, porém, mais do que isso, era um ícone de bom gosto e do bem viver. Ele e Sara tinham chegado a Paris em 1921 e, embora possuíssem um belo apartamento no Quai des Grands-Augustins, migravam aos poucos para o sul da França, onde construíam uma propriedade na Riviera, em Antibes. Gerald estudara arquitetura, e a propriedade, Villa America seria a obra-prima dos Murphy, a coisa mais bonita que poderiam imaginar e que se poderiam permitir — e podiam se permitir muito.

Pauline apresentou-nos também ao poeta Archibald MacLeish e sua encantadora mulher, Ada, que cantava bem, até mesmo como profissional, e usava os vestidos com os mais lindos bordados de pérolas que eu jamais vira.

Surpreendeu-me o quão tolerante Ernest parecia em relação a essas novas relações. Em particular, ele os chamava pejorativamente de "os ricos", mas não podia deixar de reagir à atenção que recebia deles. *In Our Time* foi publicado nos Estados Unidos no início de outubro, e não muito tempo depois exemplares podiam ser vistos nas livrarias de toda a cidade. As resenhas eram todas excelentes, dizendo ser Ernest *o* jovem escritor a ser observado. Suas perspectivas pareciam cada vez mais brilhantes, mas aqueles novos amigos não eram simples parasitas. Não se contentariam em aquecer as mãos na fogueira do sucesso de Ernest; queriam atiçar o fogo.

Nessa ocasião, Pauline começou a ir jantar na serraria diversas noites por semana, e Ernest encontrava-se com ela em algum café. Eu estava muito aliviada por aquela relação ser natural e mútua. Eu nunca ficara satisfeita por brigar com Ernest por causa de Kitty, mas ele não mudaria de ideia. Ela era e sempre seria para ele "aquela vadia folheada a ouro", mas Pauline despertara seu lado mais bondoso e fraterno. Ele começou a chamá-la de Pfife, e fiz o mesmo. Para Bumby, era tia Pfife, e ela também tinha apelidos para nós. Ernest era Papa ou Drum, e eu era Hash ou Dulla. Os três juntos éramos seus adoráveis, seus queridíssimos.

QUANDO O OUTONO SE TORNOU INVERNO e a umidade de Paris se infiltrou pelas janelas e por baixo das portas, Ernest tomou a decisão de deixar de lado o romance de Pamplona.

— Não posso mais vê-lo. Não sei o que é bom ou onde estou errando. Ele precisa ficar em banho-maria. — Ele suspirou e coçou o bigode, que há algum tempo usava mais grosso e rebelde, lindamente indisciplinado. — Tenho pensado em começar algo completamente diferente. Algo engraçado.

— Engraçado parece combinar com Don e Harold, mas não sei se é para você.

— A primeira coisa minha que você leu era engraçada. Você está dizendo que aquilo não era bom?

— De jeito nenhum. Só que seu texto tem mais força quando é dramático.

— Isso nós vamos ver — disse ele, e começou a escrever na mesma hora.

Eu não fazia ideia do que ele realmente tinha na cabeça, ou em quanto tempo poria tudo no papel. Em duas semanas ele terminou o rascunho de *The Torrents of Spring*, uma paródia satírica do último livro de Sherwood Anderson, *Dark Laughter*. Mas tê-lo escrito não tornou mais fácil o próximo passo. Ele não sabia bem o que tinha nas mãos ou quem deixar que o lesse. Alguém poderia entender errado e achar que tinha sido escrito de má-fé.

— Adoraria ler — afirmei. — Posso fazê-lo sem preconceitos.

— Desculpe, Tatie. Não sei se você pode.

— É tão ruim assim?

— Não sei. Vou mostrar a Scott e talvez também a Dos.

Infelizmente, nenhum dos dois gostou do projeto, e ambos lhe disseram para abandoná-lo. Concordaram que o livro de Anderson podia mesmo ser bobo e sentimental, mas ele era um grande talento e fizera tanto para garantir o futuro de Ernest que não seria justo desancar o homem. Com que propósito?

— O propósito — disse Ernest — é que o livro dele é podre e merece ser atacado. E, se alguém vai fazer isso, por que não um amigo?

— Essa é uma maneira um tanto estranha de ver as coisas — respondeu Scott. — Estou lhe dizendo: desista.

Ainda não convencido, Ernest levou o original ao apartamento dos Murphy e leu em voz alta, enquanto Gerald fazia um enorme esforço para não se abalar e Sara adormecia ali mesmo no sofá, usando um penhoar de seda clara. Meu pavor crescia à medida que o ouvia. Quando Ernest terminou, Gerald limpou várias vezes a garganta e, sempre diplomático, disse:

— Não é para mim, mas alguém talvez o considere a coisa certa.

— Você está me arrasando — retrucou Ernest.

Gerald virou-se para mim.

— O que você acha, Hadley? Você tem os pés firmes no chão.

— Bem — hesitei —, não é exatamente gentil.

— Certo — disse Gerald.

— Não é para ser gentil — comentou Ernest. — É para ser engraçado.

— Certo — repetiu Gerald.

Eu tinha uma teoria secreta de que Ernest, na verdade, escrevera o livro para se distanciar de Sherwood e sair da sua sombra. Tanto amigos quanto críticos associavam com frequência a prosa de Ernest à de Anderson, e aquilo o enlouquecia. Ele não queria ser comparado a ninguém, menos ainda a um grande amigo e incentivador da sua obra. Era grato pela ajuda de Sherwood, jurava que era, mas não se sentia devedor. Não era seu aprendiz. Sua obra era apenas sua, e ele iria provar isso de uma vez por todas.

Desesperado para que alguém concordasse com ele em relação a *The Torrents of Spring*, Ernest acabou indo a Gertrude, mas as coisas já não iam bem entre os dois há algum tempo e aquele foi o golpe final. Quando ele me contou como fora, fiquei desolada. Ela quase o expulsara de seu apartamento, dizendo:

— É detestável, Hem, e você deveria saber disso.

— Deveria? — Ele tentou levar na brincadeira.

— Eu acreditava que sim. Você costumava ser responsável em relação ao seu ofício. Agora, você é maldoso e duro, e só se preocupa com a sua imagem e com dinheiro.

— Não seja tão hipócrita! Você adoraria ser rica.

— Eu adoraria ser rica — concordou ela. — Mas não farei todas as coisas que se precisa fazer para chegar lá.

— Como arrasar os amigos, você quer dizer?

Ela ficou em silêncio.

— Já entendi. Você acabou de me pintar com belas cores.

Ele saiu como um furacão e, ao chegar em casa, nem conseguia falar. Mas trancou o livro numa gaveta, e eu fiquei aliviada por vê-lo deixar a obra de lado.

Estávamos perto do Natal nessa ocasião. Fazíamos os preparativos para voltar a Schruns e ficar até a primavera, e Ernest concentrou toda a sua energia em fazer planos.

— Por que não convidamos Pauline a nos acompanhar? — sugeriu ele. — Seria muito melhor para você se ela estivesse lá.

— Eu adoraria. É muito gentil você ter pensado em mim.

Convidamos Jinny também, porque as duas irmãs quase sempre andavam juntas, mas Pauline nos garantiu que Jinny iria a Nîmes com outros amigos. Ela ficaria encantada. Não via a hora de ir.

TRINTA E QUATRO

Pfife saiu do trem corada e alegre. Nevara cerca de sessenta centímetros na semana anterior, mas o clima se estabilizara numa temperatura um pouco mais alta, e era impossível esquiar com toda aquela neve fofa. Ernest prometera lhe dar aulas, e ela carregava corajosamente o par de esquis quando a encontramos na plataforma, mas não pareceu desapontada quando mencionamos o degelo.

— Estar perto de vocês dois já será o bastante, meus bichinhos — disse ela. — E de Bumby, é claro.

Bumby estava de pé, segurando a minha mão. Usava uma roupinha de inverno — parecia o próprio bebê austríaco — e se comportara muito bem no trem, que o deixava excitado e apavorado.

— Diga olá para a tia Pfife — disse Ernest a Bumby, que se escondeu atrás da minha saia e, curioso, esticava a cabecinha para espiar, fazendo-nos rir.

Pauline pareceu encantada com Schruns e com seu quarto no Taube, que ficava no final do longo corredor, bem ao lado de onde Ernest trabalhava.

— É menor do que o seu — comentou ela quando o viu —, mas eu também não sou muito grande.

Sentei-me na cama para vê-la desfazer a bagagem, enquanto Bumby brincava com a franja da colcha com as mãos e os joelhos, cantando uma musiquinha austríaca que Tiddy lhe ensinara. Pauline abriu a mala e começou a tirar saias compridas de lã e belas meias. Apanhou um suéter de *cashmere* cor de manteiga, segurou-o de encontro ao corpo e dobrou-o em três.

— Você tem coisas lindas — disse eu, olhando para minhas próprias calças e para o suéter de lã grossa. — Mas você vai nos constranger se usar mesmo alguma delas.

— Constranger-me seria o caso — respondeu ela. — Acho que exagerei. Hem disse que a nata da sociedade estaria aqui.

— Ele devia estar se referindo às camurças. Ou talvez aos gordos açougueiros e lenhadores austríacos com quem ele joga cartas, cada um fumando um charuto maior. Se não tomar cuidado, você pode até arrumar um marido naquele grupo.

— Os bodes cairão mais depressa do que os lenhadores, posso apostar — disse Ernest da soleira da porta.

Ele ocupava todo o vão, e o corredor atrás dele estava escuro. Pauline sorriu.

— Então vou tentar não mirar muito alto.

Rimos todos, e Ernest voltou ao trabalho, trancando a porta com um clique. Eu estava aliviada por vê-lo escrevendo de novo. Ele passara nossas três primeiras semanas em Schruns na cama, com dor de garganta e muita tosse, portanto era ótimo que parecesse apto a se dedicar a seus textos, e melhor ainda que eu pudesse me distrair com uma amiga e tivesse com quem conversar enquanto ele estava ocupado.

Depois de Pauline ter se instalado no quarto, agasalhamos Bumby e o puxamos em seu pequeno trenó pela cidade, para que eu pudesse mostrar tudo a ela — a pracinha com suas lojas e *Gasthäuser*, a pista de boliche, as serrarias e o córrego, Die Litz, que cortava a cidade em vários pontos e era coberto por sólidas pontes de madeira.

— Eu já estou perdidamente apaixonada por isto aqui — disse Pauline com um suspiro.

Nesse instante, o trenó de Bumby bateu numa fenda no gelo e mergulhou de lado, derrubando-o na neve. Ele deu gritinhos de alegria, levantou-se e mais do que depressa subiu no trenó.

— Mais! Mais, mama!

— Mais! Mais! — ecoou Pauline, e sapateou feliz na neve com suas botas lindas e nada práticas.

De volta ao hotel, ela foi comigo ao quarto, enquanto eu mudava de roupa.

— Nada do que eu trouxe vai servir aqui — comentou ela. — Você se importa de me emprestar algumas coisas suas?

— Você não pode estar falando sério. Sou duas vezes maior do que você.

Ela fez uma careta.

— Duas vezes, não, com certeza. E quanto a lojas? Há alguma coisa aqui por perto?

— Se você não for muito exigente, sim. Nada que se compare a uma loja da Margem Direita em centenas de quilômetros.

— Foi exatamente para me afastar delas que vim para cá. Pretendo ser apenas prática o tempo todo, com sensatas e nada absurdas calças compridas e camisas de homem, exatamente como as suas.

Não pude deixar de rir.

— Você tem certeza de que sabe no que está se metendo?

— Absoluta. E também quero chinelos iguaizinhos aos seus. Precisam ser exatamente os mesmos.

— Você é muito engraçada. Pode ficar com estes — disse eu, tirando os meus e entregando-os a ela. — Usarei os de Ernest. É o que o casamento faz conosco, aliás. Em algum ponto do caminho descobrimos que temos os pés do marido.

Ela sorriu.

— Eu não me importaria.

— Não me diga que você está encarando o casamento com mais boa vontade? Há alguém novo?

— Não, não. Só estou apaixonada pela maneira com que você e Drum são juntos. Há coisas que eu não via antes, como o quanto é bom ter alguém por perto. Não um cavaleiro branco que nos arrebata, mas o companheiro que se senta à mesa todas as noites e diz o que está pensando.

— Eles não fazem isso *sempre*, você sabe. Às vezes nem chegam a falar.

Ela sorriu outra vez e disse que não se importava, depois botou meus chinelos nos pés. Eram tipicamente alpinos, enormes e quentes, forrados com lã de carneiro, mas ela jurou que os adorava assim mesmo.

— Quero morrer dentro deles — exclamou. — Você não conseguirá arrancá-los de mim.

O CLIMA CONTINUOU QUENTE E ÚMIDO demais para esquiar, mas mesmo assim criamos uma adorável rotina. Pauline era minha sombra, e, como eu nunca tinha tido uma, apreciei a atenção e a companhia. Ela começou a me observar tocar piano todas as tardes, preenchendo os intervalos entre as músicas com estímulo e elogios. Tornara-se minha colaboradora mais importante desde que começara a me incentivar a pensar num recital, e surpreendi-me descobrindo que gostava de vê-la defender minha causa junto a Ernest, que agora destinara uma parcela de seu adiantamento para o aluguel de um piano quando voltássemos a Paris. Eu não sabia que precisaria da ajuda dela até recebê-la, e contar com ela — e então me perguntei como teria feito sem Pauline.

Talvez fosse a proximidade, o fato de passarmos os três tanto tempo juntos, mas em Schruns Pauline começou a também fazer parte da cruzada pelo trabalho de Ernest. Ela sempre o admirara e o considerara um grande talento, mas agora a campanha assumia um aspecto bem mais pessoal. Ele acabava de recomeçar a trabalhar no romance de Pamplona e, uma tarde, quando Pauline e eu almoçávamos, ele desceu do ateliê com uma expressão límpida e animada nos olhos.

— Você está se saindo bem — disse eu. — Estou tão contente!

— Muito bem. Mudei-os para Burguete.

— Imagino que você não me deixaria ler alguma coisa — comentou Pauline.

— Ainda não está em condições. Aliás, você só está sendo gentil.

— De maneira alguma. Sei que é brilhante. É, não é, Hadley?

— Claro que é — respondi.

E era. Mas não achei que pudesse compartilhar, pelo menos não ainda, a amplitude dos meus sentimentos confusos em relação ao livro. Até mesmo ouvi-la pedir para ler trouxe-me uma sensação de desconforto. Ela era uma garota esperta. O que pensaria ao perceber que eu não era sequer um personagem sem importância? Imaginaria que Ernest e eu pisávamos em terreno instável? Veria algo que eu não vira ou não soubera ver?

— O romance de Pamplona vai esperar — afirmou ele. — Ainda precisa de mais tempo em fogo brando.

Ele mergulhou com vontade no prato de salsichas e lindas batatas, parando para dizer:

— Tenho outra coisa que você pode ver, se estiver falando sério.

— Eu *sempre* falo sério — respondeu ela. — Você não sabia?

Depois do almoço, quando Ernest desceu com as folhas de papel e entregou-as a Pauline, ela disse:

— É uma grande honra.

— Veremos se você ainda vai pensar assim depois que ler a maldita coisa — respondeu ele, e apressou-se para o jogo de bilhar com *Herr* Lent.

Foi só quando dei a volta para ler por sobre o ombro dele que percebi que o original entregue era *The Torrents of Spring*. Senti uma leve onda de náusea ao me dar conta de que ele nunca deixara de levar em consideração aquele projeto. Só estava ganhando tempo, esperando o leitor certo.

Depois que Ernest saiu para o bilhar, Pauline enroscou-se na bela poltrona vermelha perto do fogo e eu voltei para o piano. Era difícil me concentrar, porque ela ria alto enquanto lia. Acabei decidindo que precisava de uma longa caminhada, e só para o jantar, muitas horas depois, nos reencontramos todos.

— É tudo tão hilariante — disse ela a Ernest mesmo antes que ele se acomodasse à mesa. — Incrivelmente inteligente e muito engraçado. Você tem o meu voto.

— Também achei que fosse engraçado — respondeu ele. — Mas meus ótimos amigos parecem não pensar do mesmo modo.

Ele me olhou com intensidade.

— Só acho que é ofensivo a Sherwood — retruquei.

Pauline podia agora perceber a situação com clareza.

— Se o livro é bom, não é uma espécie de tributo a Anderson? — perguntou ela. — Não ser notícia é má notícia, certo?

— É exatamente o que penso — concordou Ernest, e os dois continuaram a se encorajar, com argumentos cada vez mais enfáticos.

— Não há outra maneira de se ver isso, há? E ele não deveria se sentir lisonjeado, afinal? — disse ela.

— Ninguém com alguma inteligência se magoaria com uma sátira — respondeu ele.

— Bem, eu acho excelente. É um livro muitíssimo bom, e você deveria apresentá-lo a um editor agora mesmo.

Foi só naquele momento que realmente compreendi o quanto ele se sentira magoado quando todos, inclusive eu, depreciaram o livro e deixaram-no de lado. Ele gostava de elogios e precisava deles. Precisava ser amado, até mesmo adorado, e gostava disso. Mas preocupou-me que Pauline o encorajasse daquela maneira exatamente naquele momento. Com seu incentivo, ele mandaria *Torrents* para a Boni

& Liveright, e era provável que nada de bom acontecesse. Anderson era o autor mais importante da editora e fora sua insistência, acima de tudo, que os levara a dar um contrato a Ernest. Para mim, era impossível acreditar que o livro não os ofenderia. Quando Anderson lesse, ficaria mais do que ofendido. Minha opinião era que ele perderia aquela amizade para sempre, do mesmo modo como estava sem dúvida perdendo a de Gertrude. Era tão ruim ver Ernest afastar aqueles mentores, como se criar grandes embates fosse a única maneira de provar a si mesmo (e a todos) que, antes de tudo, nunca precisara deles. Mas eu sentia que, em relação àquele livro, minhas mãos estavam atadas. Não havia mais como discordar.

Na tarde seguinte, Ernest arrumou os originais e colocou-os num pacote com uma carta para Horace Liveright, dizendo que poderiam publicar o livro por um adiantamento de quinhentos dólares e que seu novo romance sobre touradas, com o qual tinha todos os motivos para se entusiasmar, estava quase pronto. E lá se foi o embrulho.

Enquanto esperávamos a resposta, nova tempestade caiu, com mais chuva. Passávamos o tempo no hotel, lendo e comendo melhor do que nunca. Na parte da tarde, Ernest e Pauline começaram a dar longos passeios pelas colinas atrás do hotel, ou a passear sem pressa pela cidade, envolvidos em conversas.

— Ela lê muito — disse-me ele uma noite quando nos aprontávamos para dormir. — E fala lindamente sobre livros.

— Sobre algo além do que Henry James, você quer dizer?

— É — respondeu ele com um sorrisinho.

Henry James nunca havia deixado de ser nossa brincadeira particular, o escritor que se mantinha como nossa linha divisória, demonstrando como eu fora antiquada no passado, não importando o que mais me tivesse sido apresentado ou o que tivesse descoberto sozinha.

— Ela é uma garota esperta, tudo bem — comentei, sentindo uma pontada de ciúmes de sua crescente afinidade.

Ela *era* esperta e parecia ter prazer em rivalizar intelectualmente com Ernest. Eu podia ser a presidente do fã-clube de Hem e o era desde aquela noite em Chicago, quando pela primeira vez ele me estendera aquela pilha de folhas amarrotadas. Mas eu não era uma crítica. Não era capaz de dizer-lhe *por que* seu texto era bom e por que tinha importância para a literatura, aquela velhíssima conversa entre escritores e amantes de livros. Pauline era capaz disso, e ele reagia, como seria de esperar. Ele tinha uma nova energia, sobretudo nos finais de tarde, quando descia depois de um dia de trabalho, porque havia alguém interessante para conversar e *com quem* conversar. O que poderia ser mais estimulante? Eu podia amá-lo como louca e fazer um enorme esforço para compreendê-lo e apoiá-lo, mas não podia ter novos olhos ou um novo sorriso depois de cinco anos. Eu não podia ser *novidade*.

Dois dias depois do Natal chegou a resposta da Boni & Liveright. Estavam rejeitando *Torrents*. Além de o livro ser um texto satírico desnecessariamente perverso tendo Anderson como alvo, eles não sabiam se venderia bem. Era cerebral demais e não tão engraçado quanto pretendia. Estavam, porém, muito interessados no romance sobre a *fiesta* espanhola e aguardavam ansiosos sua conclusão.

— Sou um homem livre, então — disse Ernest com amargura ao nos ler em voz alta o telegrama. — Scott falou a meu respeito com Max Perkins na Scribner's, e sempre há a Harcourt. Posso ir para qualquer lugar.

— Alguém há de ver a genialidade — afirmou Pauline, socando com seu pequeno punho o braço da cadeira, num gesto de efeito.

— Não sei — disse eu. — Você quer mesmo cortar seus laços com Liveright? Eles fizeram um bom trabalho com *In Our Time*.

— Por que você tem que ser sempre tão infernalmente sensata? Não quero mais ser prudente. Além disso, eles deveriam ser gratos *a mim*. Eu os fiz ganhar um bom dinheiro.

— Eles com certeza não são os únicos editores por aí — disse Pauline. — Scott tem tido muita sorte com a Scribner's. Talvez seja o caminho.

— Algo de bom vai sair disso — reagiu ele. — É um livro danado de bom.

— Ah, isso é! — concordou ela. — Irei pessoalmente a Nova York dizer a Max Perkins o quanto é engraçado, se ele já não souber.

Ernest riu e depois sentou-se por um instante, em silêncio.

— Sabe? Talvez não seja má ideia eu mesmo ir a Nova York e me encontrar com Perkins. Scott me disse que ele é o melhor, mas seria bom apertar a mão do homem e fazer negócio frente a frente, se é que vai haver negócio.

— E você não sabe que vai? — respondeu Pauline, e fiquei perplexa pela rapidez com que mais aquele plano se tornara fato consumado.

O que ela falava soava tão bem aos ouvidos dele. Ela lhe dizia o que ele mais queria ouvir, e é claro que era um poderoso estimulante para ambos o fato de estarem em sintonia. Enquanto isso, eu estava sozinha agora, contra *Torrents* e contra tudo mais.

— Você com certeza pode fazer tudo isso pelo correio — comentei. — Ou ir na primavera, quando tiver terminado as alterações no novo livro, e então você terá mais o que mostrar a Perkins.

— Mas *Torrents* está pronto. Eu sei que você odeia o livro, mas vou malhar enquanto o ferro está quente.

— Não o odeio — retruquei.

Mas ele já estava de pé e servindo-se de outra dose, a cabeça cheia de planos.

— É a coisa certa a fazer, você vai ver — disse Pauline.

— Espero que sim — respondi.

Mais tarde, naquela noite, enquanto nos aprontávamos para dormir, comentei:

— Eu não sou *só* sensata, você sabe. Você costumava gostar da minha franqueza.

— É — disse ele, com um pequeno suspiro. — Você é muito boa e muito verdadeira. Mas eu vou fazer isso. Você me apoia?

Quantas vezes ele me perguntara isso em nossa vida de casados? Umas cem? Mil?

— Eu sempre o apoio — respondi, e perguntei-me se seria a única a sentir a complicada verdade daquela frase pairando sobre nós no quarto escuro.

TRINTA E CINCO

Fevereiro em Schruns foi um pequeno inferno. Do lado de fora, o clima era ameaçador e torturante. Dentro, nada era muito melhor porque a razão de viver havia ido para Paris e depois para Nova York, e eu estava a sós com minhas dúvidas.

Na noite anterior à partida de Ernest, ajudei-o com a bagagem, mas o ambiente estava tenso.

— Você pode ir até Le Havre, se quiser, e me ver partir de lá.

— É difícil demais ir com o bebê no trem.

— Então deixe-o aqui com Tiddy. Serão só alguns dias.

— Talvez — disse eu, mas já sabia que não iria, porque não adiantaria.

Não dispersaria minha sensação de que uma fenda crescia entre nós, de que ele deixara de ouvir e confiar na minha voz, e não poderia abrandar minha ansiedade em relação à maneira como ele se voltava para Pauline. Que se sentia atraído por ela era óbvio, mas eu não acreditava que fosse passar à ação. Não o tinha feito com Duff, e ela nunca estivera tão integrada assim à nossa vida. Pauline era minha amiga. Ele não destruiria isso, nem ela. Cartas dela chegavam quase todos dias desde que a tínhamos posto no trem de volta a Paris. Eram sempre endereçadas a nós dois, seus dois grandes bichinhos de estimação, como ela gostava de dizer, seus adoráveis. O tom das cartas era exuberante, abrangente e tranquilo — como a própria Pauline —, e sua leitura me fazia sentir-me melhor. Ajudava-me também a me lembrar de que ela queria um romance arrebatador, do tipo que há na grande literatura. Não se prestaria à vulgaridade. Não fazia o seu estilo.

— Você verá Pauline em Paris, é claro — comentei, enquanto Ernest colocava as últimas coisas na maleta.

— Se houver tempo. Ela está muito ocupada agora, com os desfiles de moda da primavera, e há muitos outros amigos a ver. Então você não vem?

— Não, acho que fico melhor aqui.

— Como quiser — disse ele, e fechou a pasta com um clique.

Ernest passou dez dias em alto-mar, fora de alcance. Nesse período, Bumby e eu nos mantivemos o máximo possível presos à nossa rotina, porque isso me fazia sentir mais firme e estável. Comíamos as mesmas coisas à mesma hora. Íamos para a cama cedo e acordávamos cedo. À tarde, eu andava pela aldeia ou escrevia cartas, enquanto Tiddy se ocupava dele. Em grande parte das manhãs eu ensaiava uma chacona de Bach-Bussoni até achar que meus dedos cairiam. Era para o recital, a favor do qual eu afinal me decidira. A ausência de Ernest e meus medos crescentes ajudaram-me a ver que eu precisava daquilo mais do que nunca. Escrevi uma carta para o gerente da Sala Pleyel, um pequeno salão de concertos na Rue Rochechouart, expressando meu interesse em tocar ali e dando detalhes de minha formação e de meus contatos. Esperei a resposta um tanto apreensiva, mas não havia razão para isso. Ele respondeu com rapidez e simpatia, marcando o evento para 30 de maio. Os detalhes seriam acertados quando eu voltasse a Paris no início de abril.

Quando Ernest finalmente escreveu, fiquei sabendo que, chegando a Nova York, ele fora direto ao escritório de Horace Liveright. O encontro transcorrera bem. Liveright tinha sido amável e tudo terminara num tom bastante tranquilo. Não guardariam ressentimentos, e, o que era melhor, Maxwell Perkins achara *Torrents* "um grande livro". Oferecera 1.500 dólares de adiantamento de uma só vez pelos direitos autorais daquele livro e do novo, ao qual Ernest acabara de dar o título de *O sol também se levanta*, o que era mais dinheiro do que já tínhamos ouvido dizer que alguém recebera. Pensara em sair de Nova York no final da semana, mas mudara de ideia no último instante e resolvera ficar mais algum tempo. Estava no topo do mundo, afinal, e havia tanta gente interessante por lá. Encontrou-se com Robert Benchley, Dorothy Parker e Elinor Wylie, e tudo corria da melhor maneira possível. Por que se apressaria em voltar?

Enquanto isso, o clima em Schruns continuava o mesmo. Tínhamos quase um metro de neve recém-caída, e, num esforço para me impedir de enlouquecer com a espera, eu esquiava e andava a pé até que as pernas parecessem mais fortes do que nunca e os pulmões ardessem com a altitude. Bem acima da cidade, olhava para baixo e via o hotel em miniatura. Daquela distância, ele cabia na palma da minha mão, mas também parecia sólido e confiável. De todos os lugares em que Ernest e eu tínhamos estado juntos, era ali onde eu me sentia mais segura e mais forte. Se precisava enfrentar semanas de incerteza, alegrava-me que fosse lá.

Ernest passou três semanas em Nova York e depois houve mais dez dias de viagem por mar. O navio atracou em Le Havre no início de março, mas ele não voltou logo para Schruns. Havia amigos a ver em Paris. Ele conseguiu almoçar com Scott e Zelda antes que os dois fossem passar a primavera em Nice. Esteve com Gerald e Sara Murphy, com os MacLeish e também, é claro, com Pauline. Cuidou dos assuntos bancários que precisavam de atenção, tomou as devidas providências em relação ao apartamento, e passaram-se os dias. Quando finalmente chegou, numa manhã de sol radiante, Bumby e eu fomos ao seu encontro na estação de trem.

— Olhe só para você, esposa — disse ele quando nos viu na plataforma. — Você está tão linda, bronzeada e adorável!

Sorri e beijei-o.

— E olhe para estas bochechas de marmota, sr. Bumby — completou. — Devo admitir que tenho a mais linda das famílias. Que sorte!

Durante o jantar, ele contou uma série de histórias empolgantes de Nova York. Só quando estávamos na cama falei do recital na Sala Pleyel, e ele ficou quase tão entusiasmado comigo quanto eu mesma.

— Eu sempre quis isso para você, Tatie. Que houvesse música na sua vida, exatamente como antes de virmos para a Europa. Que ela fosse mesmo muito importante.

Ele passou a mão pelo meu cabelo, que crescia sem qualquer cuidado e ficara um tanto alourado com todo aquele sol.

— Eu não sabia o quanto sentia falta de você até vê-la hoje.

— Não sabia?

— Há algo em voltar para casa que nos faz lembrar do que temos.

— Eu senti sua falta o tempo todo.

— Isso também é muito bom — disse ele. — Tudo é muito bom.

Beijei-o, depois me deitei na cama de plumas e observei-o adormecer. Seus olhos relaxaram de todo e não mostravam rugas ao redor ou qualquer cansaço. Ele era como um menino, quando dormia bem. Sob o homem, eu podia ver o menino que ele fora, e amava ambos, simples, absoluta e irreversivelmente. Encaixei meu corpo sob seu braço, senti sua respiração entrando e saindo e me deixei cair no sono.

Em março, as avalanches provocaram acidentes em Schruns. *Herr* Lent ensinava um grupo de alemães a esquiar quando houve a primeira perda. Estivera sol demais, as condições eram perigosas e, embora Lent tivesse dito aos alemães para não irem, eles foram assim mesmo e insistiram em esquiar, fosse ele ensiná-los ou não. Assim, ele levou-os à pista mais segura que conhecia e desceu-a primeiro, para se certificar. Desceram então os alemães, 13 deles chegando ao centro de pista exatamente quando a encosta deslizou e desabou, enterrando todos eles. Quando a equipe de salvamento chegou para resgatá-los, nove estavam mortos. Ouvimos toda a história em primeira mão na noite em que Lent e sua bela assistente *Fräulein* Glaser passaram conosco no Taube.

— Um homem ficou preso em muita neve, neve velha, especialmente úmida e pesada — disse Lent. — Passamos dois dias à sua procura. O pessoal do resgate cavou sem trégua e, quando enfim o encontraram, foi porque seu sangue havia criado uma trilha para seguirmos. Ele quase arrancou a cabeça girando-a para tentar respirar.

— Girou-a até o ponto de ter uma fratura exposta — acrescentou *Fräulein* Glaser.

Ela era tão jovem e adorável com o cabelo puxado num coque e o rosto muito bronzeado que era quase chocante ouvir dela aqueles detalhes tão horrendos.

— Houve outro homem, há alguns anos, morto numa avalanche de neve fofa. Ele tinha se virado para acenar para um amigo e os dois morreram acenando e sorrindo.

— Não consigo acreditar nessa história de morrerem sorrindo.

— Eu consigo — disse Ernest. O fogo crepitou e estalou, e todos passamos algum tempo em silêncio. — Talvez seja como tourear ou coisa parecida — comentou, afinal, olhando para sua caneca de vinho quente. — Talvez se possa aprender sobre a avalanche, estudando as condições, o que as desencadeia e como sobreviver se for apanhado por uma.

— Talvez — disse Lent. — Seria possível aumentar as chances, de qualquer maneira, mas nunca deixaria de ser perigoso.

— Você acha que poderemos voltar a subir nesta estação? — perguntou Ernest.

— Pouco provável — respondeu Lent. — E se você conseguir convencer alguém a levá-lo montanha acima, não serei eu. Eu não me perdoaria se algo acontecesse uma segunda vez.

Fräulein Glaser assentiu com ênfase, mas Ernest não parecia nem um pouco abalado pela experiência de Lent. Ainda imaginava como poderia subir. Eu podia dizer, pelo brilho em seus olhos, que um desafio fora criado. Ele queria testar sua habilidade e também seu medo, enquanto eu pensava: *Homens morreram. Não deveríamos estar aqui.*

Como Lent continuou inflexível quanto a não nos deixar esquiar, ficamos felizes ao receber uma carta de Dos Passos, quase no final de março, dizendo que iria nos fazer uma visita, com os Murphy. Quando chegaram, estar em Schruns foi como estar em qualquer lugar com os muito ricos. Era uma festa incomparável a qualquer hora do dia, e todos estavam felizes.

— Adoro seu pequeno esconderijo — disse Sara Murphy, quando chegou para o café da manhã em trajes de esqui novos e absolutamente imaculados, mesmo sendo inviável esquiar.

— É o melhor lugar da região — concordei.

— Mas não é mais um esconderijo — retrucou Ernest, com um sorriso de sarcasmo.

Ernest estava quase sempre pronto para se queixar do infindável bom gosto dos Murphy e de suas toneladas de dinheiro fácil. Tinha mais paciência com Sara, porque ela era muito bonita e dava a todos algo agradável de se ver. Com Gerald era mais complicado. Ele era educado demais para Ernest, refinado demais. Suas roupas eram perfeitas, e ele falava tão bem que não se podia deixar de achar que ele se preparara desde o início para ser uma criatura que era só elegância, só charme. Mas ele também parecia estranhamente determinado a fazer o que fosse preciso para impressionar Ernest e ganhar sua amizade e aprovação. Não podíamos ir às pistas, mas Ernest dava aulas de esqui a Gerald na colina atrás do Taube, e foi lá que Gerald começou a chamar Ernest de Papa, porque ele era o professor do momento e adorava aquele papel.

— Mostre-me outra vez como dar essa volta no final da descida, Papa. Foi uma beleza — pediu ele.

Ernest continuou ressabiado.

— Eles poderiam comprar toda a Riviera fedorenta, se quisessem — disse-me na cama, uma noite. — E a povoariam com montes de espécimes interessantes para entretê-los a qualquer momento, como nós. Somos todos macacos para o tocador de realejo, e Dos é o pior. Ele não tem mais qualquer pudor; ele faz tanta questão de agradá-los...

— Mas há coisas agradáveis também, e eles são muito generosos, não são?

— Aí está de volta minha boa e franca esposa. Você morreria se concordasse comigo alguma vez?

— Você morreria se visse algo de bom neles? A admiração deles por você é imensa.

— Os muito ricos só admiram a si mesmos.

Continuamos deitados por alguns instantes, e, no silêncio, ouvi a tosse seca de Bumby no quarto ao lado. Quanto mais ele crescia, menos acordava à noite, e não nos preocupávamos mais em chamar Tiddy, exceto durante o dia. Mas ao ouvir a tosse, pensei que seria bom tê-la ali, para momentos como aquele.

— Você não vai cuidar disso? — perguntou Ernest. — Você não vai querer que ele acorde nossos bons e generosos convidados.

— Você precisa mesmo ser tão cretino? — retruquei, levantando-me cansada e esticando-me para pegar o penhoar.

— Preciso, sim. Isso me mantém em forma.

Ele rolou para o lado e fez uma grande cena de se esticar confortavelmente na cama enquanto fui ver o bebê, que na verdade nem sequer estava acordado. Tossia com os olhos fechados, ainda sonhando, e quando o acesso passou, pareceu muito bem e respirava tranquilo. Quando voltei para a cama, ajeitei-me em silêncio, acreditando que Ernest já estaria dormindo, mas não estava.

— Desculpe se sou um merda rabugento — disse ele no escuro. — Você sempre foi a melhor de nós dois.

— Não sou — respondi, e me virei para encará-lo. — Nós dois somos um só, não somos?

— Claro — disse ele, me despenteando e me beijando no nariz. — Boa noite, Tatie.

— Boa noite, Tatie.

TRINTA E SEIS

Em Chenonceaux, lá estava o castelo, refletido à perfeição no rio Cher. Era como se estivesse ali porque assim eu o imaginara, parecia saído dos meus sonhos e que ali se manteria até que eu me virasse para outro lado e ele se dissolvesse. Meus olhos eram atraídos sem cessar para as duas fileiras de arcos, até que eu não pudesse mais dizer qual era a real e qual era a espelhada.

— É chamado o Castelo das Damas — disse Pauline, lendo o guia.

— Por quê? — perguntou Jinny.

— Não diz por quê. Talvez porque seja a maior dama das redondezas.

— Talvez seja onde as damas eram postas em espartilhos e mantidas em silêncio — observou Jinny. — Enquanto os homens estavam em seus castelos entretendo-se com prostitutas e mastigando grandes nacos de carne.

Eu ri.

— Podem pensar que você não gosta nem um pouco dos homens.

— Ora, eles têm sua utilidade.

— Concordo com isso — disse Pauline.

Viajávamos pelo vale do Loire, na região dos castelos. Eu nunca tinha estado lá, mas Jinny e Pauline sabiam bem onde ficar, a que restaurantes ir e o que pedir. Havíamos comido carne de porco moída em Tours, javali, rabo e macias costeletas de vitela, aspargos brancos e cogumelos que desmanchavam na boca, e sete tipos de queijo de cabra. Por onde quer que fôssemos, havia um novo vinho local a experimentar, e à noite dormíamos excepcionalmente bem nas melhores hospedarias. A princípio, foi estranho deixar que as meninas pagassem todas as contas, mas elas continuaram a insistir que eu era sua convidada e que toda a viagem fora inventada porque elas queriam me mimar.

Ernest, em geral, detestava que eu aceitasse ajudas, mas, quando Pauline e Jinny propuseram a viagem ao Loire, pouco depois de nossa volta a Paris em abril, ele me surpreendeu encorajando-me a ir.

— Marie Cocotte virá todos os dias para nos dar de comer — disse ele. — O livro está pronto. Levarei todos os dias o sr. Bumby às corridas de bicicleta e o estacionarei ao sol para longos cochilos. Seremos uma boa dupla, e você fez por merecer seu descanso.

Fiz mesmo, pensei. Nas últimas semanas em Schruns, eu passara todos os minutos livres ensaiando as peças para o recital, temendo não estar preparada. Contamos a todos os conhecidos, e a lotação foi logo esgotada.

Só isso já era um pensamento enlouquecedor, mas eu mergulhei no trabalho, repetindo cada peça, cada frase, cada nuance, acreditando que, quando chegasse a hora, eu poderia confiar no hábito se tudo mais falhasse. Enquanto isso, Ernest entregava-se de corpo e alma a terminar *O sol*, que reescrevia em grupos de vários capítulos por dia. Agora, preparava-se para enviar pelo correio os originais para Maxwell Perkins.

— Estou pensando em dedicá-lo ao sr. Bumby e em incluir algo sobre o livro ser cheio de histórias instrutivas — disse ele.

— Você está falando sério?

— Claro que não. A ideia é ser irônico. Scott diz que eu não deveria fazer isso, mas acho ótimo. Bumby saberá que eu jamais quis viver daquela maneira, como aqueles pobres selvagens perdidos.

— Quando ele souber ler, você quer dizer — respondi, rindo.

— É, é claro.

— Não é fácil saber viver, é? Ele tem sorte por ter você como pai, e algum dia ele terá muito orgulho disso.

— Espero que você esteja falando sério.

— Claro que estou, Tatie. Por que não estaria?

— Porque nem sempre é fácil saber viver.

Enquanto fazia as malas para a viagem, fui obrigada a admitir que estava aliviada por ter de volta nossa rotina parisiense e Pauline incluída nela. Tão logo voltamos, ela apareceu na serraria e foi maravilhosamente autêntica, rindo e brincando conosco, chamando-nos de “seus dois homens mais queridos”.

— Céus, senti sua falta, Pfife — disse eu, e era a mais pura verdade.

Quando começamos a viagem, as duas irmãs estavam no melhor dos humores. Por dois dias, paramos em todos os castelos que havia no mapa, cada um parecendo mais imponente e maravilhoso do que o anterior. Mas, com o passar do tempo, o estado de espírito de Pauline pareceu mudar. No Château d’Azay-le-Rideau, uma fortaleza de pedra branca que parecia flutuar sobre o lago de lírios que o cercava, ela olhou tudo com um ar sombrio e triste.

— Por favor, vamos embora — pediu ela. — Não quero ver nada.

— Você só está com fome, meu anjo — disse Jinny. — Vamos almoçar logo depois.

— Parece que os tapetes são do esplendor persa — comentei, olhando o guia que Pauline me tinha entregue.

— Ai, Hadley, quer calar a boca?

— Pauline! — cortou Jinny.

Pauline pareceu chocada por ter dito o que disse, e andou depressa em direção ao carro. Quanto a mim, fiquei tão abalada que senti o sangue me fugir do rosto.

— Por favor, não ligue para ela — disse Jinny. — Acho que ela não tem dormido bem. Ela sempre se ressentiu disso.

— O que está acontecendo? Ela não me quer aqui?

— Não seja boba. Foi tudo ideia dela. Só lhe dê um pouco de espaço e ela volta ao normal.

Jinny e eu passamos quase uma hora andando pelo parque ao redor do castelo, e, quando voltamos, Pauline já passara da metade de uma garrafa de vinho branco que estava num balde de gelo, na mala do carro.

— Por favor, me desculpe, Hadley. Sou mesmo uma louca!

— Com certeza! — disse Jinny.

— Está tudo bem — respondi. — Todas nós temos as nossas crises.

Mas ela bebera demais e parecia estar fumegando de raiva logo abaixo da superfície de nossos bons momentos, não importando o que comêssemos, víssemos ou fizéssemos. Não importando o que eu ou qualquer um dissesse.

No fim da tarde, tínhamos parado e passeávamos pelo Jardin de Villandry, no rio Loire. Tudo era perfeição e esplendor. O jardim se estendia por três níveis, com o primeiro começando nas margens do rio, cercado por árvores de tílias em flor. Os outros níveis formavam aprazíveis figuras geométricas, curvando-se em torno de aleias de pequenas pedras rosadas. Havia um jardim de ervas, um jardim musical e outro chamado o Jardin d'amour, pelo qual Pauline caminhou ainda mais devagar. Acabou parando de repente perto de um canteiro de amarantáceas e então, inexplicavelmente, começou a chorar.

— Por favor, pare, querida! — disse Jinny. — Vamos, alegre-se.

— Não sei o que deu em mim.

Secou as lágrimas com um lenço de linho dobrado, mas não conseguiu fazê-las parar.

— Sinto muito — disse ela, com a voz um pouco embargada, e então correu, os belos sapatos tropeçando nas pedras rosadas.

TRINTA E SETE

Quando ele via Pfife na rua com seu belo casaco, ela estava sempre tão fresca e cheia de vida. Inclinava a cabeça para um lado quando ele lhe falava, apertando os olhos e ouvindo. Ela ouvia com toda a sua alma e falava da mesma maneira. Quando dizia coisas a respeito do trabalho dele, ele tinha a sensação de que ela compreendia o que ele estava tentando fazer e por que era importante. Ele gostava de tudo aquilo, mas não pretendia fazer coisa alguma a respeito. Então, uma noite, ela ficara na serraria até muito tarde. Hadley tinha ido se deitar com dor de garganta, e eles ficaram conversando. Quando chegou a hora de Pfife partir, em vez de colocá-la num táxi, ele a acompanhou até sua casa. Eram quase cinco quilômetros, mas eles os percorreram numa espécie de transe, sorrindo estranhamente um para o outro, os passos ecoando no calçamento. Andaram ainda mais devagar ao se aproximarem da entrada, mas por fim não havia mais para onde ir.

Ela se virou para ele e disse:

— Você pode me beijar.

— Está bem — respondeu ele, e beijou-a intensamente nos lábios.

Voltou então para casa, caminhando sozinho, o desejo borbulhando dentro dele, perguntando-se se Hadley suspeitaria de algo.

Poucos dias depois, encontraram-se por acaso no Dingo. Para ele, pelo menos, fora por acaso. Tomaram cada um uma dose de Pernod, e então ela disse:

— Se ficarmos aqui, algum amigo nosso vai acabar aparecendo e então seremos obrigados a ficar.

— Para onde iríamos?

Ela lhe deu um olhar sério e pagou a conta, e então caminharam depressa até seu apartamento, na Rue Picot. Sua irmã passaria a tarde fora, e eles nem sequer acenderam as luzes ou fingiram ter ido lá para qualquer outra coisa.

Ele se surpreendera com a intensidade dela — afinal, ela era muito católica, e ele a imaginara tímida e cheia de culpa. Mas a culpa veio muito depois. Naquele momento, havia apenas sua indiscutível e maravilhosa estranheza. Seus quadris estreitos e as pernas longas e muito brancas nada tinham a ver com os de sua mulher. Seus seios eram como pequenas e duras metades de pêssegos, e ela era um novo país. Ele se sentiu muito feliz por estar com ela, desde que não pensasse no que aquilo significava.

Quando foi para casa e para a esposa, sentiu-se um grande merda por fazer aquilo e jurou a si mesmo que não aconteceria de novo. E então, quando aconteceu, repetidas vezes, sempre e a cada vez mais planejada e deliberadamente, ele se perguntou como faria para consertar a confusão que criara. Se Hadley soubesse, morreria duas vezes, uma para a traição de cada um deles. Mas se não soubesse, bem, era quase pior. E aquilo nem sequer seria real, porque ela era a vida dele e nada significava coisa alguma se ela não soubesse.

Ele amava as duas, e por isso havia dor. Ele carregava aquilo na cabeça como uma febre e adoecia de tanto pensar. E às vezes, depois de horas rolando na cama, ficava muito clara para ele a ideia de que só precisaria mudar a vida para se adaptar às circunstâncias. Pound conseguira. Tinha Shakespear e Olga, e ninguém duvidava que ele amava as duas. Não precisava mentir; todos sabiam tudo, e tudo funcionava porque ele levara as coisas adiante e não fizera concessões nem se tornara outra pessoa.

Era esse o truque, não era? Ford era quase tão velho quanto o pai dele, mas também fizera a mesma coisa. Quando sua primeira mulher não quis se divorciar, ele simplesmente mudou de nome e se casou com Stella, que era muito bonita e sincera, e que também não foi suficiente. Ele se envolveu com Jean Rhys, transferindo-a para dentro da casa onde Stella pintava num quarto, o bebê chorava em outro e num terceiro ele editava os livros de Jean e deitava-se com ela. Todos chamavam Jean de "a garota de Ford" e Stella de "a mulher de Ford", e tudo parecia funcionar bastante bem.

Por que Pfife não poderia ser sua garota? O arranjo poderia ser mortal, mas não podia o casamento ser também, se abafasse o seu fogo? Podia-se ficar muito silencioso, no casamento. Uma nova garota faz com que se fale, e dizer-lhe tudo traz a novidade de volta. Ela tira o homem de dentro da própria cabeça e interrompe a sensação de que a melhor parte dele estava sendo desbastada, centímetro a centímetro. Era o seu motivo para tê-la. Não importava o que mais acontecesse, por terrível que fosse, aquilo seria inesquecível.

TRINTA E OITO

— Deixe-me ir ver o que há com ela — disse Jinny, e seguiu Pauline até o final do jardim, onde havia uma pequena clareira verde cercada de salgueiros.

Eu não podia ouvir o que diziam, mas vi Pauline enterrar a cabeça nas mãos e sacudi-la para frente e para trás. Foi quando me assaltou a ideia de que Pauline estava sendo muito corajosa em relação a mim, ao me convidar para ficar com ela por dias seguidos, estando tão apaixonada pelo meu marido. No instante em que o pensamento se formou na minha cabeça, eu soube que não estava sendo uma esposa ciumenta. Aquela era a verdade e não poderia ser contida ou modificada. Ela atravessara o jardim e sentira que ele lhe falara de toda a felicidade que ela não poderia ter. Ernest e eu éramos o jardim, e tudo o que podíamos fazer era destruí-la, e isso já estava acontecendo.

Na clareira, Jinny inclinava-se para ela e sussurrava algo terno, e Pauline pareceu se acalmar. Mas quando Jinny tentou levá-la de volta até onde eu estava, ela resistiu. Por fim, Jinny voltou sozinha.

— Não sei o que dizer. Ela é uma caixa de Pandora de humores, sempre foi, na verdade. Desde que éramos crianças.

— Jinny, por favor, seja honesta comigo. Ernest está envolvido nisso? Pauline se apaixonou por ele?

Jinny me olhou com surpresa. Seus olhos eram muito castanhos e muito claros sob a cortina da franja escura.

— Acho que eles se gostam.

Foi quando vi a parte que não vira antes e me senti muito estranha e tola por não a ter percebido.

— Ah! — exclamei, e não consegui pensar no que mais dizer.

O RESTO DA VIAGEM FOI UM BORRÃO. Houve outro dia interminável, e foi doloroso. Eu não podia me controlar e fazer de conta que tudo estava bem. Mal conseguia falar com Pauline e Jinny com cortesia. Era flagrante demais que, uma vez descoberto o segredo de Pauline, as duas estavam mais à vontade e pareciam se divertir. Comecei a pensar que haviam arquitetado a viagem com o propósito específico de, fosse como fosse, fazer-me saber do caso.

Voltando de carro pelo mesmo caminho da ida, vimos à distância muitos castelos parecidos, banhados pelo sol ou flutuando em névoas como se fossem feitos de hélio. Mas eu não era mais capaz de lhes perceber a beleza. Minha cabeça também flutuava, muito acima do meu corpo, enquanto eu me perguntava até onde teriam ido as coisas entre Ernest e Pauline e até onde ainda iriam as coisas para todos nós. Teriam os dois se tornado amantes em Paris, quando Ernest ia ou voltava de Nova York, ou mesmo antes, em Schruns? Fiquei doente só de pensar nos dois juntos lá. Aquele era o nosso jardim. Nosso lugar especial e favorito. Mas talvez nada mais fosse seguro.

De volta a Paris, Jinny e Pauline levaram-me de carro até a serraria e lá me deixaram. Não pediram para subir, e eu não convidei. Se Pauline quis olhar para as janelas do segundo andar e ver se Ernest a olhava, resistiu. Sentou-se e olhou para frente sob um chapéu cinza muito claro, e nos despedimos quase como estranhas.

Lá em cima, Ernest lia na cama e o bebê tinha saído com Marie Cocotte. Ele soltou o livro quando entrei e me observou com crescente desconfiança enquanto eu ficava ali parada, tremendo, incapaz de tirar o chapéu e o casaco.

— Você está apaixonado por Pauline.

Obriguei-me a olhá-lo nos olhos quando falei.

Seus ombros endureceram e relaxaram. Ele apertou as mãos e soltou-as, mas continuou calado.

— Então? — perguntou ele.

— Então o quê? Não posso responder. Não vou responder.

— Por que não, se é verdade?

Minha respiração era superficial, e ficava cada vez mais difícil olhar para ele, encará-lo e fingir que eu tinha controle sobre alguma coisa.

— Quem está se importando com o que é verdade? Há coisas que não se podem dizer.

— E quanto às coisas que não se devem fazer?

Meu tom de voz era condescendente e muito alto.

— E quanto às promessas que se fizeram?

— Culpa não vai adiantar, você sabe. Se você pensa que pode me fazer sentir-me pior do que já me fiz sentir, vai ter que se esforçar muito mais.

— Vá para o inferno!

— É, tudo bem. Isso aí é garantido, posso apostar.

E então, enquanto eu o olhava, o rosto desfeito, a boca aberta como uma idiota, ele apanhou o chapéu e o casaco e saiu para andar pelas ruas na chuva.

Eu estava atordoada. Durante toda a viagem de volta a Paris, eu tinha pensado no que dizer para fazer Ernest perder o controle e me dizer claramente o que estava acontecendo. Se havia algo terrível a saber, eu queria descobrir de uma vez, sem rodeios ou evasivas. Mas o que eu poderia fazer com aquela reação? Seu silêncio equivalia a uma admissão de que ele estava apaixonado por ela, mas de alguma forma ele se virara contra mim como se o caso não fosse o que havia de pior, e, sim, o fato de que eu tivera o mau gosto de mencioná-lo.

Quando Marie Cocotte chegou com Bumby, eu chorava tanto que os dois se assustaram. Marie ficou e me ajudou a dar de comer a Bumby e a colocá-lo na cama, porque minha incapacidade era óbvia. Ao sair, ela perguntou:

— Por favor, senhora, há algo que eu possa fazer?

Balancei a cabeça.

— Tente não ficar tão triste, está bem?

— Vou tentar.

Lá fora, a chuva cinzenta continuava a cair. Para onde fora a primavera? Quando eu partira para o vale do Loire, as folhas estavam nas árvores e as flores começavam a se abrir, mas agora tudo estava encharcado e alagado. Tinha sido uma falsa primavera, uma mentira como todas as outras mentiras, e eu me vi imaginando se ela realmente chegaria.

MEIA-NOITE JÁ IA LONGE QUANDO Ernest chegou bêbado. Eu ainda estava acordada e passara diversas vezes de triste a zangada.

— Não quero você aqui — falei quando ele se sentou na cama para tirar os sapatos. — Vá para a casa da sua amante, se é o que você quer.

— Ela foi para Bolonha — respondeu ele. — E como você saberia o que eu quero?

Sentei-me depressa e dei-lhe um tapa no rosto com a maior força que pude, depois repeti. Ele mal se moveu.

— Banque a vítima se quiser, mas ninguém aqui é vítima. Você deveria ter ficado com essa maldita boca fechada. Agora foi tudo para o inferno.

— Você está me dizendo que teria sido perfeitamente feliz continuando tudo como estava, apaixonado por ela e sem dizer uma palavra?

— Algo assim — admitiu ele.

— Não posso acreditar — exclamei, e comecei a chorar. — Não posso acreditar nisso tudo.

Naquele exato momento, o bebê acordou no quarto ao lado e choramingou.

— Perfeito — disse ele, encarando a parede. — Agora aposto que ele também vai começar a se lamentar.

Ele saiu do quarto e foi para a cozinha. E poucos minutos depois, quando vesti o penhoar e saí para ver Bumby, ele já tinha se servido de uísque e estava apanhando o sifão.

Naquela noite, Ernest não foi para a cama e pela manhã, quando me levantei para preparar o café da manhã, já não estava no apartamento. No final da tarde ele voltou para casa, e, quando despiu o casaco e tirou dos bolsos os lápis e a caderneta, fiquei surpresa ao vê-los num dia como aquele.

— Você escreveu hoje?

— Como um alucinado — respondeu ele. — Fiz o esboço de um novo conto. Brotou todo de uma só vez.

Tudo o que pude fazer foi balançar a cabeça e colocar um pouco de rosbife, queijo e pão num prato. Bumby apareceu enquanto Ernest comia, sentou-se em seu colo, e os dois dividiram pedaços de pão. Observei-os por algum tempo e disse:

— O que acontece agora?

— Não sei. Não escrevi isso. Não tenho ideia do que vem depois.

— Você ainda vai à Espanha?

— Por que não? Os planos estão feitos. Parto no dia 12. Nem um dia depois, se não quiser perder a corrida em Madri. Estarei de volta para o seu recital, é claro. Não haverá problemas.

— Não posso tocar agora — declarei.

Quase me esquecera daquilo. Como eu poderia me apresentar sem me desmanchar em pranto diante de todos os nossos conhecidos?

— Que história é essa de não poder? O teatro está alugado. Você não pode recuar.

— Posso e vou.

— Todos vão comentar, você sabe.

— É provável que já estejam comentando. Eu não ficaria surpresa se os cafés estivessem fervilhando de mexericos.

— Que vão todos para o inferno. Nada nos magoa se não deixamos.

— Você acredita mesmo nisso?

— Preciso acreditar — disse ele.

— Você contou a Pauline?

— Que você sabe? Ainda não.

— Bem, vamos perguntar a ela como faremos daqui em diante. Tenho certeza de que ela tem algum plano brilhante.

— Cuidado!

— Por quê? Você está com medo que eu me transforme numa megera? Se acontecer, sabemos de quem é a culpa.

Ele se levantou e voltou com uma garrafa de brandy e dois copos.

— Beba isto — disse, enchendo o copo e empurrando-o para o meu lado da mesa. — Vai lhe fazer bem.

— É, vamos cair de bêbados.

— Tudo bem. Sempre fomos bons nisso.

TRINTA E NOVE

Os dias que se seguiram foram tão tensos e tão cheios de discussões, mesmo à luz do dia ou na rua, que Ernest fez a mala e foi mais cedo para Madri. Ficou mais fácil sem ele. Eu não sabia o que me traria o futuro, mas precisava de algum descanso e de tempo para pensar.

Senti-me uma covarde agindo assim, mas não mudei de ideia e cancelei a apresentação. Agora precisava lidar com o constrangimento de me desculpar com todos. Era muito ruim mentir, culpar meus nervos e a falta de preparo — mas não tão ruim quanto levar aquilo adiante. Ainda mais depois que a notícia do caso se espalhou, como eu suspeitava.

Foi Kitty quem me contou. Ela foi me ver logo depois da partida de Ernest para Madri e ouviu tudo com seu ar resoluto, deixando-me desmoronar diante dela. Quando terminei e só me restavam lágrimas, comentou baixinho:

— Eu gostaria de dizer que estou surpresa, mas não estou. Vi Pauline na rua pouco antes da ida dela para Schruns. Levava os esquis nos ombros, estava cheia de pacotes e, embora não tenha, na verdade, dito nada demais, havia algo na maneira como falou de vocês dois. Uma autoridade na voz, como se ambos lhe pertencessem.

— Ela é corajosa. Sou obrigada a reconhecer.

— Zelda disse que ela e Scott estavam no Rotonde quando Pauline chegou e começou a falar de uma carta que tinha recebido de Hem e de como era engraçado que ele soubesse tanto a respeito de perfumes femininos. Alguém mais achava engraçado? Estava sem sombra de dúvida jogando sementes. Plantando suspeitas.

— Ou talvez não pudesse se conter. Ela está apaixonada por ele.

— Você está dizendo que tem alguma simpatia por ela? — perguntou Kitty, incrédula.

— De modo algum. Mas amor é amor. Faz com que se tenha atitudes absurdas.

— Eu ainda gosto de Pauline, que Deus me ajude, mas ela está muito errada nessa história. Liberdade é uma coisa, mas você traça uma linha diante do marido de uma amiga. Precisa traçar.

Os dias ficaram gloriosos, com as flores leitosas de castanha-da-índia enchendo o ar com sua doçura — mas eu não podia sair e aproveitar. Bumby caíra doente. Começou como um resfriado, mas logo veio a febre. Agora ele estava pálido e apático, brigando com uma tosse horrorosa que piorava muito à noite, acordando nós dois. Ficamos no apartamento. Eu lia livros e inventava canções bobas para distraí-lo, mas era muito difícil, ainda que por alguns minutos, esquecer que minha vida estava desmoronando.

De poucos em poucos dias chegava um telegrama de Ernest. Ele estava infeliz em Madri. A cidade estava empoeirada e fria demais, e as boas corridas eram longe e poucas. Os touros estavam misteriosamente fracos e doentes; ele também se sentia um touro doente. Não havia com quem beber. Todos os bons amigos estavam em outros lugares, e ele estava muito solitário. Mas estava escrevendo. Num domingo à tarde, terminara três contos dos quais só tinha esboços, e a energia parecia não arrefecer. Ele continuaria a escrever e a aproveitá-la até o fim. Bumby e eu iríamos? Se fôssemos, precisávamos nos apressar. Ele precisava de companhia para não enlouquecer.

Respondi dizendo que Bumby não estava bem para viajar. Eu também não tinha condições. Não sabia como Ernest e eu estávamos e não acreditava poder esperar que as coisas se resolvessem num quarto de hotel na Espanha, sobretudo se tivesse que ver telegramas de Pauline chegarem todos os dias. Não, era melhor manter distância, e, de qualquer forma, seus textos ganhavam força com ela. Ele sempre escrevera melhor em tempos difíceis, como se a dor o ajudasse a chegar ao fundo de alguma coisa dentro dele e fizesse funcionar as máquinas certas.

Também não me surpreendeu que ele estivesse com pena de si mesmo. Há homens que adoram ficar sozinhos, mas Ernest não era um deles. A solidão o fazia beber demais, beber o impedia de dormir, não dormir fazia as vozes más e os maus pensamentos emergirem das profundezas, e ele, então, bebia mais para tentar silenciá-los. E mesmo que não o admitisse para mim, ele sabia que estava sofrendo porque me magoara muito com aquele caso. Saber que ele sofria me dava pena. É assim que o amor nos enreda. Eu não podia deixar de amá-lo e não podia silenciar os sentimentos que me faziam querer cuidar dele — mas também não era obrigada a correr em resposta às suas cartas. Eu também estava ferida, e ninguém corria para mim.

Perto do final de maio, a tosse de Bumby havia melhorado um pouco, então fiz as malas e fomos a Cap d'Antibes, para a Villa America de Gerald e Sara Murphy, de onde tínhamos sido convidados a ocupar a casa de hóspedes. Muitos do nosso grupo já estavam lá. Scott e Zelda estavam perto, em Villa Paquita, em Juan-les-Pins, e Archie e Ada MacLeish, numa pequena enseada alguns quilômetros acima da praia. Haveria muito sol, natação e boa comida e, mesmo sabendo que poderia ser difícil para mim, considerando os boatos que circulavam há algum tempo, eu também não era provinciana a ponto de achar que nossa história interessaria por muito tempo aquelas pessoas. Zelda, afinal, tinha homens morrendo por ela, e se orgulhava de alardear. Nosso caso não passava de um punhado de mexericos, se você pensava nele dessa maneira. Fossem quais fossem os riscos, eu precisava do descanso. Ernest se juntaria a nós quando terminasse em Madri, e, àquela altura, eu esperava me sentir dona de mim mesma o bastante para poder encará-lo.

Gerald foi ao nosso encontro no trem e nos levou de carro à Villa America num carro esporte amarelo-limão surpreendentemente rápido. Não pude deixar de me impressionar com tudo aquilo. Os Murphy tinham passado mais de um ano remodelando e aperfeiçoando a *villa*, enquanto moravam num hotel na cidade. Antes de chegarem ao cenário de Antibes, não havia na verdade um cenário. A cidade era pequena e indolente, com uma restrita temporada primaveril. Ninguém jamais ia à Riviera no verão, mas os Murphy adoravam o verão e adoravam Antibes; dariam um jeito de fazer com que o lugar se adequasse a eles. Pagaram um hoteleiro da cidade para ficar aberto o ano todo, só para eles, e logo outros hotéis ficaram abertos e novos estavam sendo construídos. A praia era coberta de algas, mas Gerald a limpara pessoalmente, alguns quilômetros por vez, e agora estava imaculada. Antes que os Murphy chegassem e a transformassem em moda, ninguém jamais pensara em se bronzear na areia. Eles inventaram o banho de sol, e ficar perto deles mesmo que por pouco tempo fazia pensar que eles haviam inventado tudo o que era bom, agradável e civilizado.

Sua propriedade cercava-se de sete acres de jardins pavimentados, com heliotrópios brotando por toda parte. Havia limoeiros, tamareiras, oliveiras e pimenteiras. Figos claros e escuros brotavam junto a um exótico bordo árabe de folhas brancas e transparentes. Além da casa de hóspedes, havia ainda uma pequena fazenda com estábulo, um chalé para o jardineiro, outro para o motorista, uma casa de brinquedos para os três filhos dos Murphy e um ateliê de pintura reservado para Gerald. Antes de irmos à casa principal, ele nos acompanhou por um caminho rochoso pelo qual se chegava à alvíssima areia de sua praia particular. Scott e Zelda lá estavam, reclinados em amplas esteiras de palha e bebendo sherry em refinados copos de cristal. Scottie brincava por perto, nas ondas, com os filhos dos Murphy, todos muito louros e com a pele morena de sol.

— Venha tomar um drinque, Hadley — disse Zelda, levantando-se para me beijar no rosto. — Deve precisar de um, depois de andar de carro com Gerald.

— É um tanto paralisante vir pela estrada do litoral — respondi.

— Os coquetéis de Scott também são paralisantes, mas isso é o que há de bom neles — disse ela, e todos riram.

— Como vai Hem? — perguntou Scott, pondo a mão sobre os olhos e apertando-os para me ver melhor.

— Bastante bem, eu acho. Escrever tem sido fácil.

— O diabo que o carregue, de qualquer maneira — exclamou Scott, animado. — É sempre fácil para ele, não é?

— É isso o que ele fala? Não acredite.

— Veja só — disse Zelda, como se acertando algo entre eles.

— Sim, querida. Eu a ouvi.

Então ambos estenderam os copos a Gerald, para que os enchesse.

A casa principal tinha o chão revestido de mármore preto, mobília estofada em cetim preto e paredes brancas brilhantes. A severidade do esquema de cor era quebrada, por toda parte, por flores do jardim — recém-colhidos jasmins, gardênias, espirradeiras, rosas e camélias. O conjunto era de tirar o fôlego, e me senti um peixe fora d'água só por estar de pé na entrada, com meu velho casaco de verão. Nenhuma das minhas roupas serviria, na verdade.

— Sara está de cama lá em cima, um pouco resfriada — explicou Gerald. — Tenho certeza de que vai se recuperar e descerá em breve.

Bumby e eu vestimos nossos trajes de banho e descemos até a praia para esperar Sara, mas ela não apareceu naquele dia. Eu começava a me perguntar se deveria me sentir ofendida quando o médico dos Murphy chegou à tarde para examiná-la.

— Ele poderia dar também uma olhada em Bumby — disse Gerald. — Sara ouviu a tosse dele lá de cima. É realmente preocupante.

— É, não é? Eu esperava que o ar do Mediterrâneo lhe fizesse algum bem.

— Pode ser que sim, mas por que não consultar o médico? Só para ficarmos tranquilos.

Concordei e, depois de um exame minucioso com Bumby transformado num perfeito cordeirinho só de cuecas na cama da casa de hóspedes, o médico diagnosticou coqueluche.

— Coqueluche? — repeti, em crescente alarme. — Isso é sério, não é?

A palavra que me veio à mente foi *fatal*, mas não me atrevi a pronunciá-la em voz alta.

— Por favor, acalme-se, sra. Hemingway — disse o médico. — Baseado nos sintomas, acredito que o menino esteja doente há meses. O pior já passou, mas ele precisará de muito descanso para se recuperar de todo e não deve ser deixado perto de outras crianças. Precisaremos mantê-lo em quarentena por pelo menos duas semanas.

Prescreveu uma dose de remédio especial para tosse e um unguento de eucalipto para o peito e as costas, para ajudá-lo a respirar, mas mesmo com os medicamentos e as frases tranquilizadoras, fiquei preocupada com Bumby. E também me senti péssima por não saber que deveria tê-lo levado a um médico em Paris.

Tão logo soubemos do diagnóstico, Sara ficou agitada e começou a fazer planos para nos transferir para um hotel na cidade.

— Vocês ainda serão nossos hóspedes — insistiu ela. — Só não podemos ficar com ele aqui. Você compreende, não é?

Claro que eu compreendia. Na verdade, fiquei desolada por sermos tão grande fonte de preocupação para todos. Não conseguia parar de me desculpar enquanto arrumava nossas coisas.

Os Murphy instruíram o motorista para nos levar às nossas novas acomodações e na manhã seguinte mandaram-no de volta com mantimentos, frutas frescas e legumes de sua horta. Eram todos muito generosos. Não sei o que eu teria feito sem alguém para tomar conta de nós ali. Mas não podiam ajudar com os cuidados pessoais a Bumby ou com o isolamento, e eu sabia que não conseguiria fazer tudo sozinha. Mandei um telegrama a Marie Cocotte em Paris, pedindo que fosse me ajudar a cuidar de Bumby, e outro a Ernest em Madri, explicando a situação. Mas não lhe pedi que fosse para lá; eu queria que ele aparecesse por vontade própria e de nenhuma outra maneira.

Muito pouco tempo depois de ter ficado claro que precisávamos ficar em quarentena, Scott e Zelda foram até lá e nos ofereceram o aluguel de sua *villa* em Juan-les-Pins. Eles se mudariam para uma *villa* maior, perto do cassino, com sua própria praia. Foi um presente divino, sem dúvida. O lugar era adorável, com azulejos pintados à mão por toda parte. Havia um pequeno jardim com papoulas e laranjeiras, onde Bumby podia brincar em segurança, sem infectar qualquer outra criança. Mas eu me sentia deprimida, isolada e preocupada que Bumby pudesse ter uma recaída. Passava os dias esfregando óleo de eucalipto em seu peito e em suas costas, e tentando suborná-lo para que tomasse seu remédio amargo. O médico ia nos ver todos os dias, e todos os dias chegavam telegramas de Paris e Madri. Pauline escreveu para dizer o quanto sentia por mim, mas também por Ernest, que ainda estava sozinho na Espanha e muito desesperado por isso. Zanguei-me tanto lendo aquilo que quase escrevi de volta dizendo para ela ficar com ele, mas no fim apenas dobrei o telegrama em três e depois o rasguei em pedacinhos.

Uma noite, eu estava sentada no jardizinho, lendo, quando ouvi uma buzina, e lá estavam, subindo a rampa em carros separados, os Murphy, os Fitzgerald e os MacLeish. Pararam bem em frente à varanda atrás da grade de ferro, e as mulheres deslizaram em seus lindos e longos vestidos, parecendo obras de arte. Os homens estavam lindos em seus ternos, e todos estavam animados. Gerald segurava uma jarra de martíni muito gelado e, quando andei até a grade, estendeu-me um copo.

— Chegaram os reforços — disse ele, claramente satisfeito por ter tido a ideia. Todos se juntaram para erguer um brinde, exceto Scott.

— Estou na lei seca e fazendo um esforço enorme para me comportar — revelou ele.

Zelda fez uma careta.

— É tão aborrecido ouvi-lo dizer isso, querido.

— É verdade — concordou ele. — Mas, ainda assim, hoje eu sou um bom menino. Sorria para mim, está bem, Hadley?

Ficamos todos junto à grade e conversamos por alguns minutos, e então eles deslizaram de volta aos carros, seguidos por risos, e se encaminharam para o cassino da cidade. Observei-os ir, perguntando-me se os tinha sonhado, e entrei para me deitar cedo com um livro.

Quando Ernest por fim chegou de Madri, dez dias depois de ter sido imposta a nossa quarentena, os Murphy ofereceram-lhe uma festa com champanhe e caviar, no cassino. Marie Cocotte tinha ido tomar conta de Bumby, e me senti imensamente aliviada e livre por sair da *villa* pela primeira vez.

Ernest me pareceu pálido e cansado quando chegou à casa. Fizera frio em Madri, e ele trabalhara duro a maior parte dos dias, até tarde da noite. Eu ainda estava exausta pela preocupação com Bumby e também não fazia ideia de como Ernest se sentia em relação a mim, mas ele me deu um longo beijo e me disse que sentira a minha falta. Eu me deixei beijar e não perguntei o que ele decidira fazer a respeito de Pauline. Não achei seguro mencionar o nome dela e, por não fazê-lo e por ser aquele o fator principal em jogo em nossas vidas, senti-me absolutamente impotente.

— Também senti sua falta — disse eu, e fui me vestir para a festa.

Gerald não poupara despesas para receber Ernest na cidade, e por que o faria? Os Murphy haviam herdado seu dinheiro e nunca tinham vivido sem ele. Havia camélias flutuando em tigelas de vidro e montanhas de ostras e milho fresco salpicado de raminhos de manjericão. Parecia possível que os Murphy tivessem encomendado o profundo céu púrpura do Mediterrâneo e os rouxinóis pousados nas sebes, trinando e assobiando uma série de crescendos. Aquilo começou a me irritar. Era preciso que tudo fosse tão bem-coreografado e civilizado? Quem poderia confiar naquilo?

Enquanto esperávamos a chegada de Zelda e Scott, Ernest começou a contar aos presentes sua recente correspondência com Sherwood Anderson a propósito de *The Torrents of Spring*, que acabara de ser publicado nos Estados Unidos.

— Tive que escrever — disse ele. — A coisa iria para a rua a qualquer momento, e me senti inclinado a dizer-lhe como tudo acontecera e por que eu me tornara tamanho filho da puta depois de ele ter me ajudado tanto.

— Muito bem, Hem — exclamou Gerald.

— Pois é. Você acha, não é?

— E ele recebeu bem? — perguntou Sara.

— Ele disse que aquela era a carta mais insultuosa e condescendente que ele já havia recebido, e que o livro em si era podre.

— Ele não disse isso — falei.

— Não, ele disse que o livro seria engraçado se tivesse uma dúzia de páginas em vez de cem.

— Eu achei terrivelmente engraçado, Hem — disse Gerald.

— Você não leu o livro, Gerald.

— Eu sei, mas por tudo o que você disse, claro que é muito, muito engraçado.

Ernest se afastou com expressão amarga e começou a se dedicar a seu copo de uísque.

— Stein também me atacou — contou ele, ao voltar. — Ela disse que eu tinha sido um merda e na verdade um péssimo Hemingstein, e que eu podia ir para o inferno.

— Ah, meu querido! — exclamou Sara. — Sinto saber disso.

— O diabo que a carregue, ora.

— Vamos, Tatie — falei. — Você não quer dizer isso. Ela é a madrinha de Bumby, afinal de contas.

— Então ele está perdido, não é?

Eu sabia que a bravata de Ernest era quase toda inventada, mas odiava pensar em todos os bons amigos que tínhamos perdido por causa do seu orgulho e temperamento volúvel, a começar em Chicago, com Kenley. Lewis Galantière, nosso primeiro amigo em Paris, deixara de falar com Ernest quando ele chamou a noiva de Lewis de megera desprezível. Bob McAlmon acabara por se cansar da fanfarronice e da rudeza de Ernest e agora atravessava a rua para nos evitar em Paris. Harold Loeb nunca se recuperara de Pamplona, e Sherwood e Gertrude, dois dos maiores defensores de Ernest, encabeçavam agora a longa e dolorosa lista. Quantos ainda cairiam, perguntei-me, passando os olhos pela mesa iluminada por velas.

— Hemmy, meu garoto! — gritou Scott quando ele e Zelda subiam os degraus da praia.

Scott estava sem sapatos e meias e com a barra das calças enrolada. A gravata estava frouxa, e o paletó, amarrotado. Parecia completamente embriagado.

— Você foi nadar um pouco, Scott? — perguntou Ernest.

— Não, não. Estou seco como um osso.

Zelda riu com algum sarcasmo, ao ouvi-lo.

— É, é, Scott. Você está bem seco e foi por isso que você acabou de recitar o Longfellow inteiro para aquele pobre coitado no píer.

Ela afastara todo o cabelo do rosto e espetara uma peônia branca gigante atrás da orelha. Sua maquiagem estava impecável, mas os olhos pareciam tensos e cansados.

— Quem não gosta de Longfellow? — perguntou Scott quando aterrissou na cadeira com alguma pose, e todos nós demos risinhos. — Venha, querida — disse ele a Zelda, que ainda estava de pé. — Vamos tomar um drinque com todas essas pessoas maravilhosamente afetadas. Temos caviar. Que inferno seria a vida sem caviar!

— Por favor, cale-se, querido — respondeu ela, sentando-se e brindando a todos com um grande e falso sorriso. — Ele vai se comportar agora, eu prometo.

O garçom chegou com mais bebidas e depois voltou para servir a mesa ao lado da nossa, onde uma bela mocinha se acomodava para jantar com alguém que parecia ser seu pai.

— Ora se não é um belo arranjo... — disse Scott, encarando a garota com ar faminto.

Ernest cutucou-o com o cotovelo, para que parasse, mas ele não o fez.

— O senhor não é um cavalheiro — acabou por dizer o pai a Scott, em francês, e levando então a menina para dentro, bem longe de nós.

— Um cavalheiro é apenas *uma* das coisas que não sou — respondeu Scott, voltando-se para nossa mesa. — Também não sou bom, nem inteligente, nem bêbado o suficiente para passar qualquer tipo de tempo com seu bando.

Gerald empalideceu e virou-se para sussurrar algo a Sara.

— Então, Gerald, velho camarada. Que tal jogar uma ostra para um sujeito? Estou faminto.

Gerald deu-lhe um olhar gelado e virou-se para falar outra vez com Sara.

— Sara — chamou Scott, tentando desviar-lhe a atenção do marido. — Sara, por favor, olhe para mim. Por favor.

Mas ela não olhou, e foi então que Scott apanhou um cinzeiro de vidro da mesa e atirou-o numa mesa vazia atrás de Gerald, pouco acima de seu ombro. Sara se encolheu. Gerald se esquivou e gritou a Scott que parasse. Scott agarrou outro cinzeiro, que atingiu a mesa bem no meio e ricocheteou com grande estrondo.

Zelda parecia decidida a ignorá-lo por completo, mas todos os outros estávamos estarrecidos e constrangidos.

— Vem cá, príncipe encantado — acabou dizendo Ernest, monocórdico. — Foi até Scott e pegou-o pelo braço, ajudando-o a se levantar. — Vamos dançar — convidou, e levou Scott para fora da varanda, descendo os degraus para a praia.

Todos nós os seguimos com os olhos, salvo Zelda, que observava as sebes com atenção.

— Rouxinol — exclamou. — Seria uma visão ou um devaneio?

Archie MacLeish tossiu e disse:

— É. Bem.

Ada tocou de leve as ondas do cabelo, como se fossem de vidro, e eu olhei para o mar, que estava negro como o céu e invisível. Muitos anos depois, o garçom trouxe a conta.

ACORDEI TARDE NA MANHÃ SEGUINTE, sabendo que Bumby estava sob os bons cuidados de Marie Cocotte. Quando desci, Scott e Ernest estavam sentados à mesa comprida da sala de jantar com um maço de folhas de cópia aberto à sua frente.

— Scott acabou de ter uma ideia estupenda — comentou Ernest.

— Bom dia, Hadley — disse Scott. — Sinto muito por ontem à noite e tudo mais. Eu sou mesmo um cretino, não sou?

— É — respondi, e então ri de leve, com o carinho que realmente sentia.

Quando ele estava sóbrio, como naquela hora, era sensato e íntegro — tão refinado quanto qualquer um que se quisesse encontrar. Fui buscar café e voltei à mesa para ouvir o plano.

Ernest disse:

— Nas 15 primeiras páginas do *Sol*, temos a autobiografia de Jake, temos a história pregressa de Brett e Mike, mas temos tudo isso também depois ou, de qualquer forma, explicado demais. Scott diz para podarmos tudo, bem na cabeça.

— Acho que vai funcionar — disse Scott muito sério, balançando a cabeça sobre seu café com creme.

— É o que eu sempre disse dos contos, que se pode fazê-los com o mínimo possível de explicações. Tudo já está lá, ou não está. A exposição atrasa e estraga. Agora é a minha chance de ver se isso vai funcionar em algo tão longo quanto um romance. O que você acha, Tatie?

Seus olhos brilhavam muito e ele parecia tão jovem e lembrava tanto o menino que eu conhecera em Chicago que fui obrigada a sorrir, não importando o que sentia.

— Acho que parece brilhante. Você vai fazer funcionar lindamente. Pegue a faca.

— Esta é a minha garota.

Não se esqueça disso, tive vontade de dizer. *Eu ainda sou sua melhor garota.*

Levei meu café para a varanda e olhei, além dos telhados da cidadezinha, para onde estava o mar, de um azul brilhante e descompromissado de tudo. Nenhuma gaivota, nenhuma nuvem. Atrás de mim, os homens tinham sacudido mais uma vez a cabeça e voltado ao trabalho, discutindo-o meticulosamente, porque se tratava de uma cirurgia cardíaca, e eles eram os cirurgiões — aquilo era mais importante do que tudo que já haviam feito. Scott podia ser um bêbado horroroso e difícil. Ernest podia atacar com crueldade todos os que já o haviam ajudado e amado — mas nada daquilo importava quando o paciente estava à sua frente. No fim, para os dois, só havia na verdade o corpo sobre a mesa e trabalho, trabalho, trabalho.

Por toda a semana depois que Ernest chegou de Madri, seguimos uma rotina que parecia bastante sustentável. Pela manhã, tomávamos sherry com biscoitos em nossa varanda em Juan-les-Pins, exatamente como os outros faziam em Villa America. Às duas da tarde, saíamos para almoçar com os Murphy ou os MacLeish, enquanto Bumby dormia ou brincava com Marie Cocotte. Na hora dos coquetéis, a entrada de nossa garagem era ocupada por três carros e muitos risos enquanto voltávamos para a quarentena e tentávamos nos juntar aos outros, passando boa comida e boa bebida pela grade trabalhada.

Ernest escreveu muito nos primeiros dias, mas depois descobriu que era impossível ficar realmente sozinho — e talvez ele não *quisesse* ficar sozinho. Scott tentou voltar à abstinência, mas fracassou. Ele e Ernest passavam boa parte do tempo falando de trabalho, mas nenhum dos dois escrevia. Bronzeavam-se na praia e absorviam os elogios dos Murphy como se nunca se cansassem de ouvi-los.

Sara tinha uma beleza natural, com seus fartos cabelos castanho-claros cortados bem curto e seus olhos claros e penetrantes. Tanto Scott quanto Ernest queriam sua atenção, e Zelda não suportava a concorrência. Estava cada dia mais irritada e atrevida, mas não dirigiria a Sara qualquer ira. Eram amigas e aliadas, acima de tudo — então ela reservava suas farpas mais afiadas para Ernest.

Zelda e Ernest jamais gostaram um do outro. Ele achava que ela tinha poder demais sobre Scott, que era uma força destrutiva e talvez, ainda por cima, meio louca. Ela o achava um impostor, dando-se ares de macho para esconder um interior afeminado.

— Acho que você está apaixonado pelo meu marido — disse ela a Ernest uma noite, quando estávamos na praia e todos tinham bebido demais.

— Scott e eu somos afeminados? Essa é ótima! — retrucou ele.

Os olhos de Zelda estavam cruéis e escuros.

— Não — exclamou ela. — Só você.

Achei que Ernest fosse bater nela, mas ela deu uma gargalhada estridente e se virou, começando a tirar a roupa. Scott conversava muito com Sara, mas ficou imediatamente atento.

— Mas que diabos você está fazendo, meu coração?

— Testando seus nervos — disse ela.

À direita da pequena praia havia uma grande pilha de pedras. O ponto mais alto chegava a nove metros ou mais acima das ondas, e a corrente lá embaixo era sempre instável, girando em torno de pontas ocultas. Foi para lá que Zelda nadou decidida enquanto todos nós a observávamos com pavor e curiosidade. O que ela iria fazer? O que não iria fazer?

Chegando à base, ela escalou as rochas com facilidade. Scott tirou a roupa e seguiu-a, mas mal havia chegado às primeiras pedras quando ela soltou um grito indígena e pulou. Houve um instante de horror em que nos perguntamos se ela teria se matado, mas ela surgiu na superfície com uma risada de júbilo. Naquela noite, a lua brilhava muito e podíamos ver as silhuetas de seus corpos. Também pudemos ouvir outras gargalhadas selvagens enquanto Zelda subia para fazer tudo de novo. Scott resolveu imitá-la, os dois bêbados o bastante para se afogarem.

— Já vi demais — disse Ernest, e fomos para casa.

No almoço na varanda, na tarde do dia seguinte, tudo estava muito silencioso até Sara, por fim, falar:

— Por favor, não nos apavore outra vez como ontem, Zelda. É perigoso demais.

— Mas, Sara — disse Zelda, batendo as pálpebras com a inocência de uma colegial —, você não sabia que nós não acreditamos em preservação?

Nos dias que se seguiram, à medida que Pauline datava suas cartas primeiro de Bolonha e depois de Paris, comecei a pensar se Ernest e eu acreditávamos em preservação — se ela existia em nós para lutarmos pelo que tínhamos. Talvez Pauline fosse mais forte do que nós. Ela abria caminho com lisonjas, queixando-se de que se sentia tão distante de tudo o que havia de bom, e não haveria algo a fazer para consertar isso? Escreveu que não tinha medo de coqueluche porque a tivera em criança, e não poderia ir e ficar conosco durante a quarentena? Fez essa pergunta numa carta para mim e não para Ernest, e fiquei chocada, como quase sempre acontecia em relação a Pauline, com sua intensidade e persistência. Em momento algum ela desistiu da crença de que ainda éramos amigas. Nunca recuou um centímetro em sua posição.

Pauline chegou a Antibes numa tarde de luminosidade ofuscante. Usava um vestido e um chapéu de palha brancos, e parecia inacreditavelmente fresca e limpa, um prato de sorvete. Um raio crescente de sol. Qualquer outra mulher teria ficado constrangida por entrar em cena daquela maneira, quando todos sabiam ou ao menos suspeitavam do seu papel de amante — mas Pauline não tinha em si nenhum grama de inibição. Era como Zelda, naquele aspecto. Ambas sabiam o que queriam e descobriam uma maneira de consegui-lo ou tomá-lo. Eram assustadoramente astutas e modernas e eu não era nada daquilo.

— Não é confortável para Hem que você seja sempre tão agradável? Quero dizer, Hem realmente dá as cartas, não é mesmo? — disse Zelda uma noite.

Encolhi-me e não respondi, admitindo que ela tivesse dito isso por ciúme da união dos rapazes, mas ela estava certa. Ernest dava as cartas e passava dos limites comigo com mais frequência do que o desejável, e não era por acaso. Ele e eu tínhamos, os dois, crescido em famílias em que as mulheres comandavam com mãos de ferro, transformando maridos e filhos em hesitantes serviçais. Eu sabia que jamais seria assim, não a qualquer preço. Escolhera meu papel de apoio de Ernest, mas, nos últimos tempos, o mundo perdera o equilíbrio e minhas escolhas se desvaneceram. Quando Ernest, agora, olhava em volta, via um tipo diferente de vida e gostava do que via. Os ricos tinham dias melhores e noites mais livres. Levavam consigo o sol e moviam as marés. Pauline era um novo modelo de mulher, e por que ele não a teria? Por que não estenderia a mão e reinvidicaria tudo o que desejava? Não eram as coisas feitas daquela maneira?

Quanto a mim, sentia-me absolutamente presa dentro de uma conspiração. Aquele não era o meu mundo. Aquele não era o meu tipo de gente, e a cada dia que passava arrastavam Ernest consigo. O que eu poderia dizer ou fazer? Ele poderia, no fim, desapaixonar-se por Pauline e voltar inteiro para mim — ainda era possível —, mas nada estava sob meu controle. Se eu lhe desse um ultimato e dissesse que ela não podia ficar, eu o perderia. Se ficasse histérica e fizesse cenas em público, apenas lhe daria uma desculpa para me deixar. Tudo o que me restava era uma pavorosa espécie de paralisia, aquele jogo de espera, aquele jogo de desconsolo.

QUARENTA

Ele não sabia como o amor conseguia ser num instante um jardim e no seguinte uma guerra. Estava em guerra agora, sua lealdade testada a cada movimento. E como acontecera, a dor e a delirante felicidade de estar outra vez apaixonado tinham fugido do seu alcance até ele não ter certeza de jamais as ter vivido. Agora só havia mentiras e conciliações. Ele mentira para todos, a começar por si mesmo, porque era guerra e você faz o possível para continuar de pé. Mas ele estava perdendo o controle, se é que já o tivera. As mentiras ficavam maiores e mais difíceis, todo o tempo. E porque havia às vezes mais dor do que conseguia suportar, ele tinha uma caderneta grossa com capa de tarlatana preta e papel-jornal cor de creme, em que anotava os métodos de suicídio que empregaria se fosse algum dia o caso.

Pode-se abrir o gás e esperar pela lenta névoa, pela melancolia e pelo torpor da asfixia. Podem-se cortar os pulsos, as lâminas estão sempre à mão, e havia no corpo outros lugares em que seria mais rápido, a parte do pescoço abaixo da orelha, o lado interno da coxa. Ele vira facas nas entranhas, e aquilo não era para ele. Lembrava os cavalos chifrados na Espanha, a serpentina exposta das entranhas cor de púrpura. Nada disso, então, até que não houvesse outra alternativa. Havia o pulo da janela de um arranha-céu. Pensara nisso em Nova York quando estava bêbado e feliz depois do encontro com Max Perkins e de ter visto o Woolworth Building. Mesmo feliz aquilo lhe ocorria. Havia as profundezas do mar, num transatlântico à noite, apenas as estrelas como testemunhas. Mas isso era terrivelmente romântico, e seria preciso antes reservar o transatlântico. Podia-se nadar em qualquer lugar, caso se pretendesse fazê-lo. Podia-se mergulhar muito fundo e lá ficar, à deriva, deixando o ar escoar do corpo e só ficar ali, e se alguém nos quisesse, alguém nos iria buscar e resgatar.

Mas sempre que pensava no assunto, sabia que o único método que utilizaria se algum dia o fizesse seria com uma arma de fogo.

Da primeira vez que olhou com seriedade para uma arma e pensou em puxar o gatilho, tinha 18 anos e acabava de ser ferido em Fossalta. Sentira um raio brilhante de pura dor penetrá-lo, dor maior do que sabia ser possível. Perdeu a consciência, e quando voltou a si as pernas eram mingau e não mais lhe pertenciam. A cabeça também não, mas lá estava ele numa maca, esperando ser levado pelos médicos, cercado pelos mortos e moribundos. Lá em cima o céu ficou branco, um metralhar de luz e calor. Gritos. Sangue por toda parte. Ele ficou ali deitado por duas horas e, a cada vez que ouvia o bombardeio, não conseguia se controlar, começava a rezar. Não sabia sequer de onde vinham as palavras, porque nunca tinha rezado.

Estava empapado em sangue, a céu aberto, e o céu estava aberto para a morte. De repente viu a arma, a pistola de um oficial muito perto do seu pé. Se ao menos pudesse alcançá-la. Todos estavam morrendo, e era de forma tão mais normal e natural do que aquela dor. Aquele vazio horroroso. Com a mente, ele alcançou a pistola. Tentou outra vez e falhou. E então os médicos chegaram e levaram-no vivo.

Sempre pensara em si mesmo como corajoso, mas não teve oportunidade de descobrir naquela noite do bombardeio. Não tinha maiores chances de saber, agora. No outono, prometera a si mesmo que o faria se a situação com Pfife não se resolvesse até o Natal: isso não acontecera, e ele ainda não o fizera. Dissera a si mesmo então que era porque a amava demais e amava Hadley também, e não poderia causar sofrimento a nenhuma das duas — mas de qualquer maneira ambas sofriam muito.

Agora era verão e as coisas estavam cada vez mais impossíveis. Ele não podia se imaginar vivendo sem Hadley e não queria, mas Pfife se insinuava com mais tenacidade em seu coração. Ela usara a palavra "casamento" e falava cada vez mais sério.

Ele queria as duas, mas não havia como ter tudo, e o amor não poderia ajudá-lo agora. Nada poderia ajudá-lo exceto a coragem, e o que era isso afinal? Seria alcançar o revólver ou aguentar a dor, o tremor e o medo apavorante? Não podia ter certeza, mas desde aquela primeira arma, buscara muitas. Quando chegasse a hora, ele sabia que seria uma arma de fogo e que ele apenas apertaria o gatilho com um simples dedo. Não queria fazê-lo, mas se as coisas ficassem ruins demais — se ficassem mesmo muito ruins —, então o suicídio sempre seria permissível. Tinha de ser.

QUARENTA E UM

Ao longo de Golfe-Juan, uma estrada branca percorria o lado do penhasco. Nela, podia-se andar de bicicleta por dez, vinte ou trinta quilômetros, admirando os barcos brilhantes nos cais, as praias rochosas e as de cascalho, e às vezes um banco de areia de aparência inacreditavelmente macia. Banhistas cochilavam sob barracas de alegres listras vermelhas e brancas, parecendo pertencer a uma pintura. Todos pareciam: os pescadores de bonés escuros puxando as redes, os baluartes de pedra que protegiam Antibes do clima e os telhados vermelhos da aldeia encaixados uns nos outros num encadeamento de terraços.

Pauline e eu passeávamos de bicicleta depois do café da manhã, enquanto Ernest escrevia. Não era ideia minha, mas afinal de contas estávamos no paraíso e precisávamos fazer alguma coisa. O aluguel de Villa Paquita expirou no início de junho, portanto alugamos dois quartos no Hôtel de la Pinède, em Juan-les-Pins. Bumby e Marie Cocotte ficaram perto, num pequeno bangalô cercado de pinheiros. A coqueluche começara finalmente a ceder, e ele se sentia um pouco melhor a cada dia. Suas cores tinham voltado, ele estava dormindo bem, e nossa preocupação com ele já quase desaparecera. Terminara a quarentena, mas permanecemos isolados, ao menos durante o dia, formando nossa própria ilha, enquanto poucos quilômetros adiante, na península em Villa America, os Murphy, os Fitzgerald e os MacLeish continuavam como antes, tomando sherry com biscoitos às 10h30 em ponto e Tavel com caviar e torradinhas às 13h30, e jogando bridge numa deslumbrante mesa de mosaicos azul e verde que fora montada na praia para aquele fim. A imagem na toalha de mesa era a de uma sereia com cabelos ao vento. Ela se equilibrava sobre um rochedo e olhava ao longe. Na Villa America, todos adoravam a sereia porque ela parecia simbolizar alguma coisa. Adoravam-na como amavam seu sherry e suas torradinhas, e todos os momentos de todos os rituais que os faziam funcionar como molas de relógio.

No Hôtel de la Pinède, tínhamos nossos próprios rituais. Tomávamos o café da manhã tarde e Ernest saía para escrever num pequeno ateliê perto do terraço, enquanto Pauline e eu andávamos de bicicleta ou nadávamos e tomávamos sol com Bumby, em nossa prainha. Após o almoço, fazíamos a sesta, depois nos banhávamos e nos vestíamos para a hora do coquetel, fosse na Villa America, num dos jardins avarandados, ou no cassino da cidade, e ninguém sequer erguia uma sobrancelha diante de nós ou dizia algo que não fosse de bom gosto, porque assim era o contrato.

Qualquer um que observasse, sob qualquer ângulo, acreditaria que Pauline e eu éramos amigas. Ela mesma deve ter acreditado. Eu, na verdade, nunca soube. Pauline sem dúvida se esforçou muito para se manter alegre, inventando para nós idas à aldeia em busca de figos recém-colhidos ou das melhores sardinhas em lata.

— Espere até provar esta azeitona — diria ela, ou o que quer que fosse, café forte, docinhos ou uma boa geleia. — É excepcional.

Devo tê-la ouvido dizer "É excepcional" mais de mil vezes naquele verão, até querer gritar. Mas não gritei, e essa é uma das coisas das quais me arrependo.

Tínhamos dois quartos no hotel, cada um deles com uma cama de casal, uma pesada escrivaninha e janelas com venezianas que se abriam para o litoral. Ernest e eu ocupávamos um deles, e Pauline ficou com o outro — pelo menos a princípio. Durante uma semana ou dez dias, quando Pauline e eu voltávamos do passeio de bicicleta ou da natação, ela pedia licença para se vestir para o almoço, mas em vez disso ia para o ateliê de Ernest, atravessando o hotel até onde havia uma segunda entrada, tão imperceptível quanto a porta de um armário de vassouras. Parece que tinham uma batida secreta. Imaginei isso e muito mais, embora me fizesse mal. Quando, uma hora ou mais depois, ela chegava para o almoço, estava sempre recém-saída do banho e impecavelmente vestida. Sentava-se, sorrindo, e começava a elogiar o almoço, ou o dia, com extravagância. Era tudo tão modulado e discreto que eu me perguntava se ela não teria certo prazer em representar seu papel, como se em sua cabeça um rolo de filme girasse e ela fosse uma grande atriz que nunca gaguejava numa só fala.

Eu não era tão inteligente assim. Cada vez mais, descobria-me sem palavras e também não queria ouvir outras pessoas falando. As conversas pareciam-me falsas e vazias. Eu preferia olhar o mar, que nada dizia e nunca faz alguém se sentir sozinho. Da bicicleta, eu podia observar os barcos movendo-se sobre marolas azuis, ou me concentrar na vegetação verde brilhante crescendo com força nos barrancos. De alguma maneira aquelas plantas se mantinham enraizadas, não importando o quanto o vento ou as ondas as atacassem, imóveis como o musgo escuro nas rochas lá embaixo.

Uma manhã, depois de uma tempestade de horas na noite anterior, Pauline estava determinada a salientar todos os sinais de demolição — barquinhos virados e galhos de pinheiro caídos, a confusão das barracas na praia. Tentei escapar do seu falatório pedalando mais depressa até só conseguir ouvir o impulso do momento, o ronronar das minhas rodas sobre o asfalto. Mas ela não desistiria.

— Tenho tentado falar com Drum sobre ir para os Estados Unidos no outono. Você sabe que meus pais têm terras no Arkansas. A vida lá é tão barata que vocês economizariam uma fortuna.

Como eu a odiava por usar apelidos para ele com tanta intimidade. Aquela era a nossa linguagem. A nossa dança.

— Pode poupar seu fôlego — disse eu. — Ele preferiria cortar um braço a voltar para lá.

— Na verdade, ele acha uma boa ideia.

— Arkansas?

— Piggott. É rústico, sem dúvida, mas você gosta do rústico.

— Gosto da nossa vida aqui. O que você está tentando fazer?

— Desculpe. Só estou pensando em vocês. Vocês logo ficarão sem dinheiro em Paris. Ele deveria estar começando um segundo romance e não tendo qualquer outra preocupação. Você pode comprar coisas novas e bonitas em Piggott. Com certeza isso vale alguma coisa para você.

— Não — respondi. — Não vale.

Pelo resto do passeio, lutei tanto com a incredulidade quanto com as lágrimas. Não queria deixar Pauline ver nenhuma delas, então continuei bem à frente, pedalando cada vez mais depressa. Algumas curvas eram perigosas. Se eu perdesse o equilíbrio por um instante, poderia ser atirada sobre o precipício de pedras e as rochas pontudas lá embaixo. Oscilei algumas vezes, mas me mantive firme, e foi com uma espécie de euforia áspera e cortante que desci para confrontar Ernest. Meu coração estava inundado de adrenalina, e meus pensamentos, acelerados. O que eu diria? O que poderia ele dizer em sua defesa?

Quando cheguei ao hotel, estava tão descontrolada que deixei a bicicleta jogada no cascalho e corri para dentro, ofegante e coberta por uma fina camada de suor. Eu pretendia irromper em seu ateliê, mas é claro que a porta estava trancada.

— Quem é? — perguntou ele quando bati.

— Sua mulher — respondi, a voz pesada de raiva.

Quando ele abriu a porta, percebi sua surpresa por me ver ali. Aquela era a hora de Pauline, ou quase. Era provável que já antecipasse sua chegada com crescente desejo.

— Você não pode achar que eu iria para o Arkansas — disparei antes mesmo que ele fechasse a porta.

— Ora! — disse ele. — Eu ia lhe contar logo. Se você conseguir raciocinar com sensatez, verá que não é, de modo algum, um esquema ruim.

— Viveríamos com os pais dela? — Minha risada saiu estridente.

— Não, ela conseguiria uma casa para nós três, talvez na cidade.

Eu mal podia acreditar no que ouvia.

— Você quer que vivamos os três juntos?

— Estamos fazendo isso agora, não estamos?

— Estamos, e é horrível. Saber que você está fazendo amor com ela me dá vontade de vomitar.

— Sinto muito, Tatie. Mas talvez seja porque a situação é nova e não sabemos bem como lidar com ela.

— Você realmente acha *possível* lidar bem com isto?

— Não sei. Não quero perder você.

— E se eu não concordar?

— Por favor, Tatie — pediu ele, em voz baixa e angustiada. — Apenas tente. Se funcionar e todos nós nos sentirmos bem, embarcaremos para Pigott em setembro. Se não, voltaremos para Paris.

— Sozinhos?

— É — disse ele, embora eu pudesse perceber algum tipo de hesitação ou evasiva em sua voz; ele não tinha certeza de coisa alguma.

— Acho que é um erro. A coisa toda.

— Talvez, mas é tarde demais para voltar atrás. Agora só existe o que há adiante.

— É — respondi triste, e saí como entrara.

Nos dias seguintes, comecei a me perguntar se a proposta de Ernest era uma ideia nova, uma tentativa de encontrar algum tipo de solução para a confusão em que estávamos, ou se ele sempre quisera aquilo. Há anos estávamos cercados por triângulos — amantes de vidas e pensamentos livres querendo quebrar todas as convenções para encontrar algo suficientemente correto, arriscado ou libertador. Eu não podia dizer o que Ernest sentia observando aquelas atitudes grotescas, mas a mim todos pareciam tristes e mesmo torturados. Da última vez que ouvíramos falar de Pound, sua amante, Olga Rudge, tivera uma filha, embora ambos houvessem concordado em não criá-la. Nada na vida de Pound dava lugar a uma criança, e, ao que parecia, nenhum dos dois queria se sentir compromissado. Deram o bebê a uma camponesa, na maternidade onde Olga dera à luz. A mulher tinha sofrido um aborto e estava felicíssima por ficar com a menina.

Fiquei perplexa por alguém abrir mão de uma criança com tanta facilidade, mas duplamente surpresa quando soubemos por outra carta que Shakespear estava grávida. Não era de Pound; na verdade ela não dizia uma palavra sobre quem seria o pai, só que teria o bebê. Seu comportamento era, sem sombra de dúvida, uma retaliação. Era aquele o resultado de situações sórdidas e terríveis, atitudes loucas, contra as próprias crenças, contra a própria identidade.

Uma tarde, quando Ernest e eu estávamos cochilando em nosso quarto, Pauline entrou com passos de gato, sem fazer ruído algum. Eu acabava de ter um sonho no qual era soterrada sob toneladas de areia. Era uma imagem de sufocação, ainda que, estranhamente, não fosse um pesadelo. A areia era morna e açucarada e, enquanto ela me esmagava devagar, eu pensava: *Estou no paraíso. Estou no paraíso.* Sentia-me tão lânguida e tão anestesiada que nem sequer percebi que Pauline estava no quarto, até que ela deslizou para debaixo dos lençóis, do lado de Ernest na cama. As tardes eram quentes, e dormíamos nus. Eu sabia o que estava acontecendo, e não queria estar desperta o bastante para senti-lo também. Nunca abri os olhos. Meu corpo não era exatamente meu. Ninguém falou ou emitiu qualquer som que pudesse me tirar do transe. *A cama é areia,* eu me dizia. Os lençóis eram areia. Eu ainda estava no sonho.

QUARENTA E DOIS

Pela manhã, quando o sol abria caminho por entre as ripas das venezianas e caía sobre meu rosto, eu sabia que o dia ali estava quisesse eu ou não, e abria os olhos. A brisa empurrava as cortinas de linho cor de creme, que oscilavam. A luz caía em tiras oblíquas ao longo do chão de madeira escura, e eu bocejava, espreguiçava-me e empurrava os lençóis. Na parede em frente à cama havia um grande espelho, e eu me via nele, bronzeada como nunca, sólida e firme de tanta natação e bicicleta. Meu cabelo clareara com o sol até que de vermelho só restava um toque de gengibre, meus olhos estavam claros e brilhantes, e minha aparência era ótima. Eu já deixara de me surpreender com aquilo — como eu podia parecer forte e saudável quando na verdade estava morrendo.

No hotel, havia três de tudo — três bandejas de café da manhã, três roupões felpudos, três roupas de banho molhadas na corda. Na estreita alameda de pedras ao longo do barlavento do hotel, três bicicletas apoiadas em seus descansos. Ao se olhar de determinada maneira para as bicicletas, elas pareciam muito firmes, como esculturas, com a luz da tarde cintilando sem manchas nos guidões cromados — uma, duas, três, enfileiradas. Quando se olhava de outra maneira, era possível ver apenas como era fino cada descanso sob a carga da pesada estrutura, e como se equilibravam para caírem como dominós, ou esqueletos de elefantes, ou como o próprio amor. Mas no momento em que percebi, guardei essa observação comigo, porque aquilo, também, era parte do contrato não escrito. Tudo podia estar emaranhado até o inferno sob a superfície, contanto que não se deixasse explodir e não se dissesse o nome, sobretudo não na hora dos coquetéis, quando todos estavam muito animados e se esforçando muito para continuar assim, demonstrando o quanto a vida poderia ser boa e perfeita quando se tinha sorte, como nós. Então, apenas tome o seu drinque, e depois outro, e não estrague tudo.

Depois de limpa e vestida, desci para a pequena varanda ajardinada, e lá estava nosso café da manhã na mesa ao sol. Três *œufs ao jambon* com montanhas de manteiga e pimenta, três brioches fumegantes, três copos de suco. Ernest veio de onde andava escrevendo, no quartinho ao lado da varanda.

— Bom dia, Tatie. Você está com ótima aparência.

— Estou, sim — respondi. — E você também.

Ele usava shorts de lona marrom claro e um suéter de marinheiro listrado em preto e branco de Grau-du-Roi, e estava descalço. Minha roupa era igual, e, quando Pauline apareceu na varanda, tinha o cabelo molhado penteado para trás e, ela também, usava o suéter listrado. Éramos iguais quando nos dissemos bom-dia e tomamos o café da manhã, famintos, como se nunca tivéssemos comido antes. O sol já brilhava muito sobre a praia e deixava tudo uniformemente claro. A areia era quase branca. A água ofuscava, ao refleti-lo.

— Será ótimo nadar hoje — comentou Pauline.

— É — disse Ernest, partindo ao meio seu brioche e fazendo subir lindamente o vapor. — E depois madame nos levará um Bollinger muito gelado e algumas sardinhas com alcaparras. Você gostaria disso, não é? — perguntou, virando-se para mim.

— Parece perfeito.

Depois do café, fomos dizer à madame do que gostaríamos como almoço e preparamos uma pequena cesta para a praia. Calcei os sapatos e desci a alameda até o bangalô, onde Bumby brincava no quintal.

— Olá, pequeno menino-urso — falei, erguendo-o para mordiscar suas orelhas. — Acho que você está mais alto hoje. Você parece grande demais para a mama.

Ele gostou de ouvir aquilo, empurrando os ombros para trás e esticando o queixo redondo.

Marie disse:

— Nenhuma tosse durante a noite, madame.

—Você está ótimo?

E, quando ele fez que sim, todo orgulhoso, continuei:

— Então vamos, menino-urso, vamos nadar.

Na pequena meia-lua de praia na outra extremidade da alameda, Ernest e Pauline já haviam esticado as cobertas e barracas e estavam deitados na areia como tartarugas, de olhos fechados. Formamos uma fila de corpos se bronzeando enquanto Bumby e Marie brincavam nas ondas e faziam bolinhos de areia com as conchas. Quando o sol esquentou demais, fui para a água, que sempre provoca um choque de frio, e a sensação era maravilhosa. Afundei a cabeça, voltei à tona e nadei, afastando-me por vários quilômetros, até onde tudo estava calmo. Relaxei e deixei-me levar pelas ondas. Do alto de cada uma, eu podia olhar para a praia e vê-los pequenos e perfeitos, meu marido e filho e a mulher que era então mais para nós do que éramos capazes de administrar. Daquela distância, todos pareciam iguais e serenos, e eu não podia ouvi-los ou senti-los. Embaixo, do cavado da onda, eu só via o céu, aquele lugar alto e branco que parecia não se alterar apesar de todo o nosso sofrimento.

Como uma espécie de experiência, parei de nadar e deixei meus braços e pernas caírem, todo o meu peso cair o mais fundo possível. Mantive os olhos abertos enquanto afundava e olhei para a superfície. Meus pulmões começaram, primeiro, a arder, e depois a queimar, como se eu tivesse engolido um pedacinho de vulcão.

Eu sabia que se ficasse ali e deixasse a água me invadir, entrar por todas as portas do meu corpo, algumas coisas seriam mais fáceis. Eu não precisaria ver minha vida desaparecer, gota a gota, afastando-se de mim em direção a Pauline.

O pequeno vulcão dentro de mim queimava e então algo explodiu, e eu soube que, embora não quisesse mais viver daquela maneira, também não queria morrer. Fechei os olhos e subi à tona.

De volta à areia, Pauline levantou-se e foi ao meu encontro.

— Vamos tentar mergulhar, vamos?

— Acho que não sou muito boa nisso.

— Eu ensino. Serei a instrutora de mergulho hoje, e Hem vai olhar e lhe dar notas.

— Por favor, isso, não — disse, tentando rir.

— Um pouco de treino, então.

Ela se virou e seguiu à frente para o caminho estreito ao longo da areia, onde as pedras marrons se empilhavam, cada vez mais altas. Elas eram muito escuras, cortadas por fendas, e pareciam ter sido feitas de argila por algum Deus e cozidas ao sol ao longo de milênios.

As rochas eram quentes sob nossos pés descalços, e nós as escalamos depressa até chegarmos quase ao topo.

Pauline olhou para baixo para avaliar as águas subindo e descendo, quase cinco metros abaixo.

— Quando ouvir o barulho da onda batendo, você pula — disse ela.

Então levantou e esticou os braços com muita graça sobre a cabeça e o longo pescoço. Esperou e então, com o ronco abafado da maré, tomou impulso com a ajuda das pernas magras e lá estava, pendurada no ar e depois caindo como um foguete, muito ereta e alta.

A água fechou-se sobre o lugar onde ela estivera e nada mais havia, só água, como a pele estendida de um tambor. Então ela veio à tona, jogando o cabelo para trás e apertando os olhos.

— Muito bem — gritou. — Agora você.

— Parece fácil demais para ser fácil — gritei de volta, e ela riu.

Ernest tinha entrado na água e nadado em torno da pequena cornija de rochas até onde Pauline boiava à minha espera.

— Vejamos você, então — disse ele, balançando os braços para frente e para trás ao se manter de pé dentro da água.

— Sem notas e sem correções, ou não farei nada disso — falei.

— Você não quer aprender a fazer direito? — perguntou Ernest, apertando os olhos.

— Na verdade, não. Se eu conseguir fazer sem me arrebentar nas pedras, já será bom demais.

— Como quiser.

Fiquei em pé na ponta da rocha e senti o calor sob os dedos. Fechei os olhos.

— Seus braços devem estar esticados para cima, tocando as orelhas — ensinou Pauline.

— Sem correções — falei.

Estiquei-me e depois ergui os braços sobre a cabeça. Esperei o ronco das ondas mas, quando o ouvi, descobri que não podia me mover. Estava presa ali.

— Vamos, então, você perdeu essa — disse Ernest.

Não respondi e não abri os olhos, e houve um momento de absoluta vertigem, quando ouvi o rugir das águas outra vez e senti que era parte delas, girando com elas e ao mesmo tempo imóvel, arrebatada e presa ao mar e ao universo, mas também muito, muito sozinha. Quando enfim olhei para baixo, ali estavam aquelas duas cabeças molhadas nas ondas em câmara lenta. Pareciam brincalhonas e naturais como focas, e de repente eu soube que não pularia, e isso nada tinha a ver com medo ou constrangimento.

Não pularia porque não queria me juntar a eles. Senti as pedras sob os pés, lisas e quentes, quando me virei e desci devagar, sem drama.

— Hadley — gritou Ernest, mas continuei a me afastar da praia e a descer a estrada em direção ao hotel.

Quando cheguei ao nosso quarto, livrei-me da areia no chuveiro e fui para a cama, ainda molhada, muito limpa e cansada. O lençol era branco e engomado e cheirava a sal de encontro ao meu rosto. E, quando fechei os olhos, desejei, ao acordar, ver as coisas com tanta força e clareza quanto naquele instante.

Quando acordei, muito mais tarde, percebi que Ernest não estivera no quarto para a sesta e que devia ter ido ao de Pauline. Era a primeira vez que ele ia ao quarto dela à luz do dia.

Madame e monsieur, os proprietários do hotel, saberiam, e todos saberiam. Com tudo às claras, nada mais poderia voltar ao que fora antes. *Então, tudo bem*, pensei. *Talvez seja melhor assim.*

Naquele momento, a porta do quarto se abriu, e Ernest entrou. Pauline estava atrás dele, e ambos se aproximaram.

— Estávamos muito preocupados com você — disse Pauline.

— Você não almoçou. Está com febre? — perguntou Ernest.

Ele chegou mais perto e sentou-se ao meu lado na cama, então Pauline sentou-se do outro lado, e eles me olhavam como se fossem meus pais. Era tudo tão estranho e mesmo tão absurdo que eu ri.

— Qual é a graça? — perguntou Pauline.

— Nada — respondi, ainda sorrindo.

— Ela é muito misteriosa, não é? — disse Pauline a Ernest.

— Não, em geral, não — respondeu Ernest. — Mas está sendo agora. Em que está pensando, gata? Você está bem?

— Talvez não — falei. — Acho que vou descansar a tarde toda. Você se importa?

Pauline pareceu apreensiva, e percebi que estava realmente preocupada comigo, sabe-se lá por que razão — talvez porque sua boa formação católica exigisse dela bondade nos momentos mais estranhos e ela precisasse que eu estivesse bem, fosse sua amiga e aprovasse aquilo tudo. Aprovasse que ela me tirasse o marido.

— Por favor, saiam daqui — pedi aos dois. Os olhos deles se encontraram acima de mim. — De verdade. Por favor.

— Deixe-me pedir que madame lhe traga algo para comer — disse Ernest. — Você vai ficar doente se não comer.

— Tudo bem. Não me importo.

— Deixe-me fazer isso. Eu gostaria — insistiu Pauline, e saiu para tomar as providências para uma refeição, como faria uma esposa.

— Está tudo resolvido, então — falei depois que a porta se fechou atrás dela.

— O quê?

— Ela pode fazer tudo, agora. Ela vai tomar conta de você muito bem.

— Você não está bem. Descanse um pouco.

— Não estou bem, você tem razão. Você está me matando, os dois estão.

Seu olhar desviou-se para o lençol.

— Isto também não é fácil para mim.

— Eu sei. Somos um grupo lamentável e sórdido, nós três. Se não tomarmos cuidado, nenhum de nós sairá disso sem ter perdido boa parte de nós mesmos.

— Pensei a mesma coisa. O que você quer? O que pode ajudar?

— Parece-me tarde demais, você não acha?

Olhei para a janela, onde a luz caía depressa.

— É melhor vocês saírem logo ou vão perder o coquetel com os Murphy.

— Pouco me importo.

— Mas você se importa, e ela também. Vá de uma vez. Ela será a esposa esta noite.

— Odeio ouvi-la falar assim. Faz-me pensar que estragamos tudo.

— Estragamos sim, Tatie — respondi, triste, e fechei os olhos.

QUARENTA E TRÊS

Eu gostaria de dizer que aquela tinha sido a última vez; que o que tinha ficado claro para nós naquela tarde nos tivesse obrigado a acabar de vez com o arranjo. Estávamos à beira da morte, sem dúvida, mas algo nos fez levar aquilo adiante durante semanas, como o corpo de um animal continua a se mover depois de ter perdido a cabeça.

Na semana seguinte, começava a *fiesta* em Pamplona. Planejáramos, no começo do verão, levar conosco Gerald e Sara Murphy, e seguimos os planos feitos, enquanto Bumby foi passar várias semanas na Bretanha com Marie Cocotte, tendo a tosse desaparecido de todo.

Ficamos no hotel Quintana naquele ano, em quartos bem em frente ao corredor dos quartos dos toureiros. Todas as tardes, ocupávamos os melhores lugares possíveis nas primeiras filas, pelos quais Gerald havia pago. Todas as noites, ocupávamos a mesma mesa no Café Iruna, em cadeiras escuras de vime, e bebíamos até a inconsciência. Ernest era o mesmo *aficionado* de sempre e dedicava-se à educação de Gerald e Pauline, como fizera comigo e com Duff, Bill Smith, Harold Loeb, Mike Strater e qualquer outro que quisesse ouvir. Gerald levava a sério seu aprendizado da corrida. Ernest levou-o aos amadores, e os dois desceram à arena para testar os nervos com os touros de um ano, Ernest de mãos vazias daquela vez e Gerald segurando a capa de chuva com os nós dos dedos brancos. Quando um touro precipitou-se veloz sobre Gerald, ele conseguiu desviá-lo no último instante, girando a capa para um lado.

— Aquilo foi uma verônica perfeita, meu camarada — disse Ernest a Gerald mais tarde, no Iruna, mas Gerald sabia que não era um homem rijo e forte para satisfazer Ernest. Não acreditou nele nem no elogio.

— Prometo fazer melhor da próxima vez, Papa — respondeu ele. — É importante para mim fazer isso direito de verdade.

Sorri para Gerald do outro lado da mesa, porque há meses eu não fazia nada realmente bem ou de verdade. Estava tristíssima, Ernest também, e, do outro lado da mesa, Pauline parecia prestes a cair no choro. Nenhum de nós estava bem. Nenhum de nós estava vivendo segundo os próprios padrões.

No final daquela semana caótica, Pauline embarcou de trem para Bayonne, com os Murphy. Seguiria para Paris, a trabalho. Fomos para San Sebastian porque era o que sempre havíamos planejado fazer. Mas, a certa altura, eu soube que os planos não mais se sustentariam. As bases ruíam um pouco mais a cada dia.

Em San Sebastian, houve alguma trégua com a ausência de Pauline, mas tudo o que isso significou foi podermos discutir com mais liberdade, sem interrupção. Nada novo foi dito entre nós, mas as velhas questões ainda vinham à tona se lidássemos com elas de forma suficientemente feia e ruidosa.

— Ela é uma vagabunda — disse a ele. — E você é egoísta e covarde.

— Você não me ama. Você não é capaz de amar — respondeu ele.

— Odeio vocês dois.

— O que você quer de mim?

— Nada — respondi. — Quero que você morra.

Criávamos situações constrangedoras para nós mesmos, nos cafés e dentro de táxis. Não conseguíamos dormir a não ser que bebêssemos demais, mas quando passávamos dos limites bebendo, não conseguíamos dormir de todo, e então ficávamos ali deitados um ao lado do outro, de olhos secos e vermelhos de tanto chorar, as gargantas apertadas.

Pauline continuava a escrever todos os dias, e sua voz era como uma vespa aos meus ouvidos: *Sinto uma falta absurda dos meus queridos. Por favor, escreva-me, Hadley. Sei que podemos cuidar uns dos outros e ser felizes. Apenas sei.*

— Não podemos continuar assim, podemos? — perguntou Ernest, pegando uma das cartas de Pauline e deixando-a cair. — Você acha que podemos?

— Espero que não.
— O mundo inteiro foi para o inferno.
— É.
— Você faz a vida com alguém, ama essa pessoa e acha que é o bastante. Mas nunca é o bastante, não é?
— Não sei dizer. Não sei mais nada sobre amar. Só quero parar de sentir por algum tempo. Podemos fazer isso?
— Para isso serve o uísque.
— Então não está funcionando comigo — respondi. — Estou toda em carne viva.
— Vamos para casa.
— É, está na hora de fazer isso. Mas não juntos. Acabou.
— Eu sei que acabou — disse ele.
Olhamos um para o outro no quarto e vimos tudo muito claro. E nada mais conseguimos dizer, por muito tempo.

Antes de voltar para Paris, passamos a noite na Villa America, mas tínhamos desistido de enganar quem quer que fosse, inclusive nós mesmos. Tomando coquetéis na praia, dissemos a Gerald e Sara que estávamos nos separando.
— Não pode ser — exclamou Gerald.
— Pode. E é — disse Ernest, esvaziando o copo. — Mas continue a me servir, tudo bem?
Sara lançou-me um olhar carinhoso — o mais carinhoso de que era capaz — e levantou-se para preparar outra coqueteleira de martínis.
— Como vai ser? Onde vocês vão viver? — perguntou Gerald.
— Ainda não pensamos nisso — respondi. — É tudo muito novo.
Gerald olhou o mar com ar pensativo por alguns minutos e então disse a Ernest:
— Eu tenho o ateliê, você sabe, na Rue Froidevaux. É seu, se quiser. Pelo tempo que precisar.
— Isso é danado de bom da sua parte.
— Precisamos contar com os amigos, certo?
Quando Sara voltou, acompanhavam-na Don Stewart e sua linda e recém-casada esposa, Beatrice Adams, que passavam a lua de mel num hotel da cidade.
— Donald — disse eu, e beijei-o com carinho, mas seu rosto estava pálido e ele parecia constrangido, bem como Beatrice.

Sara sem dúvida lhes contara a novidade, a caminho da praia. Não tinha perdido tempo.

Mais cadeiras foram postas ao redor da pequena mesa de mosaicos na areia, e todos nós bebemos com determinação e assistimos ao pôr do sol.

— Não me importo de dizer que imaginava vocês dois indestrutíveis — exclamou Donald.

— Sei disso — disse Gerald.

Ele se virou para Sara.

— Eu não disse sempre que os Hemingway lidavam com o casamento como ninguém mais? Que eles pareciam presos a alguma força superior?

— Tudo bem, então — interrompeu Ernest. — Vamos dispensar os *post mortem*, está bem? Já estamos mal demais do jeito que está.

— Vamos falar de alguma coisa boa — disse eu. — Conte-nos do casamento, Don.

Don enrubesceu e olhou para Beatrice. Ela era uma moça muito bonita que parecia saída de um quadro de Gibson, com a testa alta e boca bem-desenhada, mas naquele momento ela perdeu a compostura.

— Não acho que devamos falar nisso — observou ela. — Não parece correto.

— Ah, isso! — disse Ernest. — Você vai se acostumar.

Seus lábios estavam tensos e secos, e o olhar resignado. Eu podia ver que tudo acontecia depressa demais para ele, mas que ele, de alguma maneira, conseguia acompanhar, seguindo o fluxo do gim e da conversa leve. O fim se anunciava há meses e meses, desde os dias em Schruns, mas, agora que havia chegado, não sabíamos o que fazer.

Só na tarde do dia seguinte, no trem de volta a Paris, todo o peso dos acontecimentos nos atingiu. O ar estava pesado e opressivamente quente, e o trem cheio demais. Dividimos uma cabine-dormitório com uma americana que carregava uma gaiola de grades muito trabalhadas, com um pequeno canário amarelo. Antes mesmo de terminarmos de lhe dar bom-dia, a mulher lançou-se numa elaborada história de como o pássaro fora presente de sua filha, que se comprometera a casar com um engenheiro suíço antes que ela surgisse para separar o casal.

— Eu vi na mesma hora que precisava mandá-lo cuidar da vida dele — disse a mulher. — Vocês sabem como são os suíços.

— É, com certeza — respondeu Ernest, apertando os lábios sobre as palavras. Ele não sabia do que se tratava. — Com licença — disse ele. — Acho que vou sair e procurar o carregador.

Quando voltou, trazia uma garrafa de brandy, e nós o bebemos nos copos d'água que havia na cabine.

Estávamos perto de Marseille, e, do lado de fora da janela, tudo parecia muito poeirento e acinzentado — as oliveiras, as casas, os muros de pedra e as colinas ao longe. Tudo parecia estranhamente desbotado, e não sei como a mulher continuava a falar de casamento e de como esperava que a filha a perdoasse. Tomei uma dose do brandy, depois outra, e tentei não ouvir a mulher. O canto do pássaro era bonito, mas descobri que também não queria ouvi-lo.

Ao cair da tarde, a mulher por fim fechou os olhos e começou a roncar, a cabeça pesada oscilando sobre os ombros. Chegávamos a Avignon, onde uma casa pegava fogo no campo ressecado. Podía-mos ver as chamas subindo dramaticamente para o céu que escurecia e ovelhas correndo de um lado para o outro atrás de cercas bambas, parecendo ariscas e em pânico. O incêndio devia ter começado há algum tempo, porque havia mobília espalhada pelo campo bem longe da casa, enquanto homens se esforçavam para salvar o que podiam. Vi uma banheira de esmalte vermelho e uma cadeira de balanço com um carrinho de criança ao lado, e tudo era de partir o coração. Aquilo era a vida de alguém, uma pilha de móveis como palitos de fósforo. Eles não pareciam salvos e, sim, abandonados — enquanto a fumaça encrespava-se em grandes nuvens.

Ao nos aproximarmos de Paris, era quase dia. Tanto Ernest quanto eu tínhamos dormido muito pouco, e também falado muito pouco. Tudo o que havíamos feito fora dormir e olhar pela janela, para marcas de destruição que pareciam intermináveis. Nos arredores da cidade, perto de Choisy-le-Roi, os destroços de um bagageiro fumegavam de um lado da ferrovia.

— Nós vamos realmente levar isso adiante? — perguntei a Ernest.

— Não sei. Vamos?

Nesse instante, a americana acordou, espreguiçou-se fazendo barulho e depois tirou a capa de veludo da gaiola para acordar o canário. Fosse como fosse, amanhecia, e estávamos em casa, embora fosse difícil sentir alguma coisa. Eu tinha bebido tanto que minhas mãos tremiam e meu coração batia devagar.

Quando chegamos à estação, Ernest, pela janela, passou nossas malas ao carregador, e saímos para a plataforma. Era quase setembro, e o ar da manhã era frio e úmido.

— Rua Froidevaux, número 69 — disse Ernest ao motorista do táxi, e fiquei sem ar. Ele ia para o ateliê de Gerald, e não para casa comigo. Não de volta a coisa alguma. Tudo estava mesmo acabado.

— Por que não ir direto para o apartamento de Pauline? — perguntei.

— Por favor, não comece. Já é doloroso demais.

— O que você sabe sobre dor? É você quem está fazendo isso, seu cretino.

Eu não sabia o que estava dizendo. O brandy ainda circulava na minha corrente sanguínea e movia meus pensamentos. Naquele momento, tudo o que eu realmente sabia era que não poderia ficar sozinha. Comecei a hiperventilar e, quando Ernest se aproximou, preocupado comigo, bati nele com a palma da mão, atingindo-lhe o peito, o ombro, o queixo. Tudo era estranho, como nos sonhos. Minha mão parecia elástica, e o corpo dele também. Comecei a chorar e não consegui parar.

— Não repare na minha mulher — disse Ernest ao motorista, em francês. — Ela não está bem.

Quando o táxi parou, Ernest saiu, deu a volta no carro e abriu a porta para mim.

— Vamos lá — falou. — Você precisa dormir.

Deixei-o me levar escada acima como uma boneca. No ateliê, havia um piso frio de concreto, uma mesa pequena com duas cadeiras e uma pia baixa, com uma jarra e um aparador. Ele me levou até uma cama estreita e me enfiou nela, puxando um cobertor de lã vermelha até meu queixo. Então, deitou atrás de mim, pôs os braços em torno do meu corpo e encaixou os joelhos atrás do meu, abraçando-me o mais apertado possível.

— Assim, como uma boa gatinha — disse ele em minha nuca. — Durma, agora.

Comecei a tremer.

— Não vamos fazer isso. Não posso.

— Você pode, sim. Já está feito, meu amor.

E ele nos embalou para frente e para trás, enquanto chorávamos os dois, e, quando afinal adormeci, peguei no sono como se tivesse sido tomada por ele, como por uma doença ou pela morte.

Quando acordei, horas depois, ele já saíra. Minha cabeça girava, do brandy, e havia outro nível de náusea, que vinha de algum lugar profundo e incontestável. Minha vida estava em farrapos; como eu a consertaria? Como enfrentaria aquilo? Pegando numa mesinha baixa um pedaço de carvão, escrevi na folha de um bloco de desenhos uma mensagem muito mais calma e controlada do que eu me sentia, ou mesmo me acreditava capaz de me sentir: *Sinto muito pela cena no táxi. Perdi a cabeça, mas farei o possível para ser o melhor possível diante de tudo. Vou querer vê-lo, com certeza, mas não vou procurá-lo.*

Saí do ateliê, fechando a porta atrás de mim, e andei até um pequeno pátio, onde havia um banco de pedra ladeado por crisântemos amarelos. Os muros de cada lado estavam cobertos de hera. Aquela seria a paisagem vista por Ernest quando olhasse pela janela do ateliê — uma nova paisagem que nada teria a ver comigo. Tentei não deixar aquele pensamento medonho abalar minha frágil decisão, enquanto entrava num táxi e mandava-o seguir para o hotel Beauvoir, na Avenue de l'Observatoire. Foi o primeiro lugar em que pensei, porque ficava bem em frente à Closerie des Lilas, e eu já o olhara milhares de vezes e admirara suas simples e bem-torneadas grades de ferro batido e seus potes de gerânios. Eu daria um jeito de sobreviver. Alugaria dois quartos, um para mim e outro para Bumby. Marie Cocotte voltaria com ele da Bretanha na semana seguinte, e eu lhe escreveria para levá-lo para lá. Poderíamos tomar café da manhã na Lilas, todos os dias. Ele poderia ver o pai ali com frequência, e também outros amigos; tudo seria muito familiar, e aquilo era importante agora.

Enquanto o táxi avançava devagar em meio ao tráfego, fechei os olhos e tentei não pensar em coisa alguma além do café com creme que tomaria em breve. Eu o faria durar e depois faria o que viesse depois, fosse o que fosse. Todas as minhas coisas estavam na serraria, e seria preciso tratar disso. Pediria a Ernest que o fizesse ou contratasse alguém, porque sabia que não poderia voltar lá. Não iria. Não fui. Nunca mais fui.

QUARENTA E QUATRO

Ernest me disse uma vez que a palavra *paraíso* era uma palavra persa que significava "jardim murado". Eu soube então que ele compreendia o quanto eram necessárias para nossa felicidade as promessas que havíamos feito um ao outro. Ninguém conhece a verdadeira liberdade a menos que saiba onde estão os muros e que os respeite. Podemos nos apoiar nos muros porque eles existem; eles existem porque nos apoiamos neles. Com a chegada de Pauline, tudo começara a desmoronar. Nada mais me parecera permanente, a não ser o que já estava no passado, o que já tínhamos feito e vivido juntos.

Eu disse tudo isso a Don Stewart uma noite, no Deux Magots. Ele e Beatrice estavam de volta a Paris, e ele me procurara, preocupado comigo e desconsolado com o rompimento.

— Detesto ser mórbida — comentei —, mas na semana que vem é nosso quinto aniversário de casamento. Ou seria. O senso de oportunidade dele é mesmo um horror!

— Você sabe que poderia lutar por ele.

— É tarde demais para isso. Pauline o está pressionando para pedir o divórcio.

— Ainda assim. O que você fará depois se não fizer algo agora?

Encolhi os ombros e olhei a rua pela janela, onde uma mulher muito bonita vestindo Chanel esperava alguém ou alguma coisa na esquina. Ela era um fino retângulo encimado por um ponto negro, o chapéu, e de modo algum parecia frágil.

— Não sei se teria condições de competir.

— Por que você precisaria competir? Você é a esposa. Ele pertence a você, por direito.

— As pessoas pertencem umas às outras enquanto elas acreditam. Ele parou de acreditar.

— Talvez ele só esteja terrivelmente confuso.

Ele me acompanhou de volta ao hotel e me beijou com carinho no rosto, e o gesto me lembrou aquele perigoso verão em Pamplona com Duff, Pat e Harold, quando tudo transbordara e ficara feio. Mas, mesmo então, havia pequenas pitadas de felicidade.

— Você sempre foi bom para mim, Don — disse eu. — Isso conta mais do que você imagina.

— Esqueça o que eu falei no café, se quiser. Não pretendo lhe dizer o que fazer com o seu casamento. Diabos, eu não passo de um recém-casado. Mas deve haver alguma coisa. Alguma resposta.

Desejei-lhe boa-noite e subi devagar as escadas até o terceiro andar, onde Bumby estava bem adormecido e Marie, com suas mãos muito seguras, dobrava as roupas de Bumby em pilhas perfeitas. Mandei-a para casa e terminei de dobrá-las, pensando em que atitude ainda poderia tomar para fazer alguma diferença para Ernest. E a ideia que ia e voltava era que, se Pauline não estivesse por perto e ele não pudesse vê-la, ele poderia sair de sua névoa e voltar para mim. Ele ainda me amava, eu sabia. Mas a presença física da garota era como um canto de sereia contra o qual ele não conseguia lutar.

No dia seguinte, sentindo-me muito segura da nova decisão, andei até o ateliê de Gerald na Rue Froidevaux, passando pelo pequeno pátio, que parecia um campo de batalha com partes do corpo em gesso, e encontrei Ernest escrevendo, sentado à mesinha presa ao chão. Não me sentei. Não poderia.

— Quero que você e Pauline concordem em não ver um ao outro durante cem dias.

Ele ficou em silêncio e surpreso. Eu, definitivamente, conseguira sua atenção.

— Não me importa para onde ela vá... no que me diz respeito, ela pode tomar um trem para o inferno... mas ela tem que ir embora. Você não pode vê-la e não pode escrever para ela. E, se você insistir nisso e ainda estiver apaixonado por ela depois de cem dias, eu darei o divórcio.

— Sei. E como foi que você chegou a esse plano brilhante?

— Não sei. Alguma coisa que Don Stewart disse.

— Don? Ele sempre esteve atrás de você, você sabe.

— Você não está numa boa posição para julgar.

— É, tudo bem. Então serão cem dias? E depois você me dará o divórcio?

— Se for o que você ainda quiser.

— O que você quer, Tatie?

— Sentir-me melhor.

Meus olhos estavam molhados, e eu lutava para impedir que as lágrimas caíssem. Estendi-lhe o pedaço de papel em que escrevera e assinara o acordo.

— Você assina também. Quero tudo claro e honesto.

Ele o segurou com ar solene.

— Você não está tentando me castigar, está?

— Não sei. Não sei de mais nada.

Ele levou o acordo a Pauline e contou-lhe o plano; estranhamente, ela concordou na mesma hora. Imaginei que seu catolicismo muito arraigado tivesse despertado nela a mártir. Ela deve ter considerado meu pedido de três meses uma reivindicação razoável para uma esposa abandonada, mas também deve ter sentido que ainda não sofrera o suficiente pelo relacionamento. A separação ajudaria. Ela me escreveu dizendo que admirava a minha decisão, confiava nela, e depois pediu uma licença na revista e reservou uma passagem para os Estados Unidos no Pennland.

Onze dias depois de eu ter escrito o acordo, Pauline estava fora de Paris, se não fora de cena.

— Posso escrever para ela enquanto ela estiver a bordo do navio? — perguntou ele. — É permitido?

— Tudo bem, mas então os cem dias só serão contados a partir da chegada dela a Nova York.

— Você é uma espécie de rainha, não é? Ditando as regras.

— Você não precisava concordar.

— Não, acho que isso é verdade.

— Não estou tentando ser má — falei, com suavidade. — Estou tentando salvar minha vida.

ERNEST DETESTAVA FICAR SOZINHO, sempre detestara, mas a ausência de Pauline deixou-o ainda pior e muito vulnerável. Alguns dias depois, ele apareceu à minha porta, na hora do jantar. Já terminara de escrever por aquele dia e tinha no fundo dos olhos aquela expressão que sempre surgia quando ele tinha passado tempo demais dentro da própria cabeça e precisava conversar.

— Como foi o trabalho hoje, Tatie? — perguntei, convidando-o a entrar.

— Parecido com quebrar granito — respondeu ele. — Um camarada consegue uma bebida aqui?

Ele entrou na sala de jantar, onde Bumby comia pão e bananas. Sentou-se, e eu pude sentir cada um de nós, inclusive Bumby, respirando naquele espaço. Só por estar à mesma mesa.

Peguei uma garrafa de vinho, e nós o bebemos, depois compartilhamos um jantar muito simples.

— A *Scribner's Magazine* está me pagando 150 dólares por um conto — disse ele.

— Isso é muito dinheiro, não é?

— Acho que é. Mas talvez você não devesse ler. É sobre a viagem de trem, na volta de Antibes, com a mulher do canário. Não será agradável para você.

— Tudo bem, não lerei — concordei, perguntando-me se ele teria posto no conto a casa incendiada de Avignon e os vagões de trem caídos e fumegantes. — Você quer dar banho no bebê?

Ele arregaçou as mangas e foi até a banheira, depois ajoelhou no chão ao lado dela, enquanto Bumby brincava e espalhava água.

— Ele está quase grande demais para a banheira, não está? — falei. — Fará três anos daqui a algumas semanas. Deveríamos fazer uma festa para ele, com chapéus e sorvete de morango.

— E bolas — completou Bumby. — E um macaquinho.

— Você é um macaquinho, Schatz — disse Ernest, e levantou-o, embrulhando-o na grande toalha.

Mais tarde, eu o pus na cama, e, quando saí do quarto e fechei a porta, Ernest ainda estava à mesa.

— Não quero perguntar se posso ficar — disse ele.

— Então não pergunte — respondi.

Apaguei a luz e depois fui até a mesa, ajoelhelhando-me na frente dele. Ele pôs a mão na minha cabeça, com ternura, e enterrei o rosto em seu colo, respirando no áspero tecido de suas calças novas — que ele sem dúvida comprara com a ajuda de Pauline, para que ela não se constrangesse ao exibi-lo diante de seus amigos da Margem Direita. Aumentei a pressão, e apertei os dedos contra a parte de trás de suas pernas.

— Deixe disso — pediu ele, tentando se levantar, mas não me movi.

Suponho que tenha sido impertinência, mas eu queria tê-lo ali mesmo, em meus termos, e mantê-lo comigo até que se desfizesse aquela sensação quente e doentia no meu estômago. Ele ainda era meu marido.

Quando acordei na manhã seguinte, ele dormia a meu lado, e a cama estava morna debaixo de nós. Apertei o corpo de encontro às costas dele, afagando-lhe o estômago com a palma das mãos até que ele estivesse desperto o bastante, e fizemos amor de novo. De muitas maneiras, era como se nada tivesse mudado. Nossos corpos se conheciam tão bem que não precisávamos pensar em como nos mover. Mas quando acabou e nos deitamos lado a lado, senti uma imensa tristeza me invadir, porque eu o amava tanto quanto sempre. *Nós dois somos um só*, pensei, mas não era verdade. Ele sempre enfatizara, ao longo dos anos, como éramos, em essência, parecidos. Tínhamos nos tornado fisicamente parecidos, com nossos cabelos curtos e os rostos bronzeados, saudáveis e redondos. Mas o fato de nos parecermos não significava que não fôssemos solitários, cada um de nós.

— Isso quer dizer alguma coisa? — perguntei, tomando o cuidado de não olhar para ele ao falar.

— Tudo quer dizer alguma coisa.

Ele ficou em silêncio por algum tempo e depois disse:

— Ela está se dilacerando, você sabe.

— Todos nós estamos. Você viu o rosto de Schatz ontem à noite? Ele estava tão feliz por ter você aqui. Ele deve estar muito confuso.

— Estamos todos no inferno, com certeza. — Ele suspirou, rolou para fora da cama e começou a se vestir.

— Você sabe, Pfife acha que você está sendo muito sensata ao fazer isso e tentar pôr alguma ordem na confusão que nós todos criamos, mas ela está desmoronando com isso, e eu também.

— Por que você está me dizendo isso? O que espera que eu sinta?

— Não sei. Mas se eu não disser a você, a quem direi?

QUARENTA E CINCO

Tão logo ele comunicara aos Murphy a separação, Gerald tornara-se muito prestativo. Por quê? Tirara da cartola o ateliê, e dinheiro também. Ele poderia fazer saques da conta bancária de Murphy.

— Não é só pelo casamento — dissera Gerald ao fazer a oferta, os dois sozinhos tomando um drinque. — Eu não sei o que faria sem Sara, mas você é diferente, então as regras também são diferentes. Você pode ocupar um lugar na história. Já ocupa. Seu nome já é conhecido, e tudo o que você tem a fazer é escolher um caminho e não o outro.

— O que você tem contra Hadley?

— Nada. Como poderia? Ela gira em outra velocidade, só isso. Ela é mais cautelosa.

— E eu vou precisar ser cruel. É isso que você quer dizer?

— Não. Só determinado.

— Ela me apoiou esse tempo todo.

— É, e fez isso lindamente. Mas o que vem depois é algo novo. Você precisa olhar para frente agora. Eu sei que você sabe disso.

Ele sentira muitas vezes que Gerald o lisonjeava em excesso, mas agora com o Sol *lhe abrindo as portas e tanta coisa à frente, ele realmente sentia como se muito mais fosse preciso. Não sabia bem o quê, só que lhe tomaria tudo o que tinha.*

Pfife estava cheia de ideias para o futuro. Já organizara a cerimônia do casamento, e ao que parecia já o planejava desde o começo. Era a maneira que encontrara de entrar em acordo com Deus ou com sua própria consciência.

— Diga que me ama — pedira ela na primeira vez, quando ele ainda estava dentro dela.

— Amo você.

Ela era musculosa e forte, e era interessante tê-la na cama, estranhamente adversária, com uma selvageria e uma dureza que em nada se parecia com Hadley.

— Mais do que você a ama? Mesmo que não seja verdade, quero que você diga.

— Amo você mais — respondera ele.

Ela o empurrara com suas pernas longas e firmes, e montara nele. As mãos em seu peito. Os olhos escuros perfurando os dele com intensidade.

— Diga que você gostaria de ter me conhecido primeiro — pedira ela, empurrando o corpo com força em direção ao dele.

— Gostaria — concordara ele.

— Eu seria sua esposa agora. Sua única esposa.

Sua expressão era ao mesmo tempo absolutamente distante e orgulhosa, e aquilo o irritou um pouco. Talvez ela precisasse inventar uma vida para os dois em sua cabeça, ou como poderia conviver consigo mesma e ser amiga de Hadley? Em Schruns, ele as observara lado a lado em frente à lareira, conversando e rindo. Tinham as pernas cruzadas na mesma direção, calçando as mesmas meias e as mesmas pantufas alpinas. Não eram irmãs; não se pareciam, de forma alguma. Ele era a única coisa que na verdade as unia.

Ele não dormia bem, e os pesadelos estavam de volta. Às vezes, bem no meio da noite, ele pensava nas mulheres que amara. Lembrava-se de tentar agradar a mãe, e de como aquilo era horrível. Ele a chamava de Fweetee, inventava canções para ela, e lembrava-se do quanto se sentira orgulhoso ao sentar-se com ela no vagão-restaurante e comer salada de caranguejo com um garfo de prata de três dentes, cercado de toalhas brancas de linho por todos os lados, no dia em que ela o levou a Boston de trem, só os dois, quando ele tinha dez anos. Mas, pouco depois de voltarem para casa, houve outro bebê e depois outro, e, de qualquer maneira, ele já estava grande demais para se desesperar tanto por ela. Matara aquele desespero lenta e deliberadamente lembrando-se do quanto ela era volúvel e crítica, debaixo da ternura, e de como não podia confiar nela.

Esse truque nem sempre funcionou. Às vezes, uma mulher permanecia misteriosa e incontrolável, como Kate, e às vezes se instalava no fundo do coração e lá ficava, não importando o que acontecesse. Hadley era a melhor mulher que ele conhecia, e sem dúvida boa demais para ele. Sempre pensara assim e continuara a pensar até mesmo quando ela perdera a maleta com seus originais. Ele tentara jamais se deter naquele dia. Aquela tinha sido a pior coisa que jamais acontecera a ele. Ter sido ferido era uma coisa. Fragmentara seu corpo e o despertara para o medo e o terror. Ainda estava com ele, como a granada enterrada fundo no tecido de seus músculos. Mas seus textos eram ele. Quando se foram, ele se sentira completamente oco, como se pudesse apenas recuar e se transformar em ar — um lugar ferido e uma sensação em torno do vazio.

Ele ainda amava Hadley, depois. Não podia e não iria deixar de amá-la, talvez nunca, mas, ao mesmo tempo, ela matara algo nele. Sentira-se antes tão ancorado, sólido e seguro com ela, mas agora duvidava que fosse possível confiar de verdade em alguém. Aquela era a verdadeira questão, e ele não tinha a resposta. Às vezes, parecia haver dentro dele um defeito de base, invisível, ameaçando tudo. Pauline era seu futuro. Ele fizera promessas e se comprometia a lhe dar tudo o que tinha. Mas, se fosse honesto consigo mesmo, saberia que também não podia confiar nela. Aquela parte do amor estava talvez perdida para ele, para sempre.

QUARENTA E SEIS

Em meados de outubro, Ernest apareceu com um exemplar do *O sol também se levanta*, que acabava de ser publicado nos Estados Unidos. Com grande pompa, ele abriu o embrulho de papel pardo amarrado com barbante e, tímido, entregou-me o livro. Logo após a folha de rosto, havia a dedicatória para mim e Bumby. Depois da separação, ele alterara os originais para incluir meu nome.

— Ah, Tatie. É mesmo um belo livro, e estou muito orgulhosa.

— Então você gosta da dedicatória?

— Adoro. É perfeita.

— Muito bom. Eu queria fazer pelo menos isso por você. Destruí tanta coisa, e agora há tantas perdas por todo lado.

— É — falei, muito emocionada. — Mas olhe para isto — ergui o livro. — Veja do que você é capaz. Você fez isto.

— Somos nós. É a nossa vida.

— Não, era você, desde o começo. Você devia saber, ao escrevê-lo.

— Pode ser.

Ele olhou para o livro em minhas mãos, depois se virou para a janela.

Fiz o possível para tentar quebrar velhos hábitos e ver amigos. Havia algumas pessoas dos velhos tempos que queriam ajudar. Ada MacLeish convidou-me para jantar e ouvir o meu lado da história. Gertrude e Alice convidaram-me para tomar chá, mas achei que seria má ideia reatar aquela amizade e me arriscar a que Ernest acreditasse que eu estava preferindo Gertrude a ele. A lealdade era um jogo arriscado, e era difícil saber a quem eu poderia recorrer em segurança.

Kitty estava arrasada. Pauline era sua amiga, mas eu também era; ela jamais gostara de Ernest e não confiava nele. Ela esteve algumas vezes no apartamento, mas me pediu que não contasse a Ernest que a tinha visto.

— Presa entre linhas inimigas e tudo mais — disse ela.

— Como posso ser eu a inimiga quando ela é a outra? Isso parece muito injusto, não?

— Quando Harold e eu nos separamos, parecia que eu tinha caído na sarjeta, apesar de tanta gente preocupada comigo. Isso demora. As coisas voltarão aos seus lugares, depois de algum tempo. Apenas respire fundo e siga em frente, querida.

Uma tarde, pensei que Bumby cochilava, mas ele deve ter me ouvido chorar à mesa do jantar, com a cabeça enterrada nos braços. Não percebi que ele estava na sala até ouvi-lo perguntar:

— O que está preocupando você, mama?

— Ah, Schatz, está tudo bem — respondi, secando os olhos no suéter.

Mas eu não estava bem. Estava mais deprimida do que nunca e achando cada vez mais difícil me reerguer. Era começo de novembro e faltavam menos de sessenta dias para os cem, quando pedi a Ernest que ficasse com Bumby para que eu pudesse me afastar um pouco e pensar. Ele concordou em me dar aquele tempo, e, no último minuto, pedi a Kitty que fosse comigo. Eu escolhera Chartres e disse a ela que, sem a sua companhia, não seria capaz de apreciar os castelos e a paisagem encantadora, mas na verdade eu estava com medo de ficar sozinha.

Nós nos registramos no Grand Hôtel de France pouco antes do pôr do sol, e, embora fizesse algum frio, Kitty sugeriu que déssemos uma volta pelo lago antes do jantar. O ar era revigorante, e todas as árvores pareciam recortadas.

— Tenho pensado muito em meus votos de matrimônio — disse a Kate quando estávamos a meio caminho. — Prometi amá-lo na alegria e na tristeza, não prometi?

— A tristeza chegou, sem dúvida — e ela fechou o rosto. — Para ser sincera, passei maus bocados para engolir meus próprios votos. Da maneira como vejo, como é possível afirmar que vamos amar alguém depois que o amor acabar? Quanto à parte da obediência, bem, eu simplesmente não consegui pronunciá-la.

— Eu também não disse essa parte, mas, embora seja incrível, adaptei-me a ela.

— Quando conheci Harold, ele também perdera a fé no casamento, então fizemos nosso próprio pacto. Seriamos parceiros e iguais enquanto as coisas estivessem bem, mas, quando o amor chegasse ao fim, nós também chegaríamos.

— É uma ideia admirável, mas não acredito que a realidade possa ser assim civilizada. Não foi, para vocês dois.

— Não — disse ela. — Nos últimos tempos, tenho me perguntado se talvez eu não esteja destinada a ter um amor; do tipo duradouro, quero dizer.

— Não sei ao certo o que me está destinado. Ou o que estou destinada a ser em tudo isso.

— Talvez este afastamento de Ernest lhe dê uma oportunidade de descobrir.

— Talvez.

Ergui os olhos e descobri que tínhamos dado toda a volta no lago enquanto conversávamos e agora estávamos de volta ao lugar exato de onde tínhamos saído.

Depois de uma semana em Chartres, minha cabeça começou enfim a clarear. Uma manhã, pedi a Kitty que fosse passear sozinha e escrevi:

Queridíssimo Tatie, amo você agora mais do que sempre amei, sob diversos aspectos, e, embora outras pessoas vejam seus votos matrimoniais de outra maneira, os meus foram feitos para durar até a morte. Estou disposta a ser sua para sempre, se você ainda não sabe, mas, já que você se apaixonou e quer se casar com outra pessoa, sinto não ter escolha além de me afastar e deixá-lo fazer isso. Os cem dias estão oficialmente encerrados. Foram uma péssima ideia e agora me constrangem. Diga a Pauline o que quiser. Você pode ver Bumby quando e o quanto desejar. Ele pertence a você, ama-o e sente sua falta. Mas, por favor, vamos apenas escrever sobre o divórcio, e não falar nele. Não posso mais discutir com você e também não posso mais vê-lo, porque dói demais. Seremos amigos para sempre — amigos delicados —, e eu o amarei até morrer, você sabe disso.

Sempre sua, a Gata.

Chorei muito quando pus a carta no correio, mas me senti mais leve. Passei o resto da manhã olhando para o fogo na lareira do meu quarto e, quando Kitty chegou de seu passeio, eu ainda estava de pijama e penhoar.

— Você está diferente — comentou ela, e havia muita bondade em seus olhos. — Desistiu de tudo, então?

— Estou tentando. Você me ajudaria, abrindo para nós um excelente Château Margaux?

— Tenho certeza de que Hem também tem estado infeliz, à espera de uma decisão sua — disse ela, abrindo o vinho. — Embora eu não saiba como ainda posso ter um pingo de simpatia por ele depois daquele maldito romance. Ele foi cruel demais com Harold. Ele vai perder todos os amigos, você sabe.

— Poderia perder mesmo — concordei. — Ainda não sei por que ele precisou escrever daquela maneira, pisoteando todos ao passar, mas você há de convir que o livro é brilhante.

— É mesmo? Você nem ao menos aparece. Como pode perdoá-lo por isso?

— Como sempre fiz.

— Está bem — disse ela, e erguemos os copos em silêncio.

Kitty e eu voltamos para Paris vários dias depois, e lá recebi a resposta de Ernest:

Queridíssima Hadley:

Não sei como agradecer pela sua corajosa carta. Eu estava preocupado com você e com todos nós, com esse terrível impasse. Passamos por tudo de uma forma tão dolorosa, nenhum de nós sabendo como ir adiante sem causar mais danos. Mas se o divórcio é o próximo passo necessário, então acredito que, quando o dermos, voltaremos a nos sentir mais fortes, melhores e mais fiéis a nós mesmos.

Ele continuava dizendo que gostaria que eu ficasse com todos os direitos autorais do *Sol* e que já escrevera a Max Perkins instruindo-o a respeito, e terminava dizendo:

Considero você uma mãe maravilhosa e acho que Bumby não poderia estar melhor do que em suas adoráveis e hábeis mãos. Você é tudo o que há de bom, honrado, correto e verdadeiro — e vejo isso agora com absoluta clareza, na maneira como você se portou e deu ouvidos ao seu próprio coração. Você me modificou mais do que imagina, e será sempre parte de tudo o que sou. Há uma coisa que aprendi com tudo isso: ninguém que amamos está perdido para sempre.

Ernest.

QUARENTA E SETE

Chamávamos então Paris de o lugar ideal, e ela era. Nós a inventamos, afinal. Nós a criamos com nossos desejos, nossos cigarros e com rum St. James; nós a fizemos com fumaça e com conversa brilhante e cruel, e desafiávamos qualquer um a dizer que ela não era nossa. Juntos, fizemos tudo e depois destruímos tudo.

Houve quem dissesse que eu deveria ter lutado pelo meu casamento com mais energia ou por mais tempo do que fiz, mas, no fim, lutar por um amor que já se foi é como tentar viver nas ruínas de uma cidade perdida. Eu não suportaria, por isso recuei — e a razão pela qual não suportaria, a razão pela qual fui forte o bastante e tive força e coragem para fazê-lo, foi o fato de que Ernest surgira e me modificara. Ele me ajudara a ver quem eu realmente era e o que era capaz de fazer. Agora que eu sabia o que poderia suportar, precisava suportar perdê-lo.

NA PRIMAVERA DE 1927, Bumby e eu embarcamos num navio para os Estados Unidos, para um belo descanso de Paris e de tudo o que ainda nos poderia afetar. Vivemos muitos meses em Nova York e depois atravessamos o país numa longa e vagarosa viagem de trem que nos deixou, finalmente, em Carmel, na Califórnia. Aluguei uma casa perto da praia, num pequeno bosque de pinheiros. Lá, o céu era interminável, os ciprestes resistiam ao vento que os retorcia, e o sol me dava forças. Foi lá que eu soube do casamento de Ernest e Pauline, numa pequena cerimônia católica em Paris. De alguma maneira ele conseguira convencer o padre de que era católico, portanto seu primeiro casamento, presidido por um ministro metodista, não contava.

Li essa notícia num raro dia nublado de maio, enquanto Bumby construía uma trincheira com sua pá. A água do mar respingava por todos os lados, dissolvendo os muros de areia enquanto ainda estavam sendo construídos. Só de olhar, aquilo me deu vontade de chorar, então peguei a carta e andei até a beira d'água. Depois da arrebentação, as ondas passavam de cinzentas a brancas, e o horizonte também era branco, tudo se confundia. Muito além daquela água, Ernest e Pauline construíam uma vida juntos. Ele e eu já tínhamos tido o nosso tempo, e, embora ainda fosse muito próximo e muito real para mim, mais belo e tocante do que qualquer outro lugar no mundo, aquele era, na verdade, outro tempo — outro país.

Bumby foi até onde eu estava e apertou o rosto úmido e salgado de encontro à minha saia.

— Vamos fazer um barquinho? — perguntei.

Ele fez que sim, e dobrei a carta de Ernest, vincando e ajustando as bordas até tudo parecer firme. Entreguei-a a Bumby, e juntos entramos no mar e deixamos o barco flutuar. Ele bamboleou e afundou, palavras na água, e, quando as ondas o foram levando, só chorei um pouquinho, e tudo se foi.

EPÍLOGO

Bumby e eu voltamos a Paris depois de nosso verão em Carmel. Ele sentia uma falta enorme do pai, e, para dizer a verdade, eu não sabia para onde ir.

Depois de três meses, envolvi-me com Paul Mowrer, jornalista e velho conhecido de Ernest. Paul era o editor internacional do *Chicago Daily News* e também escrevia boa poesia. Ele e Ernest haviam trabalhado juntos em Lausanne, e eu já o vira algumas vezes. Não muito tempo depois de ter me separado de Ernest, esbarrei com Paul num clube de tênis e ele me convidou, após a partida, para tomar uma cerveja no Café de l'Observatoire. Ele deixou bastante claro seu interesse por mim, mas eu precisava de tempo para pensar. Uma parte tão grande de mim ainda pertencia a Ernest que eu não tinha certeza de poder amar outra pessoa. Mas Paul era inacreditavelmente bom e paciente, e tinha aqueles olhos maravilhosos de um azul mediterrâneo. Quanto mais eu os olhava, mais queria continuar a olhá-los. Com Paul, nada era complicado. Ele era forte e tranquilo, e tinha o tempo todo aquela admirável serenidade. Eu sabia que ele me amaria para sempre e não me destruiria, nem mesmo um pouco. Eu só precisava deixar acontecer.

Na primavera de 1928, Ernest e Pauline deixaram Paris com destino aos Estados Unidos. Pauline estava no quinto mês de gravidez, e eles foram para Piggott e depois para Key West, onde Dos Passos prometera a melhor pesca de camarupim do mundo. Pauline compraria uma casa para eles e a tornaria maravilhosa, porque sabia como fazer tudo aquilo — onde comprar a melhor mobília, como conseguir quadros emoldurados da maneira certa e que amizades cultivar. Ela poderia cuidar dele melhor do que eu, talvez. Ou talvez não.

No fim, Ernest não teve no amor a mesma sorte que eu. Teve mais dois filhos, ambos com Pauline, e depois deixou-a por outra. E deixou a outra por outra. Teve ao todo quatro esposas e muitas amantes. Para mim, era às vezes doloroso saber que, para aqueles que acompanharam sua vida com interesse, eu era apenas a primeira esposa, a esposa de Paris. Mas talvez isso fosse vaidade, querer sobressair numa longa fila de mulheres. Na verdade, não importava o que os outros vissem. Sabíamos o que havíamos tido e o que significara, e, embora tanta coisa nos tivesse acontecido desde então, nada foi como aqueles anos em Paris, depois da guerra. A vida era dolorosamente pura, simples e boa, e eu acredito que Ernest era o melhor de si mesmo. Tive o melhor dele. Tivemos o melhor um do outro.

Depois que ele foi para os Estados Unidos, só o vi mais duas vezes em minha vida muito longa, mas observei à distância ele se tornar, muito depressa, o mais importante escritor de sua geração e também uma espécie de herói de sua própria obra. Eu o vi na capa da revista *Life*, soube das guerras que ele cobriu com bravura e dos outros feitos — as grandes pescarias, as caçadas na África, a quantidade de bebida suficiente para embalsamar um homem com o dobro do seu tamanho. O mito que ele criava a partir da própria vida era grande o bastante para uma única existência — mas eu sabia que, no fundo, ele ainda estava perdido. Que dormia com a luz acesa ou não dormia de todo, que tinha tanto medo da morte que a buscava onde e como podia. Ele era, na verdade, um grande enigma — bom, forte, fraco e cruel. Um amigo incomparável e um filho da puta. No fim, nada havia a respeito dele que fosse mais verdadeiro do que o resto. Tudo era verdade.

A ÚLTIMA VEZ QUE NOS FALAMOS foi em maio de 1961. Ele telefonou sem aviso prévio por volta da hora do almoço numa tarde fria em que Paul e eu estávamos no Arizona, passando férias numa fazenda à qual voltávamos de vez em quando pela ótima pesca e pela paisagem. Atendi a ligação sozinha, enquanto Paul inventava um passeio, porque sabia que eu precisava daquilo. Não precisei pedir. Estávamos casados há 35 anos, e Paul me conhecia melhor do que ninguém. Quase.

— Alô, Tatie — disse Ernest quando atendi.

— Alô, Tatie — respondi, sorrindo ao ouvir o apelido de quarenta anos atrás.

— Sua governanta me disse onde encontrá-la. Espero que não se importe.

— Não, estou contente por você ter ligado. Estou contente por ser você.

Contei rapidamente sobre a fazenda em que Paul e eu estávamos hospedados, porque sabia que ele aprovaria. Não era refinada ou confortável demais. No chalé, havia enegrecidos e macios ao tato painéis de madeira, de oito anos de bom fogo na lareira, e todos os móveis eram irregulares e toscos, dando a sensação de realidade. Os dias eram longos e claros. As noites eram cheias de estrelas.

Há séculos eu não tinha notícias dele, e agora ele telefonava para falar de um novo livro, uma autobiografia. Ele queria compartilhar histórias do nosso tempo em Paris.

— Você se lembra das putas no *bal musette*, da música do acordeão, da fumaça e dos cheiros?

Respondi que sim.

— Você se lembra daquele Dia da Bastilha, com os músicos tocando debaixo das nossas janelas por noites a fio?

— Lembro-me de tudo.

— Você está no livro todo — disse ele, e sua voz falhou.

Ele fazia um enorme esforço para soar alegre, mas eu sabia que estava triste, deprimido e amargurado.

— Tem sido uma experiência e tanto escrever sobre aquela época e reviver tudo aquilo. Diga-me, você acha que esperamos demais um do outro?

— Ah, não sei, Tatie. É possível.

— Talvez seja isso. Estávamos presos demais um ao outro. Amamos demais um ao outro.

— Você é capaz de amar alguém demais?

Ele ficou em silêncio por um instante, e eu podia ouvir a estática vindo pelo fio, um pequeno estalido que parecia representar cada aresta que existira entre nós.

— Não — respondeu ele afinal, a voz muito baixa e sóbria. — Não é nada disso. Eu estraguei tudo.

Senti um nó quente nos músculos da minha garganta, mas tentei me recompor. Nós dois tentamos. Falamos mais um pouco de Paris depois falamos de Bumby e sua nova esposa, Puck, e continuamos ao telefone embora tudo já tivesse sido dito.

— Cuide bem da Gata — disse ele ao desligar, falando de mim.

Desliguei, deixei-me cair no sofá e me surpreendi por explodir em lágrimas.

Mais tarde, Paul e eu caminhamos pela longa trilha até o riacho e atiramos as linhas exatamente quando os insetos começavam a zumbir e a luz a mudar. Era nossa hora favorita do dia, aquele instante entre dois instantes, e sempre parecia durar mais do que deveria — um espaço mágico e cor de lavanda solto das horas a seu redor, entre mundos. Segurei o caniço, senti a linha se retesar e estava de volta a Colônia com Ernest e Chink. De volta ao meu primeiro peixe, sabendo que não haveria qualquer peixe sem aquele e também nenhum amor sem aquele primeiro amor.

Foi num sábado de julho que recebemos o telefonema da mulher de Ernest, Mary, dizendo que ele se matara. Acordara cedo, vestira seu robe vermelho favorito e fora para o salão da frente com uma de suas armas mais queridas. Colocara-se sob um raio de sol, inclinara-se sobre o cano e puxara os dois gatilhos.

Não me passou despercebida a ironia de que meu pai se matara exatamente da mesma maneira, e o pai de Ernest também, em 1928, quando Ernest tinha apenas 29 anos. Talvez não fosse ironia alguma, apenas a mais simples e triste história. O pai de Ernest usara uma pistola da Guerra Civil. Depois, seu irmão Leicester usaria também uma pistola. Sua irmã Ursula tomaria comprimidos. Com tantas perdas, é inevitável o pensamento de que aquilo estivesse no sangue, como se um ímã obscuro atraísse o corpo naquela direção — atraindo-o, talvez, desde o início.

Eu não podia fingir surpresa com a morte de Ernest. Soubera, por diversos amigos, do sanatório em Rochester e dos terríveis tratamentos de choque. A morte sempre esteve pronta para ele, às vezes, por muito pouco, iludida.

— Posso trazer alguma coisa para você? — perguntou Paul depois de algum tempo, dando um passo para trás e amparando-me pelos ombros.

— Não — respondi, e minha própria voz ecoou pelo quarto, estranha e distante.

Tatie estava morto. Não havia o que Paul pudesse fazer por mim, exceto me deixar ir — de volta a Paris, Pamplona e San Sebastian, de volta a Chicago quando eu era Hadley Richardson, uma garota descendo de um trem para ir ao encontro do homem que lhe transformaria a vida. Aquela garota, aquela garota inacreditavelmente afortunada, não precisava de coisa alguma.

AGRADECIMENTOS

Antes de qualquer outra coisa, preciso agradecer à minha agente, Julie Barer, cuja total participação neste projeto foi óbvia (e mais do que crucial) desde a primeira palavra. A absolutamente brilhante Susanna Porter foi vital ao dar ao livro sua forma final e ser nada menos do que minha editora ideal. Sou muitíssimo grata ao apoio e assistência recebidos de tantas pessoas na Ballantine Books e na Random House, entre as quais Libby McGuire, Kim Hovey, Theresa Zoro, Kristin Fassler, Quinne Rogers, Deborah Foley, Steve Messina, Jillian Quint e Sophie Epstein. William Boggess, na Barer Literary, retornou todos os telefonemas desesperados com segurança, e foi indispensável ao processo. Muito obrigada a Ursula Doyle, Victoria Pepe e Virago, Kristen Cochrane e Doubleday Canada, bem como a Caspian Dennis, da Abner Stein, e Nicki Kennedy, Sam Edenborough e a todos no ILA.

Um agradecimento especial vai para os amigos e primeiros leitores Glori Simmons, Lori Keene, Brian Groh, Anne Ursu, Alice D'Alessio, Sarah Willis, Terry Dubow, Toni Thayer e os East Side Writers, Denise Machado e John Sargent, Paul Cox e Kirsten Docter, Pam e Doug O'Hara, Tawny Ratner e o Cedar Hill Walking Club, William Joson, Becky Gaylord, Heather Greene, Amy Weinfurtner, Margaret Cohen e Patricia Kao, Suzannah Hagan, e Karen Rosenberg.

Também para Karen Long, do Cleveland *Plain Dealer*, Judith Mansour, do LIT, Jim Harms e Jacqueline Gens, do MFA Program in Poetry no New England College, e tantos queridos colegas e estudantes ao longo dos anos.

Devo muito à minha família por sua infinita paciência e encorajamento — Greg D'Alessio, Connor, Fiona e Beckett, todos os D'Alessio, Julie Hayward, Rita Hinken, e, por fim, a minhas maravilhosas e imperturbáveis irmãs, Teresa Reller e Penny Pennington.

UMA OBSERVAÇÃO QUANTO ÀS FONTES

Embora Hadley Richardson, Ernest Hemingway e outras pessoas que realmente viveram apareçam neste livro como personagens ficcionais, era importante para mim apresentar os detalhes de suas vidas da maneira mais acurada possível e acompanhar os registros históricos muito bem-documentados.

A verdadeira história do casamento dos Hemingway é tão dramática e emocionante e foi tão bem-registrada pelo próprio Ernest Hemingway em *Paris é uma festa* que minha intenção foi mergulhar mais fundo na vida emocional dos personagens e lançar uma nova luz sobre os acontecimentos históricos, permanecendo fiel aos fatos. Ao longo do caminho, tive muito a agradecer a uma série de fontes, entre as quais *Hadley: The First Mrs. Hemingway,* de Alice Hunt Sokoloff, *Hadley,* de Gioia Diliberto, *The Hemingway Women,* de Bernice Kert, *Ernest Hemingway: A Life Story* e *Ernest Hemingway: Selected Letters 1917–1961,* de Carlos Baker, *Hemingway: The Paris Years* e *Hemingway: The American Homecoming,* de Michael Reynolds, e *The True Gen,* de Denis Brian. Utilíssimos para minha compreensão de Paris nos anos 1920 e outros detalhes locais e temporais foram *The Crazy Years* [publicado no Brasil com o título *Os anos loucos*], de William Wiser, *Paris Was Yesterday* [*Paris era ontem*], de Janet Flanner, *Living Well Is the Best Revenge,* de Calvin Tomkins, *Zelda,* de Nancy Milford, *The Great War and Modern Memory,* de Paul Fussell, e *Selected Writings of Gertrude Stein,* de Gertrude Stein. Susan Wrynn e Sam Smallidge, da Coleção Hemingway na John F. Kennedy Memorial Library, em Boston, foram muito úteis quando recorri a uma infinidade de materiais, inclusive a correspondência entre Hadley

Richardson e Ernest Hemingway, bem como os originais manuscritos de Hemingway. Finalmente, estou em dívida com inúmeras obras de Ernest Hemingway, além de *A Moveable Feast* [*Paris é uma festa*], em especial a *In Our Time, The Sun Also Rises* [*O sol também de levanta*], *The Garden of Eden* [*O jardim do Éden*], *Death in the Afternoon* e *The Complete Short Stories.*

Editora responsável
Marianna Teixeira Soares

Produção
Adriana Torres
Ana Carla Sousa

Produção editorial
Rachel Rimas

Revisão de tradução
Ana Beatriz Rodrigues

Revisão
Ana Carla Sousa

Diagramação
DTPhoenix Editorial

Este livro foi impresso no Rio de Janeiro, em setembro de 2011,
pela Edigráfica, para a Editora Nova Fronteira.
A fonte usada no miolo é Iowan Old Style, corpo 10,5/14,5.
O papel do miolo é chambril avena $80g/m^2$ e o da capa, cartão $250g/m^2$.